Nolwenn LE DUVEHAT

Les Dessous d'Annick

Éditions Velours

Éditions Velours,
95, rue La Boétie – 75008 Paris

—

Texte intégral

ISBN 978-2-35167-214-3

Ceci est une fiction. Toute ressemblance avec des personnages ou des situations existants ou ayant existé serait pure coïncidence.

PREMIÈRE PARTIE

1

Il faisait un temps radieux en ce huit mars et la fraîcheur du mistral qui avait soufflé pendant trois jours avait laissé place à un ciel d'un bleu profond. La lumière de cette fin d'après-midi illuminait au loin la mer qui scintillait de mille reflets. Elise Auclert, vingt-trois ans, quitta le cabinet d'assurances pour lequel elle travaillait depuis presque trois semaines déjà, encore un peu contrariée par les réflexions incessantes de sa seule collègue laquelle en l'absence du responsable se trouvait être aussi son supérieur. Elle tenta comme chaque soir de la chasser de son esprit au plus vite, traversa la rue des Belges pour avoir le plaisir de sentir le soleil lui caresser la nuque et le dos pendant le bref trajet qui la conduisait à la boutique de sa mère. À peine le visage revêche de sa collègue s'était-il estompé qu'Elise repensa à Victor qu'elle avait surpris trois jours plus tôt sur La Croisette occupé à embrasser une fille qu'elle ne connaissait pas.

Le trottoir étroit ajouté à la cohue de dix-sept heures obligea la jeune femme à zigzaguer entre les gens pour gagner la rue d'Antibes. Tout en se faufilant à travers la foule, Elise repensa à la gifle qu'elle avait assénée à Victor la veille au soir après une dispute particulièrement pénible où celui-ci s'était révélé finalement plus pitoyable que coupable. Après six mois à peine de vie commune dans le studio qu'Elise avait loué avec l'aide de ses parents, Annick et Philippe, la jeune femme avait réalisé que Victor s'était servi d'elle pour obtenir à la fois un pied-à-terre à Cannes et s'affranchir de l'autorité étouffante de ses parents. Ayant tous les deux passé avec succès un diplôme d'Action Commerciale, ils s'étaient retrouvés fin juin sans avoir véritablement réfléchi pour donner un avenir à leur relation de camaraderie amoureuse. Se fréquentant quotidiennement, ils s'étaient laissé porter par le rythme de l'école et des sorties du week-end sans penser que cette vie cesserait après leurs études. C'est donc heureux de rester ensemble mais sans éprouver une passion démesurée de part et d'autre, qu'Elise avait proposé à Victor d'emménager dans son studio.

Après avoir marché une dizaine de minutes, la jeune femme poussa la porte du *Vent de la Mode* et découvrit sa mère occupée à servir une cliente. Elle observa un instant la scène et ne put s'empêcher de penser que décidément, Annick Auclert était une femme superbe et de regretter malgré elle, de ne pas avoir hérité de son physique particulièrement agréable. Tania, l'unique vendeuse de la boutique, tourna la tête à son entrée et vint au-devant d'Elise.

– Bonjour, Elise. Comment vas-tu ? demanda la jeune femme tout en souriant et en se levant pour embrasser la fille de sa patronne.

– Ça va, je te remercie. Je vais rester avec ma mère. Si tu veux, tu peux partir ainsi, tu pourras encore profiter du soleil, répondit-elle.

Le visage de Tania s'éclaira un peu plus et après avoir remercié, elle saisit son sac à main rose assorti à sa tenue et sortit. L'unique cliente dit à Annick qu'elle allait réfléchir en lui tendant la veste qu'elle venait d'essayer et sortit à son tour.

– Alors, ma chérie, comment s'est passée ta journée ?

– Pas trop bien, maman. J'ai rompu avec Victor hier soir et au bureau, ma patronne ne cesse de m'ennuyer.

Elise posa son sac à dos afin de donner un léger baiser sur la joue de sa mère.

– Tania est partie ? demanda Annick.

– Oui, je voulais rester seule avec toi pour te parler un peu.

– Tu as des problèmes avec Victor ? s'enquit Annick laquelle parut un peu fébrile aux yeux d'Elise qui mit l'apparente nervosité de sa mère sur le compte d'une journée probablement décevante pour le chiffre d'affaires de la boutique.

Faisant mine de n'avoir rien remarqué, Elise expliqua alors comment elle avait surpris Victor en galante compagnie et de quelle manière elle l'avait giflé la veille au soir, elle qui d'ordinaire si calme et compréhensive, n'avait encore jamais levé la main sur quiconque. Plus vexée que déçue, plus énervée que blessée, elle avait alors ordonné à Victor de quitter le studio sur-le-champ et se demandait après coup, comment elle allait bien pouvoir faire face aux quatre cent cinquante euros du loyer toute seule. Tandis que sa mère la regardait sans l'interrompre, Elise eut la désagréable impression que celle-ci l'écoutait par pure politesse mais qu'en réalité, elle ne prêtait pas la moindre attention à son récit. Habituée à cette indifférence masquée qu'elle déplorait tant chez Annick, Elise prit congé rapidement en prétextant quelques courses urgentes et omit volontairement de faire allusion à ses difficultés au cabinet d'assurances et à ses doutes quant à la pérennité de son emploi.

Sitôt la porte de la boutique refermée, Annick se saisit de son téléphone portable et appela chez elle pour prendre des nouvelles de ses deux autres enfants et de leur père. À la troisième sonnerie, elle reconnut la voix de son fils unique Théo qui lui confirma qu'il était seul à la maison, sa sœur Marie et son père Philippe, professeur de français dans le même collège que celui de sa fille, étant partis en début d'après-midi à la bibliothèque municipale. Son devoir accompli, Annick mit fin à la conversation pour satisfaire Théo, lequel détestait avoir à répondre aux questions de sa mère. Puis, après avoir jeté un coup d'œil rapide et satisfait à la psyché de la cabine d'essayages dont le rideau était resté ouvert, Annick appela Bastien, homme de neuf ans son cadet pour lequel elle se consumait d'un impatient désir depuis deux mois. Lorsqu'elle entendit sa voix chaude, son cœur se mit à battre plus fort et quiconque l'aurait observée en cet instant, aurait compris qu'elle avait attendu ce moment toute la journée.

– C'est moi, mon amour. Je te dérange ?

Annick n'attendit qu'une fraction de seconde, une réponse négative mais il lui sembla pourtant que le temps s'était arrêté.

– Bonjour, tu ne me déranges pas, il me reste quelques minutes avant ma réunion, je suis à toi.

– Quand viens-tu ? demanda-t-elle à brûle-pourpoint.

– Je ne pourrai pas me libérer cette semaine. Je suis extrêmement pris et je dois accueillir et accompagner nos clients pendant trois jours. Nous avons plusieurs séances de travail qui risquent fort de se prolonger tard dans la nuit.

Annick écouta d'une oreille distraite. Elle se moquait bien des obligations professionnelles de Bastien. Tout ce qui l'intéressait était de savoir quand elle pourrait enfin se blottir dans les bras de son amant. Tandis qu'il continuait à se justifier, Annick passait nerveusement ses doigts dans sa chevelure longue et bouclée puis lassée du long monologue de son interlocuteur, elle lui coupa brusquement la parole :

– Je comprends, je comprends, répéta-t-elle. Mais quand nous verrons-nous ?

– Je passerai lundi prochain vers seize heures, enchaîna Bastien après une brève hésitation.

– Je voudrais déjà être à lundi, tu me manques, répondit-elle d'une voix soudain radoucie.

Et, Annick raccrocha non sans avoir auparavant envoyé quelques baisers sonores.

Elise pensait encore au manque de compassion de sa mère au sujet de sa rupture avec Victor, lorsqu'elle arriva chez elle. Mais elle n'eut pas le temps de s'en attrister davantage car, à peine avait-elle terminé de ranger les quelques provisions achetées à la hâte et un peu au hasard au supermarché du coin, que deux coups de sonnette caractéristiques retentirent à la porte d'entrée.

Jennifer, sa voisine de palier et amie de longue date pour avoir fréquenté les mêmes classes qu'Elise jusqu'à la fin de leurs études, entra la mine un peu défaite.

– Victor vient de partir car il ne pouvait pas t'attendre davantage. Il est resté chez moi plus d'une heure et m'a raconté votre dispute d'hier soir. Il voulait te demander pardon et il m'a vraiment fait de la peine, dit Jennifer d'une seule traite sans laisser le temps à Elise de rétorquer. Je crois qu'il t'aime sincèrement.

Elise fronça les sourcils et parut à la fois incrédule et contrariée.

– Je suis désolée que Victor t'ait ennuyée avec nos histoires. De toute façon, je n'ai pas l'intention de lui pardonner.

– Peut-être devrais-tu lui laisser une autre chance ?

– Non, Jennifer. Je suis persuadée qu'il ne tient pas à moi autant qu'il veut bien te le faire croire. Je pense que ce qu'il regrette surtout, c'est son petit confort, dit-elle en s'asseyant dans le canapé.

– Réfléchis tout de même avant de rompre définitivement. Tu es encore sous le coup de la colère et je te comprends car, à ta place j'aurais réagi comme toi. Mais je t'en prie, ne prends pas de décisions que tu pourrais regretter par la suite.

Sur ce conseil d'amie avisée, Jennifer quitta la pièce, referma doucement la porte derrière elle et rentra dans son studio. Restée seule, Elise médita les paroles de son amie, pendant quelques minutes. Du plus loin qu'elle s'en souvînt, Jennifer lui avait toujours prodigué de précieux conseils et son avis plein de bon sens l'avait tirée plus d'une fois de situations embarrassantes. Pourtant, cette fois-ci, Elise était certaine de son choix et même si elle savait déjà qu'elle en éprouverait quelques inévitables regrets, elle était convaincue que sa relation avec Victor était définitivement terminée. Désormais, elle devait surtout se concentrer sur son travail et elle se promit de dissiper tout malentendu avec sa collègue afin que celle-ci donne un avis favorable à son patron pour une embauche définitive. Ensuite, elle s'accommoderait du fait de devoir vivre seule. Après tout, Victor avait été davantage un compagnon de route et un confident, que l'amour de sa vie. Inconsciemment, Elise avait toujours su qu'ils n'étaient pas destinés l'un à l'autre, car sans l'avoir encore vraiment éprouvé, elle se doutait que l'amour suscite un attachement et des sentiments beaucoup plus vifs que ceux qu'elle ressentait. Et le souvenir de sa colère en lieu et place des larmes, lorsqu'elle l'avait surpris avec une autre femme, lui confirma qu'elle prenait la bonne décision.

2

C'est un sourire accroché aux lèvres, qu'Annick Auclert ferma la boutique et adressa comme chaque soir un petit signe de la main à la mère de Tania, sa vendeuse, laquelle tenait la boulangerie juste en face du *Vent de la Mode*. D'un pas alerte, Annick traversa la rue Marceau pour se rendre au marché Gambetta. Puis, quelques minutes plus tard, elle monta dans la nouvelle voiture qu'elle avait choisie pour son petit modèle et sa maniabilité en ville et emprunta le boulevard Carnot pour rentrer chez elle. Indifférente aux embouteillages et aux coups de klaxons rageurs, elle ne cessait de penser à son prochain rendez-vous de lundi après-midi avec Bastien. Cela faisait maintenant deux mois qu'elle vivait sur un petit nuage et, à quarante-quatre ans, elle pensait depuis longtemps déjà que sa vie amoureuse était vouée à se résumer à la douce complicité entretenue depuis plus de vingt ans avec son mari. Annick ne s'était jamais plainte de sa vie conjugale et jusqu'alors elle avait accepté de se laisser couler dans le courant de ses habitudes en se contentant de sa vie de famille avec son mari et ses trois enfants, sans chercher plus avant. Et, malgré quelques infidélités dictées par son tempérament de feu, son cœur était resté acquis à son mari. Jusqu'à ce jour de janvier de cette année, son existence s'était donc déroulée tranquillement et sans histoires. Puis, bousculant tout ordre établi et toutes les conventions dans lesquelles elle s'était laissé porter consentante et passive, sa rencontre avec Bastien avait embrasé son cœur et son corps, du feu de la passion. Et depuis cet instant fatidique, elle ne cessait de se consumer.

Une dizaine de minutes plus tard, Annick se gara au bas de l'immeuble dans lequel elle occupait un quatre pièces depuis son mariage. Avant de tourner la clef dans la porte d'entrée, elle reprit son visage impassible. Philippe, son mari, vint l'embrasser en premier, suivi de près de Marie quatorze ans sa fille cadette, Théo devant être comme d'habitude, enfermé dans sa chambre.

– Bonjour, ma chérie. Comment s'est passée ta journée ? s'enquit Philippe, un tablier autour de la taille et un torchon dans la main.

– Moyennement, la collection de printemps démarre seulement, mais plusieurs clientes sont venues faire des essayages, répondit Annick tout en ôtant sa veste de tailleur.

Tandis qu'elle parlait, Philippe regarda sa femme avec admiration et pensa pour la millième fois de sa vie, qu'il avait beaucoup de chance.

– Maman, nous avons passé l'après-midi à la bibliothèque et ensuite, nous avons mangé une glace au chocolat avant de rentrer, dit la petite Marie de son air doux et ravi.

Enfant et élève modèle, Marie adorait passer le mercredi après-midi avec son père depuis son plus jeune âge et pour rien au monde, elle n'aurait laissé ces quelques heures de complicité en tête à tête avec lui, au hasard. Dès le mercredi terminé, Marie réfléchissait déjà aux manifestations ou aux activités auxquelles elle se consacrerait avec Philippe, la semaine suivante. Annick était sur le point de s'enquérir de Théo lorsque celui-ci daigna sortir de sa chambre pour le dîner. Manifestement, il ne s'était pas rasé depuis deux jours mais sa mère se garda bien de le lui faire remarquer car ce soir, elle n'avait pas l'esprit à rentrer en conflit avec son fils au sujet de son apparence. Annick regarda les tatouages sur les avant-bras de Théo et lui adressa un sourire en guise de bonsoir. Comme d'habitude le dîner préparé par Philippe était délicieux.

– Ma chérie, nos amis viennent toujours dimanche, n'est-ce pas ? demanda Philippe tout en servant le dessert.

Annick tendit son assiette et marqua un temps d'hésitation car elle avait complètement oublié avoir convié les collègues de Philippe au déjeuner dominical.

– Oui, bien sûr, je les appellerai demain pour leur indiquer l'heure.

Ce déjeuner pesait à Annick car Elsa et Francis respectivement professeur de dessin et de français, elle en était sûre, allaient encore parler pendant tout le repas de leurs élèves ou de questions pédagogiques. Annick serait tenue complètement à l'écart de la conversation et se retrouverait une fois encore, isolée et réduite à son rôle de parfaite maîtresse de maison. Cependant, elle n'en dit rien à Philippe, pour ne pas le décevoir.

– Ne te donne pas cette peine. Je verrai Francis au collège demain et lui demanderai de venir vers treize heures.

– C'est parfait, rétorqua Annick avec un air suffisamment convaincant pour satisfaire son mari.

Tandis que Philippe et Marie débarrassaient la table et faisaient la vaisselle comme tous les mercredis pour soulager Annick, celle-ci décida de prendre sa douche. Elle se contempla longuement dans le miroir et se trouva fort séduisante. Bastien était de neuf ans son cadet, mais elle pouvait encore largement rivaliser avec une femme de son âge et n'avait aucune inquiétude à avoir.

Annick passa le reste de la soirée à écouter Philippe, lui raconta brièvement la visite d'Elise mais ne dit rien de sa rupture avec Victor car elle ne souhaitait pas en discuter ce soir. Elle promit à Philippe de décider leur fille à venir passer la journée de dimanche avec eux. S'appliquant à ne rien laisser paraître, Annick ne cessa de penser à Bastien tout en s'efforçant de se concentrer sur la conversation de son mari qu'elle trouva longue et ennuyeuse. Car tout son esprit était tendu vers Bastien. Elle entendait sa voix chaude, revoyait ses yeux pleins de désir et rêvait de son sourire. Après un moment qui lui parut interminable, Philippe monta enfin se coucher et elle put demeurer seule, confortablement installée dans le salon à fantasmer sur le corps de son amant.

Vêtue de son pyjama rose, Marie vint comme à son habitude se pelotonner quelques minutes dans les bras de sa mère avant d'aller se coucher. Et, toutes deux restèrent ainsi à parler de tout et de rien dans la pénombre de la pièce éclairée par la lampe posée sur la table basse. En bonne mère, Annick fit quelques câlins à Marie et lui demanda si elle savait de quelle manière Théo avait occupé son après-midi. Devant l'air entendu de sa fille, Annick en conclut que Théo avait encore passé tout son temps devant son ordinateur et se promit de lui parler dans les jours suivants pour empêcher qu'il ne s'éloigne irrémédiablement et tenter de comprendre le monde dans lequel il semblait se complaire. Car depuis un peu plus de deux ans, Théo s'était détaché de sa mère et du reste de la famille et Annick avait tout d'abord mis cette situation sur le compte d'une banale crise d'adolescence puis, avait laissé faire sans véritablement essayer de comprendre son fils. Théo avait grandi bien trop vite au goût d'Annick et cette dernière, accaparée par l'ouverture et la gestion de sa boutique de prêt-à-porter pour femmes, avait laissé la situation se dégrader sans tenter d'y remédier. Au fond, Annick réalisait qu'elle n'avait vraiment jamais compris son fils, leurs relations s'étant bornées la plupart du temps aux seules questions du quotidien. Élève de première assez médiocre, séchant les cours de plus en plus souvent malgré un père enseignant, Théo s'était toujours désintéressé de ses études, retrouvant le sourire au moment de rejoindre ses copains musiciens. Le jeune homme formait avec ses amis un groupe de rock amateur et répétait des heures durant dans la cave de la maison appartenant aux parents de l'un d'entre eux. Et, lorsqu'enfin Théo se décidait à lâcher sa guitare électrique, c'était pour s'enfermer dans sa chambre et se connecter à Internet. Et dans ces conditions, il était difficile d'avoir la moindre conversation avec lui. Annick fut soudain tirée de sa rêverie par Marie qui venait de manifester le désir d'aller se coucher. Mère et fille quittèrent le salon ensemble et lorsqu'Annick se trouva dans sa chambre, elle fut soulagée de constater que Philippe s'était endormi. Elle se déshabilla, puis se glissa entre les draps frais avec une infinie précaution pour ne pas réveiller son mari et à peine eut-elle les yeux fermés que Bastien lui fit face.

3

À moitié réveillé, Valentin Deville sourit à sa mère tout en beurrant ses tartines. Comme presque chaque matin en cette saison, le soleil inondait déjà la cuisine bien qu'il soit huit heures à peine. Mère et fils savouraient en silence ce moment privilégié qu'ils s'accordaient depuis toujours comme un rituel incontournable, puis, après avoir bu quelques gorgées de café brûlant, le jeune homme de vingt-quatre ans engagea la conversation sur celle qui lui faisait battre le cœur depuis plusieurs années.

– J'ai aperçu Elise hier soir, depuis la boulangerie. Elle sortait de la boutique de sa mère et je lui ai trouvé l'air triste, commença Valentin.

Son visage fin et ses yeux clairs prirent exactement l'expression mélancolique de ceux de Nicole.

– Peut-être a-t-elle des soucis. Tu devrais te décider à lui parler. Je n'ai jamais vraiment compris pourquoi vous vous êtes quittés du jour au lendemain, confia celle-ci.

– C'est encore trop tôt pour moi. Et à quoi bon, maman ? Elle a choisi Victor et je dois respecter son choix même si cela me fait toujours aussi mal.

– Parle à Tania en arrivant à la boulangerie. Elle ne sera peut-être pas encore partie au *Vent de la Mode* et arrange-toi pour savoir si Elise et Victor vivent toujours ensemble car il se pourrait bien que ton Elise ait tout simplement une peine de cœur, rétorqua Nicole.

– Tu le crois vraiment, maman ?

– Oui, c'est tout à fait possible. Cette jeune femme est toujours optimiste et pleine de vie et je ne vois pas très bien ce qui pourrait entamer son enthousiasme à part une peine de cœur.

Il était vrai qu'en matière de déception amoureuse, Nicole savait de quoi elle parlait et l'air triste évoqué par Valentin lui rappelait les premiers signes extérieurs de sa propre déception. Car, il y avait longtemps déjà qu'Armand son époux et le père de ses deux fils lui avait ôté toutes illusions et à cinquante-huit ans, elle était une femme délaissée amoureusement. Et Nicole s'était résignée à cette certaine affection entendue qui s'installe peu à peu lorsque la passion commence tout d'abord par s'estomper pour totalement disparaître. Elle était devenue progressivement une compagne sans être une confidente, une femme au foyer disponible mais rarement sollicitée pour autre chose que les affaires du quotidien. Puis, Valentin quitta son air mélancolique et Nicole comprit qu'il allait changer de sujet, refusant de parler davantage de ses amours contrariées. Cependant, connaissant ce fils mieux que quiconque, elle insista :

– Ne reste pas ainsi à te poser des questions, car ce ne sont peut-être pas les bonnes. Promets-moi de parler à Tania pour essayer d'en savoir plus, conclut-elle.

Puis prenant un air complice pour lui confirmer que le sujet était clos, elle lui caressa les cheveux et poursuivit :

– Tu voulais me parler d'autre chose avant de partir ?

– As-tu des nouvelles de Bastien ? demanda Valentin tout en portant son bol dans l'évier.

– Non, pas depuis la semaine dernière. Mais ton frère est très occupé avec ses nouvelles responsabilités. Il ne faut pas lui en vouloir, ajouta Nicole tout en continuant à débarrasser la table. L'important est qu'il aille bien et s'il arrive à s'organiser dans son travail, d'ici quelques semaines, il sera tout à fait à l'aise dans ses nouvelles fonctions et il aura alors plus de temps à nous consacrer, poursuivit-elle.

Valentin sourit à sa mère en guise de réponse. Il n'était pas dupe et avait deviné la déception de cette dernière face à l'indifférence de Bastien et ce beau discours ne l'avait pas vraiment convaincu. Après cinq ans d'absence et de quasi-silence, Bastien s'était soudain décidé à reprendre contact avec sa famille au début de l'année en téléphonant à son père et en lui annonçant son retour en France. Des motifs de son rapprochement avec eux et de son départ de Londres, il n'avait jusqu'alors presque rien dit. Et Valentin se demandait quel événement suffisamment grave avait incité son frère à quitter sa femme et son fils, pour venir s'installer à Cannes.

– Lui demanderas-tu de venir dîner à la maison lors de son prochain appel ? s'enquit Valentin.

– Oui, ton père souhaite avoir l'occasion de parler en tête à tête avec lui au plus vite, pour essayer de comprendre ce qui est arrivé. Car même s'il n'en dit rien, je sais qu'il s'inquiète et veut connaître les vraies raisons de son retour. En effet, ton père ne croit pas qu'une simple opportunité professionnelle, si alléchante soit-elle, ait pu être suffisante pour inciter ton frère à quitter du jour au lendemain sa famille et une ville qu'il adore. Il est persuadé qu'il a dû se passer quelque chose de grave et il veut savoir de quoi il s'agit exactement.

Tandis qu'elle parlait, Valentin regardait sa mère faussement affairée à laver les bols et pensait que malgré ses efforts et ce qu'elle voulait bien en dire, il lui tardait également d'en savoir davantage. Et, ce n'était pas le léger tremblement perceptible dans sa voix qui pouvait le convaincre du contraire. À cet instant précis, Armand entra à son tour dans la cuisine.

– Bonjour, lança t-il assez sèchement.

– Bonjour, répondirent en chœur mère et fils.

Tous deux le regardèrent un moment se servir le café sans parler puis, confrontée au silence pesant auquel elle ne s'était jamais vraiment habituée, Nicole le rompit la première.

– Avec ce beau temps, j'ai décidé d'aller au marché ce matin. Quelque chose de spécial te ferait plaisir ? demanda-t-elle gentiment.

– Non, rien en particulier. Je te laisse choisir, ton menu me conviendra parfaitement.

Puis, s'avisant du léger malaise environnant il demanda :

– Tout va bien ? Je vous trouve bizarres ce matin.

Lorsque Valentin lui retraça en substance sa conversation avec sa mère au sujet de Bastien, Armand sembla se refermer un peu plus puis, peut-être plus brusquement qu'il ne l'aurait voulu, il coupa la parole à son fils.

– Ne vous en faites pas pour Bastien, lança-t-il en les regardant tour à tour, il a la tête sur les épaules et que je sache, il ne prend jamais de décision au hasard. S'il a décidé de rentrer en France, c'est qu'il avait de bonnes raisons de le faire.

– Je te sais pourtant inquiet, se risqua Nicole.

Car elle savait son mari suffisamment adroit et rompu pour dissimuler parfaitement ses véritables sentiments.

– Sûrement moins que toi, répondit-il en prenant son air hautain derrière lequel il savait si bien se retrancher lorsqu'il était embarrassé. De toute façon, je vais essayer de le joindre sur son portable pour le faire venir à la maison dès la semaine prochaine et je suis convaincu qu'il nous fournira une explication logique et mettra ainsi un terme à vos questions à tous les deux.

Ayant dit, il se leva brusquement et quitta la cuisine sans leur adresser le moindre regard.

Nicole et son fils se retrouvèrent seuls et consultant soudain sa montre, ce dernier constata qu'il devait se hâter s'il voulait avoir encore une chance de trouver Tania à la boulangerie et l'interroger au sujet d'Elise. Il saisit son blouson au portemanteau de l'entrée et se retrouva immergé dans la fraîcheur du matin. Tandis qu'il frissonnait légèrement, et parcourait les quelques centaines de mètres le séparant de *L'Oh ! à la bouche*, Valentin déplora une fois de plus l'attitude distante de son père auquel il osait de moins en moins souvent adresser la parole, et se demanda combien de temps encore, il lui reprocherait d'avoir quitté l'école après la troisième pour préparer un CAP de pâtissier. Contrairement à son frère Bastien, Valentin n'avait jamais eu de goût pour le lycée et le souvenir de l'esclandre de son père lorsqu'il lui avait annoncé son intention de ne pas poursuivre ses études, lui revenait régulièrement avec la même vivacité, le laissant à chaque fois dans l'incompréhension. Lors de cette altercation, son père l'avait humilié en dénigrant son choix, et Valentin en était encore à se demander certains jours, s'il n'aurait pas mieux fait de quitter la maison comme cela lui avait été ordonné. Pourtant, malgré le malaise qui régnait toujours entre eux, il lui arrivait aussi de remercier le ciel d'avoir eu le courage de rester, pour pouvoir continuer à partager sa complicité avec sa mère. Car Valentin et sa mère étaient aussi proches que pouvaient l'être Bastien et Armand, mais d'une manière très différente.

Lorsque Valentin arriva enfin à la boulangerie-pâtisserie, il constata un peu désolé l'absence de Tania laquelle était à la fois son amie d'enfance et la fille de sa patronne. Selon toute évidence, elle était déjà partie pour le *Vent de la Mode.* Alors s'adonnant entièrement à sa deuxième passion après celle qu'il nourrissait pour la peinture, il se mit en devoir de préparer les crèmes au beurre comme prévu afin de terminer les gâteaux pour la clientèle de ce week-end à l'avant-goût de printemps.

4

Comme tous les vendredis soir, *La Nuit Blanche* était pleine à craquer. Installée à la proche périphérie de Cannes, la boîte récemment ouverte par un couple d'anciens cadres parisiens attirait les noctambules venus de tous les environs allant même jusqu'à drainer une partie de la clientèle de Saint-Raphaël. Et, c'est là que Tania passait la plupart de ses soirées du week-end en compagnie de quelques amis de son âge, habitués des lieux et de personnes toujours nouvelles, venues se rendre compte par elles-mêmes si l'établissement était à la hauteur de sa réputation d'endroit à la fois chic et branché. Il était à peine vingt-trois heures et la jeune femme d'origine slave, à la silhouette fine et élancée, au teint clair et délicat, constata que les groupes s'étaient déjà formés et qu'il était quasiment impossible de trouver un fauteuil ou un coin de table où poser son cocktail de fruits. À travers le brouhaha et la fumée, aveuglée par les projecteurs, elle adressa quelques signes à de vagues connaissances, mais ne trouva aucun de ses compagnons de nuit avec lesquels elle avait l'habitude de passer quelques heures à se détendre. La musique assourdissante résonnait jusque dans sa tête et dans son cœur, lui donnant l'impression de respirer au rythme de la basse. Tania continua ainsi un moment à évoluer dans les différentes parties de la boîte, son verre à la main et son sac rose en bandoulière, lorsqu'elle aperçut un homme, et malgré la distance et la lumière irrégulière, celui-ci lui sembla à la fois étranger et solitaire.

Installé sur un tabouret haut à l'extrémité du bar, il tournait pensivement son verre entre ses doigts sans prêter attention à l'agitation et semblait-il, sans voir personne. Pourtant, à peine Tania s'approcha-t-elle du bar pour poser sa consommation tout en restant à une distance raisonnable de l'homme, que ce dernier tourna légèrement la tête vers elle, comme s'il venait brusquement de réaliser qu'il n'était pas seul. Tania, perdue dans ses pensées, ne remarqua rien. Elle commençait à regretter de ne pas s'être assurée auprès de deux ou trois copines de la présence de celles-ci ce soir à *La Nuit Blanche.* Cela faisait plusieurs mois, sauf rares exceptions, que tous ses amis et elle-même passaient systématiquement leurs soirées ici et s'y retrouvaient par un accord tacite, sans avoir à prendre soin de se donner rendez-vous auparavant. Et, c'est seulement en cas d'impossibilité de se libérer que les premiers étaient chargés d'informer tous les autres. Voilà pourquoi Tania était à la fois étonnée et déçue de n'avoir pas été avertie, et à la perspective de rester seule, elle envisagea un instant de rentrer chez elle.

Tania n'avait pas de petit ami attitré, car à vingt-deux ans, elle trouvait prématuré de s'engager dans une relation durable avec un garçon. Elle avait bien fréquenté un jeune homme pendant presque cinq mois, mais celui-ci jaloux de nature lui avait tant de fois demandé de se justifier sur ses faits et gestes qu'elle s'était vite lassée et avait préféré rompre. Et, même s'il lui arrivait encore de regretter son choix comme ce soir, au fond elle s'en accommodait assez bien. Car pour avoir vécu cette brève expérience ou finalement il en était ressorti beaucoup de contraintes et peu de plaisir, Tania savait à présent que la liberté n'a pas de prix. Et, le jour de sa rupture, elle s'était promise lors d'une prochaine relation amoureuse, de garder la maîtrise de la situation et non de la subir. Au moment où elle terminait son cocktail et s'apprêtait à partir, l'homme lui sourit.

– Puis-je me joindre à vous ? s'enquit-il d'une voix à la fois grave et triste, puis il se leva en joignant le geste à la parole.

Surprise d'entendre cet inconnu s'adresser à elle, Tania ne répondit pas tout de suite.

– Il me semble que nous sommes seuls tous les deux, poursuivit-il en prenant place sur le siège disponible près de la jeune femme.

– Si vous voulez, finit-elle par articuler. Mais je ne vais pas tarder à partir.

Tania ne put s'empêcher de constater à part elle l'élégance de cet homme fort séduisant. De tout son être, il se dégageait une sorte de force tranquille mêlée d'une certaine mélancolie. Puis, s'enhardissant quelque peu, il se présenta tout en lui tendant la main.

– Je m'appelle Bastien, dit-il simplement.

L'homme était vêtu avec recherche et ses yeux gris-bleu se plantèrent sans ciller dans ceux de Tania.

– Moi, c'est Tania, rétorqua la jeune femme en serrant une main vigoureuse.

– Rassurez-vous, poursuivit Bastien, je ne veux pas vous ennuyer. Mais vous aviez l'air perdu et je me suis dit qu'un peu de compagnie vous ferait peut-être plaisir.

Tania accepta le verre gentiment proposé et détailla davantage l'homme qui venait de l'aborder non sans une certaine admiration. Puis, après un bref examen, elle en conclut qu'il devait certainement avoir trente ans passés. Ils restèrent ainsi à discuter pendant une bonne heure, Tania parlant beaucoup d'elle et son interlocuteur l'écoutant patiemment sans rien dévoiler de sa personne.

– Ainsi, voyez-vous, dit Tania ravie de l'attention soutenue de Bastien, vous savez tout de moi ou presque. En tout cas, vous connaissez l'essentiel. Mais ma vie doit vous sembler bien plate comparée à la vôtre, poursuivit-elle.

Car Bastien, manifestement peu bavard quant à sa vie personnelle, avait tout de même fini par lui confier qu'il était de retour en France depuis peu, après avoir résidé et travaillé plusieurs années à l'étranger. Puis la conversation s'épuisant un peu et la fatigue aidant,

Bastien proposa à Tania de la raccompagner à Cannes, car il habitait lui aussi tout comme la jeune femme à deux pas de La Croisette. Tania avait sa propre voiture et elle fit le chemin du retour en précédant Bastien. Contrairement à son caractère et à ses habitudes, elle avait proposé à ce dernier, spontanément et sans réfléchir aux conséquences un peu hasardeuses, de venir boire un dernier verre chez elle. Et, chemin faisant, elle regrettait presque d'avoir eu cette audace et se demanda ce qui lui avait pris de se jeter quasiment au cou de cet homme qu'après tout, elle ne connaissait pas. Arrivée devant son domicile, Tania se gara et ce faisant, elle décida de prétexter un mal de tête pour prendre congé et rentrer seule chez elle. Elle descendit de la voiture et attendit Bastien puis, oubliant ses bonnes résolutions et ses craintes, elle le fit entrer dans son studio.

Lorsqu'elle s'éveilla aux côtés de son amant, Tania consulta le réveil et constata qu'il était trois heures quinze. Elle contempla un instant l'homme endormi dans son lit et eut une merveilleuse sensation de bien-être. Puis, elle se souvint des deux verres d'alcool qu'elle avait avalé l'un derrière l'autre pour se donner une contenance. Tania était une personne particulièrement sobre et d'ordinaire plutôt responsable et réfléchie. Elle s'étonna donc d'avoir ainsi perdu tout contrôle d'elle-même. Ne sachant si elle était plus gênée que ravie de s'être ainsi laissée aller, elle décida de ne pas se poser davantage de questions et se leva pour aller boire un verre d'eau dans la cuisine.

Lorsqu'elle revint dans la pièce principale, elle regarda ses vêtements et ceux de Bastien éparpillés au sol. Puis elle s'aperçut que le portefeuille de son amant était sorti de la poche de sa veste et gisait ouvert au sol. Mue par une curiosité inhabituelle, Tania fut alors tentée d'en savoir plus. Elle jeta un œil rapide au visage de Bastien, s'assura durant quelques secondes de sa respiration régulière, saisit le portefeuille et examina son contenu. Elle vit tout d'abord un permis de conduire plié, et n'eut pas l'idée de l'ouvrir. Puis, elle découvrit une photo sur laquelle posaient ensemble une jeune femme et un enfant d'environ trois ans. Ensuite, Tania tira sur la carte d'identité légèrement coincée dans son étui et, interdite, elle réalisa qu'elle venait de faire l'amour avec le frère de son copain Valentin : Bastien Deville.

5

Annick s'affairait dans la cuisine, un peu dépassée par les événements, car à onze heures, elle n'avait toujours pas commencé à préparer le repas. Et elle en était sûre, comme à chaque fois, Elsa et Francis sonneraient très largement avant l'heure convenue. Tout en installant les deux pintades dans le plat du four, elle repensait avec contrariété à la journée de la veille où faute de clients et d'occupations, elle n'avait cessé de tenter de joindre Bastien, mais en vain. Apparemment, il ne travaillait pas le samedi, mais il n'avait pas jugé utile de la prévenir. Son silence total quant à ses activités du weekend, ajouté à son refus déguisé de lui donner son adresse, la préoccupaient plus qu'elle ne l'aurait voulu et ce matin, elle ne pouvait s'empêcher de se demander si son amant ne lui cachait pas quelques secrets. Mais l'arrivée d'Elise et de Philippe l'empêcha de poursuivre sa réflexion.

– Bonjour, maman, ça va? Tu veux de l'aide? s'enquit Elise tout en entrant dans la cuisine, son père sur ses talons portant le pain et le gâteau qu'il venait d'acheter à *L'Oh! à la bouche* après être allé prendre sa fille chez elle.

– Je m'en sors à peu près, ça va aller, répondit Annick en tendant sa joue. Aide plutôt ton père à mettre la table, si tu veux bien, poursuivit-elle.

Une fois encore, Elise fut presque soulagée de ne pas être obligée de rester en tête à tête avec sa mère et elle s'exécuta de bonne grâce en suivant Philippe dans le séjour. Car elle avait toujours été plus proche de son père et pouvait discuter librement de tous les sujets ou presque avec lui, contrairement à sa mère qui lui opposait systématiquement cette sorte d'indifférence qu'elle connaissait si bien. Dans la voiture qui les ramenait au Cannet, Elise avait continué à parler de sa rupture avec Victor, persuadée que son père en avait été informé. Et devant son air étonné, elle avait dû se rendre une fois de plus à l'évidence : Annick n'en avait pas soufflé mot, exactement comme si cela ne présentait aucun intérêt.

Une fois la table dressée, Elise eut envie de voir Marie et Théo mais ce dernier était absent pour la journée. La veille au soir, il avait brusquement prétexté une répétition de rock chez son copain, soi-disant prévue de longue date et avait réussi à convaincre ses parents de le laisser partir pour la journée. Quant à Marie, elle était absorbée par la lecture d'un ouvrage sur les costumes régionaux lorsque sa sœur entra dans sa chambre.

– Bonjour, Marie, lança Elise sur un ton enjoué tout en l'embrassant.

– Salut, répondit celle-ci en levant le nez de son livre. Papa m'a prévenue hier soir que tu devais passer la journée avec nous. Victor est là aussi ? continua-t-elle tout en s'étirant paresseusement.

– Non, nous avons rompu, répondit simplement Elise laquelle n'avait jamais eu de secret pour Marie malgré leur différence d'âge.

– Désolée, mais je dois bien t'avouer que je ne l'ai jamais trop apprécié. J'aimais mieux quand tu étais avec Valentin, poursuivit-elle innocemment.

Puis, les deux sœurs descendirent car il était tard et les invités n'allaient pas tarder à arriver.

Annick, restée seule, continuait à penser à Bastien mais curieusement, sa mauvaise humeur du matin s'était dissipée pour laisser place à une impatience grandissante. En effet, tout son esprit était tendu vers son rendez-vous du lendemain à seize heures. Elle avait bien l'intention d'obtenir quelques éclaircissements concernant les occupations et le mode de vie de Bastien et comptait sur son charme pour inciter son amant à se dévoiler, au moins un peu. Et, si malgré tout, il persistait dans son silence, Annick improviserait le moment venu.

Puis, des éclats de voix parvinrent jusqu'à la cuisine et elle comprit qu'Elsa et Francis étaient arrivés. Annick remit un peu d'ordre dans sa chevelure, ôta son tablier et vint accueillir les amis de son mari, un sourire aux lèvres.

Lorsque tout le monde fut un peu calmé et se tint dans le salon pour l'apéritif, la maîtresse de maison se retira poliment en prétextant quelques tâches de dernières minutes, ne pouvant attendre. Tandis qu'elle écoutait les éclats de rire fuser bruyamment, Annick termina de disposer joliment les toasts dans de petits plats dorés et se promit finalement de rester à table tout au long du repas et de ne pas s'absenter au moindre prétexte, comme elle avait tout d'abord envisagé de le faire. Après tout, Elsa et Francis pouvaient se montrer charmants lorsqu'ils discutaient d'autres choses que de travail et Annick venait de décider de leur laisser encore une chance de trouver grâce à ses yeux. Finalement, elle passa un moment agréable, se mêlant à la conversation et prêtant attention à chacune des personnes présentes. Elle se montra disponible et parfaitement à l'aise dans son rôle d'hôtesse. Puis, soudain désireuse de susciter davantage encore l'approbation de Philippe, elle profita d'un bref répit pour demander :

– Et Gaspard ? Que devient-il ? Parlez-moi un peu de lui.

Gaspard était la fierté de ses parents adoptifs et Annick était consciente de faire plaisir à ses convives en demandant de ses nouvelles.

– Tout va bien pour lui, commença Francis dont les yeux à moitié dissimulés derrière une énorme monture en écaille, pétillèrent de joie. Il adore sa vie d'étudiant à Nice.

– Son dernier partiel s'est très bien passé et le droit est une véritable passion pour lui. Cela va bien au-delà de ses études intervint Elsa.

Elsa était une petite femme, toute menue et à la silhouette juvénile. Et, tout en regardant son visage s'animer, Annick pensa qu'elle devait plaire aux hommes et avait de toute évidence dû faire déjà bien des ravages parmi la gent masculine.

– Comment cela ? questionna Annick tout en paraissant fort intéressée.

– Pour Gaspard, tous les sujets d'actualité ou les événements du quotidien ont un rapport direct avec le droit. Il trouve immédiatement pour chaque circonstance, la faille ou le point précis qui permet de résoudre le problème au moins partiellement, en avançant un argument auquel ni vous ni moi n'aurions pensé, expliqua Elsa dont le collier de nacre se mariait admirablement avec son corsage.

– En fait, nous sommes persuadés de ses capacités, renchérit Francis. Il parviendra à trouver lui-même la meilleure orientation à donner à sa carrière quand il aura exploré toutes les pistes offertes par ses études.

Francis était lancé et il continua ainsi à parler de Gaspard avec admiration et respect, en se tournant régulièrement vers sa femme pour s'assurer de l'adhésion de celle-ci, à son opinion.

L'après-midi se déroula donc dans la bonne humeur et Marie n'en finissait plus de montrer ses cahiers de classe et les notes obtenues à ses contrôles depuis le début de l'année scolaire. Elise et Annick se parlèrent un peu mais échangèrent surtout des sourires faute de sujet de conversation. Quant à Philippe, il prit soin de faire participer chaque membre de sa famille comme pour convaincre ses amis de son bonheur simple et tranquille.

Puis, Théo entra dans la pièce juste au moment où le couple s'apprêtait à prendre congé. Annick surprit alors le regard réprobateur échangé par Elsa et Francis lorsque son fils les salua. Si elle en fut un peu offusquée sur l'instant, elle finit cependant par partager leurs impressions en détaillant son fils. Théo ne s'était toujours pas rasé et ses cheveux, à moitié noués par un catogan, ajoutaient encore à son aspect négligé. Sa chemise largement ouverte laissait voir sa poitrine en partie tatouée et son jean était personnalisé par des dessins dont le message restait obscur pour sa mère. Annick était pourtant persuadée que son fils entretenait soigneusement son apparence par pure provocation et qu'au fond, il était plutôt un jeune homme équilibré à l'esprit rationnel. Elle se promit donc, une fois encore, de lui parler pour essayer de se rapprocher de l'adolescent afin d'éviter de laisser la situation empirer. Annick devinait aussi la gêne de son mari, lequel aurait sûrement préféré que Théo ne se montre pas ainsi à ses collègues, même s'il adorait son fils.

Quelques minutes à peine, après le départ des invités, Elise demanda à son père de la raccompagner à Cannes en prétextant une soudaine fatigue due à une mauvaise nuit. Quand Annick se retrouva enfin seule, Marie étant allée dire bonjour à une petite voisine, elle dégusta son thé sur un coin de table resté libre puis, elle ferma légèrement les yeux et se mit à penser au lendemain. Tout en portant la tasse à ses lèvres, Annick hésitait quant à sa tenue et pensa au prétexte qu'il lui faudrait encore inventer pour justifier son absence en plein au milieu de l'après-midi, auprès de Tania. Puis, elle se demanda comment elle pourrait amadouer Bastien, pour qu'au cours de leur brève rencontre, il finisse par lui accorder suffisamment sa confiance, afin se dévoiler. Car Annick doutait de la magie de son seul charme, pour arracher quelques confidences à son amant.

Lorsqu'il rentra, Philippe trouva sa femme presque assoupie au milieu du capharnaüm de la cuisine. Et, loin de se douter des préoccupations de cette dernière, il lui proposa de ranger la maison afin de lui permettre d'aller se reposer dans le salon.

6

Lorsque Bastien arriva au *Cash Minute*, il n'était pas tout à fait huit heures et les locaux du troisième étage étaient déserts. Après avoir allumé les néons du plateau, il entra dans son bureau, posa son attaché-case et leva le store vénitien. Il profita du court instant de tranquillité qui lui restait avant l'arrivée des employés, pour admirer la vue magnifique donnant sur le vieux port. Le quai fourmillait des gens se rendant à leur travail et bon nombre de pêcheurs étaient déjà sortis en mer. Puis, comme tous les matins, Bastien adressa un regard circulaire à la baie dont les eaux remuaient imperceptiblement et il se félicita une fois encore d'avoir choisi de revenir vivre dans sa ville natale. Puis, soudain tiré de sa rêverie, il entendit les employés entrer bruyamment. La porte du plateau claqua à plusieurs reprises tandis que l'unique pointeuse ne fournissait pas à enregistrer les cartes magnétiques des arrivants. Cela faisait presque deux mois maintenant, que Bastien avait pris ses nouvelles fonctions dans cette société de sous-traitance de prestations de services. Occupant le poste de responsable d'activité, il était chargé de veiller au bon fonctionnement du service et de répondre à la fois aux exigences de son employeur et à celles de la banque pour laquelle finalement, il travaillait indirectement.

À trente ans, végétant dans une compagnie des environs de Draguignan, sans entrevoir aucune évolution de carrière, Bastien avait brusquement pris la décision de tenter sa chance à Londres, où plusieurs de ses amis s'étaient installés et avaient gravi les échelons rapidement avec pour tout bagage, un seul baccalauréat en poche. S'ennuyant dans ses fonctions et libre de toute attache sentimentale, il avait donné sa démission sans prévenir personne et était parti vivre outre-atlantique, malgré la désapprobation de son père. Et bien lui en avait pris, puisqu'en cinq ans à peine, il avait réussi l'exploit de passer d'un poste de simple chargé de clientèle à celui de chef de service d'une cinquantaine d'employés. Pourtant, son ascension avait mal démarré. Et après avoir cherché du travail pendant presque un mois dans une ville où soi-disant il était possible d'en obtenir en quarante-huit heures, il avait été contraint d'accepter dans un premier temps, un emploi de polyvalent dans un fast-food du centre-ville. Sa rigueur et son esprit d'initiative avaient vite porté leurs fruits et six mois à peine après son entrée dans la société, il s'était retrouvé propulsé manager d'une équipe de huit personnes. Continuant toujours à chercher un emploi plus en accord avec ses goûts, Bastien avait fini par obtenir un poste dans une société de téléphonie en qualité de chargé de clientèle. Puis, il était devenu responsable de groupe et c'est grâce à cette qualification et à son anglais parlé couramment, qu'il avait passé avec succès les tests et les entretiens d'embauche au *Cash Minute.*

Après avoir fait un tour de la plate-forme du centre d'appel pour dire bonjour à chacun de ses collaborateurs, Bastien prit connaissance des dossiers urgents, planifia sa journée en fonction des priorités et se souvint brusquement de son rendez-vous avec Annick. Il lui avait promis de la rejoindre à seize heures dans le petit hôtel où ils avaient pris l'habitude de se retrouver. Puis, son collègue et homologue, puisque coresponsable du service, entra dans le bureau sans frapper, le faisant sursauter.

– Comment vas-tu, Bastien ? lança Hubert de son air jovial tout en lui donnant une tape chaleureuse sur l'épaule.

– Bien, je te remercie, répondit Bastien en s'efforçant d'imiter le ton de celui qui l'épaulait très amicalement depuis son tout premier jour dans la société.

– N'oublie pas notre déjeuner avec le responsable du site de Nantes, Monsieur Olier.

– Ne t'inquiète pas, mon dossier est prêt depuis trois jours et je suis persuadé d'être capable de lui faire accepter l'utilité d'harmoniser nos méthodes de travail.

Bastien tendit alors une chemise à son collègue contenant les points essentiels à soulever pendant ce déjeuner. Il avait également rédigé quelques propositions visant à améliorer le taux de décroché et espérait recevoir l'appui d'Hubert et convaincre leur invité.

– Merci, je vais y jeter un œil mais je te fais confiance, répliqua Hubert.

Se saisissant du dossier, il sortit du bureau et disparut rapidement dans le couloir comme il était arrivé.

Resté seul, Bastien traita quelques affaires urgentes et se mit à penser à la jeune femme avec laquelle il avait passé la soirée de vendredi à *La Nuit Blanche*. Tania l'avait séduit par sa fraîcheur et par sa spontanéité. Avant son départ le samedi matin, elle ne lui avait pas vraiment donné rendez-vous, mais lui avait indiqué qu'elle se trouverait au même endroit et à la même heure, le vendredi suivant. Et l'amant avait compris l'invite. Cependant, il était tout de même un peu déçu, car en cet instant, il aurait aimé lui parler un peu, juste pour le plaisir d'entendre sa voix. Or, ils s'étaient quittés très simplement sans même penser à échanger leurs numéros de téléphone. Bastien ne connaissait quasiment rien d'elle à part le fait qu'elle était vendeuse dans une boutique de prêt-à-porter près du marché Gambetta. Il esquissa un sourire à l'idée de la revoir bientôt, car sa liberté et sa façon d'être lui plaisaient. Même si Bastien attribuait une fois de plus son aventure au seul attrait de son physique et non à sa personnalité, cela lui convenait parfaitement pour l'instant. Car, dans l'état d'esprit où il se trouvait, il n'avait pas envie de s'engager dans une relation sérieuse et préférait laisser le hasard faire son œuvre.

Puis, son visage se crispa légèrement, car il pensa à son rendez-vous avec Annick. Cette femme sublime était devenue sa maîtresse dès leur première rencontre survenue deux mois plus tôt, et cette relation commençait à l'étouffer un peu. Bastien se demanda comment il allait bien pouvoir s'y prendre pour annoncer à Annick dès cet après-midi son désir de mettre un terme à leur liaison. Elle était brusquement entrée dans sa vie un jour de janvier et subjugué par sa beauté et particulièrement vulnérable à la suite de son récent divorce, il s'était alors imprudemment laissé emporter par le charme de cette femme surgie de nulle part sans crier gare. Mais, au cours de leurs différents tête à tête, Bastien avait vite réalisé que sa passivité lui avait fait perdre le contrôle de la situation. Et, à présent, il se sentait à la fois piégé par l'attention pesante de cette maîtresse et dépassé par une relation qu'il n'avait pas vraiment souhaitée. Bastien consulta sa montre et son appréhension augmenta d'un degré. Il sentait confusément que cette dernière entrevue connaîtrait une issue probablement pénible. Il déjeuna donc en compagnie de ses deux collègues, la tête un peu ailleurs, et c'est à peine s'il prêta attention aux plats succulents servis par un garçon au style irréprochable. Les remerciements chaleureux adressés par Monsieur Olier au moment de regagner Nantes le rassurèrent un peu. Comme d'habitude, Bastien avait parfaitement réussi à dissimuler son malaise.

À quinze heures trente, Bastien prévint la secrétaire de son absence pour le reste de la journée et prit congé auprès d'Hubert. Tout en quittant la société d'un pas rapide, il venait de décider de modifier son attitude habituelle en allant droit au but avec Annick. Il lui annoncerait donc sa décision de rompre dès la porte de la chambre refermée. Et, tant pis, si pour une fois, il devait passer pour un goujat, lui qui mettait toujours un point d'honneur à laisser le privilège du dernier mot aux femmes, car, cette fois-ci, il en était certain, il n'avait pas d'autre choix pour arriver à ses fins. Bastien se gara devant *La Nuit Étoilée* de la rue d'Antibes et revit un instant le visage de Tania. Même si celle-ci n'était en rien impliquée dans sa décision de rompre avec Annick, le souvenir de son sourire l'apaisa un peu. Il n'eut pas besoin de décliner son identité lorsqu'il se présenta à la réception. Car, d'un signe entendu le patron du petit hôtel lui indiqua l'absence de la clé au tableau.

7

Arrivé devant la chambre 115, Bastien frappa deux coups discrets et immédiatement la porte s'ouvrit, laissant Annick apparaître, un large sourire aux lèvres et un déshabillé de soie en dentelle rose et blanc épousant parfaitement les courbes de son corps.

– Mon amour, tu m'as tellement manqué, dit-elle dans un souffle en se jetant dans les bras de son amant et en l'enlaçant étroitement.

– M'attends-tu depuis longtemps ? demanda Bastien en guise de réponse et tout en refermant la porte derrière lui.

– Depuis assez longtemps pour me demander si tu viendrais.

– Écoute, Annick, commença-t-il, nous devons parler…

– Plus tard, mon chéri, coupa Annick en attirant son amant vers le lit où elle s'était à demi-allongée en adoptant une pause qui ne laissait pas de place à l'équivoque quant à ses intentions.

Puis, constatant le manque de réaction de Bastien, elle se leva et voulut lui prendre la main pour le forcer à se rapprocher d'elle.

– Ça suffit ! Arrête un peu, répliqua-t-il d'un ton sec. Ne rends pas la situation plus difficile, c'est suffisamment compliqué comme ça, poursuivit-il les traits tendus par la frustration de ne pas être entendu.

– Mais… mon amour !

– Écoute-moi un peu, veux-tu ? demanda-t-il d'un ton qui ne souffrait pas de répliques.

Le visage d'Annick s'était peu à peu défait et son sourire radieux s'était évanoui pour laisser place à l'inquiétude.

– Quelque chose ne va pas ? Tu es malade ? demanda-t-elle presque soulagée d'avoir trouvé cette explication.

– Tu n'y es pas du tout. D'ailleurs, si tu cessais de me couper constamment la parole peut-être pourrais-je te dire la vérité ?

– Je t'écoute, réussit à articuler Annick le ventre noué par une angoisse grandissante.

Le visage crispé de Bastien et son attitude agressive ne laissaient rien augurer de bon. Annick attendait cet homme chaque jour de toute son âme et l'idée insensée d'être quittée à cause d'un désir non partagé lui traversa l'esprit et tout son corps se révulsa.

– C'est fini, cria presque Bastien en lui jetant un regard hargneux.

– Pardon ?

– Nous deux, nous deux, c'est fini. On arrête là.

Ses mains dissimulées dans les poches de son pantalon s'étaient refermées comme sur la défensive.

Incapable d'articuler un mot, Annick, les larmes aux yeux, leva son visage vers Bastien. Il la toisait du haut de son mètre quatre-vingts et elle vit ses yeux gris-bleu lancer des éclairs de colère contenue, comme pour la mettre en garde et la dissuader de s'accrocher à lui.

– Mais pourquoi ? Pourquoi ? répéta Annick les mains jointes comme en prière. Explique-moi, ai-je fait ou dit quelque chose qui t'a déplu ? Réponds-moi, mon amour, implora-t-elle.

– Non, tu n'as rien à te reprocher, dit Bastien brusquement radouci par l'air désemparé d'Annick. Mais, nous devons mettre un terme à notre relation dès à présent. Crois-moi, c'est mieux ainsi.

Il s'était mis à marcher nerveusement dans la pièce, allant du lit à la fenêtre et vice versa, sans sembler pouvoir s'arrêter. La réaction d'Annick commençait par le déstabiliser et il ne voulait à aucun prix retomber dans ses filets. Il aurait largement préféré une scène avec cris et menaces de manière à n'éprouver aucun remords. Car, il s'était convaincu en rentrant dans la chambre, que leur rupture se passerait ainsi. Aussi, se retourna-t-il vivement en plantant ses yeux dans ceux d'Annick pour essayer de déjouer ce qu'il croyait être un piège.

Cependant, la détresse de sa maîtresse lui parut criante de vérité et il dut admettre que la femme qui pleurait était sincère et ne jouait pas la comédie.

– Qu'ai-je fait pour mériter cela, se lamenta-t-elle.

– Encore une fois, tu n'as rien à te reprocher.

Bastien ne comprenait pas l'attitude d'Annick. Il se demandait pour quelles raisons cette femme, suscitant l'admiration des hommes la croisant dans la rue, s'accrochait ainsi à lui, en tournant le dos à sa dignité. À présent, Annick le fixait sans bouger, le corps recroquevillé et son visage baigné de larmes finit par l'émouvoir.

– Écoute, dit Bastien en lui prenant affectueusement les mains. Tu as un mari formidable qui t'adore et trois beaux enfants. Ne t'accroche pas à moi, tu m'oublieras.

– Mais je ne pourrai pas, jamais ! lança-t-elle dans un cri de détresse.

– Je ne t'apporte rien de bon, et je ne peux rien te promettre. Crois-moi, c'est mieux ainsi.

Le ton de Bastien avait changé et agenouillé près de sa maîtresse, on aurait dit qu'il consolait une enfant.

– Mais je t'aime ! Je ne supporterai pas la vie sans toi ! C'est à cause d'une autre femme ? s'enquit-elle d'un air plein de défiance.

– Pas du tout, cela n'a rien à voir. Tu dois rester avec Philippe, nous ne pouvons pas continuer à nous voir ainsi, clandestinement.

Annick sembla soudain reprendre espoir.

– Je vais me rendre libre, car tu me veux toute à toi, c'est bien ça ? insista-t-elle.

– Ça suffit maintenant, Annick !

Le ton de Bastien était redevenu dur.

– Cesse de faire semblant de ne pas comprendre. Nous n'avons pas d'avenir ensemble c'est aussi simple que cela, jeta-t-il en perdant patience. Nous allons cesser de nous voir et tu dois respecter ma décision.

– Nous sommes faits l'un pour l'autre. Tu m'aimes et je le sais.

À présent, les yeux d'Annick détaillaient le corps de Bastien qu'elle avait aimé tant de fois depuis deux mois et, tout en rejetant la tête en arrière pour faire retomber sa chevelure en cascade, elle se colla à son amant, toujours agenouillé. Elle entoura son cou de ses bras longs et fins, et commença à le caresser comme s'il venait d'arriver.

– Tu m'ennuies à présent, prononça-t-il entre ses dents.

– En es-tu bien sûr ? Sois honnête, tu ne peux pas te passer de moi. Tu meurs d'envie de me faire l'amour.

Maintenant qu'il se laissait caresser, le chagrin d'Annick s'était volatilisé et bien déterminée à ne pas laisser Bastien s'en aller, elle se colla davantage au seul homme pour lequel elle était prête à oublier sa fierté. L'amant s'était enfin tu et avait cessé de la repousser. En son for intérieur, Annick ressentit alors un agréable sentiment de victoire lequel lui confirma qu'elle était capable d'obtenir tout ce qu'elle voulait des hommes, et tout particulièrement de celui-ci. Car, Bastien avait brusquement cessé de lutter. Tout en le déshabillant, elle pensa qu'il lui faudrait attendre un prochain rendez-vous pour tenter de le faire parler au sujet de sa vie privée et pouvoir ainsi agir, en toute connaissance de cause. Puis, elle repensa à la tentative de Bastien de se débarrasser d'elle, et une pointe de jalousie la gagna. En effet, quelle autre motivation pouvait bien l'avoir poussé à une telle scène à part une femme ? Il devenait urgent pour Annick de connaître l'adresse de Bastien et le nom de la société dans laquelle il travaillait afin d'essayer de fréquenter ses relations et de devancer ses intentions. Elle lui fit l'amour en simulant un plaisir qu'elle ne ressentait pas car elle était trop occupée à essayer de savoir comment elle pouvait s'attacher définitivement cet homme. Et, Bastien, abandonné et passif sous les doigts experts de sa maîtresse, avait totalement oublié la raison pour laquelle il était venu à ce rendez-vous.

8

Armand Deville faisait les cent pas dans son bureau et ne cessait de consulter sa montre. La veille, il avait enfin convaincu son fils aîné de venir dîner à la maison et comme d'habitude, celui-ci avait déjà vingt minutes de retard. À soixante ans, Armand avait gardé sa prestance et son énergie et n'avait rien perdu de sa superbe. Retraité depuis peu, après avoir été responsable d'une agence immobilière pendant plus de trente ans, cet homme autoritaire qui avait mené sa carrière avec une main de fer, ne souffrait pas d'être contrarié. Et, en ce moment précis, il l'était une fois de plus, face à la désinvolture de son fils adoré. Car bien que s'en défendant avec véhémence, il avait toujours préféré son aîné, le trouvant davantage à son image que Valentin. Bastien était comme Armand. Ambitieux, fort et sûr de lui. Il se dégageait de sa personnalité un charisme identique à celui de son père. Ce dernier considérait donc que son épouse et lui avaient chacun leur fils.

Armand fronça les sourcils en entendant Bastien parler avec sa mère. Manifestement, il ne jugeait pas utile de venir immédiatement dans le bureau, comme cela lui avait été demandé au téléphone. Car Armand avait l'intention de faire avouer à son fils les vrais motifs de son brusque retour à Cannes, entre quatre yeux et entre hommes. Particulièrement énervé, il s'apprêtait à quitter son bureau pour faire une entrée fracassante dans la cuisine lorsqu'il entendit les pas de son fils. Et, en effet, quelques secondes plus tard, on frappa à la porte de l'antre du maître des lieux.

– Entrez! cria presque Armand tout en se redressant pour asseoir son autorité, s'il en était besoin.

– Salut, p'pa ! Le dîner est prêt, maman et Valentin nous attendent, dit Bastien en espérant l'assentiment de son père.

– Assieds-toi plutôt et parlons, ordonna Armand, le dîner attendra.

Bastien prit place dans le fauteuil situé en face de celui de son père, un peu à contrecœur, car il devinait que celui-ci allait le soumettre à un questionnaire en bonne et due forme.

– Je t'écoute, lança Bastien tout en soupirant comme pour défier son père.

– À mon avis, c'est à toi de me parler spontanément. Mais, si tu préfères jouer, dis-moi déjà comment va mon petit-fils.

– Bryan va très bien et sa mère aussi, merci, répondit Bastien sur un ton un peu ironique, car il avait noté, une fois de plus, que son père ne demandait quasiment jamais de nouvelles de Cassandra.

– Quand doivent-ils te rejoindre ?

– P'pa, ils restent à Londres tous les deux.

– Comment ça ? interrogea Armand décontenancé. Pourrais-tu s'il te plaît être plus loquace ? Je ne vais tout de même pas te poser cent questions pour comprendre la situation !

– C'est très simple. Autant te le dire tout de suite. J'avais l'intention d'en parler à toute la famille en même temps pendant le dîner…

– S'il te plaît ! Abrège, ordonna Armand, lequel commençait à sérieusement s'énerver face à l'attitude de son fils.

– Cassandra et moi, sommes divorcés depuis six mois et Bryan reste avec sa mère.

– Si c'est une plaisanterie, elle est de très mauvais goût, lança Armand Deville, faute de répartie à cette révélation, tout en sachant pertinemment que son fils n'aurait jamais inventé une telle chose.

– C'est la stricte vérité, papa, articula-t-il soigneusement.

– Alors là, c'est complet ! s'emporta Armand. Non seulement, tu quittes Cannes du jour au lendemain, tu te maries sans nous prévenir et nous annonces à ta mère et à moi que nous sommes grands-parents deux semaines après la naissance de Bryan et comme si tout cela ne te suffisait pas pour nous humilier, tu te crois obligé de divorcer !

– Je ne vois pas le rapport.

– Moi, si. Tu nous as laissés à l'écart de ta vie pendant cinq ans sans quasiment jamais nous donner de nouvelles et tu recommences avec ta femme et ton fils, en les abandonnant !

– Écoute ! jeta Bastien en se levant brusquement, je ne suis pas venu pour entendre tes leçons de morale. Je mène ma vie comme je l'entends, poursuivit-il, et si cela ne te convient pas, j'en suis désolé mais c'est ainsi et il te faudra bien l'accepter.

– Tu exagères un peu ! C'est facile de se débarrasser des gens au moindre problème, je te croyais plus responsable et tu me déçois. Oui, tu me déçois vraiment, insista Armand dont la voix se mit à vibrer un peu, trahissant son émotion.

– Que se passe-t-il ? demanda Valentin en entrant à l'improviste dans le bureau suivi de sa mère attirée par les cris des deux hommes.

– Il ne se passe rien, comme d'habitude, dit Armand excédé en regardant Nicole. Ton fils m'annonce son divorce et cela ne me concerne pas !

– P'pa, je n'ai pas dit ça...

– Tais-toi ! Tu me fais honte.

– Allons, calmez-vous, tenta Nicole de sa voix douce.

– Je me calme, si je veux ! hurla Armand en proie à la colère.

Puis, saisissant son veston posé sur le dossier du fauteuil, il sortit du bureau à grands pas d'un air furieux et claqua violemment la porte d'entrée.

Bastien resta seul avec son frère et sa mère et tous trois un peu décontenancés, se rendirent dans le séjour silencieusement. Tout en servant l'apéritif, Nicole tenta d'engager la conversation. Elle était habituée aux scènes de son mari et s'était efforcée au fil des années à y attacher de moins en moins d'importance. Mais malgré ses efforts, Nicole ne pouvait s'empêcher à chaque fois d'en être relativement contrariée.

– Ne t'inquiète pas, mon fils, dit-elle en s'adressant à Bastien pour essayer de détendre un peu l'atmosphère. Tu connais ton père, il est en colère car il voudrait pouvoir toujours tout contrôler, mais au fond, il ne t'en veut pas vraiment.

– Oh ! tu sais, maman, j'ai dépassé le stade où je voulais obtenir à tout prix son approbation et tant pis pour lui, s'il ne veut pas regarder la vérité en face. Il est parfois préférable de divorcer au lieu de continuer à vivre ensemble pour sauver les apparences, fit remarquer Bastien d'un ton un peu désabusé.

– Je te comprends. Tu es suffisamment sensible et perspicace pour savoir exactement, comment tu dois mener ta vie privée. Et, ce n'est sûrement pas moi, même si je suis ta mère, qui me permettrait de te dicter ta conduite.

– As-tu une photo de Bryan ? demanda Valentin afin de faire diversion car il en avait assez d'entendre parler du divorce de son frère.

– Tiens, regarde. Là, c'est à Noël dernier quand il ouvrait ses cadeaux et là, c'est quand on a tiré les Rois, dit enfin Bastien.

– Comme il te ressemble ! s'exclama Nicole tout en regardant les deux photos présentées par Valentin.

– Tu trouves ? demanda Bastien tout en regrettant de ne pas avoir gardé davantage de portraits de Bryan dans son portefeuille.

– C'est indéniable, confirma Valentin. Mon neveu est vraiment magnifique ! ajouta-t-il fièrement.

– Choisis-en une, maman, si tu veux, la prochaine fois, je t'en apporterai d'autres, proposa Bastien gentiment.

Et, tandis qu'il replaçait la photo où son fils arborait fièrement sa couronne de roi du jour dans son portefeuille, il s'enquit des dernières créations de sa mère.

– As-tu des toiles à me montrer, maman ? dit-il en s'efforçant de refouler ses larmes. Tu as encore dû faire des merveilles, j'en suis sûr. Et toi, Valentin, tu peins toujours ?

– Je barbouille, tout au plus.

– N'écoute pas ton frère, dit Nicole, il est trop modeste pour être objectif.

Fille d'un artiste peintre célèbre, Nicole avait hérité du don de sa mère et avait profité de sa vie de femme au foyer pour s'adonner à sa passion. Elle exposait régulièrement ses œuvres dans des galeries sollicitant ses talents. Valentin passait, lui aussi, des heures dans l'atelier situé au fond de la demeure, mais refusait obstinément de se faire connaître car il estimait être, tout au plus, habile avec un pinceau. Selon lui, son travail ne méritait pas d'être reconnu et malgré les prières incessantes de sa mère, il avait toujours refusé de soumettre ses créations à la critique du public. Et Nicole tout comme Bastien était persuadée que Valentin était trop modeste et surtout, manquait de confiance en lui.

Après le dîner Bastien considéra la pendule et remarquant l'heure tardive, il ne voulut pas obliger sa mère à veiller davantage. Il promit donc de revenir très prochainement pour visiter l'atelier et constata avec quelques regrets qu'il était tout à fait inutile pour lui d'attendre son père plus longtemps. Car manifestement, ce dernier avait décidé une fois de plus de passer la moitié de la nuit dehors, comme à chaque fois que quelque chose ne lui convenait pas à la maison.

9

D'un geste sûr, Annick héla le garçon qui lui avait servi un café crème vingt minutes auparavant, afin de régler la note. En ce jeudi, le soleil brillait de tous ses rayons et le ciel, enfin débarrassé des nuages épais et menaçants de la veille, promettait une belle journée claire et sans vent, comme les appréciait tout particulièrement la jeune femme. Vêtue d'une robe légère et de pieds nus dorés, Annick avait apporté un soin tout particulier à sa tenue pour son rendez-vous avec Jean-Marc, lequel adorait les femmes bien mises et soignées, malgré son amour pour Désiré, un étudiant en économie de vingt ans. Annick décida de flâner un peu dans les rues du centre, car elle savait que son frère systématiquement en retard quelle que soit l'heure fixée, ne serait pas devant la plage du Palais des Festivals avant trente minutes au minimum.

Lorsqu'elle lui avait téléphoné la veille au soir pour solliciter un conseil, Jean-Marc avait voulu en savoir plus. Et, en apprenant qu'il n'était pas question d'affaires d'argent mais d'histoires de cœur, il lui avait immédiatement donné rendez-vous après sa journée de travail à la banque. Car Jean-Marc s'était toujours préoccupé du bien-être de sa sœur, et malgré leur différence d'âge insignifiante, il se sentait une âme de protecteur. De son côté, en acceptant de le rencontrer aussi vite, Annick voulait obtenir de la bouche de son frère un assentiment de principe. Elle voulait continuer à vivre sa passion avec fougue et pour cela, elle entendait être débarrassée de son sentiment de culpabilité. Car, à juste titre, Bastien lui avait fait remarquer son infidélité envers Philippe. Mais Annick, un peu ébranlée sur le moment, n'avait pas vraiment pris au sérieux la tentative de rupture de Bastien et se félicitait encore de lui avoir définitivement ôté cette idée insensée de l'esprit. Elle était persuadée que seule la droiture de Bastien avait motivé son désir de la quitter. Tout homme sensé ne pouvant, à son avis, quitter une maîtresse comme elle de son plein gré, Annick avait bien l'intention d'obtenir confirmation de ce constat auprès de son frère. Arrivée au niveau de la plage de prédilection de Jean-Marc, elle ôta ses chaussures afin de descendre les quelques marches menant au sable, sortit de son sac un drap de bain et l'étala soigneusement le long du mur, pour s'installer face au soleil en attendant de pouvoir se confier.

– Toujours à bronzer à la moindre occasion, petite sœur, lança Jean-Marc de loin, tout en venant s'installer à son tour.

– Ah ! te voilà enfin ! Je commençais à désespérer.

– Oui, je sais, tu brûles d'impatience de connaître mon avis. C'est pourquoi je t'ai fait attendre, répondit-il de son air taquin.

– Je vis une passion depuis deux mois avec un homme merveilleux et il m'adore, commença-t-elle en coupant court aux digressions pour entrer directement dans le vif du sujet.

– Et ? interrogea Jean-Marc.

– Et Bastien se sent mal à l'aise vis-à-vis de Philippe. Il est prêt à sacrifier son amour pour moi, afin de me permettre de rester avec mon mari.

– Et tu veux connaître mon sentiment ? demanda Jean-Marc, lequel savait déjà qu'il était trop tard pour convaincre sa sœur d'écouter ses éventuelles objections.

Un peu embarrassé par la soudaineté et l'intimité de sa confidence, il choisit de faire prendre une autre tournure à leur conversation en la dédramatisant :

– Si tu penses réellement que les sentiments de cet homme sont sincères et si tu l'aimes, alors n'hésite pas et va jusqu'au bout de ton histoire avec lui. De toute façon, personne ne peut résister à ton charme, répondit-il avec un large sourire.

Le visage d'Annick se détendit, car une fois de plus, son frère loin de critiquer la façon dont elle menait sa vie privée et s'abstenant de lui donner une leçon de morale, la soutenait sans réserve. Jean-Marc et sa sœur étaient complices depuis l'adolescence, âge ou l'un et l'autre avaient pris conscience de leur différence. Car, ils n'entraient pas vraiment dans la norme en matière de relations amoureuses. L'un adorait la compagnie des femmes mais tombait amoureux des hommes et l'autre ne pouvait se satisfaire exclusivement de l'attention et de l'amour d'un mari, toute sa vie durant. Annick avait besoin de s'enflammer pour exister, de se lancer des défis et de les relever avec brio car elle ne pouvait s'empêcher de tester son pouvoir de séduction auprès de ceux sur lesquels, elle jetait régulièrement son dévolu. Et, cette fois, elle avait bien l'intention de garder Bastien le plus longtemps possible.

– Tu sais, entre Bastien et moi, c'est vraiment fort, dit-elle à Jean-Marc comme pour se justifier tout de même un peu.

– Je n'en doute pas, petite sœur. Mais, dis-m'en un peu plus. Que fait-il ? Est-il célibataire ?

– Je ne sais pas grand-chose de lui. Il doit être seul car il ne m'a jamais parlé d'une famille. Il vient de Londres et occupe actuellement un poste à responsabilités dans une banque, ici, à Cannes.

– C'est tout ? En effet, cela fait peu. Où habite-t-il ?

– Je l'ignore. Lorsque j'essaie de savoir où il vit et où il travaille, il ne répond pas et change tout de suite de sujet de conversation.

– Méfie-toi tout de même. Je trouve ces cachotteries pour le moins douteuses. Il te cache sa vie privée mais apparemment, il sait beaucoup de choses te concernant, fit remarquer Jean-Marc, soudain préoccupé.

– C'est quelqu'un de bien, et je sais qu'il finira par m'en dire plus, très bientôt, c'est juste une question de patience. Comment va Désiré ? ajouta Annick pour faire diversion car la suspicion de son frère au sujet de Bastien commençait à la déranger.

– Il va bien. Il est simplement un peu fatigué par le fait de devoir aller à Nice presque chaque jour et il s'inquiète pour sa licence, mais c'est normal. Tout le monde est stressé juste avant un examen mais je suis tranquille, il obtiendra son diplôme, je n'ai aucun doute à ce sujet.

– A-t-il parlé à ses parents ?

– Au sujet de notre relation, tu veux dire ? interrogea Jean-Marc.

– Oui.

– Pas encore. Normalement, nous devons nous rendre à Saint-Denis cet été. Désiré veut les mettre devant le fait accompli.

– Vous partez pour La Réunion ?

– Oui, nous prendrons une location de vacances pour une quinzaine de jours, pas trop loin de chez eux. Désiré veut me faire connaître la ville où il a vécu pendant dix-sept ans.

– Ils vont être surpris !

– Certainement. Ils pensent que leur fils vit avec une copine. Car, lorsque Désiré a téléphoné à ses parents, ils l'ont invité à loger chez eux. Et, devant leur insistance, mon ami a bien été obligé d'avouer une relation. Ils se sont contentés de cette réponse et pour le moment, ils n'en savent pas plus.

– En tout cas, tu es un petit veinard ! Moi aussi, je partirais bien en vacances à La Réunion avec mon amant, fit remarquer Annick d'un air rêveur.

– L'avenir nous dira si j'ai eu raison d'accepter ce voyage. Au fait, j'y pense, j'ai appelé maman dimanche dernier et elle t'embrasse, enchaîna Jean-Marc. Elle a l'intention de venir bientôt à Cannes pour t'aider à lancer la nouvelle collection de printemps. D'après ce que j'ai compris, elle a des idées pour stimuler les ventes et elle voudrait te les soumettre.

– Très bien, je l'appellerai ce soir pour discuter un peu avec elle et organiser sa visite, dit Annick en frissonnant légèrement car le jour commençait à décliner en laissant place à la fraîcheur.

Jeanne, la mère d'Annick et de Jean-Marc, habitait seule depuis son divorce et cette femme de soixante-dix ans avait été durant plus de vingt ans, première vendeuse dans une boutique de prêt-à-porter féminin. Elle apportait régulièrement son expérience et ses conseils à sa fille pour l'aider à faire prospérer ses affaires. Mère et confidente, Jeanne n'avait jamais critiqué la façon de vivre de ses enfants et bien au contraire, les soutenait en toutes circonstances. Lorsque Jean-Marc lui avait annoncé son homosexualité, elle l'avait pris dans ses bras en lui demandant d'être tout simplement heureux, car cela seul, importait à ses yeux.

Lorsqu'ils eurent terminé leurs confidences respectives, Jean-Marc raccompagna sa sœur jusqu'au *Vent de la Mode* et tous deux trouvèrent Tania occupée à servir une des dernières clientes de la journée. Après avoir embrassé les deux femmes, Jean-Marc prit rapidement congé pour arriver à l'appartement avant Désiré et pouvoir ainsi l'accueillir chaleureusement en ayant le temps de préparer un plateau avec des boissons fraîches et quelques petits gâteaux. Puis, chemin faisant, il se mit à sourire en pensant au bien-être qu'en éprouverait son compagnon.

10

Elise sortit du cabinet d'assurances en claquant violemment la porte. Cette fois, cela en était trop. Madame Marchand, sa collègue, n'avait eu de cesse de l'ennuyer toute la journée pour des petits riens. Et, aujourd'hui, malgré ses bonnes résolutions, Elise n'avait pas pu s'empêcher de manifester son énervement. Car rien de ce qu'elle faisait, ne semblait satisfaire sa supérieure et les réflexions systématiques de cette dernière sur la qualité de son travail commençaient à devenir insupportables pour la jeune femme. Elise en était fort contrariée car sa période d'essai se terminait le lendemain. Et elle était convaincue que Madame Marchand donnerait un avis défavorable à son embauche définitive, après une telle journée de tension entre elles. D'une nature plutôt douce et conciliante, Elise ne parvenait pas à comprendre l'attitude de cette femme revêche et aigrie, ni les raisons qui la poussaient à agir ainsi. La jeune fille avait bien tenté quelques approches pour attirer sa sympathie et la dérider un peu, mais aucune de ses tentatives n'avait abouti. Et, c'est partagée entre l'angoisse de devoir chercher un autre emploi dès le lendemain et le soulagement de se débarrasser de cette femme en refusant de signer l'éventuel contrat promis, qu'Elise rentra chez elle à grandes enjambées, pressée de se retrouver seule pour penser à la conduite à tenir pour le lendemain. Car elle n'avait pas l'intention de laisser à Madame Marchand, le plaisir de lui annoncer la fin de son contrat. Elle se souvenait encore de sa joie, quand le responsable de l'agence, Monsieur Millet, lui avait téléphoné en personne pour l'inviter à se présenter à un entretien d'embauche. Il avait confirmé son ouverture d'esprit et sa gentillesse lors de leur rencontre. Et, à peine une demi-heure plus tard, après lui avoir posé quelques questions d'usage, il lui avait proposé un poste d'assistante commerciale dans son agence. Étant constamment absent, Monsieur Millet avait confié Elise aux soins de son bras droit et chaque jour passé en compagnie de cette femme s'était révélé à la fois éprouvant et décevant.

En introduisant la clé dans la porte d'entrée de son appartement, Elise sentit une résistance. Un peu inquiète, elle colla son oreille contre le bois verni et entendit des pas de plus en plus distincts. Puis, la porte s'ouvrit et Elise, manquant de tomber, fut accueillie par Victor en personne.

– Que fais-tu là ? demanda-t-elle avec humeur.

– Je me suis permis de venir t'attendre ici. Comme tu ne réponds pas à mes messages, je n'ai pas trouvé d'autre solution pour te parler.

– Je ne veux rien entendre, tu pars et c'est tout, dit-elle en passant devant Victor, le visage fermé. Puisque tu es là, profites-en pour prendre tes affaires et me rendre mes clés. Tu as dix minutes, poursuivit-elle en ôtant nerveusement sa veste et ses chaussures.

– Écoute, mon Elise…

– Tais-toi, s'il te plaît. Tu en as assez fait comme ça.

Ayant dit, elle descendit une valise posée sur la plus haute étagère du placard, la jeta sur le canapé et l'ouvrit en grand.

– Tu peux la garder, lança-t-elle d'un air de dédain.

– Ne sois pas comme ça. Cette fille ne m'intéresse pas, c'est toi que j'aime, murmura Victor tout en s'approchant d'Elise pour la tenir par les épaules.

– Arrête-ça tout de suite, ne me touche pas, tu me dégoûtes.

Puis, elle ouvrit les tiroirs de la commode, s'empara des piles de vêtements et les jeta dans la valise.

– Mes clés, donne-moi mes clés ! cria Elise le feu au visage.

– Tu n'es pas sérieuse…

– Je n'ai jamais été aussi sérieuse de ma vie.

Maintenant, Elise le foudroyait du regard.

– Ma patience a des limites, n'insiste pas, poursuivit-elle.

– C'est idiot ! on ne peut pas se quitter comme ça…
– Cesse ton cinéma !
– Elise, pardonne-moi, implora Victor tout en joignant ses mains.
Puis, s'agenouillant devant elle :
– Je t'aime, répéta-t-il.
– Franchement, tu es pathétique, persifla Elise en le toisant. Donne-moi mes clés et pars ou j'appelle à l'aide, menaça-t-elle en saisissant son portable.
– Tu as un problème ? demanda Jennifer, laquelle venait de sortir de son studio en catastrophe, alertée par les cris de son amie.
– Non, tout va bien. Elise et moi, on se dispute un peu.
– Rends-moi mes clés et sors d'ici tout de suite ! continua à crier Elise tout en fermant la valise.
– Laisse, c'est bon, tu as gagné. Je m'en vais. Après tout, tant pis pour toi si tu ne veux pas comprendre que je me moque bien de cette fille ! s'exclama Victor en saisissant la valise.
Puis il sortit un trousseau de sa poche et le jeta sur la table basse.
– Les voilà, tes clés. Appelle-moi quand tu seras calmée, dit-il en se retournant sur le palier.
Puis énervé à son tour, il disparut dans les escaliers sans un mot de plus.
– Quelle journée ! s'exclama Elise à l'attention de Jennifer en se tenant la tête dans les mains. Rentre chez toi, Jenny. Je vais faire un tour, j'ai besoin de prendre l'air.
Et chaussant une paire de tennis, elle sortit, laissant sa voisine sur le palier un peu hébétée.
Elise se retrouva dans la rue des Belges, encore toute retournée par la scène qu'elle venait de vivre avec Victor et, sans réfléchir, elle se dirigea vers La Croisette. Tout d'abord, elle ne prêta pas attention à la foule et marcha tête baissée, à petits pas rapides. Après avoir parcouru quelques centaines de mètres, Elise prit place sur un banc, face

à la mer. Il y avait beaucoup de monde sur la promenade, en ce début de soirée, et elle remarqua tout de même le grand nombre de touristes, reconnaissables à leur démarche nonchalante et à leur regard ravi par le paysage. Puis, elle resta ainsi un bon moment à contempler la vue et se mit à ressasser sa rancune et son dépit de la journée. La désinvolture de Victor et le visage fermé de sa collègue hantaient son esprit. À l'évidence, les événements lui échappaient et sa vie actuelle était bien loin de la satisfaire et de la combler. Sa déception la laissait un peu désemparée.

Puis, ses yeux se posèrent sur un homme qui marchait dans sa direction, au milieu de la foule et son allure lui parut immédiatement familière. Tandis qu'elle l'observait attentivement, elle fut de plus en plus convaincue de le connaître mais ne parvint pas à mettre un nom sur son visage. Elle resta un moment à regarder l'inconnu, à présent assis juste en face d'elle sur le rebord du muret surplombant la plage et, se demanda qui il pouvait bien être. Les yeux gris-bleu de l'homme croisèrent les siens un bref instant, juste au moment où le flot des passants s'espaça, mais l'inconnu ne manifesta aucun signe susceptible de confirmer à Elise qu'ils se connaissaient. La jeune femme continua à le regarder à la dérobée quelques instants et tenta de se remémorer son nom, mais ses efforts restèrent vains. Elise se leva pour continuer à se promener encore un peu sur La Croisette et respirer l'air marin à pleins poumons. Peu à peu, son esprit se libéra de ses pensées néfastes et elle sentit ses nerfs se relâcher progressivement. Lorsqu'elle fut à quelques centaines de mètres de chez elle, son cœur fit brusquement un bond et ses jambes se mirent à flageoler légèrement. Elise réalisa que l'inconnu était en fait Bastien Deville, le frère aîné de son ami d'enfance Valentin, pâtissier à *L'Oh! à la bouche* et employé de la mère de Tania. Que faisait-il à Cannes ? La dernière fois que Valentin lui avait parlé de Bastien, c'était pour lui dire qu'il vivait à Londres, s'y était marié et était papa d'un petit garçon.

Lassée de se poser mille questions, Elise finit par se demander si la fatigue de la journée n'avait pas un peu altéré sa capacité de jugement. Et, refusant de se torturer l'esprit avec un nouvel événement, elle se promit d'en parler à Valentin rapidement. Il lui confirmerait sûrement sa méprise. Certes, l'inconnu ressemblait trait pour trait à Bastien mais, à bien y réfléchir, la présence à Cannes de ce dernier était fort improbable. Juste avant de rentrer chez elle, Elise se félicita d'avoir définitivement chassé Victor de sa vie et décida d'annoncer en personne, à Monsieur Millet, son intention de quitter le cabinet d'assurances. À cette idée, elle se sentit enfin un peu apaisée après cette journée riche en rebondissements.

11

Depuis sa dernière rencontre avec Annick dans la chambre de *La Nuit Étoilée*, Bastien était fort contrarié et tout l'énervait. Après avoir longuement pesé le pour et le contre tout l'après-midi, il se décida enfin à appeler à la boutique, afin de fixer un dernier rendez-vous à la femme qu'il avait bien l'intention de quitter une bonne fois pour toutes. Tout d'abord, sa lettre de rupture était restée inachevée un moment sur le bureau puis, Bastien l'avait nerveusement froissée et jetée au fond de la corbeille à papier. Ensuite, il avait répété mentalement les mêmes phrases à plusieurs reprises, comme s'il apprenait un discours par cœur et, dix fois, il avait saisi le téléphone pour exposer ses arguments à sa maîtresse, afin d'en finir au plus vite. Puis, pris d'un doute quant à l'efficacité et à l'élégance d'un simple appel, il avait décidé de rompre à la fois d'une façon plus pertinente et plus correcte, en le faisant en présence d'Annick. Sa décision prise, l'instinct de Bastien lui laissa pourtant entrevoir, un bref instant, le risque encouru de se retrouver seul et désarmé face à cette maîtresse femme dans la même chambre où quelques jours plus tôt, il avait dû capituler malgré sa détermination. Balayant d'un geste cette nouvelle hésitation, Bastien composa le numéro de téléphone du *Vent de la Mode*. Non, cette fois, il ne se laisserait pas manipuler, car après réflexion, il était certain qu'Annick s'était servie de lui et avait davantage pleuré sur sa vanité mise à mal que sur son amour perdu.

À la deuxième sonnerie, il pensa qu'il lui aurait suffi de cesser de donner des nouvelles pour inciter sa maîtresse à renoncer à leur liaison, mais il s'en voulut aussitôt d'avoir, ne serait-ce qu'un instant, envisagé cette solution puis, il entendit :

– C'est toi, mon amour ?

Annick avait reconnu le numéro de téléphone du bureau de Bastien.

– Comment vas-tu ? demanda-t-il machinalement.

– Parfaitement, puisque tu penses à moi. Quand se voit-on ? ajouta-t-elle, d'une voix suave.

– Demain, seize heures, ça te convient ?

Annick, un peu étonnée d'obtenir si vite satisfaction, marqua un temps d'arrêt.

– Demain à seize heures, dans notre petit nid d'amour ? interrogea-t-elle.

– C'est ça, alors à demain, lança Bastien en raccrochant aussitôt. Et reposant le combiné sur son socle, il pensa que la partie était loin d'être gagnée et il en fut encore un peu plus perturbé.

Quand Elise entra dans la boutique, elle trouva Valentin Deville, Annick et Tania occupés à discuter. Après l'avoir embrassée, ses deux amis quittèrent le magasin assez précipitamment, car la séance à laquelle ils avaient prévu d'assister, allait commencer. Elise venait de décliner leur invitation. Après une journée encore éprouvante, elle n'avait pas envie d'aller au cinéma et savait que ce soir, elle ne serait pas de bonne compagnie.

– J'ai à te parler et je passerai à la pâtisserie un soir, avait-elle dit en aparté à Valentin sans lui donner d'explication.

Le regard de Valentin s'était soudain illuminé et à présent, Elise regrettait le malentendu qu'elle avait fait naître à son insu car, elle en était certaine, elle venait sans le vouloir de donner de faux espoirs à celui-ci. La jeune femme n'avait en effet, nulle intention de renouer avec lui, mais voulait seulement en le questionnant adroitement, essayer de savoir si Bastien vivait toujours à Londres.

– Alors, ma fille, s'enquit Annick tout enjouée.

Elle portait un tailleur jaune paille fort seyant et ses cheveux, relevés d'une manière faussement désordonnée, ajoutaient encore à sa séduction naturelle.

– Rien de spécial. Finalement, j'ai décidé de chercher un autre travail.

– Tu es seul juge, je te fais confiance. Il est en effet inutile de persister si tu estimes pouvoir trouver mieux ailleurs.

Tandis qu'elle parlait, Annick semblait tout excitée, ne cessant de remettre en place les différents objets éparpillés sur le comptoir.

– Victor s'est-il manifesté? poursuivit-elle, car elle sentait le regard insistant de sa fille posé sur elle.

– Il était chez moi lorsque je suis rentrée hier soir, dit Elise et cette pensée l'énerva un peu.

– Tu lui as pardonné, je suppose...

– Non, il a pris ses affaires et m'a rendu mes clés. Heureusement, Jennifer est intervenue car il ne voulait pas partir, coupa-t-elle déçue par la réaction de sa mère, laquelle soutenait Victor.

– Victor n'est pas méchant et je suis sûre qu'il t'aime. Tu n'aurais pas dû demander à Jennifer de s'en mêler.

– Mais je n'ai rien demandé! s'énerva Elise. Seule notre dispute l'a alertée. De toute manière, je ne souhaite pas en discuter davantage, dit-elle d'un ton péremptoire. Lui et moi, c'est terminé et finalement, c'est aussi bien comme ça, poursuivit Elise, mais je ne suis pas venue pour parler de Victor.

– Ah! bon? s'étonna Annick soudain intriguée.

Décidément, elle ne tenait pas en place. À présent, elle était occupée à se remettre du rouge à lèvres et avançait sa bouche vers le miroir comme si elle voulait l'embrasser. Annick pouvait passer ainsi de longs moments à se contempler et cela avait toujours étonné sa fille, car elle considérait que c'était là, l'affaire de femmes beaucoup plus jeunes.

– Et pourquoi es-tu venue alors?

– Je suis là, car je souhaitais parler à Valentin, et je suis passée à *L'Oh! à la bouche* pour le voir mais la mère de Tania m'a dit qu'il était ici. Je t'arrête tout de suite, ce n'est pas pour le fréquenter à nouveau, s'empressa d'ajouter Elise, persuadée que sa mère pensait qu'elle souhaitait renouer avec son ex-petit ami.

– Mais je ne crois rien...

– Hier soir, je suis sortie faire un tour sur La Croisette pour prendre un peu l'air après la visite de Victor et il m'a semblé apercevoir son frère.

– Son frère ? interrogea Annick.

– Mais oui, souviens-toi, maman, je t'en ai déjà parlé. Ah ! c'est vrai j'oubliais, tu ne le connais pas, dit Elise tout en se frappant le front.

– Et qu'y a-t-il d'extraordinaire ? demanda Annick sans comprendre où sa fille voulait en venir.

– Rien. C'est étrange, c'est tout. Car Bastien vit à Londres depuis cinq ans, il me semble, et Valentin ne m'a jamais parlé de son intention de rentrer en France.

– Bastien, dis-tu ?

Annick prit soudain un air intéressé et Elise en fut intriguée.

– Souviens-toi. À l'époque, je t'en avais parlé et je crois même me souvenir de t'avoir dit, qu'il s'est marié peu de temps après et a eu un petit garçon. Un petit Bryan, je crois.

– Et tu penses l'avoir vu à Cannes, hier, me dis-tu ?

– Oui, mais peu importe. Passons à autre chose, je ne sais même pas pourquoi je te parle de lui.

– Ressemble-t-il à Valentin ? demanda Annick laquelle ne semblait pas avoir entendu la dernière remarque de sa fille.

– Non, pas du tout. Déjà, il doit avoir une trentaine d'années, il est plutôt grand et mesure environ un mètre quatre-vingts et ensuite, il a les yeux un peu gris. En fait, il ressemble autant à son père que Valentin ressemble à sa mère. Bastien est très séduisant, ajouta-t-elle d'un air rêveur.

Tandis qu'elle écoutait attentivement la description faite par Elise, Annick crut pendant un bref instant que cet homme et son amant ne faisaient qu'un. Puis, trouvant cette idée ridicule, elle la chassa de son esprit.

– N'étais-tu pas un peu amoureuse de lui à l'époque où tu fréquentais Valentin ? continua-t-elle malgré elle, pour cacher son trouble.

– Sûrement pas ! se défendit Elise de mauvaise foi, car Bastien l'avait toujours attirée et intimidée à la fois. Et les affaires ? ajouta-t-elle pour faire diversion.

– C'est plutôt calme. Mais avec ce beau temps et l'approche de Pâques, ça devrait redémarrer. Ta grand-mère a prévenu Jean-Marc de sa prochaine arrivée pour m'aider à lancer la nouvelle collection.

– Tu as vu Jean-Marc ? demanda Elise, soulagée de pouvoir enfin changer de sujet de conversation.

– Oui, nous sommes restés un moment ensemble hier. Il m'a aussi appris son intention de passer ses vacances à La Réunion avec Désiré et d'en profiter pour faire la connaissance de ses parents.

– Ah ! bon ? Ils se sont enfin décidés ?

– C'est l'idée de Désiré car, d'après ce que j'ai compris, ton oncle n'en avait pas très envie.

– Il a bien fait. Au moins, les choses seront claires et nettes. Et, ils seront tous les deux soulagés quand les parents de Désiré connaîtront la vérité, dit Elise, laquelle détestait par-dessus tout les mensonges sous toutes ses formes. Je vais te laisser, maintenant.

– Parleras-tu à Valentin ? insista Annick, car elle ne pouvait s'empêcher de penser à ce qu'elle venait d'apprendre.

– Pour son frère ?

Elise se demanda pour quelles raisons, sa mère d'ordinaire si distraite s'intéressait à cette histoire de ressemblance.

– Oui, ainsi tu pourras savoir si Valentin te confie toujours tout ou s'il s'éloigne progressivement de toi en omettant, par exemple, de te dire que son frère a quitté Londres, se justifia Annick. Si c'est le cas, ce sera le signe qu'il commence à te mettre à l'écart de sa vie pour essayer de t'oublier.

– C’est une façon de voir les choses, admit Elise. Alors à bientôt. Embrasse tout le monde pour moi, à la maison.

Et joignant le geste à la parole, elle déposa un baiser sur la joue de sa mère et quitta la boutique.

12

Le lendemain, jour de son rendez-vous avec Bastien, Annick se leva à six heures, épuisée par sa nuit blanche, passée à se poser mille questions auxquelles elle n'avait pas trouvé une seule réponse. La visite d'Elise l'avait mise dans tous ses états, car plus Annick y repensait, plus elle était persuadée que le frère de Valentin pouvait être son amant. Ainsi, il serait marié et aurait un enfant. Cette idée insupportable n'avait cessé de la tourmenter et, à la fois inquiète pour l'avenir de sa relation et ulcérée d'avoir été trompée de la sorte, elle avait bien l'intention de connaître la vérité sans plus tarder et ce, dès aujourd'hui. Et tant pis, si pour cela Annick devait provoquer une dispute, au moins elle connaîtrait les intentions de Bastien et en aurait le cœur net. Car aujourd'hui, contrairement à sa nature, elle ne se sentait pas d'humeur câline. Mieux, elle avait hâte de laisser exploser la rancœur accumulée pendant ces deux mois. Ainsi, Bastien vivrait avec sa femme et son fils et jouerait les hommes délaissés et libres comme l'air ? Le caractère entier d'Annick et sa quête d'absolu ne souffraient aucune cachotterie et quand elle se donnait corps et âme à un homme, elle entendait être assurée de la même franchise en retour. Voilà pourquoi elle se montra si désagréable au petit-déjeuner et ne chercha même pas à dissimuler sa mauvaise humeur à Philippe.

– Es-tu malade, ma chérie ? demanda-t-il de son air doux tout en servant le café.

Annick s'était énormément agitée pendant la nuit et il n'avait pas pu fermer l'œil. Philippe était resté une bonne heure dans le lit après le lever de sa femme, car il n'avait pas osé la déranger et s'était douté que celle-ci préférait rester un peu seule.

– Non, ça va, répondit un peu sèchement Annick sans même regarder son mari, ni essayer de faire un effort pour sourire.

– As-tu des soucis à la boutique ? insista-t-il plein de sollicitude, tout en s'installant à table.

– Non, je n'ai rien. En fait, la tempête m'a empêchée de dormir, mentit-elle, avec l'accent de la vérité.

Le vent avait soufflé une bonne partie de la nuit et certaines rafales particulièrement fortes avaient fait bouger les volets roulants en émettant des craquements sinistres. Mais ce matin, le ciel s'était à nouveau dégagé et la douceur annonçait le printemps tout proche. Annick se hâta de déjeuner pour couper court à l'interrogatoire de Philippe et après avoir esquissé un sourire radieux, elle le quitta en lui souhaitant une bonne journée. Théo et Marie s'étaient levés et avalaient leurs céréales en silence.

Une fois dehors, Annick monta dans sa voiture et ressassa sa rancune pendant tout le trajet. À peine fut-elle arrivée au *Vent de la Mode* que la sonnerie du téléphone retentit.

– C'est moi, entendit-elle en décrochant.

– Mon amour ?

Annick se trouvait seule, car Tania n'arrivait jamais avant dix heures. L'espace d'un éclair, elle craignit que Bastien annule leur rendez-vous.

– Dis-moi, j'ai pensé qu'avec ce beau temps, on pourrait faire une belle balade. Je passerai donc te chercher à la boutique à seize heures trente, ça te convient ?

– Oui, si tu veux, c'est une bonne idée.

Annick fut soulagée, car elle avait craint la dérobade de son amant mais elle n'osa pas demander s'ils se rendraient tout de même à l'hôtel avant de se quitter.

– Alors à tout à l'heure, conclut-il.

En reposant le combiné, Annick resta un moment à se demander comment elle devait interpréter cet appel. Pourquoi Bastien avait-il soudain changé d'avis ? Voulait-il éviter de se retrouver seul avec elle ? Et si oui, pour quelles raisons ? Annick passa ainsi le reste de la matinée à se torturer l'esprit et à se demander comment elle pourrait s'y prendre pour questionner Bastien sur sa vie privée, sans importuner celui-ci. Elle adressa à peine la parole à Tania sauf pour lui donner congé pour l'après-midi, en prétextant qu'il était inutile d'être à deux, pour servir le peu de clients susceptibles de venir. Lorsque Tania fut partie en remerciant sa patronne chaleureusement pour ces quelques heures de liberté, Annick resta dans la boutique et déjeuna de quelques biscuits et d'un fruit. À force d'envisager quantité de situations, elle opta enfin pour la solution la plus radicale. Après le baiser d'usage, elle demanderait à Bastien s'il est le frère de Valentin Deville. Mais, cette décision ne la rasséréna pas vraiment et elle ne cessa de consulter sa montre, ne pensant même pas à vérifier son maquillage, ni sa tenue devant la psyché de la cabine d'essayages. À seize heures, elle sortit le petit carton toujours prêt à servir depuis deux mois, sur lequel il était indiqué que le magasin fermerait exceptionnellement à seize heures quinze et elle l'apposa sur la porte vitrée qu'elle verrouilla de l'intérieur puis, éteignit les spots de la vitrine.

Tania ne savait comment occuper son après-midi et en était à se demander si elle allait aider sa mère à servir à la boulangerie dans laquelle elle errait totalement désœuvrée depuis un moment ou si elle profiterait finalement de l'aubaine de ne pas travailler pour aller faire les boutiques du centre-ville. Elle arrangea quelques pâtisseries dans la vitrine réfrigérante puis, regarda machinalement dehors comme elle aimait à le faire pour observer les passants. C'est alors qu'elle vit Bastien Deville, son amant d'un soir entrer dans la boutique de sa patronne. Tania ne l'avait pas revu depuis leur nuit d'amour et elle se demanda comment celui-ci avait bien pu savoir où elle travaillait. Car elle était presque certaine de ne pas avoir mentionné le *Vent de la Mode* dans la conversation. Sans réfléchir, elle sortit pour aller rejoindre Bastien, tout heureuse qu'il ne l'ait pas oubliée en se réjouissant à l'avance de passer un peu de temps en sa compagnie. L'afflux des véhicules de la rue Marceau l'empêcha de traverser immédiatement et lorsqu'elle se retrouva enfin sur le bon trottoir, elle vit Bastien sortir, suivi de près par sa patronne puis, lorsque la porte fut fermée, ils s'éloignèrent bras dessus, bras dessous en la laissant interloquée.

Bastien et Annick se dirigèrent vers le front de mer en silence et lorsqu'ils furent arrivés dans un square dont les arbres donnaient un peu d'intimité, Annick se lança :

– Mon chéri…

– Oui ?

– Je pense t'avoir démasqué.

– Comment ça ? demanda Bastien un peu lointain.

– Je ne serais pas étonnée si tu me confirmais le nom de ton frère, Valentin… Valentin Deville, ajouta-t-elle après un court instant afin de produire son petit effet.

– Pourquoi ? Tu le connais ? répliqua Bastien sidéré.

– Oui, très bien. C'est l'ex-petit ami de ma fille Elise, il travaille juste en face de ma boutique, à *L'Oh ! à la bouche*, la pâtisserie de la mère de Tania, ma vendeuse.

– Tu as raison, mon nom est Deville, concéda Bastien lequel avait légèrement tressailli à l'évocation du prénom, cher à son cœur.

Il eut soudain la désagréable impression d'être un objet de curiosité dans l'esprit d'Annick.

– Tu m'espionnes ? questionna-t-il sans prendre la peine de tourner la tête vers Annick.

– Non, crois-moi, je l'ai appris par pur hasard et de plus, je dois t'avouer que j'ai un peu bluffé. Je n'étais pas certaine de ton lien de parenté avec Valentin. Comment vont ta femme et ton fils ?

– Bien… je suppose… mais…

– Monsieur Deville, vous êtes un beau salaud ! Quand je pense à ta leçon de morale et à tes belles paroles au sujet de mon mari, quel culot !

À présent, Annick ne parvenait pas à contenir sa colère car elle avait ardemment espéré faire fausse route. Et, la tranquillité avec laquelle Bastien venait de lui avouer qu'il avait abusé de sa confiance, la mettait hors d'elle.

– Comment l'as-tu su ? s'énerva Bastien.

– Par hasard, je te le répète. Pour qui me prends-tu ? Encore un peu et se sera à moi de me justifier, c'est un peu fort !

– Calme-toi, Annick. Je ne vois pas pourquoi tu t'énerves ainsi. Je continue à penser qu'il vaudrait mieux en rester là et je ne souhaite pas me justifier. Tu es une femme magnifique, s'empressa-t-il d'ajouter, pour ne pas laisser le temps à Annick de répliquer. Je ne te mérite pas, je ne m'investis jamais dans une relation avec ardeur et fougue, mentit Bastien. Je ne suis pas l'homme qu'il te faut, la preuve, je te déçois déjà après à peine deux mois. Crois-moi, nous devons arrêter de nous voir, ce sera mieux ainsi et je suis sûr qu'au fond de ton cœur, tu ressens la même chose.

Ce qu'Annick avait redouté depuis leur première rencontre, arrivait et refusant de toutes ses forces l'irrémédiable, elle se mit à pleurer mais cette fois, elle était réellement submergée par le chagrin. Bastien fut une fois encore désarmé par une telle réaction et il ne parvenait pas à comprendre cet entêtement. Il réfléchit un instant puis, apaisé d'avoir pu dire le fond de sa pensée sans être interrompu, il proposa :

– Je vais y aller, maintenant.

Annick s'accrochait au bras de Bastien pour l'empêcher de se lever.

– Je t'appellerai bientôt et on se verra encore une dernière fois, si tu y tiens vraiment, promit-il tout en reprenant le contrôle de ses émotions. Mais je suis convaincu que lorsque tu auras réfléchi à tête reposée, tu te rangeras à mon avis. Ne reste pas là, Annick, rentre chez toi.

Puis, lui caressant légèrement ment les cheveux, il se leva et partit sans se retourner.

Annick attendit quelques instants, releva la tête et sourit tout en s'essuyant délicatement les yeux. Car, une fois de plus, elle avait évité le pire, en usant d'une infime partie de son charme.

13

– Bienvenue chez nous et félicitations, dit Monsieur Millet en tendant à Elise un exemplaire du contrat de travail qu'il venait de signer avec application.

– Merci beaucoup, Monsieur Millet, rétorqua Elise en prenant le document et en se levant pour quitter le bureau de son directeur car l'entretien était visiblement terminé.

Le responsable de l'agence se leva à son tour et ouvrant largement la porte pour laisser passer son employée, il se pencha légèrement vers cette dernière.

– Ne faites pas attention aux sautes d'humeur de votre collègue et continuez à travailler aussi consciencieusement. Vous verrez, Madame Marchand n'est pas méchante, elle finira bien par vous accepter.

– Entendu, je ferai de mon mieux, répondit la jeune femme avec un sourire de connivence.

Ainsi, l'ambiance déplorable qui régnait au bureau, n'avait pas échappé à Monsieur Millet malgré ses nombreuses absences. Elise s'en trouva un peu réconfortée et regretta moins de n'avoir pas eu le courage de signifier son intention de partir. Car, lorsque le directeur lui avait demandé de le suivre dans son bureau, Elise n'avait pas osé prendre la parole la première.

Elle passa le reste de la journée à essayer de satisfaire Madame Marchand car après avoir appris l'embauche de sa rivale, cette femme d'ordinaire acariâtre se montra plus désagréable encore, si cela était possible. Mais aujourd'hui, les critiques et les réflexions désobligeantes glissaient sur Elise sans l'atteindre car celle-ci était totalement immergée dans une douce rêverie dont Bastien Deville était le héros.

Sans se lasser de revoir toujours les mêmes images, elle se remémora ces matins où, passant chercher Valentin à la demeure familiale pour aller au lycée, elle apercevait Bastien qui selon les circonstances, lui adressait un petit signe amical ou échangeait quelques mots avec elle. Et, du haut de ses quinze ans, Elise considérait cet homme de douze ans son aîné, comme le partenaire idéal d'un amour insensé et interdit. Durant tout le temps du trajet qu'ils faisaient à pied pour se rendre au groupe scolaire, c'était à peine si Elise prêtait attention à la conversation de Valentin. Car, tout son esprit était occupé à imaginer les baisers enflammés de cet amant de contes de fées, où seuls la passion et le désir existaient.

Bastien était l'auteur des premiers émois de cette jeune fille sage et sans jamais s'en douter, il transforma une adolescente plutôt timide et réservée en une insatiable amoureuse attendant chaque matin de la semaine, le cœur battant et les mains tremblantes, de pouvoir étancher sa soif d'illusion à la source de son regard et de quelques mots gentils. Elise cachait si bien son jeu, secrètement consciente que son penchant n'était ni convenable ni avouable que Valentin était persuadé être le seul responsable de cet air de serein bonheur accroché au visage de la jeune fille. Il s'enhardit donc un peu plus chaque jour et finit par lui avouer un après-midi où ils étaient au cinéma, son désir d'aller au-delà de la simple camaraderie et de nouer des liens plus intimes. Elise devint donc la petite amie officielle de Valentin, lequel fou amoureux de cette brunette aux yeux verts hérités de sa mère, et au corps gracile, fit savoir à qui voulait l'entendre qu'il était le plus heureux des garçons. Elise put ainsi entrer dans le foyer et dans la vie de Valentin et ce dernier ne se douta jamais de la véritable motivation de la jeune fille. Elle fit la connaissance de Nicole, la maman, une femme adorable et fut accueillie à bras ouverts. Toutes deux passèrent de longues heures à parler peinture et notamment du talent non exploité de Valentin, lequel s'entêtait à vouloir s'inscrire dans un centre d'apprentissage pour devenir pâtissier.

Nicole Deville, connue sous le pseudonyme d'Anaïs, était une artiste peintre appréciée des connaisseurs et avait hérité du don d'Odette sa mère, Niçoise de naissance, elle-même peintre de renommée internationale. La gentillesse de Nicole et sa propension à être à l'écoute permanente des personnes sollicitant ses conseils avaient révélé à Elise de manière un peu cruelle et à l'âge où les sentiments sont particulièrement exacerbés, l'indifférence polie que lui témoignait sa propre mère. Pendant de nombreuses années, Elise avait donc livré ses intimes secrets à cette confidente tombée du ciel, en évitant soigneusement d'évoquer l'existence de Bastien. Chacune des visites de la jeune fille était prétexte à observer le frère de Valentin et à l'approcher. Mais, celui-ci considérait Elise avec bienveillance et tendresse, comme il l'aurait fait avec une petite sœur. Au fil des mois, Elise commença donc à désespérer car le regard de Bastien était dépourvu de passion et elle finit par se résigner non sans quelques regrets, à rester à la place qu'il lui avait définitivement octroyée. Pourtant, durant ces presque trois années, elle n'avait pu attribuer à Bastien aucune liaison sérieuse et durable et l'air un peu mélancolique qui trahissait sa solitude, fit qu'Elise l'en aima encore davantage.

Lorsqu'elle croisait Armand Deville, le chef de famille, lequel régnait en maître absolu sur la maisonnée, elle retrouvait exactement la même forme de visage et les mêmes traits réguliers caractérisant l'homme de ses rêves. Cependant, le regard d'Armand était dépourvu d'humanité et de douceur. Pour le peu qu'elle avait pu côtoyer ce dernier, très souvent absent du cocon familial, Elise avait été frappée de son manque d'intérêt flagrant, car non dissimulé, vis-à-vis de Nicole et de Valentin. Seule, la présence de Bastien savait le dérider un peu et l'arracher à sa morgue habituelle. Car, dès qu'il se trouvait en présence de son fils chéri, Armand parlait de sa passion pour les chevaux et racontait par le détail les dernières courses auxquelles il avait assisté à l'hippodrome de Cagnes-sur-Mer. Certains jours où il se trouvait particulièrement en verve, grâce à l'écoute attentive de Bastien, il lui arrivait d'évoquer longuement ses soirées passées avec ses amis dans un club d'investisseurs et s'aventurait à commenter les dernières fluctuations les plus marquantes. Ainsi, les centres d'intérêt d'Armand étaient radicalement opposés à ceux de sa femme et de son cadet, mais il entendait attirer l'attention de ceux-ci, lorsqu'il avait décidé de leur faire partager un peu de sa vie. Les arts et la peinture en particulier ne l'intéressaient pas, et même s'il savait que Nicole et Valentin auraient été heureux qu'il en fasse de lui-même un sujet de conversation, jamais il ne faisait allusion aux expositions de sa femme. Armand se contentait d'assister aux vernissages et jetait un œil distrait sur les murs de la galerie avec cet air détaché lui donnant davantage l'air d'un critique d'art que l'époux d'une artiste appréciée à sa juste valeur dans toute la profession. Ainsi, Armand Deville était connu pour être un homme froid et intransigeant, davantage attentif à sa petite personne et faisant preuve d'attention et d'élan qu'envers celui qu'il considérait comme étant son double. Mais, pour avoir observé à plusieurs reprises le père et le fils, Elise était persuadée de leurs différences notoires par bien des côtés, et notamment par les qualités de cœur. Car Bastien ressemblait beaucoup plus à sa mère qu'il n'y paraissait au premier abord.

14

– Ah, te voilà enfin, ma chérie ! Je commençais à me demander si tu avais oublié notre déjeuner, dit Philippe en soupirant de soulagement.

Il embrassa sa fille à l'entrée du petit restaurant italien dans lequel ils aimaient à se retrouver régulièrement.

– Madame Marchand m'a demandé d'appeler un client à midi moins dix, répondit Elise pour se justifier. Et, évidemment, je ne parvenais pas à conclure. Excuse-moi, papa, dit-elle en prenant place à leur petite table habituelle située près de vitre et sur laquelle étaient posées deux jolies lampes aux abat-jour rayés de blanc et de rouge.

– Tu ne devrais pas te laisser faire ainsi. Tu aurais dû imposer tes limites dès le début, à cette femme. Tu es comme ton père, trop conciliante et malheureusement certaines personnes en profitent, remarqua Philippe lequel semblait parler pour lui-même.

– Tu as sans doute raison. Maman doit nous rejoindre ? demanda Elise en espérant une réponse négative, car elle adorait se trouver en tête à tête avec son père.

– Non, je ne lui ai pas dit qu'on se voyait aujourd'hui car ta mère m'inquiète en ce moment et je voulais justement t'en parler.

– Qu'y a-t-il ? La dernière fois que je l'ai vue, elle ne m'a rien dit, s'étonna Elise en saisissant la carte et en faisant semblant d'hésiter quant au plat à commander.

– Je ne sais pas. Je me fais peut-être des idées, mais je la sens contrariée et j'aimerais savoir ce qu'elle me cache.

– Tu as bien une idée. À quoi penses-tu, papa ?

– Ta mère est peut-être inquiète pour le *Vent de la Mode* mais il peut aussi s'agir d'autre chose.

– Tu t'es toujours fait trop de soucis pour maman, répondit Elise, laquelle sentit une pointe de jalousie la tourmenter. Si elle avait des problèmes financiers, tu en serais le premier informé. D'ailleurs, lorsque je suis passée au magasin, je l'ai trouvée en pleine forme et Tania ne m'a rien dit de spécial.

– Et toi, ma fille, dis-moi, comment vas-tu ? Surmontes-tu le fait de devoir vivre seule à présent ? s'enquit Philippe car à l'évidence, Elise ne souhaitait pas parler davantage du *Vent de la Mode*.

– Ça va, vivre seule ne me fait pas peur. J'ai chassé Victor de la maison et l'ai obligé à me rendre mes clés. Car, lorsque je suis rentrée l'autre soir, je l'ai trouvé tranquillement installé chez moi et je ne veux pas que cela se reproduise.

Devant l'étonnement de son père, Elise constata avec tristesse que sa mère avait une fois encore omis volontairement de l'informer des derniers événements concernant la vie amoureuse de sa fille. Elise en prit un instant ombrage, et commanda machinalement une pizza au thon puis, elle décida de n'y plus penser. Malgré son absence, Annick avait réussi à s'immiscer dans ce court moment d'intimité avec son père et pour lequel elle s'était pourtant réjouie toute la matinée.

– En tout cas, je te trouve très en beauté. Fie-toi à ton jugement et surtout, fais en sorte de ne rien regretter, conseilla Philippe sur le ton professoral qui lui échappait parfois en dehors de ses cours.

Tandis qu'il continuait à parler, il remarqua la brusque tristesse de sa fille et l'attribua à ses déboires sentimentaux. Il changea donc une fois encore de sujet de conversation.

– Ta sœur a eu un quinze à son explication de texte et Théo a accepté de nous accompagner à l'apéritif organisé chez Elsa et Francis pour nous remercier de notre invitation à déjeuner. Cela m'a fait plaisir, car il s'est montré particulièrement agréable. Peut-être achève-t-il sa crise d'adolescence, dit-il, plein d'espoir.

– Marie ne tardera pas à prendre la relève, ironisa Elise.

Finalement, son père sut si bien mener la conversation qu'elle dévora sa pizza avec appétit. Philippe avait toujours eu le don, par sa simple présence, de lui remonter le moral en évitant d'insister sur les sujets sensibles. Cependant, il ne put s'empêcher de le faire.

– Pour en revenir à ta mère…

– Si cela peut te rassurer, je tenterai de savoir si elle a des soucis avec le magasin, coupa Elise.

Sa bonne humeur un instant retrouvée s'évapora une fois de plus.

– Oui, si ça ne te dérange pas, ma chérie, j'aimerais bien. À tout prendre, je préférerais qu'il s'agisse de simples problèmes financiers. Le ton de Philippe trahit alors un peu d'inquiétude.

– Je te dirai tout. C'est promis, papa. Mais à mon avis, tu t'alarmes inutilement, comme d'habitude.

Et, après avoir encore avalé deux boules de glace à la pistache, toujours aussi délicieuse et bu un café noir, Elise et Philippe sortirent du restaurant et se quittèrent rapidement car il était largement l'heure de retourner travailler.

Chemin faisant, Elise pensa à l'inquiétude de son père et sans savoir pourquoi, elle revit le visage attentif d'Annick lorsqu'elle lui avait parlé de Bastien. Elle ne parvenait pas à comprendre l'intérêt de sa mère pour ce qui aurait dû être à ses yeux une simple anecdote et elle en conclut que son air intrigué cachait quelque chose d'anormal. En effet, pourquoi Annick d'ordinaire si indifférente avait-elle tant insisté pour savoir si cet homme était oui ou non le frère de Valentin ? L'explication qu'elle avait fournie pour justifier cette insistance était tirée par les cheveux. Car Elise n'était pas dupe. Annick se moquait bien de savoir si Valentin était toujours amoureux d'elle. Se pouvait-il que sa mère et Bastien se connaissent ? Et, si c'était le cas, pourquoi ne pas l'avoir dit tout simplement ? Tout cela n'était pas clair et Elise décida de procéder par ordre. Elle irait tout d'abord interroger Valentin puis, se rendrait directement à la boutique mais ne soufflerait mot sur Bastien. Ainsi, si sa mère avait quelque chose à se reprocher, sa curiosité finirait bien par la trahir. Car, plus elle y pensait, plus Elise trouvait une telle attitude étrange. Elle était convaincue que lorsqu'elle lui avait parlé de Bastien l'autre soir, Annick savait parfaitement de qui il s'agissait, comme si elle l'avait déjà rencontré.

Pourtant, Elise éprouvait toujours quelques scrupules à entrer à *L'Oh! à la bouche* pour voir Valentin. En le quittant cinq ans auparavant, elle n'avait pas vraiment mesuré l'ampleur et la portée de son acte. Mais depuis, Elise avait appris à prendre conscience du mal et de la peine qu'elle avait infligés à ce garçon. Elle se souvenait encore de ce jour avec une grande intensité, comme s'il s'agissait d'un événement survenu la veille. Un matin où elle était passée chercher Valentin pour se rendre en cours, elle avait trouvé Nicole recroquevillée sur la chaise de la cuisine, la tête dans les mains occupée à pleurer. Armand se trouvait juste derrière elle, le visage dur et fermé et son regard trahissait une peine infinie. Elise avait alors compris sa grossière erreur concernant le chef de famille, car la peine d'Armand était flagrante et sa détresse lui avait confirmé que quelque chose de grave était arrivé. Sur le chemin du lycée, Valentin lui avait alors appris le brusque départ de Bastien pour Londres. La veille au soir, ce dernier avait annoncé sa démission de son poste de subalterne et sa décision de se rendre en Angleterre pour y vivre définitivement. Puis ses valises étant faites, il les avait saisies tout en embrassant sa mère et Valentin et avait adressé un signe de la tête à Armand, lequel s'était détourné. Ensuite, il avait ouvert la porte d'entrée puis descendu les quelques marches du perron sans se retourner et avait disparu dans le taxi, garé devant la maison. Bastien était parti sans laisser d'adresse en promettant de donner des nouvelles un peu plus tard. Après quelques mots de compassion et de réconfort à l'adresse de Valentin, Elise choquée et désespérée avait alors brusquement décidé de couper les ponts avec la famille Deville. Et ajoutant encore à la peine de son petit ami, elle lui avait annoncé le soir même, d'emblée et sans s'encombrer de détours, son intention de mettre un terme à leur relation. Car égoïstement, Elise s'était refermée sur son seul chagrin et l'idée de venir chaque jour dans ce foyer, devenu pour elle au fil des années comme une seconde famille, lui était insupportable. Car, Elise avait tout de suite senti qu'elle n'aurait pas la force d'affronter le brusque départ de Bastien et chaque être et chaque chose demeurant dans cette maison lui rappelleraient sans cesse le vide de l'absence et celui de sa propre existence. Elise était devenue en quelques heures à peine une jeune femme de dix-huit ans, triste et amère, et ne voulait en aucun cas donner à Valentin l'occasion de comprendre les raisons de son épreuve. Elle préférait de loin qu'il la prenne pour une fille sans scrupule et se console de sa rupture en se persuadant de son infidélité. Et, c'est ainsi que lorsqu'il lui avait demandé si elle aimait un autre garçon de son âge, elle avait acquiescé de la tête comme pour lui confirmer qu'il ne devait rien regretter et passer à autre chose. Et à présent, Elise était toujours partagée entre le sentiment d'avoir protégé Valentin et celui de lui avoir infligé un chagrin qu'il n'avait pas mérité.

15

Une fois encore, Annick était mal dans sa peau et tout l'agaçait. Et, le comportement de Tania, d'ordinaire si gaie et enjouée, n'était pas fait pour arranger les choses. Cela faisait déjà trois fois qu'elle essayait de savoir ce qui n'allait pas chez sa vendeuse et trois fois que cette dernière la rabrouait à la limite de l'impolitesse. Lassée et un peu vexée, la patronne du *Vent de la Mode* renonça donc à connaître les raisons d'une humeur aussi massacrante pour se concentrer sur les suites à donner à sa relation avec Bastien. Elle tourna et retourna entre ses doigts le papier sur lequel elle avait eu la présence d'esprit d'inscrire le numéro de téléphone de son amant. Avec ce précieux indice, elle allait enfin pouvoir mener sa petite enquête et connaître le nom et l'adresse de la société dans laquelle il travaillait. Après cela, Annick improviserait pour utiliser ce renseignement au mieux. Car, pour le moment, une seule et unique chose était claire dans son esprit. Elle ne permettrait pas à Bastien de la quitter. En matière amoureuse, elle avait toujours choisi les hommes sur lesquels elle jetait son dévolu et à chaque fois, elle se réservait le privilège de rompre la première. Et ce n'était sûrement un Bastien Deville, si séduisant soit-il qui dicterait sa loi. Annick était amoureuse comme jamais, et même si elle se savait capable de se lasser de lui du jour au lendemain, pour avoir déjà vécu cette expérience, il n'était cependant pas question que quelqu'un d'autre décide à sa place de la durée de sa passion. Apparemment, son rôle soigneusement composé d'un savant dosage de maîtresse femme et de petite fille n'avait pas fonctionné aussi bien que prévu et la détermination de Bastien à vouloir la quitter lui posait un sérieux problème en révélant les limites de son jeu. Annick devait donc trouver dans l'urgence une parade suffisamment efficace et solide avant son prochain rendez-vous. Et regardant Tania occupée à disposer la nouvelle marchandise en rayon, Annick se demanda s'il était plus judicieux de s'immiscer dans les relations professionnelles de Bastien ou dans celles de sa vie privée. Désormais, elle devrait faire preuve de prudence et user de ruse afin de conserver son intégrité et éviter d'éveiller les soupçons dans l'esprit de son amant. Annick écarta donc d'emblée toute solution radicale laquelle pourrait bien se retourner contre elle. Si la femme de Bastien devait apprendre son infidélité, solution envisagée en dernier ressort, ce serait de toute façon, en donnant l'impression à celle-ci de le découvrir par elle-même. Mais avant d'en arriver à de telles extrémités, Annick devait réfléchir pour faire en sorte de devenir une compagne indispensable et son amant devait être convaincu de cette réalité comme d'une évidence imposée à son esprit. « Rien n'est impossible pour une femme amoureuse », pensa-t-elle, et c'est sur cette conclusion pleine de confiance qu'Annick ne supportant plus la lourde atmosphère de la boutique tenta de dérider Tania.

– Alors… et ce film, tu ne m'as pas raconté… ça t'a plu? demanda-t-elle en rompant ainsi brusquement le silence.

– Sans plus, je préfère les films d'amour aux comédies, répondit Tania sans cesser de classer les vêtements par taille. Et vous, votre après-midi s'est bien passée? s'enquit-elle sans laisser transparaître la moindre émotion malgré sa colère. Pas trop de clients? insista-t-elle.

– Non, finalement un ami de longue date est venu me rendre visite à l'improviste. Comme je t'avais donné ton après-midi, j'ai donc fermé la boutique pour aller me promener avec lui, répondit Annick le plus tranquillement du monde.

– Vous auriez dû venir me chercher chez ma mère. J'aurais tenu le magasin et cela vous aurait évité de fermer, rétorqua Tania en se retournant vivement et en dévisageant sa rivale. Vous avez passé un moment agréable, si je comprends bien, insista-t-elle.

– Nous avons simplement pris un verre en parlant du bon vieux temps.

– Monsieur Auclert le connaît-il également? interrogea Tania avec un sourire ironique qui lui fit pincer légèrement les lèvres.

– Non... d'ailleurs, à la réflexion, je crois bien ne jamais avoir parlé de lui à Philippe. Nous nous étions perdus de vue depuis très longtemps et je ne m'attendais pas à le revoir un jour. À dire vrai, je l'avais quasiment oublié.

Écoutant cela, Tania n'en revint pas de l'habileté avec laquelle sa patronne était capable de mentir. Pour un peu, si elle ne les avait pas surpris bras dessus, bras dessous, elle aurait juré que sa rivale disait la vérité. La jeune femme tombait de haut car elle avait toujours eu une totale confiance dans les dires d'Annick et l'idée de mettre sa parole en doute ne lui était jamais venue à l'esprit. Elle la croyait franche et entière, tout comme l'était sa fille Elise.

– Vous avez sans doute marqué l'esprit de cet homme, puisqu'il s'est souvenu de vous et vous a retrouvée.

Tania insistait, car elle voulait mettre Annick dans l'embarras et l'obliger à mentir davantage pour pouvoir se rendre compte jusqu'où elle était capable de s'enfoncer dans le mensonge, tout en gardant son sang-froid.

– Il m'a probablement retrouvée par hasard, se justifia Annick car elle commençait à se demander pourquoi sa vendeuse insistait tant sur la visite de Bastien. Peut-être a-t-il vu mon nom sur une publicité et a-t-il fait le rapprochement avec moi? suggéra-t-elle.

– Étiez-vous déjà mariée lorsque vous l'avez connu?

Tania avait sauté sur l'occasion de mettre sa patronne en mauvaise posture.

– Non... en effet, il a dû me retrouver autrement. En tout cas, tu es douée pour les enquêtes. Tu as raté ta vocation de détective.

Et, ayant dit, Annick se trouva fort contrariée de devoir se justifier face à une gamine de l'âge de sa fille. Heureusement, deux femmes élégamment vêtues, sans doute la mère et la fille, entrèrent dans la boutique mettant fin à cette conversation, fort embarrassante. Les clientes souhaitaient chacune une tenue à la fois suffisamment habillée pour assister à un baptême durant le week-end de Pâques, et assez classique pour être portée par la suite.

Annick profita du fait que Tania était occupée à servir les deux femmes pour s'éclipser et se rendre à *L'Oh ! à la bouche*. Elle venait d'avoir une idée et il lui fallait l'appliquer au plus vite. Elle avait l'intention d'avoir une conversation avec Valentin au sujet de Bastien, avant sa fille. Annick était sûre qu'en le questionnant habilement, elle parviendrait à obtenir de précieux renseignements au sujet de son amant. De plus, si la chance était avec elle, peut-être même obtiendrait-elle sinon son adresse précise, au moins le quartier où il habitait avec sa femme et son fils. Pour se justifier, elle avait l'intention d'apprendre à Valentin qu'Elise avait cru voir son frère à Cannes et souhaitait savoir, s'il s'agissait bien de lui. Elle réfléchirait plus tard, lorsqu'il faudrait fournir des explications à Elise quant à sa conversation avec son ex-petit ami. Pour l'heure, elle ne se tenait plus d'impatience et elle traversa la rue sans se soucier des coups de klaxon d'un automobiliste en colère d'avoir été obligé de freiner à fond pour éviter de la heurter. Le carillon de la porte d'entrée accueillit Annick laquelle fut fort déçue de constater l'absence de Valentin.

– Annick, quelle surprise ! s'exclama Aurélia tout en embrassant son amie. On a beau être voisines, on ne se voit jamais.

– C'est souvent comme ça. Dis-moi, je voulais dire un petit bonjour à Valentin. Pourrais-tu le faire venir une petite minute, s'il te plaît ? pria-t-elle sans même prendre des nouvelles d'Aurélia.

– Ah ! Je suis désolée. Mais aujourd'hui, il commence à dix-sept heures car il doit rester tard pour préparer les commandes du week-end. Je pourrais lui demander d'aller te voir dès son arrivée, si tu veux.

– Non, c'est inutile, je te remercie, répondit Annick tout en s'efforçant de dissimuler sa déception. Ne lui parle pas de ma visite, elle n'a pas d'importance, continua-t-elle.

À présent, elle réalisait la grossière erreur de sa démarche si jamais Elise venait à l'apprendre.

– Attends, ne pars pas comme ça, dit gentiment Aurélia. Tiens, je mets une brioche dans un sachet pour demain matin. Embrasse Philippe et les enfants de ma part.

Annick remercia et sortit. Elle s'en voulait d'avoir agi inconsidérément et se félicita de l'absence de Valentin. Lorsqu'elle entra dans la boutique, Tania était toujours occupée avec les deux clientes et elle en profita pour dissimuler la brioche au fond de l'étagère posée derrière le comptoir. Elle pria pour qu'Aurélia oublie le plus vite possible son passage à la pâtisserie.

16

– Veux-tu de l'aide, Valentin ? Je pourrais mixer les framboises pendant que tu finis de couper les génoises.

– Merci, Tania, mais ça va aller. Je me suis bien avancé et lorsque les mousses de fruits seront faites, j'aurai terminé. Tu sors ce soir ? Tu vas rejoindre tes copines à *La Nuit Blanche* ?

– J'hésite encore, mais je ne pense pas. Pour une fois, j'irai peut-être me coucher avec un bon livre, après mon plateau télé.

Tania s'affairait en mettant un peu d'ordre dans le fournil, car elle ne savait pas trop comment faire pour aiguiller la conversation vers Bastien et hésitait encore à lui dire que ce dernier sortait avec Annick, la mère de son amour perdu. Ranger et nettoyer l'atelier avaient toujours été un bon dérivatif pour Tania quand elle se trouvait embarrassée et ce soir, c'était précisément le cas.

– Laisse, repose-toi, je finirai de nettoyer quand j'aurai tout mis au frais.

– J'ai quelque chose à te confier, commença-t-elle.

– Je peux tout entendre, répondit Valentin tout en souriant, même le plus terrible des secrets.

– J'ai rencontré ton frère à *La Nuit Blanche*, la semaine dernière.

– Ah ! bon ? mais tu ne l'as jamais vu. Comment sais-tu que c'était lui ?

– Je l'ai su par hasard, enfin pas tout à fait. J'ai regardé sa carte d'identité.

– Mon frère montrant ses papiers c'est comique, répondit Valentin en riant. Tu ne le sais pas, mais il adore entretenir le mystère autour de sa petite personne.

– Il ne m'a pas montré ses papiers. Ils étaient en évidence et je les ai regardés sans arrière-pensée, juste par curiosité.

À présent Valentin avait cessé de s'affairer et écoutait mi-amusé mi-intrigué le récit de son interlocutrice.

– Nous avons fini la nuit chez moi, ajouta Tania tout en baissant le ton.

– Ah, d'accord ! Je comprends mieux maintenant. Mais ne prends pas cet air coupable. Je suis ravi de cette nouvelle et mon frère a beaucoup de chance. Car même si je ne te l'ai jamais dit, tu es vraiment quelqu'un de bien, dit Valentin en prenant affectueusement son amie dans ses bras. Et je te souhaite beaucoup de bonheur, ajouta-t-il en desserrant son étreinte.

– Merci, mais ce n'est pas tout…

– Quelque chose te tourmente au sujet de Bastien ?

– Oui, mais j'hésite un peu à t'en parler, répondit Tania tout en ôtant son tablier.

– Mon frère a divorcé et sa femme et son fils vivent à Londres. Es-tu rassurée ?

– Il ne s'agit pas de cela… en fait, je voulais te parler d'Annick Auclert.

– Oui ?

– Elle fréquente Bastien.

– Tu plaisantes ! La mère d'Elise ! lança Valentin interloqué.

Tania lui raconta alors par le détail de quelle façon elle les avait surpris se tenant par le bras et comment sa patronne avait réagi, lorsqu'elle avait fait allusion à la visite de Bastien au magasin.

– Quand je pense à ma naïveté ! J'ai cru qu'il s'était déplacé pour moi. Je n'en reviens pas, en plus, je me demande depuis combien de temps ils se voient et si Elise se doute de quelque chose, précisa Tania.

– Je ne crois pas. Mais lorsque nous étions au *Vent de la Mode* l'autre jour, juste avant d'aller au cinéma, Elise m'a dit qu'elle passerait un soir ici, car elle devait me parler. Et tout à l'heure, ta mère m'a informé de la visite de Madame Auclert. Elle a demandé à me voir, soi-disant pour me dire un petit bonjour.

– C'est étrange. Autre chose, Bastien ne sait pas qui je suis, puisque je ne lui ai pas avoué avoir regardé ses papiers. Il ignore mon identité.

– C'est aussi bien, vu les circonstances, répondit Valentin pensif.

– Elise nous en dira peut-être plus, en attendant, je vais te laisser car je suis un peu fatiguée. Ne tarde pas non plus à rentrer, conseilla Tania en laissant son ami avec ses interrogations.

Bastien en était à son deuxième verre de whisky et ne cessait à la fois de consulter nerveusement sa montre et de surveiller la porte d'entrée de *La Nuit Blanche*. Il avait pris place sur le même tabouret de bar que la semaine précédente et pouvait ainsi surveiller par le biais du miroir géant lui faisant face les allées et venues de la clientèle, sans avoir à se retourner. Il était presque minuit et Bastien commençait à douter sérieusement de la venue de Tania à cette heure tardive. Pourtant, ce soir il avait besoin plus que jamais de sa compagnie, après sa pénible confrontation avec Annick quelques jours plus tôt. Décidément, il trouvait cette relation de plus en plus malsaine et le rapport de force que lui opposait sa maîtresse devait à tout prix cesser. Car, désormais, pour Bastien, cette relation manquait cruellement de fantaisie et d'harmonie. À présent, il regrettait amèrement de ne pas s'être montré plus perspicace dès le début. Il s'était laissé emporter uniquement par ses sens en négligeant de peser le pour et le contre. Bastien avait un mauvais pressentiment quant à sa prochaine rencontre avec cette femme manipulatrice et il pensa non sans une certaine ironie envers lui, qu'il ne devait pas être la seule victime de cette maîtresse indomptable. Combien d'hommes s'étaient laissés comme lui, emmener là où ils ne souhaitaient pas aller et s'étaient ainsi, retrouvés piégés dans ses filets ? Ce soir, il fallait absolument que Tania vienne illuminer son ciel de sa présence pleine de fraîcheur et de gentillesse mais ses regards désespérés vers le miroir restaient impitoyablement vains. Il s'en voulut une fois encore de ne pas avoir pensé à lui demander son numéro de téléphone. Car, il était incapable de situer avec précision l'immeuble où elle habitait. Il s'était rendu chez elle en pleine nuit et n'avait pas fait attention au nom de la rue. Et, le vague souvenir de son quartier constituait extrêmement peu de renseignements pour tenter de la retrouver dès ce soir. Bastien aurait adoré pouvoir s'engager dans une relation plus poussée avec cette jeune femme possédant le don de lui faire oublier ses soucis. Il aurait aussi aimé disparaître de la vie d'Annick, sans être obligé de la contacter à nouveau pour lui donner un dernier rendez-vous. Mais son instinct le mettait en garde contre le danger d'agir ainsi et si Bastien n'avait cependant pas la moindre idée de la nature des représailles dans lesquelles Annick était capable de se jeter à corps perdu, il était pourtant certain de s'exposer à sa colère et d'attirer sa malveillance latente en ne donnant pas signe de vie. Comment allait-il bien pouvoir s'y prendre pour mettre un terme définitif à cette relation qui finalement lui avait apporté tant de tourments pour si peu de plaisir ? Bastien était tout à fait incapable de répondre à cette question qui ne cessait de le hanter et ajoutait à sa douleur encore lancinante d'avoir dû divorcer de Cassandra et de s'être éloigné de son fils par voie de conséquence. En ce moment, la vie n'était pas tendre avec lui et tout semblait s'en mêler pour la lui rendre encore plus compliquée. Et Tania qui n'arrivait toujours pas ! Son léger mal de tête se transforma en bourdonnements d'oreilles et l'alcool qu'il avait absorbé n'était sans nul doute pas étranger à cet état de fait. La situation dans laquelle il s'était laissé enfoncer, était loin de le rendre heureux et pour en sortir, Bastien devait faire preuve d'égoïsme en pensant avant tout à lui et en évitant de se laisser submerger par la culpabilité. Après avoir achevé son deuxième whisky, il dut se rendre à l'évidence. Il était inutile d'attendre davantage la jeune femme. Ce soir, Bastien aurait été comblé de pouvoir la tenir dans ses bras mais Tania n'était pas venue. Il prit un air dépité et résigné puis, se décida enfin à quitter l'ambiance bruyante et enfumée de *La Nuit Blanche.* Il se retrouva immergé dans la fraîcheur de la nuit, fit quelques pas jusqu'à sa voiture et ne rencontra personne. Avant de démarrer, Bastien se promit de revenir attendre Tania le vendredi suivant, mais cette fois, libéré et heureux de l'être, après avoir rompu avec une femme pour laquelle finalement, il avait complètement fini de vibrer.

17

À dix-sept heures précises, Elise sortit du cabinet d'assurances après avoir soigneusement évité le regard corrosif de Madame Marchand, laquelle lui avait déjà signalé à plusieurs reprises sa façon de penser à ce sujet. Car selon elle, une subordonnée et de surcroît récemment embauchée, devait attendre gentiment et sans manifester de signe d'impatience, le bon vouloir de sa supérieure lui donnant l'autorisation de partir. Mais, Elise avait appris à passer outre ces simulacres comme tant d'autres, et faisant fi des petitesses de sa collègue, elle s'était littéralement ruée dehors à l'heure pile, afin de respirer un grand bol d'air juste à temps pour ne pas craquer et ainsi éviter de devoir révéler ses quatre vérités à cette horrible femme. Elise était pressée d'en finir avec cette journée de travail car elle avait décidé de parler à Valentin, dès aujourd'hui. Il lui fallait absolument être fixée définitivement sur la possibilité ou non de la présence de Bastien à Cannes. Elise avait attaché ses cheveux en chignon en les retenant par des pinces dorées et l'éclat qu'elles renvoyaient à chacun de ses mouvements de tête, illuminait son visage d'une touche de gaieté. Un foulard de soie bleu pâle noué autour de son cou, assorti à sa robe de voile vaporeux, ajoutait encore au soin qu'Elise avait apporté à sa toilette. Sans faire de détours et sans prendre le temps de flâner contrairement à son habitude, la jeune femme emprunta les rues transversales afin de rejoindre la rue Marceau au plus vite.

– Bonjour, madame, comment allez-vous ? demanda-t-elle tout en faisant virevolter le bas de sa robe.

Elle pivota sur elle-même pour refermer la porte de *L'Oh ! à la bouche*.

– Bonjour, Elise, avec ce beau temps tout va bien. Viens-tu voir Valentin ? demanda Aurélia laquelle connaissait déjà la réponse. Attends une seconde, je l'appelle tout de suite. Si tu veux, je peux le laisser une petite heure. Ainsi vous pourrez aller vous promener.

– Cela ne vous dérange pas ?

– Non, le lundi, c'est toujours calme. Je m'en sortirai très bien toute seule, ne t'inquiète pas. Valentin ! appela Aurélia tout en se dirigeant vers le fournil. Prends ta veste, une surprise t'attend ! continua-t-elle à crier.

Valentin apparut en moins d'une minute, tout sourire, en tenant sa veste à la main car il avait compris qu'Elise l'attendait.

– Ah Elise ! Cela me fait plaisir de te voir, on s'embrasse ?

Sans attendre la réponse, il déposa un baiser sur le coin des lèvres de la jeune femme de son cœur. Ils sortirent, en remerciant la maman de Tania et lorsqu'ils passèrent devant le *Vent de la Mode*, Elise détourna vivement la tête afin d'éviter de devoir s'arrêter.

Assise derrière le comptoir, Annick les avait vu passer et elle se tordit nerveusement les doigts. Elle était angoissée car elle se demandait si Elise viendrait le soir même, pour lui fournir de précieux renseignements au sujet de Bastien.

Les deux jeunes gens s'attablèrent à une terrasse de café, située à deux pas de la boulangerie, juste au coin du marché Gambetta et restèrent un moment à regarder les passants, sans éprouver le besoin de parler. L'air était doux et la température au soleil, idéale pour s'exposer un moment et pouvoir ainsi savourer les prémices de la belle saison. Le garçon apporta les deux jus de fruits commandés et lorsque celui-ci fut parti après avoir été payé, Valentin remarqua :

– Cela faisait longtemps que nous n'avions pas été seuls. Nous sommes tranquilles pour parler.

– Écoute, Valentin. J'aimerais dissiper tout malentendu. Certes, je suis toujours heureuse de passer un moment avec toi, mais si je suis venue aujourd'hui, c'est surtout pour te parler de ton frère.

– À ta guise.

Elise avait vu juste et nota immédiatement la déception de Valentin. Mais, elle fut surtout frappée par le fait que celui-ci ne manifesta absolument aucun étonnement.

– J'aimerais savoir si Bastien vit toujours à Londres, demanda-t-elle à brûle-pourpoint. Car il m'a semblé l'apercevoir l'autre jour, sur La Croisette, mais je n'en suis pas sûre. En tout cas, si ce n'était pas lui, il reste deux explications. Soit il a un sosie à Cannes, soit je n'étais pas dans mon état normal.

Valentin crut pendant une poignée de secondes, qu'Elise avait appris la relation de sa mère avec Bastien mais il comprit en l'observant à la dérobée, qu'elle n'était au courant de rien. Et, si en cet instant, on lui en avait demandé la raison, il aurait bien été incapable d'expliquer pourquoi, il décida de se taire au sujet d'Annick.

– Non, Bastien n'a pas de sosie et tu n'as pas rêvé non plus. Mon frère est revenu vivre ici depuis trois mois et j'étais persuadé de t'en avoir parlé. Manifestement, ce n'est pas le cas, excuse-moi, mon Elise, dit-il d'un air un peu contrit.

En réalité, Valentin savait parfaitement qu'elle n'était pas informée du retour de Bastien et il redoutait ce moment depuis trois mois. En se taisant, Valentin avait tout de suite su que son ex-petite amie lui en voudrait immanquablement d'avoir été tenue dans l'ignorance de cette nouvelle. Car, à force de se torturer l'esprit pour connaître la vérité au sujet du brusque revirement d'Elise, Valentin avait fini par admettre avec l'aide de sa mère les véritables motifs de cette rupture. En réalité, le départ soudain de Bastien avait lourdement pesé dans la décision d'Elise de couper net toute relation avec les Deville.

– M'en veux-tu ? demanda-t-il d'un air cajoleur.

– Un peu, je pensais que nous n'avions pas de secret l'un pour l'autre, mais rassure-toi, je ne suis pas rancunière.

Elise fut persuadée que Valentin avait compris qu'elle n'était pas dupe. Puis, ne souhaitant pas poursuivre ce tête à tête plus longtemps, elle se leva.

– On se promène un peu ? demanda Valentin.

– Non, mais rentrons ensemble, si tu veux, je vais voir ma mère.

– Elise ! cesse de faire la tête. Nous sommes ensemble depuis une demi-heure à peine. Parle-moi un peu de toi. Comment vont tes amours ? voulut-il savoir.

– J'ai rompu avec Victor, mais cela ne te concerne pas.

Elise accélérait le pas, soudain pressée d'arriver au *Vent de la Mode*. Elle sentait la mauvaise humeur la gagner de plus en plus et se contint difficilement, pour ne pas laisser exploser sa colère. En arrivant à la boutique, profitant d'un bref instant de répit, Valentin déposa vivement un baiser sur la bouche de sa bien-aimée et des étincelles de fureur traversèrent le regard d'Elise. Il eut confirmation de son erreur et comprit qu'il en avait sous-estimé la portée, en choisissant de cacher le retour de Bastien.

– Bonjour, mesdames ! lança Elise à l'attention de sa mère et de Tania.

– Déjà ? Nous t'avons vue passer tout à l'heure. Tu étais avec Valentin et j'ai pensé que tu viendrais seulement demain. Ceci dit, je suis heureuse de te voir, ma fille.

– Moi aussi, maman.

– Tania, tu peux rentrer chez toi si tu le souhaites, proposa Annick tout en consultant sa montre. Je ne vais pas tarder à fermer.

Tania s'était montrée d'humeur morose toute la journée, répondant par onomatopées à toutes les tentatives de conversations d'Annick. Elle murmura difficilement un bonsoir et sortit sans se faire prier et sans se donner la peine d'esquisser un sourire.

– Comment va Valentin ? questionna Annick car elle n'en pouvait plus d'attendre pour savoir ce qu'Elise avait réussi à apprendre au sujet de Bastien.

– Je crois qu'il m'aime encore.

– Valentin a toujours été très attaché à toi et tu as de la chance. Mais, tu devais t'en douter puisque personne ne lui connaît de relation. Il est resté seul depuis votre rupture. Tu n'aurais qu'un mot à dire pour en faire le plus heureux des hommes, j'en suis convaincue. Devant tant de sollicitude, Elise faillit tomber dans le piège tendu par sa mère mais ses doutes se confirmèrent lorsque cette dernière ajouta : Est-il resté suffisamment proche de toi pour te parler spontanément de son frère sans t'obliger à le questionner ?

– Qui te dit que nous avons parlé de Bastien, maman ?

– Rien, mais tu t'interrogeais à son sujet, peut-être as-tu profité de cette rencontre pour en savoir plus ?

– Oui, et j'avais raison, Bastien vit à Cannes depuis trois mois.

– Et ? s'enquit Annick.

– Rien, maman, sa vie privée ne me regarde pas. J'ai su ce que je voulais savoir et cela me suffit, provoqua Elise.

– Tu ne connais donc ni l'adresse de Bastien, ni l'endroit où il travaille ?

– Je m'en moque bien, mentit Elise. Mais, pourquoi toutes ces questions ?

– Pour rien, c'est juste histoire de parler un peu. Tu as raison, abrégeons, il est tard et ton père va s'inquiéter.

À l'évocation de celui-ci, Elise s'aperçut qu'elle n'avait pas tenu sa promesse et elle s'en voulut. Elle avait vraiment la tête ailleurs, pour oublier ainsi son père.

– Et le magasin, dis-moi comment vont les affaires ?

– Je ne me plains pas. Le chiffre n'est pas très bon, mais l'an dernier, à la même époque, il était pire encore. Il faut toujours avoir confiance en soi, ma fille et ne jamais abandonner, c'est le secret de la réussite.

Une fois Elise partie, Annick ne décoléra pas. Elle n'était pas plus avancée après le mutisme de sa fille. Elle décida de prendre la situation en main au plus tôt, en commençant par se procurer l'adresse de la société dans laquelle travaillait Bastien, par le biais des renseignements. Elle le ferait dès le lendemain car le temps jouait contre elle et Annick n'avait pas l'intention de se laisser prendre au dépourvu, une fois de plus. Elle savait par expérience, que si les larmes peuvent attendrir les hommes en les surprenant, elles ne constituent cependant qu'un bref sursis. Or Annick, en ayant déjà usé deux fois, avait atteint la limite à ne pas dépasser pour espérer pouvoir rester crédible.

18

– J'aime votre fille, Madame Auclert. Je voudrais donc savoir s'il vous arrive à toutes les deux, de parler de moi et si vous pensez qu'il me reste encore un petit espoir de la reconquérir.

– Ainsi, tu ne parviens pas à oublier Elise? Un beau garçon comme toi ne doit pourtant pas manquer d'admiratrices, n'est-ce pas?

– Les autres filles ne m'intéressent pas. Parlez-moi franchement s'il vous plaît, pria Valentin.

Comme il s'y attendait un peu, Madame Auclert ne le prenait pas vraiment au sérieux et son ton légèrement ironique lui confirma ses craintes.

– Pour te parler sans détour, Valentin, je suis un peu comme toi. En ce qui concerne les sentiments d'Elise, il m'est quasiment impossible de te répondre. Ma fille s'est toujours montrée très réticente pour se confier à moi. Son père pourrait t'en dire plus. Cela peut te sembler inhabituel mais, lorsqu'Elise souhaite ouvrir son cœur, elle s'adresse à mon mari. Et Dieu sait combien j'en ai souffert! soupira Annick en levant les yeux au ciel.

Et cette mimique parut si bien exécutée à Valentin, que loin de le convaincre, quant au dépit de cette femme, cela le conforta dans son idée qu'il avait à faire à une comédienne-née.

– Donc, vous ignorez totalement s'il me reste une chance?

– Je n'irai pas jusque-là, mais tu dois comprendre qu'Elise aime cultiver son jardin secret et se livre difficilement. Une chose est sûre cependant...

– Laquelle?

– Victor est sorti de sa vie et pour autant, elle n'a personne d'autre, pour l'instant.

L'attitude un peu condescendante de Madame Auclert ne plaisait pas à Valentin. Décidément, elle n'avait pas changé et affichait le même comportement tant déploré par Elise, lorsqu'elle était plus jeune. Et cette attitude avait poussé la jeune fille à apprécier davantage la profonde humanité de Nicole Deville.

– Cela, je le sais déjà, car Elise me l'a confié tout à l'heure. Et, je vous mentirais si je vous disais que je le regrette. Victor m'a toujours semblé être un garçon enclin à faire passer ses intérêts personnels avant ceux des autres. Mais j'ignore pour quelles raisons ils se sont séparés. Désormais, votre fille risque d'accorder sa confiance encore plus difficilement. Le temps, je l'espère, jouera en ma faveur et peut-être Elise finira-t-elle par admettre son erreur en reconnaissant enfin que je suis digne de confiance et tout à fait capable de la rendre heureuse.

– Mon pauvre Valentin ! s'exclama Annick. Ce discours t'honore mais, ton Elise, comme toutes les femmes, a besoin de passion pour pouvoir être amoureuse. Les gens raisonnables s'avèrent presque toujours ennuyeux, à la longue. Attention, je ne dis pas cela pour toi, lança-t-elle pour essayer de se reprendre, mais à mon avis, Elise a besoin de rêve et de fantaisie. C'est pourquoi, la femme que je suis, te conseille de faire preuve d'originalité et d'imagination.

À l'évidence, la moue de Valentin en disait long et il n'était pas du tout convaincu par cette leçon de séduction. Puis, un peu agacé par cette belle assurance, il enchaîna le plus innocemment du monde :

– Mon frère devrait me révéler son secret et me dire comment il s'y prend pour être si convoité par la gent féminine !

– Tu fais allusion à ton frère Bastien, c'est cela ? Elise m'a vaguement parlé de lui, mais il est marié, me semble-t-il, n'est-ce pas ?

Valentin interrogea désespérément Tania du regard pour savoir ce qu'il devait révéler, mais celle-ci ne laissa rien transparaître. Il décida donc de dire la vérité pour observer la réaction d'Annick sous l'effet de la surprise.

– Mon frère a divorcé. Il vit seul mais il fréquente une jeune femme.

Valentin avait pris bien soin d'insister sur le mot jeune et ses espoirs furent comblés. Car il avait innocemment cru que Madame Auclert pensait fréquenter un homme libre. Or, il n'en était rien et cette réalité renforça encore son peu d'estime pour cette femme.

– Une jeune femme dis-tu ? La connais-tu ?

– Je la connais très bien.

– Est-elle si jeune ?

– À peu de chose près, nous avons le même âge.

Valentin venait d'asséner un coup de massue à son interlocutrice et il jubila intérieurement. Il ne dirait rien de plus car, il ne voulait pas exposer Tania à la jalousie mordante d'Annick.

– Je vais vous quitter à présent, Madame Auclert car j'ai déjà trop abusé de votre temps. Je vous remercie pour vos conseils avisés, j'en ferai bon usage.

– Je vais y aller aussi, intervint Tania, il est dix-neuf heures passées.

Et joignant le geste à la parole, ils quittèrent la boutique sans laisser à Annick, le temps de répliquer.

– Cette femme est vraiment odieuse, remarqua Valentin lorsqu'ils furent dehors.

Restée seule, Annick était aux cent coups car elle avait cru, durant un bref instant, que Bastien était libre, mais il n'en était rien. Ainsi, la volonté de rompre de son amant était motivée par l'existence d'une autre femme, plus jeune qu'elle de surcroît ! La présence indiscrète de Tania l'avait empêchée d'en savoir plus et maintenant, il lui fallait attendre de pouvoir parler à nouveau à Valentin mais cette fois-ci sans témoin, pour pouvoir lui arracher tranquillement le nom de cette fille. Annick regretta de ne pas avoir insisté pour inciter sa vendeuse à rentrer chez elle, lorsque Valentin avait précisé qu'il n'avait aucun secret pour elle. « Mais bien sûr », pensa-t-elle. Elle en était persuadée à présent, Tania connaissait cette fille. Peut-être même, était-elle aussi une de ses amies. Après tout, Valentin était un garçon plutôt calme et il partageait son temps entre sa passion pour la peinture en passant de longues heures dans l'atelier de sa mère et *L'Oh! à la bouche* où il travaillait. Et cette fille qu'elle haïssait de toute sa hargne était forcément issue du cercle restreint des connaissances de Valentin. Annick devrait donc interroger Tania avec tact pour connaître l'identité de cette intruse et manœuvrer pour faire en sorte de l'exclure de la vie de son amant, aussi rapidement qu'elle y était entrée. Puis, désireuse de commencer son enquête sans plus attendre, elle saisit le papier dissimulé dans l'étagère du comptoir et décida de téléphoner aux renseignements. Elle formula sa demande et l'opératrice la fit patienter quelques instants, puis répondit :

– Le numéro correspond à une des lignes appartenant à la société *Cash Minute*.

– De quoi s'agit-il exactement ?

– C'est une plate-forme téléphonique spécialisée dans la prestation de service.

– Où est-elle située ?

– Elle se trouve à Cannes, Quai Saint-Pierre.

– Je vous remercie pour le renseignement.

– Merci de votre appel, madame, bonne journée.

Lorsqu'elle raccrocha le combiné, Annick s'applaudit devant la psyché et s'adressa un sourire. « Il faut toujours compter sur soi », pensa-t-elle. Et, s'apercevant soudain qu'elle était affamée, elle plongea une nouvelle fois sa main derrière le comptoir et mordit à belles dents dans la délicieuse brioche offerte par Aurélia.

19

Arnaud d'Estegnac finissait de superviser l'installation des toiles de Nicole sur les murs de la prestigieuse galerie d'art *Les Pinceaux Éternels* de Saint-Raphaël. Il était accompagné de Valentin, lequel intervenait de temps à autre pour donner son avis quant à la disposition la plus harmonieuse, à choisir en fonction de la teinte dominante de chaque œuvre et de l'emplacement le plus approprié. Bien que toujours un peu inquiet jusqu'au jour du vernissage pour chacune des expositions de sa mère, le jeune homme était plus fébrile encore, car cette fois, il s'était enfin laissé convaincre de dévoiler trois de ses créations. Partagé entre la fierté et l'appréhension, Valentin s'affairait en vain, commençant tout en ne finissant rien, en proie à un trac sans précédent. Pourtant, il avait longuement hésité parmi un grand nombre de tableaux, pour choisir les trois œuvres incontournables, à présenter au public. Car celles-ci devaient être les plus représentatives de l'univers artistique dans lequel il évoluait. Valentin n'en revenait toujours pas de l'infinie patience dont avaient fait preuve sa mère et Bastien, lorsqu'une semaine plus tôt, ils avaient examiné ses toiles une à une et les avaient soigneusement classées par catégorie pour affiner leur choix et le lui soumettre. Cela faisait très longtemps que Nicole et ses deux fils n'avaient pas partagé une telle complicité et éprouvé le bonheur simple d'être ensemble. L'agent d'Anaïs, puisque tel était le nom d'artiste de Nicole Deville, avait tout de suite approuvé les toiles retenues et félicité chacun pour la justesse de son analyse. Arnaud d'Estegnac était également un ami et un allié précieux pour Nicole et depuis le tout début de sa carrière, il avait toujours répondu présent pour lui prodiguer encouragements et conseils en toutes circonstances. Après la difficile sélection des toiles, Valentin avait cru qu'il lui fallait encore organiser la réception prévue pour le vernissage. Mais comme d'habitude, Arnaud s'était occupé de tout pour le cocktail afin de faire plaisir à Nicole et à son fils. Les cartons d'invitation avaient été expédiés depuis plus de deux semaines et à présent, le seul souci de Nicole était celui de décider de sa toilette. Valentin, quant à lui, avait décidé de rester simple et naturel de façon à donner à sa personne, la même image d'authenticité et de sobriété émanant de sa peinture. Ces deux qualités étant inscrites jusque dans sa signature pour laquelle il avait choisi de conserver son véritable prénom. Le jeune homme était doublement heureux. Non seulement, il avait résolu de se donner une chance en osant enfin assouvir sa passion au grand jour mais en plus, il venait à cette occasion de retrouver un peu de complicité avec Bastien. Valentin se sentait enfin débarrassé de son complexe d'infériorité et se préparait à faire ses premiers pas sur le chemin de la joie de vivre et de l'épanouissement.

Pendant que Valentin et Arnaud mettaient les derniers détails au point, Annick Auclert regardait le carton d'invitation reçu quelques jours auparavant, la conviant au vernissage d'une artiste peintre nommée Anaïs. Philippe avait finalement accepté la veille au soir d'accompagner sa femme, après avoir expliqué à la petite Marie que seuls les adultes pouvaient se rendre à cette réception privée. Pour une fois, Annick faisait une exception à son habitude de décliner chaque invitation, car en qualité de responsable de magasin, elle était conviée à un grand nombre de manifestations. La raison de cette exception était simple. Elle lui donnait une occasion en or de passer une soirée à Saint-Raphaël où elle adorait se rendre pour flâner sur la promenade qui s'étire du vieux port à Fréjus-Plage. Annick savait déjà qu'elle porterait un tout nouveau modèle de robe du soir, créé par un couturier réputé. Elle avait réussi à force de persuasion à se faire offrir ce petit caprice par Philippe qui savait se montrer adorable lorsqu'il voulait bien s'en donner la peine. Annick espérait qu'après le cocktail, Philippe se laisserait entraîner dans le petit restaurant où elle aimait déguster quelques fruits de mer en les accompagnant d'un petit vin blanc de pays. Tandis qu'elle réfléchissait sur la meilleure façon de parvenir à ses fins, elle fut tirée de ses pensées par la sonnerie du téléphone. Tania, étant sortie porter la recette de la veille à la banque, Annick quitta l'arrière-boutique pour aller décrocher.

– *Vent de la Mode*, bonjour.

– Oui, c'est moi. Je t'appelle comme promis.

– Bastien, je ne m'attendais pas...

– On peut se voir demain, si tu veux.

– Dans notre petit nid d'amour ? susurra Annick.

– Non, je passerai à la boutique à l'heure de la fermeture, j'ai une course à faire dans le quartier.

– Irons-nous à *La Nuit Étoilée*, ensuite ? demanda-t-elle en se moquant des règles de la bienséance.

– Manifestement, tu n'as pas réfléchi à notre conversation mais je n'ai pas changé d'opinion et je crois...

– Ne me repousse pas, Bastien, dit-elle entre ses dents, je ne joue pas.

– Moi non plus et j'espérais que tu l'avais compris. Mais peut-être finalement devrions-nous en rester là.

– Ne fais pas ça, mon amour. Viens demain, je dois absolument te parler.

– Soit, Annick, alors à demain.

Après avoir reposé le combiné, Bastien se leva précipitamment et quitta son bureau pour aller faire un tour d'inspection sur le plateau. Presque tous les chargés de clientèle étaient en ligne et il constata en regardant le tableau de bord des appels, accroché au mur, qu'une vingtaine de clients était en attente depuis plus d'une minute. C'était le moment de la journée où les opérateurs ne parvenaient pas à faire face à l'afflux des demandes. Il lui faudrait donc régler ce problème très prochainement en concertation avec Hubert. Ils avaient déjà modifié le planning des employés à trois reprises en tenant compte des pics d'appels, mais sans succès. Bastien se demanda s'il ne serait pas judicieux d'embaucher quelques intérimaires en renfort et éviter ainsi de changer régulièrement les horaires de travail de ses chargés de clientèle. Au *Cash Minute*, plus de 80 % des salariés étaient des femmes et ces changements incessants d'horaires occasionnaient des désagréments, dont il était conscient. Les prévisions établies à l'aide des chiffres des années précédentes s'avéraient très approximatives et de peu de secours pour engager une politique efficace en matière de gestion du personnel. Les chiffres sur lesquels Bastien s'était appuyé, avaient été fournis par le client de la société de sous-traitance mais pour autant, il savait que ce serait à Hubert et à lui-même de se justifier sur le nombre d'appels perdus. Il devenait donc urgent, pour les deux responsables du service, de trouver une solution adaptée et à moindre coût, pour pouvoir répondre à la fois aux exigences de *Cash Minute*, du donneur d'ordre et des clients de ce dernier. Préoccupé par la stratégie à adopter pour atteindre ce triple objectif, Bastien quitta le plateau pour aller rendre une courte visite à sa famille. Le vernissage était pour très bientôt et il voulait s'assurer du bon déroulement des préparatifs. Depuis quelques jours, la vision de son père furieux s'estompait peu à peu et Bastien espérait que cet homme, atteint dans son orgueil, finirait par revenir à de meilleurs sentiments à son égard.

Pris dans les embouteillages, il repensa à Annick et à son obstination quasi maladive. Pourtant, il ne lui laisserait pas le choix et elle devrait admettre la fin de leur liaison charnelle. L'entêtement de cette femme commençait à peser sur son moral et une fois de plus, il en fut contrarié. Bastien ne comprenait pas comment il avait bien pu faire, pour se retrouver dans une situation aussi inextricable. Il en était là de sa réflexion, lorsqu'Armand vint lui ouvrir la porte et lui donna une brève tape sur l'épaule, signifiant peut-être, qu'il consentait à un début de réconciliation.

20

Elise profita de l'absence de Madame Marchand en congé tout l'après-midi, pour appeler son père à la maison. Philippe rentrait presque tous les jours directement après les cours et elle était quasiment certaine de le trouver chez lui. Et, confirmant son intuition, celui-ci décrocha à la troisième sonnerie.

– Oui ?

– Bonjour, papa, c'est moi, Elise.

– Ah ! Ma chérie, je suis content de t'entendre.

– Excuse-moi de ne pas t'avoir appelé plus tôt, papa, mais je ne t'avais pas oublié. J'attendais simplement le moment propice pour le faire, mentit à moitié Elise.

– Ne t'en fais pas pour ça. Dis-moi tout d'abord, si tu vas bien.

– Cet après-midi, je suis tranquille. Madame Marchand est absente. Le reste du temps, je m'arrange pour être occupée au maximum, ainsi les journées me paraissent moins longues. Et toi, comment vas-tu ?

– Hormis mon inquiétude pour ta mère, tout va bien. Théo s'absente moins souvent et hier soir, il est même resté à table pendant tout le dîner ! s'exclama fièrement Philippe.

– Peut-être a-t-il enfin réalisé qu'il a une famille ? Et Marie ?

– En ce moment, elle est dans sa période timbres. Je lui ai donné ma collection car j'ai retrouvé mes albums par hasard au fond d'un placard et cela a suffi pour déclencher une nouvelle passion chez ta sœur.

– Au moins, elle ne s'ennuie jamais.

– Oui et c'est essentiel. Dis-moi… as-tu eu le temps de passer à la boutique ?

– Oui, je suis allée voir maman et j'ai fait allusion à d'éventuels problèmes financiers mais elle a affirmé que tout allait bien.

– Pourtant, elle semble toujours être ailleurs et je la sens préoccupée. Elle se lève presque toutes les nuits et passe de longues heures devant la télévision mais sans mettre le son, pour ne pas nous réveiller. De plus, elle a perdu son appétit, insista Philippe.

– Tu penses qu'elle pourrait être malade?

– Cela me paraît plausible, en effet.

– Papa, ne crois-tu pas que si c'était le cas, tu l'aurais su par notre médecin de famille?

– Pas obligatoirement, ta mère lui a peut-être demandé de ne rien dire.

– Sais-tu au moins si elle a consulté? demanda Elise tout de même un peu inquiète.

– Non, en tout cas, elle ne m'a rien dit de tel.

– Écoute, papa. Si tu veux, je passerai à la boutique ce soir et je tâcherai d'en savoir plus. Et si maman refuse de me parler, j'interrogerai Tania. Cela te convient?

– Très bien, ma fille. Mais tu ne dois pas te sentir obligée de le faire. Peut-être avais-tu prévu autre chose?

– Ne t'en fais pas. Ce n'est rien pour moi de faire un petit détour. Écoute, j'ai un appel sur une autre ligne et je dois te laisser. De toute façon, je te rappellerai très vite pour te donner des nouvelles. Bisous, à plus tard, papa.

– Bisous, ma fille.

Elise terminait sa journée dans une heure et elle se mit en devoir d'archiver tous les dossiers qui s'empilaient sur son bureau et menaçaient de tomber à tout moment. Mais malgré ses efforts, elle ne parvenait pas à se concentrer car elle avait l'esprit ailleurs. L'inquiétude de son père était communicative et elle commençait à se demander s'il n'avait pas raison. Elle décida donc de tirer cette affaire au clair, au plus vite, car elle connaissait l'aptitude de sa mère à jouer la comédie et la savait tout à fait capable de taire un événement important, alors pourquoi pas, en l'occurrence, un problème de santé. Pourtant, Elise trouvait sa mère toujours aussi resplendissante et bon nombre de femmes lui enviaient son dynamisme et son physique, lesquels laissaient souvent penser qu'elle avait tout juste une trentaine d'années.

Un peu plus tard, Bastien marchait en regardant droit devant lui, indifférent à la splendeur du coucher du soleil, lequel semblait vouloir se noyer dans l'immensité de la mer balayée de reflets gris-bleu. Le ciel, encore éclairé çà et là par un rouge feu et un orange intense, s'étirait à perte de vue, venant mourir progressivement sur un lointain horizon déjà perdu dans une amorce d'obscurité. Le jour déclinait assez rapidement et Bastien allongea le pas pour traverser le parking où il venait de se garer, afin de gagner rapidement le magasin d'Annick, pressé d'en finir avec ce rendez-vous. Lorsqu'il entra au *Vent de la Mode*, la boutique était déserte. Il attendit un peu puis, vit Annick sortir de derrière un rideau et se diriger vers lui pour s'arrêter net au niveau du comptoir en l'invitant d'un simple signe, à la suivre. Sans réfléchir, Bastien s'exécuta et après avoir franchi le rideau, il entra dans une vaste pièce dans laquelle se trouvait un énorme canapé au milieu d'un bric-à-brac de cartons, des mannequins et de matériel de couture de toute sorte. Il fut un peu étonné de se retrouver dans cet endroit largement plus vaste que la boutique en elle-même. Manifestement, Annick passait là, le plus clair de son temps à attendre les clients. Un petit écran installé au mur, lui permettait en l'absence de Tania, de surveiller la porte d'entrée et ainsi, elle n'était pas obligée de se tenir en permanence près du comptoir. Assise au bureau, elle passait les commandes, faisait un peu de comptabilité et pouvait régulièrement se délasser.

– Ta journée s'est bien passée? demanda Annick par pure politesse et pour essayer de distraire Bastien de sa minutieuse inspection.

– J'ai deux ou trois petits problèmes de prévision concernant les appels. Le service s'organise progressivement et pour le moment, je suis assez satisfait de moi, je l'avoue.

– Ne reste pas ainsi. Viens t'asseoir, invita-t-elle, ne trouvant rien d'autre à répondre à ces remarques.

– Juste une minute alors, je te fais une visite éclair car j'ai un autre rendez-vous, mentit Bastien.

– Un rendez-vous galant ?

– Absolument pas, mais il est très important et je ne veux pas arriver en retard. Avant de te quitter, je voulais te dire combien j'ai été heureux de te connaître. Je garderai un très bon souvenir de notre rencontre.

Annick ne sembla pas réagir à la provocation de Bastien et celui-ci se demanda si elle avait bien entendu. Puis, contre toute attente, elle se lança dans un long monologue :

– Moi aussi, je garderai un merveilleux souvenir de notre relation et tu auras toujours une place à part dans mon cœur car malgré nos différends, je t'aime encore. Et pour te le prouver, j'ai décidé de me soumettre à ta décision. Tu mérites d'être heureux et je te souhaite beaucoup de bonheur. Tu es un homme merveilleux, je le sais, et c'est pourquoi je n'ai pas le droit de t'empêcher de faire ta vie avec une autre femme. Je regrette seulement de n'avoir pas su te faire comprendre à quel point, tu comptes pour moi. Tu as été à la fois un amant, un ami et un confident. Mais je t'aime au-delà des mots et cet amour m'aide à trouver la force de te laisser partir.

Bastien l'écoutait attentivement et n'en revenait pas de ce brusque revirement de situation. Mais quelque chose lui disait qu'en dépit des apparences, Annick n'était pas vraiment sincère.

– Ta compréhension me touche.

– J'espère que tu as encore un peu d'estime et d'amour pour moi car j'ai une dernière prière à t'adresser.

– Ne t'en fais pas pour cela. Je te le répète très sincèrement, je garderai un bon souvenir de nos tête à tête, mentit Bastien.

Et, il s'en voulut un peu de ne pas avoir le courage de se montrer tout à fait honnête envers cette femme. Car malgré ses belles paroles, il continuait à se méfier d'elle.

– Nos dernières rencontres ont été conflictuelles et je le regrette vraiment, poursuivit Annick. C'est pourquoi, la femme que je suis, te demande un peu d'amour, juste une dernière fois.

Elle colla sa bouche contre celle de Bastien si adroitement que celui-ci n'eut pas la présence d'esprit de reculer d'un pas. Aime-moi, aime-moi une dernière fois, supplia-t-elle tout en se plaquant contre Bastien, pour le forcer à s'allonger.

– Annick, voyons! je dois partir, laisse-moi…

– Pas avant que tu m'aies fait l'amour. J'en ai tellement envie.

Bastien avait cessé de se défendre car sa maîtresse avait repris le pouvoir. Elle commença à se dévêtir d'une main tout en déboutonnant adroitement la chemise de son amant de l'autre.

Sur ces entrefaites, Elise n'ayant trouvé personne à la boutique poussa le rideau de velours rouge et trouva sa mère et Bastien enlacés.

DEUXIÈME PARTIE

1

Elise marchait d'un pas rapide et n'en croyait toujours pas ses yeux. Sa mère et Bastien amants ! Submergée à la fois par la colère et par un sentiment de honte, la jeune femme ne parvenait pas à retenir ses larmes. Cette fois, elle tombait de très haut. Car, si elle savait sa mère capable de petites trahisons et de cachotteries plus ou moins habituelles, elle n'aurait cependant jamais imaginé qu'elle pouvait ainsi tromper sa famille et Philippe le premier, avec une telle aisance et autant de désinvolture. Elise ne savait pas si elle avait plus mal pour elle ou pour son père, lequel presque inévitablement, pensa-t-elle, finirait par apprendre la vérité, d'une manière ou d'une autre. Ainsi, ce comportement pour le moins étrange se résumait à une banale liaison extraconjugale ! Annick allait parfaitement bien et Elise aurait dû en être soulagée mais les circonstances dans lesquelles elle venait de l'apprendre, le lui faisaient presque paradoxalement regretter. Ainsi, en plus d'être une mère distante, Annick était aussi une femme manipulatrice et sournoise, capable d'avoir une double vie et de la dissimuler parfaitement à son entourage. Elise prenait conscience de la duplicité de sa mère et de son habileté. Depuis quand durait cette liaison ? Elle se demanda alors combien d'amants Annick avait bien pu avoir depuis son mariage. À présent, tout devenait clair et limpide. Elle comprenait enfin pourquoi sa mère avait fait preuve d'autant d'intérêt pour Bastien et ses doutes se confirmèrent. Annick avait tenté de se servir d'elle pour lui soutirer des informations, là était la vérité. Qu'avait-elle besoin de savoir que Bastien ne lui ait déjà dit ? Elise avait une mère menteuse et infidèle et cette réalité lui déchira le cœur. Elle revoyait le visage anxieux de son père et son inquiétude grandissante, lorsqu'ils avaient déjeuné ensemble.

L'image des deux amants enlacés l'obsédait et la jeune femme se demanda s'il était préférable de dire la vérité ou de la dissimuler. Elle détestait l'idée de devoir mentir mais cette situation ne lui laissait pas d'autre choix. Elise continuait à marcher sans se soucier de l'obscurité et de la fraîcheur. Elle se demandait si Tania connaissait cette liaison et si oui, depuis combien de temps elle était contrainte de se taire. Elise savait son amie d'une nature discrète et l'imaginait mal révélant ce secret à quelqu'un en dehors, peut-être, de Valentin. Elle esquissa un rictus en pensant à l'inclination, qu'elle avait gardée pour Bastien durant toutes ces années et trouva ses espoirs d'adolescentes, plus dérisoires encore. Elle avait mal à la tête et tout se brouillait dans son esprit. Il lui fallait absolument oublier au plus vite la scène à laquelle elle venait d'assister bien malgré elle, sinon elle risquait de devenir folle.

Arrivée chez elle, Elise voulut en finir au plus vite avec cette histoire et décida de téléphoner immédiatement à son père pour le rassurer et éloigner ainsi, définitivement le dilemme dans lequel elle refusait de se laisser entraîner. Car une fois que Philippe serait apaisé grâce à elle, il n'éprouverait plus le besoin de la questionner et Elise ne serait plus déchirée entre un mensonge salvateur et une vérité trop cruelle.

– Bonsoir, papa, je profite de t'appeler car maman se trouve encore à la boutique.

– As-tu appris quelque chose ?

– Rassure-toi, tout va bien. Tu avais raison dès le départ, mentit Elise. Finalement, maman m'a avoué ses soucis financiers concernant la boutique car les affaires ne sont pas très florissantes. Maman n'a pas osé t'en parler afin de ne pas t'inquiéter pour rien. Et elle pense avoir bien fait, car cette semaine, les ventes semblent démarrer doucement.

– Merci, ma fille. Tu ne peux pas savoir comme je suis soulagé, soupira Philippe.

– Une chose, cependant papa…
– Oui ?
– J'ai fait comme si c'était moi qui m'inquiétais.
– C'est parfait car cette conversation doit rester entre nous. Je ne voudrais pas que ta mère me soupçonne de la surveiller.
– Voilà, papa. Tu sais tout, à présent, je vais te laisser, je t'embrasse.
– Merci encore, Elise, répondit Philippe.
Épuisée par la tension nerveuse, elle se jeta sur le canapé et se mit à pleurer à chaudes larmes.

Annick exultait. Non seulement, elle avait obtenu de Bastien un moment d'intense intimité mais en plus, celui-ci avait promis de lui téléphoner dès le lendemain. Et tandis qu'elle vérifiait son apparence dans la psyché avant de rentrer chez elle, elle n'en revenait toujours pas. Elle se félicita de ne pas avoir persisté dans ses séances de femme éplorée et délaissée et d'avoir eu la présence d'esprit d'opter à temps, pour une composition dans laquelle elle se savait experte et où elle excellait. Son rôle de maîtresse à la fois dominatrice et soumise lui avait toujours réussi à merveille et l'avait bien des fois sauvée de situations quasiment désespérées. Et aujourd'hui encore, elle avait su tirer habilement son épingle du jeu. Annick n'en finissait plus de savourer sa victoire et soudain, tout lui sembla simple. Désormais, elle en était convaincue, plus rien ne pourrait venir ternir son bonheur puisque l'homme de sa vie était enfin tombé sous son emprise. À l'avenir il lui suffirait d'entretenir soigneusement le désir de son amant, afin de lui faire renoncer définitivement à l'idée insensée de se passer d'elle.

Tandis qu'Annick fermait la boutique pour rentrer chez elle, Philippe s'affairait dans la cuisine. Après avoir terminé sa conversation avec Elise, il s'était mis en devoir de préparer le dessert préféré de sa femme, pour lui faire plaisir. Il s'agissait d'un fondant au chocolat dont la cuisson réclamait une attention de presque tous les instants. Car, le chocolat devait rester fondant à cœur et le biscuit devenir moelleux à souhait. Cette double exigence pour obtenir un gâteau parfait avait bien vite découragé Annick et c'était donc à son mari de se transformer en pâtissier, pour les grandes occasions. Et ce soir en faisait partie, puisque Philippe était heureux d'être enfin débarrassé du poids d'une inquiétude lancinante.

Il pensa à la mère d'Annick, car elle devait venir séjourner très prochainement à Cannes, afin d'apporter son expérience et son savoir-faire pour contribuer à lancer la collection printemps-été. Jeanne Colin était une femme dynamique et sûre d'elle, tout comme l'était sa fille. Philippe savait déjà, qu'à peine arrivée, elle prendrait les commandes de la boutique comme si c'était la sienne et saurait trouver une solution pour donner un nouveau souffle au *Vent de la Mode*. Et même si ses rapports avec sa belle-mère avaient toujours été courtois, Philippe avait été soulagé d'apprendre que Jeanne descendrait dans un hôtel du centre-ville de Cannes. En effet, quand Annick lui avait annoncé la prochaine venue de sa mère, Philippe avait redouté de la voir s'installer dans la chambre d'amis. Car, s'il l'appréciait à sa juste valeur, il connaissait également le caractère affirmé de Jeanne. Son ton parfois autoritaire était susceptible de créer des conflits avec Théo, peu enclin en ce moment à supporter les remarques et encore moins à obtempérer. Philippe alla accueillir sa femme, encore absorbé par ces considérations. Annick avait un sourire radieux et pour son mari, la soirée s'annonçait sous les meilleurs auspices.

2

– Annick? C'est maman, dit Jeanne Colin sans attendre de réponse. Finalement, je préférerais venir vendredi en fin d'après-midi, si ça ne te dérange pas.

– Bien sûr, maman, tu viens quand tu veux.

– Oui, j'ai réfléchi à notre conversation et ce serait bien mieux si je passais toute la journée de samedi à la boutique.

– Ah ! bon ?

– Ma fille, tu ne le sais peut-être pas, mais ce jour est plus important encore que le mercredi et il sera un bon indicateur pour moi.

– Tu as sans doute raison, je n'y avais pas pensé, remarqua Annick pensive. Veux-tu toujours aller à l'hôtel ou préfères-tu venir à la maison ? Philippe et les enfants seraient ravis de t'avoir, poursuivit-elle sans conviction.

– Lorsque je viens à Cannes, j'adore pouvoir me promener de bonne heure le long de la mer et je ne veux pas t'obliger à te lever tôt pour m'y conduire.

– Est-ce la seule raison ? demanda Annick sur un ton espiègle car aujourd'hui, son humeur était au beau fixe.

– Tu sais bien que non. Mais, je n'ai pas joué depuis si longtemps ! J'ai bien le droit de me faire plaisir de temps en temps. C'est tout ce qu'il me reste depuis le départ de ton père.

– Mais tu n'as aucune chance, maman !

– Un jour, j'en aurai. Il faut y croire, la chance finit toujours par arriver. De toute façon, je ne me priverai pas de mon petit tour au casino. Ne te fatigue pas, ma fille, je sais encore ce que je fais. Dis-moi, enchaîna Jeanne, pourrais-tu me réserver une chambre à mon hôtel habituel ?

– Tu viens donc, vendredi soir… pour une semaine.
– Je pense. Réserve toujours cinq nuits et j'aviserai par la suite.
– Comme tu voudras, maman, je suis contente de te revoir, tu me manques.
– Peut-être. Cependant, tes visites à Grasse s'espacent de plus en plus, reprocha Jeanne.
– Ne m'en veux pas. Je ne sais plus où donner de la tête en ce moment.
– Oui, bien sûr, répliqua Jeanne sur un ton qui en disait long. Je passerai te voir avant de déposer mes bagages à l'hôtel puisque le magasin est sur mon chemin. N'oublie pas, je veux une chambre double. J'ai horreur des petits lits.
– Bien, maman. Alors, à vendredi, je t'embrasse.
– Moi aussi. À bientôt.
En raccrochant, Annick pensa au séjour de sa mère avec un peu de contrariété. Celui-ci allait l'obliger à prendre des précautions pour dissimuler sa relation avec Bastien. Car, même si sa mère était particulièrement compréhensive, Annick se doutait qu'elle désapprouverait cette liaison, si jamais elle venait à l'apprendre. À la fois fine et perspicace, Jeanne devinerait rapidement la nature de cette relation. Et elle voulait à tout prix éviter d'avoir à se justifier.
– Dois-je étiqueter également ces articles ? demanda Tania.
Annick sursauta car elle avait presque oublié sa vendeuse, tant celle-ci était restée silencieuse, en disposant quelques accessoires en vitrine.
– Oui et n'oublie pas de déballer les nouvelles ceintures.
Et comme Tania ne prit pas la peine de répondre, Annick voulut détendre l'atmosphère.
– Attends, je vais t'aider. Dis-moi, Tania, je te trouve bien morose, en ce moment. Je ne voudrais pas me montrer indiscrète mais quelque chose te tracasserait-il ?
– Non, je suis juste un peu fatiguée, répondit la jeune fille de mauvaise grâce.

– Tu sais, Elise et toi avez quasiment le même âge et si tu souhaites te confier à moi, je suis là, insista-t-elle en posant une main qui se voulait maternelle sur l'épaule de sa vendeuse.

– Je vous le répète, je n'ai aucun problème, se rebiffa Tania.

– Libre à toi, je voulais seulement t'aider. Dis-moi, pour changer de sujet, juste comme ça parce que j'y pense à l'instant…

– Oui ?

– Comment trouves-tu la copine de Bastien Deville ?

Tania faillit tomber dans le piège et elle se demanda par la suite, par quel miracle elle avait réussi à l'éviter.

– Pourquoi pensez-vous que je la connais ?

– Valentin et toi êtes amis de longue date. Il a très bien pu te parler d'elle ou inversement. Donc, je me suis demandée si l'un de vous deux l'a présentée à Bastien.

– En tout cas, cela ne risque pas d'être moi. Pour une simple et bonne raison : je ne la connais pas.

Tania sentit le rouge lui monter au visage et elle espéra qu'Annick ne la regardait pas.

– Cela n'a aucune importance, après tout. C'était juste histoire de parler un peu.

– Bien, je peux partir à présent ? J'ai presque terminé et ma mère m'attend pour déjeuner.

– Pars, je t'en prie. Bon appétit, Tania.

– Bon appétit, Madame Auclert.

Après le départ de Tania, Annick resta un moment à se demander quelle mouche avait bien pu piquer sa vendeuse, car elle s'était montrée fort désagréable avec elle. Cela commençait à l'intriguer au plus haut point. Tania était comme sa mère, d'une nature plutôt enjouée et cela expliquait en grande partie la prospérité de *L'Oh ! à la bouche.* Les clients aimaient être servis avec le sourire et appréciaient un mot gentil et un peu d'attention. Et comme c'était le cas à la boulangerie, cette réalité avait fait bien vite le tour du quartier et donnait une raison supplémentaire aux gourmands de rester fidèles à leur magasin. Annick avait engagé Tania, sur sa réputation de jeune fille enjouée et elle entendait que cette dernière soit aussi affable et serviable dans sa boutique qu'elle l'était dans le commerce de sa mère. Puis, la sonnerie du téléphone retentit, l'arrachant à ses interrogations. Elle jeta un œil rapide sur l'écran de l'appareil et sourit tout en décrochant.

– Bonjour, mon amour, murmura-t-elle d'un ton mielleux.

– Bonjour, Annick, es-tu seule ?

– Oui, à l'instant.

– Pourras-tu te libérer jeudi vers dix-sept heures ?

– Je serai toujours libre pour toi, répondit-elle, soudain immergée dans le bonheur.

– Voyons-nous à *La Nuit Étoilée*, j'ai quelque chose à te dire. Et, instinctivement, il ajouta :

– Nous serons plus tranquilles pour parler.

– Aurais-tu un secret à me révéler ? demanda Annick dans l'espoir d'obtenir une confidence de Bastien sans être obligée d'attendre le surlendemain.

– En quelque sorte, oui, mais nous serons mieux dans la chambre pour en discuter.

– Dis-m'en un peu plus, insista-t-elle.

– Non, pas comme ça, pas maintenant.

– As-tu rêvé de moi la nuit dernière ? s'enquit Annick en changeant habilement de tactique pour inciter son amant à en dire plus.

– Et toi ?

– Tu me manques tellement ! Je rêve de ton corps à chaque instant.

– Moi aussi, répondit Bastien et il regretta immédiatement de s'être trahi.

– À jeudi alors, mon amour, abrégea-t-elle pour pouvoir rester sur l'aveu de son amant et s'en délecter à volonté.

– Jeudi dix-sept heures dans notre chambre, confirma Bastien et il raccrocha.

Annick était aux anges. Elle avait réussi l'incroyable exploit de retourner la situation en sa faveur et ce, en une seule soirée. À présent, elle était certaine de l'attachement de Bastien et le fait d'avoir dû user de ses charmes pour en arriver là ne la dérangeait pas le moins du monde. Bien au contraire, ce brusque revirement lui confirmait une fois de plus sa suprématie. À quarante-quatre ans, elle était toujours en mesure d'arriver rapidement à ses fins avec n'importe quel homme et cela même, si l'objet de son désir fréquentait une femme de l'âge de sa fille. Mais le fait de ne pas avoir d'état d'âme à ce sujet ne la dispensait pas pour autant d'un sentiment de jalousie vis-à-vis de cette rivale. Valentin avait été bien trop catégorique et Annick ne pouvait plus douter de l'existence de cette jeune maîtresse. Elle décida de tenter de faire parler Bastien pour lui faire admettre cette autre relation et peut-être même, finirait-il par lui révéler son identité. Cette jeune femme n'était pas faite pour un homme de la catégorie à laquelle appartenait Bastien. Cela ne faisait aucun doute. Annick le savait. Ce genre d'homme avait besoin d'aimer sans tabou ni préjugé et ne pouvait se satisfaire d'une simple amourette où la seule saveur de la jeunesse et du romantisme constituait sa raison d'être. Pour Annick, ce serait un jeu d'enfant de faire parler Bastien et d'évincer cette fille de sa vie car son amant devait se consacrer tout entier à leur amour. Certaine de sa prochaine victoire et forte de cette constatation, la patronne du *Vent de la Mode* ferma sa boutique pour aller déjeuner à la terrasse d'une brasserie, située face à la baie de Cannes.

3

Nicole Deville et Arnaud d'Estegnac, son ami et agent artistique, procédaient à une ultime inspection des toiles accrochées sur les murs de la galerie *Les Pinceaux Éternels* de Saint-Raphaël. Dans moins d'une heure, ils allaient recevoir les premiers invités conviés au vernissage. Comme à l'accoutumée, Arnaud avait soigneusement choisi les personnes qui selon lui, devaient assister à cette réception. Journalistes, critiques d'art, commerçants de la région, personne n'avait été oublié. Le traiteur était déjà arrivé et quelques serveurs s'affairaient à dresser le buffet. Pour la dixième fois, en peu de temps, Tania demanda à Valentin de s'asseoir un moment, avant l'ouverture des portes. Mais celui-ci ne sembla pas l'entendre. En effet, le jeune homme ne s'était jamais senti aussi nerveux et plus le temps passait, plus il sentait une boule lui monter dans la gorge. Car, s'il peignait depuis de nombreuses années en profitant des conseils techniques de sa mère, Valentin n'en revenait toujours pas de s'être laissé convaincre aussi vite par Bastien, de soumettre son travail à l'avis du public. Et il pensa que s'il s'était douté que cette décision le mettrait dans un tel état d'excitation, il ne l'aurait jamais prise. Cependant, il avait bien conscience de se trouver au pied du mur et cette constatation, loin de le raisonner un peu, ajouta encore à son angoisse. Après avoir écouté les dernières recommandations d'Arnaud et reçu ses éloges, quant au choix de sa toilette, Nicole alias Anaïs vint prendre des nouvelles de son fils. Valentin semblait avoir repris quelques couleurs et s'être calmé, grâce à Tania. Nicole en remercia la jeune fille vivement. Même si cette dernière déplorait l'absence d'Elise, elle se montra tout de même agréable envers celle qui épaulait son cadet. Un journaliste, appartenant au quotidien le plus lu de la région, venait d'être introduit par Arnaud et les présentations qui suivirent mirent fin aux réflexions de Nicole, concernant la décision de son fils. Puis mère et fils, consentirent à se soumettre à une séance de photos accompagnée d'une interview et Arnaud, toujours soucieux du bien-être de ses protégés, y assista pour s'assurer du bon déroulement de cette obligation. À la différence de son fils, Nicole était rompue à ce genre d'exercice et elle posa avec aisance puis, répondit aux questions du journaliste. Lorsque celui-ci eut terminé, Anaïs l'invita gentiment à rester pour regarder les toiles et profiter du cocktail. Ceci étant fait, elle rejoignit Valentin et ils se tinrent un peu en retrait pour regarder l'arrivée des premiers invités. La plupart d'entre eux se connaissaient, pour fréquenter les mêmes événements et évoluer dans le microcosme des amoureux des arts. Anaïs aimait tout particulièrement exposer près de chez elle, car cela lui permettait d'être présente lors de l'inauguration et de se faire directement une opinion sur l'accueil réservé à ses dernières œuvres. Nicole était satisfaite, car les conditions idéales étaient réunies pour une première présentation des toiles de son fils. Valentin pourrait sentir presque d'emblée la réaction d'une foule de visiteurs, formée d'amateurs avertis et de professionnels. Tandis qu'elle observait Arnaud et Tania occupés à échanger quelques paroles, elle ne pouvait s'empêcher de jeter des regards anxieux vers la porte, car son mari avait promis de venir accompagné de Bastien. Ainsi, la famille serait au complet afin de fêter dignement l'événement. Père et fils s'étaient enfin réconciliés et contre toute attente, étaient du même coup devenus plus complices que jamais. C'était Armand, lequel sortait rarement avec sa femme qui avait lancé cette merveilleuse idée et depuis, Nicole se demandait s'il avait parlé sérieusement. Car, si Armand passait très souvent ses nuits en dehors de la maison, c'était seul ou en tout cas, sans son épouse. Et à présent, constatant leur absence, Nicole commençait à avoir de sérieux doutes. Après avoir dû patienter encore une bonne demi-heure, les deux hommes arrivèrent enfin pour le plus grand bonheur de Valentin. Nicole n'avait pas eu souvent l'occasion de les voir ensemble, notamment ces dernières années et elle fut frappée par leur ressemblance. Ils avaient quasiment la même stature et les traits de Bastien étaient à cent pour cent, ceux de son père. La seule différence qu'un œil exercé pouvait noter, résidait dans l'expression du regard de Bastien. Celui-ci jetait par moments, quelques signes empreints de tristesse, lui donnant un surcroît de profondeur.

– Tout se passe bien, pas trop stressé ? demanda-t-il en s'adressant à la fois à sa mère et à Valentin.

– Tout se déroule à merveille. Les gens se sont déplacés en grand nombre et pour le moment, notre inauguration est un vrai succès, répondit Nicole tout en embrassant les nouveaux venus. Mais venez, grignoter et boire quelque chose, ajouta-t-elle en se dirigeant vers le buffet où se tenaient toujours Arnaud et Tania.

Lorsqu'il la vit, Bastien se sentit pris au dépourvu. Que faisait-elle là ? se demanda-t-il en la saluant. Puis, Valentin fit les présentations et son frère fut plus étonné encore. Ainsi, Tania était la fille de la patronne de Valentin et la vendeuse du *Vent de la Mode*. Un peu désorienté, Bastien tenta de s'éloigner du buffet, son verre à la main, pour trouver un coin plus tranquille afin de discuter avec elle. Mais Tania n'avait pas l'intention de le suivre et restait volontairement parmi la foule, pour ne pas se retrouver seule avec lui. Déçu, il en prit ombrage et se demanda pourquoi la jeune femme se montrait si distante envers lui. Et l'idée qu'elle puisse être informée de sa relation avec Annick, ne lui traversa pas l'esprit. Nicole, à qui rien n'échappait, avait tout de suite compris que Bastien et Tania n'étaient pas des inconnus l'un pour l'autre. Pendant ce temps, la soirée se déroulait tranquillement et Valentin recevait les éloges et les félicitations de ses admirateurs avec plaisir. Un peu plus tard, lorsque Nicole chercha son mari des yeux pour passer un peu de temps avec lui, elle le surprit occupé à contempler une femme d'une rare beauté.

Grande et mince, ses cheveux blonds tombaient en cascades bouclées jusqu'au milieu de son dos nu. Elle était vêtue d'un modèle d'un grand couturier et de toute sa personne, il émanait une sorte de grâce et d'assurance mêlées. Cette femme inconnue de Nicole était accompagnée d'un homme paraissant plus quelconque encore que s'il avait été seul. Puis, Armand se retourna et apercevant son épouse, il vint la rejoindre et lui demanda :

– Sais-tu qui est cette femme ?

– Non, je ne l'avais jamais vue auparavant, remarqua Nicole.

– On dirait un ancien mannequin, poursuivit Armand car il avait attribué une bonne trentaine d'années à l'inconnue. Viens, peu importe. Allons voir nos fils, proposa-t-il, tout en lui offrant son bras.

Bastien regardait minutieusement les toiles de sa mère et il sentit une présence insistante juste dans son dos. Il se retourna vivement, croyant que Tania s'était enfin décidée à venir lui parler un peu et resta stupéfait et sans voix, lorsqu'il se trouva face à Annick.

– Que fais-tu là, mon amour, murmura-t-elle.

– Et toi ?

– J'ai reçu un carton d'invitation pour l'exposition d'Anaïs. Connais-tu ce peintre ? demanda-t-elle en se rapprochant un peu plus de Bastien.

– Oui, je la connais très bien, c'est ma mère.

– Madame Auclert ! s'exclama Valentin.

– Comme on se retrouve, Valentin ! Bonjour, Tania, je suis étonnée de te voir ici, lança Annick sur un ton de reproche.

– Anaïs est la mère de Valentin, rétorqua Tania d'un ton aussi sec, d'où la raison de ma présence ici.

Tandis qu'Annick et Tania s'affrontaient du regard, Bastien regardait l'homme à l'allure un peu gauche se tenant légèrement à l'écart, visiblement mal à l'aise et il se demanda s'il s'agissait de Philippe Auclert.

– Vous ne faites pas les présentations ? demanda-t-il à l'adresse d'Annick pour détendre un peu l'atmosphère.

– Oh ! Je suis désolée, excuse-moi, mon chéri, dit Annick tout en se retournant vers son mari. Voici Philippe, mon mari.

– Bonjour, Monsieur Auclert, dit Tania laquelle plaignait cet homme de tout son cœur.

– Philippe, je te présente Bastien et Valentin Deville, les deux fils de l'artiste.

Armand, Nicole et Arnaud rejoignirent le groupe et les présentations se poursuivirent. Armand, quant à lui, ne se lassait pas de contempler Annick. Nicole repensa alors à la description d'Elise concernant sa mère et la trouva bien en dessous de la vérité. Elle nota la robe de cette femme, beaucoup trop sophistiquée pour la circonstance et comprit pourquoi Valentin n'appréciait pas de se trouver en sa compagnie. Pour Nicole, Madame Auclert dictait sa loi dans son couple et dans son foyer, laissant à son mari le soin de se soumettre à sa volonté et d'accéder à ses désirs, cela était indéniable. Philippe lui présenta une nouvelle fois les canapés qu'il était allé chercher pour elle au buffet, mais Annick s'en moquait totalement et ne cessait de surveiller Bastien à la dérobée. Après avoir observé ce manège à plusieurs reprises, Nicole comprit que son aîné et cette intrigante n'en étaient pas à leur première rencontre. Pendant ce temps, la galerie s'était à moitié vidée et Valentin n'avait cessé de remercier les nombreuses personnes venues l'encourager. Soudain, Annick Auclert, estimant sans doute avoir suscité l'admiration d'un nombre suffisant d'hommes pour la soirée, frappa vivement dans ses mains pour manifester son désir de prendre congé. Aussitôt, son mari s'exécuta en adressant un mot gentil à chacun. Lorsqu'ils furent partis, un silence gênant s'installa et Arnaud à qui rien n'avait échappé, porta un toast en l'honneur des deux artistes du jour. Lorsque les derniers invités furent partis, Nicole prit Bastien par le bras et l'emmena un peu à l'écart.

– Cette femme est vraiment magnifique, n'est-ce pas? lança-t-elle.

– Qui donc, maman?

– Madame Auclert, la mère d'Elise.

– Oui, en effet.

– Elle t'a littéralement dévoré des yeux toute la soirée.

– Je sais et cela m'a ennuyé, confia Bastien.

Nicole n'insista pas, car de toute évidence, son fils ne souhaitait pas en parler. Puis Valentin vint au-devant de sa mère en fronçant les sourcils.

– C'est toi qui as invité la mère d'Elise?

– Non, je ne comprends pas comment elle a pu se procurer un carton d'invitation, je t'assure, insista Nicole car son fils ne semblait pas convaincu. Je sais que tu ne l'apprécies pas et je n'aurais jamais eu l'idée de la faire venir.

– Ta mère a raison, confirma Arnaud. J'ai envoyé quelques cartons d'invitation à des commerçants du centre-ville, en fait-elle partie?

– Oui, Monsieur d'Estegnac, voilà l'explication. La mère d'Elise tient la boutique du *Vent de la Mode* où travaille Tania, répondit Valentin tout en se retournant vers celle-ci.

– Pardonne-moi, Valentin, je ne savais pas.

– Je vous en prie, vous ne pouviez pas deviner. Et, vous avez fait tellement pour moi, je serais vraiment un ingrat de vous reprocher quoi que ce soit. Tania et moi, n'avions pas envie de la voir, mais cela s'arrête là. Ce n'est pas si grave.

– Cessons de parler de cette femme et rentrons pour le dîner. Arnaud, Tania, vous dînez avec nous, bien sûr, coupa Nicole.

4

Sur le chemin qui les ramenait au Cannet, Armand conduisait en silence et Bastien semblait absorbé par ses pensées. Même si les deux hommes avaient rarement eu l'occasion de se retrouver seuls, ces dernières années et s'il concevait qu'ils s'étaient tout dit à l'aller, Armand trouva tout de même son fils anormalement calme.

– Quelque chose te tracasse ? demanda-t-il tout en tournant le bouton de l'autoradio pour avoir un fond musical.

– Non, rien. Je pensais à ma réunion de demain matin, mentit Bastien.

En réalité, il ne décolérait pas après Annick. Il en était certain, l'insistance à peine voilée avec laquelle elle l'avait dévisagé toute la soirée, n'avait échappé à personne. Et, pour comble de malchance, il n'avait pas réussi à échanger quelques mots en tête à tête avec Tania, tant Annick s'était montrée envahissante. Et comme si tout cela ne suffisait pas, Bastien se sentait coupable vis-à-vis de Philippe Auclert, car cet homme lui avait paru dévoué et plein d'attention et il était vraisemblablement très loin de soupçonner l'infidélité de sa femme. Cela pouvait paraître étrange, mais Bastien avait ressenti une certaine sympathie en le voyant et la culpabilité qu'Annick était incapable d'éprouver, l'envahissait. La prévenance de tous les instants dont Philippe avait fait preuve envers sa femme, faisait pitié à voir. Bastien venait de réaliser l'ampleur du cynisme d'Annick. Elle était capable de jouer le rôle de la parfaite épouse et de faire preuve d'une totale insensibilité envers un homme pour lequel elle ne s'était sans doute jamais enflammée. Bastien s'en voulait d'avoir refusé de regarder la vérité en face, car tout le séparait d'Annick. Et revenu de l'engouement dans lequel il s'était laissé submerger lors de sa dernière visite au *Vent de la Mode*, il décida une fois encore de rompre dès le lendemain avec celle qui en cet instant, ne lui inspirait plus que du mépris.

Pendant ce temps, suivant de près Armand et Bastien, Arnaud d'Estegnac respectait le silence de Nicole. L'agent artistique était ravi d'être à ses côtés, et même s'il savait pertinemment que son peintre préféré avait la tête ailleurs, sa seule présence lui suffisait et pour rien au monde, Arnaud n'aurait risqué de se montrer indiscret en la questionnant. Ils firent donc la route sans échanger plus de trois phrases et cela leur convint parfaitement à tous les deux.

Juste derrière eux, Valentin et Tania discutaient à bâtons rompus.

– Annick ne respecte vraiment rien ! fulminait Valentin. Je hais cette femme. Non seulement elle ose s'imposer, mais elle se permet aussi de ridiculiser son mari en public.

– Elle ignorait la véritable identité d'Anaïs, rappela Tania.

– Sur ce point, tu as raison. Mais si elle l'avait connue, cela ne l'aurait pas empêchée de venir, bien au contraire.

– Oui, sans doute.

– Mon frère semblait très mal à l'aise. Mais… dis-moi, pourquoi ne lui as-tu pas parlé un peu ?

– Au début, j'ai été prise de court et ensuite, j'avais peur que Madame Auclert nous surprenne. Elle ne doit pas soupçonner notre relation, sinon elle me mènera la vie dure. Je suis comme toi, Valentin, je crois cette femme capable de tout ou presque, se reprit Tania.

– À mon avis, il doit être difficile de résister à ses charmes et plus encore, de sortir de son emprise.

– Détends-toi, Valentin. Nous arrivons chez toi. Après tout, c'est la fête ce soir ! s'exclama Tania afin de dérider son ami.

– Tu as raison, allons vite nous amuser, conclut-il tout en achevant de se garer.

– Les Deville sont vraiment charmants, remarqua Philippe lequel tentait de casser une pince de crabe particulièrement résistante.

– C'est vrai, je ne les avais jamais rencontrés auparavant à part Valentin bien sûr. Les membres de sa famille sont tous à son image.

– Oui, ce sont des gens agréables et intéressants. Et j'aime beaucoup la peinture de Madame Deville, à la fois simple et subtile.

– Je n'y connais pas grand-chose, répondit Annick en reposant son verre, mais je suis plutôt de ton avis et son fils semble marcher sur ses traces.

– On peut dire ça, en effet. Cependant, il lui manque encore un peu d'audace et s'il allait plus loin dans ce qu'il souhaite exprimer, sa peinture s'enrichirait d'une touche toute personnelle. En tout cas, pour changer de sujet, nous devrions sortir plus souvent en amoureux. Promets-moi de renouveler cette expérience très bientôt, ma chérie.

– Mais j'en serais ravie. Surtout si tu m'invites à dîner ensuite, minauda Annick en caressant l'épaule de son mari du bout des doigts.

– Je t'aime, dit-il et comme il n'obtint pas de réponse, il sembla à Philippe que sa femme ne l'avait pas entendu.

Deux heures plus tard, Annick entrouvrit pour la troisième fois la porte de la salle de bains en s'efforçant de faire le moins de bruit possible. Cette fois-ci, elle en était sûre, Philippe avait fini par s'endormir sans doute lassé d'attendre que sa femme vienne le rejoindre dans le lit. En un bond, Annick se glissa entre les draps, se tourna du côté de son chevet et s'endormit, ravie à l'idée de pouvoir sombrer dans un océan de rêves.

5

À seize heures trente, Philippe et sa fille Marie sortirent du collège. Cette dernière devait aller porter les cours de la journée à une camarade de classe, malade depuis une semaine. Ils firent un bout de chemin ensemble, jusqu'à la rue d'Antibes car Philippe avait rendez-vous avec deux de ses collègues venus de Lyon, pour finaliser un projet de fascicule sur l'apprentissage du français. Tandis qu'ils marchaient côte à côte dans les rues de Cannes, Philippe raconta un peu sa soirée de la veille à Saint-Raphaël, pour faire plaisir à Marie car celle-ci, s'intéressant presque à tout, appréciait également entendre parler peinture. Arrivés près de l'hôtel où séjournaient les deux enseignants, père et fille se quittèrent en s'embrassant.

– Ne t'attarde pas trop et essaie de rentrer pour dix-neuf heures. Je n'aime pas beaucoup te voir prendre le bus toute seule lorsqu'il fait noir.

– Papa ! Je ne suis plus une petite fille à présent, et je ne vais pas me perdre.

– Là n'est pas la question, Marie, dit tendrement Philippe, mais l'on remarque plus une jeune fille lorsqu'elle est seule, alors fais attention à toi.

– À tout à l'heure, papa.

– Va, maintenant.

Philippe laissa Marie pour aller accueillir les hôtes du collège dans le hall de l'hôtel. Tandis qu'il se hâtait pour être à l'heure, Philippe envisagea de faire une surprise à sa femme en lui rendant une petite visite à la boutique après avoir quitté ses collègues et avant de rentrer au Cannet. Il aurait aussi aimé passer dire bonjour à Elise mais le souvenir de la description de Madame Marchand lui fit bien vite renoncer à cette idée. Il pénétra dans le hall de l'hôtel où Guillaume et Vincent l'attendaient confortablement installés dans des fauteuils club. L'endroit était à la fois sobre et chic et Philippe se félicita d'avoir eu la main heureuse en choisissant cet établissement au hasard dans l'annuaire. Les deux hommes avaient déjà pris possession de leurs chambres et ils acceptèrent volontiers de discuter un peu, tout en dégustant une consommation au bar, situé à l'arrière de l'hôtel. Le lieu dégageait à la fois une ambiance feutrée et un luxe discret laissant deviner qu'il devait être idéal pour les rencontres. L'endroit était quasiment plongé dans l'obscurité et seules les lumières tamisées permettaient aux rares clients de se repérer.

Dans le même temps, Annick achevait de retoucher son maquillage tout en donnant ses dernières consignes à Tania. Quelques heures encore, et la jeune femme serait en congé de printemps pour une semaine. Et elle se raccrochait à cette perspective pour trouver la force de faire bonne figure à sa patronne. Ce répit tombait à point nommé pour lui permettre de reprendre un peu ses esprits. Les deux femmes n'avaient pas encore fait allusion à la soirée de la veille et chacune restait sur ses positions. Et tout en pensant à cela, Tania en était persuadée, Annick allait de ce pas rejoindre Bastien. Sa patronne n'avait cessé de chantonner toute la journée et si elle avait voulu faire exprès pour l'agacer, elle n'aurait pas pu s'y prendre mieux.

– As-tu compris, Tania ? Madame Marchal viendra vers dix-huit heures pour prendre sa veste et elle te fera deux chèques. Tu en déposeras un à la banque et rangeras l'autre dans la caisse. Nous l'encaisserons le mois prochain. La commande d'accessoires est sur la table de l'arrière-boutique, tu la donneras à Monsieur Blanc.

– Oui, j'ai compris Madame Auclert, répondit Tania tout en s'efforçant de dissimuler son impatience car elle avait hâte de se retrouver seule dans la boutique pour respirer un peu.

Annick prit son sac à main et saisit son portable sur la petite tablette sur laquelle, elle disposait chaque semaine un bouquet de fleurs fraîches.

– Tania, je m'en vais. Je te souhaite de bonnes vacances, amuse-toi bien et pense à en profiter pour te reposer un peu. On s'embrasse, dit-elle en tendant sa joue à la jeune femme.

– Merci, Madame Auclert, bonjour à votre maman et à bientôt. Lorsqu'Annick referma enfin la porte derrière elle, Tania poussa un énorme soupir de soulagement.

Annick s'était rarement sentie aussi bien. Son tête à tête de la veille dans le restaurant de Saint-Raphaël lui avait confirmé que Philippe l'aimait comme au premier jour et n'avait aucun doute concernant sa fidélité. Son image de parfaite épouse était restée intacte durant toutes ces années et Annick se félicita d'être capable d'inspirer une telle confiance à son mari. Arrivée sur son lieu de rendez-vous, elle se dirigea directement vers la réception afin de réserver une chambre pour sa mère et pria pour que l'hôtel ne soit pas complet. Annick n'avait jamais vu le jeune homme se tenant à l'accueil et celui-ci ne la connaissant pas, il ne la prévint pas de l'arrivée de Bastien survenue quelques minutes plus tôt. Après avoir versé un acompte pour la chambre de Jeanne Colin, elle demanda la clé de son petit nid d'amour mais le réceptionniste l'informa que Monsieur Deville avait déjà pris possession de la chambre. Elle monta les marches, frappa à la porte du 115 puis, n'obtenant aucune réponse, elle essaya de l'ouvrir, mais en vain. Elle redescendit un peu affolée et chercha son amant partout dans le hall mais sans succès. Puis, elle découvrit le bar sur l'arrière de l'hôtel et pénétra dans la demi-pénombre pour chercher Bastien.

Philippe observait l'homme assis au bar depuis quelques instants tout en se demandant où il avait bien pu déjà le rencontrer. Il était persuadé de le connaître, mais ne parvenait pas à mettre un nom sur son visage. Depuis qu'il l'avait remarqué, Philippe écoutait ses deux collègues Guillaume et Vincent, d'une oreille distraite. Juste au moment où il allait abandonner ses recherches, lassé de réfléchir en vain, il vit Annick entrer dans le bar et se diriger tout droit, sans marquer la moindre hésitation, vers l'inconnu. N'en croyant pas ses yeux, figé il pensa un instant être victime d'une hallucination mais malgré la distance et l'éclairage tamisé qui l'empêchaient de voir comme il l'aurait souhaité, il dut se rendre à l'évidence. Cette femme superbe était bien la sienne. Puis, comme dans un cauchemar, il réalisa qu'elle n'était pas en compagnie d'un inconnu, mais de Bastien le fils de Nicole Deville. À présent, Annick déposait un baiser sur les lèvres de l'homme et prenait place à son tour, en s'accoudant au bar. Philippe plissa les yeux pour tenter de mieux discerner le couple et il se sentit submergé par un malaise. En un instant, ses mains devinrent moites et tandis que la sueur trempait ses tempes, son cœur se mit à cogner à grands coups, dans sa poitrine oppressée. L'époux était tétanisé. Il aurait voulu se lever pour aller gifler cet imposteur, se mettre à hurler de toutes ses forces mais ses jambes tremblaient tellement qu'il n'esquissa pas un seul mouvement. Puis, il vit sa femme faire de grands gestes et il essaya de percevoir des éclats de voix mais n'y parvint pas. Sa tête bourdonnait et c'est à peine s'il entendait ses collègues. À présent, Bastien donnait l'impression de tenter de calmer le jeu mais apparemment, ses efforts étaient inutiles. Il posa sa main à plusieurs reprises sur l'épaule d'Annick et celle-ci se dégagea à chaque fois, avec plus de vigueur. Philippe comprit alors que le couple se disputait et de toute évidence, il s'agissait d'une querelle d'amoureux. Cette réalité lui parut insupportable. Annick tourna la tête vers leur table et son mari se recroquevilla légèrement dans le fauteuil en priant pour ne pas être vu, comme s'il était lui-même coupable et craignait d'être pris en flagrant délit. Et, à la réflexion, il s'agissait bien de cela pour Philippe. Car lui, l'homme blessé, n'avait jamais eu aussi honte de sa vie. Puis, soudain Annick se leva brusquement en repoussant le tabouret de bar avec des gestes saccadés. Philippe la vit sortir un billet de son sac à main et le jeter près de son verre. Puis, elle se tourna à demi et gifla sèchement Bastien Deville. Le visage tendu et le pas décidé, elle sortit précipitamment du bar.

6

Philippe était anéanti. Après avoir abrégé sa rencontre avec ses deux collègues en prétextant un rendez-vous avec sa fille, il avait quitté le bar très vite, sans même jeter un regard à Bastien. Et tandis qu'il essayait de retrouver ses esprits, il regretta presque de ne pas avoir abordé son rival, pour obtenir des explications. Pris au dépourvu, l'amant de sa femme se serait alors peut-être laissé aller à quelques confidences et au moins, Philippe ne serait pas dans l'état de totale confusion dans laquelle il se trouvait. Car cet homme, fort séduisant, était sans nul doute beaucoup plus jeune qu'Annick et ne devait pas avoir de peine à séduire des femmes de son âge et célibataires de surcroît. Comme il se sentait ridicule! Les gens avaient dû se moquer de lui la veille au soir, lorsqu'il tenait fièrement le bras de son épouse. Comme il avait été naïf de la croire heureuse et épanouie depuis leur mariage! Philippe avait toujours cru qu'Annick appréciait tout comme lui, la vie de famille simple et tranquille qu'il lui faisait mener. Or, à l'évidence, il avait vécu dans une douce illusion et cela lui fit plus mal encore que toutes les trahisons. Annick ne lui avait jamais dit ou fait comprendre son désir de vivre plus intensément et ce manque de confiance flagrant le blessait au plus profond de son amour-propre. Car, il avait toujours été persuadé de pouvoir aborder tous les sujets avec sa femme et se considérait comme le confident naturel de ses tourments, même les plus intimes. Philippe était convaincu que seuls l'ennui et le manque de surprise avaient incité Annick à se jeter au cou d'un autre homme. Sans doute n'avait-elle pas voulu décevoir son mari en lui avouant son insatisfaction et plutôt que de lui en faire part, avait-elle préféré aller chercher ailleurs le frisson du danger et la montée d'adrénaline dont elle avait besoin pour vivre. Et Philippe s'en voulait de ne pas avoir compris de lui-même ce profond ennui et plus encore, de n'avoir rien vu venir. Il se demanda depuis quand, Annick éprouvait le besoin de s'évader de son quotidien et jusqu'à quel point, sa vie lui pesait. Philippe était inquiet car il connaissait sa femme. Elle n'avait rien de commun avec ces intrigantes ou ces maîtresses-nées, qui ne peuvent vivre sans passion et ont besoin de séduire à tout prix pour exister. Annick était une personne intègre et seuls ses scrupules l'avaient incitée à se taire. Bercé par son propre bien-être, Philippe avait cru sa femme comblée et cet aveuglement avait poussé celle-ci dans ses derniers retranchements en la forçant à prendre un amant pour pouvoir survivre. Cette cruelle constatation remettait en cause la pérennité même de son mariage. Philippe avait toujours souhaité le bonheur de son épouse avant tout et aujourd'hui, il était obligé de faire face à son échec. En réalité, il n'avait rien compris de la nature profonde de sa femme et il s'en voulait. Cependant, il le savait déjà, il n'aurait pas le courage d'aborder le sujet pour obtenir la confirmation de cet échec. Après avoir mûrement réfléchi, il opta donc pour le silence et décida de ne rien dire au sujet de la scène du bar de *La Nuit Étoilée.* Annick finirait par renoncer à son amant par respect pour lui, et une fois sa passion éteinte pour cet homme bien trop jeune pour elle, elle choisirait de redevenir fidèle. « Car cette aventure, pensait-il, non seulement n'aurait pas de lendemain, mais était un accident de parcours comme il en existe dans la plupart des couples. » Puis, il se remémora le vernissage de la veille et se rassura en pensant à l'attitude d'Annick envers Bastien, laquelle n'avait rien laissé deviner de leurs rapports. Et loin de penser que celle-ci avait trop bien caché son jeu pour ne pas en être à son premier coup d'essai, il en conclut au contraire qu'elle attachait une importance très relative à cet épisode de sa vie. Il se promit d'être davantage à l'écoute de son épouse, pour l'inciter à renoncer au plus vite à cette relation extraconjugale car, après avoir réalisé son erreur, Annick se consacrerait à nouveau entièrement à sa vie de famille comme elle l'avait toujours fait jusqu'à présent.

Quelques centaines de mètres plus bas, au début du boulevard Carnot, Annick crispait nerveusement ses mains sur le volant. Elle n'en revenait toujours pas de la froide détermination de Bastien à la quitter. Tous ses arguments s'étaient heurtés à une intransigeance implacable et elle enrageait littéralement, de ne pas avoir pu défendre sa cause dans la chambre. Bastien s'était bien moqué d'elle en la faisant venir à l'hôtel et en lui laissant croire qu'ils se retrouveraient pour faire l'amour. Elle donnait des coups de frein saccadés à chaque ralentissement et la colère la gagnait de plus en plus. Pour qui la prenait-il à la fin ? Depuis le début, Bastien ne cessait de souffler le chaud et le froid et les nerfs d'Annick, mis à rude épreuve, commençaient à craquer. Son amant venait de la congédier comme une vulgaire servante, ne lui laissant aucune chance de se défendre et le ton qu'il avait employé pour se débarrasser d'elle, l'avait humiliée.

– Tu me le paieras, salaud ! lâcha-t-elle entre ses dents pour elle-même.

Jamais aucun homme ne l'avait traitée de la sorte et celui-ci devrait s'en repentir et s'en mordre les doigts. Annick lui ferait amèrement regretter sa désinvolture et son insolence. Il était hors de question de laisser la situation en l'état et elle n'en resterait pas là. Ce salaud avait tout intérêt à savourer sa victoire tout de suite car elle serait de courte durée. « Je vais te montrer, moi, comme tu as eu tort de te moquer d'Annick Auclert, poursuivit-elle. C'est terminé, maintenant, je vais te faire admettre la réalité et je vais te montrer de quel bois je me chauffe. Salaud ! » hurla-t-elle encore dans la voiture. Puis, sentant des regards insistants dans la file de gauche, Annick se tut. Tous les traits de son visage étaient tendus et la gifle qu'elle avait assénée à Bastien était très loin de l'avoir calmée, bien au contraire. « Sale petit con ! » ne put-elle encore s'empêcher de crier.

Annick conduisait en passant les vitesses avec rage, malmenait le moteur, elle avait envie de tout casser. Elle ne s'était pas mise dans cet état, depuis le jour où, presque vingt-cinq ans auparavant, elle avait surpris son petit ami de l'époque avec une autre fille. Elle se souvenait encore du scandale qu'elle avait provoqué en pleine rue et revoyait les visages un peu effarés des passants. Depuis ce jour-là, elle s'était jurée qu'aucun homme ne se moquerait plus d'elle ouvertement et celui qui oserait s'y aventurer, le regretterait amèrement. Une fois garée, Annick eut la présence d'esprit à la dernière minute de regarder son visage dans le miroir de courtoisie. Elle faillit pousser un cri. Son maquillage avait coulé et ses yeux rouges trahissaient de manière criante ses récentes larmes. Elle saisit nerveusement son sac à main, s'énerva de ne pas trouver tout de suite ses cosmétiques et finit par reprendre une apparence à peu près normale. Puis, elle sortit de la voiture en claquant fortement la portière, fit tomber deux fois son trousseau de clés avant de parvenir à ouvrir la porte de l'immeuble et, passant devant l'ascenseur, elle gravit les étages en faisant claquer chacun de ses pas.

7

À moitié allongée sur le convertible afin de se délasser de sa journée, Elise constatait son échec. Cela faisait trois jours maintenant, qu'elle consacrait sa pause déjeuner à suivre sa mère dans les rues de Cannes pour la surprendre en compagnie de Bastien. Elise n'avait aucune idée de la raison qui l'avait poussée à agir ainsi, ni comment elle aurait réagi si elle avait vu les deux amants ensemble. Et, à la réflexion, elle trouvait sa démarche à la fois stérile et parfaitement ridicule. Car Annick s'était rendue trois fois dans le même petit bistrot et avait toujours pris ses repas, seule. Elle se leva pour aller se servir un verre dans la cuisine et décida de cesser de jouer les détectives. Elise éprouvait toujours quelques remords d'avoir menti à son père et redoutait sa prochaine rencontre avec lui. À présent qu'elle s'était un peu calmée, elle regrettait presque de ne pas lui avoir révélé la vérité car cela aurait donné la possibilité à Philippe d'agir en toute connaissance de cause. En choisissant de le tenir dans l'ignorance et l'illusion, Elise avait commis l'erreur de croire que sa mère aurait le courage de ses actes et saurait assumer ses responsabilités. Mais le ton enjoué de son père lors de son appel de la veille au soir, avait confirmé à Elise qu'il ne se doutait toujours de rien. Et à présent, elle se demandait si elle supporterait encore longtemps de le voir passer pour un imbécile aux yeux d'Annick. Car cette dernière était suffisamment fausse pour être capable de donner le change indéfiniment. Elise pensa que, peut-être, le hasard se chargerait d'apprendre la vérité à Philippe, puisque mère et fille n'avaient pas eu le courage de la révéler. Et même si c'était pour des raisons différentes, Elise se trouva aussi fausse que l'était sa mère. L'honnêteté et la droiture que la jeune femme s'était toujours targuée de considérer comme des valeurs essentielles à appliquer en toutes circonstances, semblaient l'avoir abandonnée. Depuis trois jours, immergée dans la solitude de son appartement, elle avait longuement réfléchi à la raison de sa crise de larmes. Car, n'étant plus une petite fille depuis longtemps, et étant revenue de bon nombre de ses illusions, elle s'était demandée pourquoi la scène de l'arrière-boutique l'avait plongée dans un tel état de désespoir. Bien que s'en défendant, elle avait fini par en admettre la raison. Elise était toujours amoureuse de Bastien. Cette réalité la dérangeait et elle s'en voulait d'être incapable de maîtriser ses sentiments et d'avoir replongé instantanément dans une sorte de béatitude, lorsqu'elle avait aperçu Bastien se promenant seul, le long de La Croisette. Puis, Elise pensa à Valentin. Il attendait toujours un signe pour renouer avec leur ancienne complicité. Elle regrettait de lui avoir parlé de sa rupture avec Victor car elle le supposait, cela lui avait donné de faux espoirs. Lassée de ressasser sans cesse les mêmes idées qui finalement ne menaient à rien, Elise décida de s'en remettre au destin et de regarder la télévision pour se vider la tête.

Tandis qu'il se préparait un sandwich dans sa cuisine ultra moderne et bien trop grande pour une personne seule, Bastien sentit le contrecoup de sa rupture avec Annick et fut pris d'une soudaine fatigue. Il était soulagé d'avoir enfin réussi à rompre et malgré la gifle, il estimait s'en être bien sorti, en tout cas au-delà de toutes espérances. Il revoyait la fureur à peine contenue sur le visage d'Annick et pensa que la façon dont elle avait pris les choses et l'humiliation qu'elle avait essuyée, représentaient la plus sûre des garanties pour ne jamais la revoir. Cette seule pensée suffit à le faire sourire et à se sentir nettement mieux. Pourtant, Bastien s'était efforcé de rester courtois et à aucun moment, il n'avait souhaité vexer sa maîtresse. Mais le regard qu'elle lui avait jeté lorsqu'il avait expliqué le caractère irrévocable de sa décision, avait signifié à Bastien, combien elle avait été mortifiée. Et, s'il n'était pas homme à se montrer ingrat, l'impact inattendu de ses paroles lui avait fait un bien fou et l'avait incité à se montrer plus intransigeant encore. Car en un éclair, Bastien avait compris que la froideur et le dédain étaient les seules attitudes susceptibles d'être prises au sérieux par Annick. Le fait d'avoir pour principe de ne jamais user d'autorité envers une femme lui avait fait faire bien des détours et causé une peine inutile. L'important était d'avoir enfin résolu une situation inextricable et fort de cette constatation, Bastien se mit à dévorer son sandwich en lui trouvant un petit goût supplémentaire ; le goût inégalable de la liberté.

– Papa… bonjour, entendit Bastien en décrochant le téléphone.

– Bonjour, mon petit bonhomme, ça va, mon bébé ?

– Hum… et nounous aussi.

– Je suis heureux de t'entendre, Bryan, je t'aime.

– Allez, dis bonsoir à papa, demanda doucement Cassandra.

– Au revoir, papa.

– Bisous, mon petit bonhomme. Dors bien, fais de beaux rêves.

– Bonsoir, Bastien. Je ne pouvais plus tenir Bryan, il ne voulait pas aller se coucher avant de t'avoir parlé, dit sa mère sur le ton enjoué qui la caractérisait si bien. Je te dérange ?

– Non pas du tout. Tu as bien fait d'appeler. Dis-moi, comment vas-tu ?

– Franchement, il fait un temps exécrable et il bruine depuis trois jours. Mais je ne vais pas me plaindre puisque j'ai voulu rester à Londres. Parlons de toi plutôt. Ta nouvelle vie te convient-elle ?

– Tu sais bien ce que j'en pense, répondit Bastien soudain mélancolique.

– Excuse-moi, je ne voulais pas t'attrister. Je faisais allusion à ton travail, expliqua Cassandra.

– Oh ! Ça va. L'ambiance est plutôt sympathique et les choses commencent à se mettre en place.

– Et tes parents ?

– Ils vont bien. Je les ai informés de notre divorce, ils ne l'ont pas trop mal pris. Ah… au fait, j'allais oublier, Valentin s'est enfin décidé. Il a profité de la nouvelle exposition de ma mère pour présenter trois de ses toiles.

– C'est formidable! Je suis contente pour lui. Bon, eh bien, je dois te laisser à présent, mais je te rappellerai bientôt, je t'embrasse, Bastien.

– Oui, moi aussi, Cassandra.

Bastien regarda le téléphone un instant et sa solitude lui parut presque insupportable. Désormais son ex-femme et son fils vivaient loin de lui et lorsqu'il y pensait, cela le rendait triste et amer. Il avait l'impression d'être victime d'une profonde injustice. Bastien doutait fort que seul le temps réussirait un jour à atténuer un peu sa peine malgré la conviction de Cassandra à ce sujet. S'il s'était effacé sans protester et avait accédé sans discuter à ses désirs, c'était avant tout pour respecter le choix de sa femme et non dans un souci de dignité. Cassandra avait pourtant commis une erreur en pensant qu'un petit garçon de quatre ans pouvait s'épanouir en étant élevé par sa seule mère. Épuisé par sa journée lourde en émotions, Bastien avala un somnifère et se coucha tout de suite. Puis, il ferma les yeux pour détourner son esprit de la douleur de l'absence.

8

Jeanne Colin descendit prestement du car à la gare de Cannes et se dirigea rapidement vers la sortie en tirant sa valise à roulettes. Sa silhouette grande et élancée, sa démarche dynamique donnaient à cette femme à l'aise en toutes circonstances, une assurance rare. Le regard franc et les cheveux blancs ajoutés à son allure générale empêchaient les personnes qui la croisaient de soupçonner son âge. Après s'être faufilée adroitement à travers la foule dense et désordonnée, Jeanne gagna bien vite la rue Marceau, non sans avoir auparavant emprunté de judicieux raccourcis. Et, c'est une véritable tornade qui entra brusquement au *Vent de la Mode*.

– Eh bien ! ma chérie, tu ne viens pas embrasser ta mère ? s'exclama-t-elle la porte à peine franchie.

– Ah, maman ! Bonjour, tu as fait bon voyage ?

– Tu as une petite mine, ma fille. Mon Dieu mais tu as une tête à faire peur !

– Merci, maman, rétorqua Annick déjà agacée.

Les deux femmes avaient un caractère fort et affirmé et cela donnait régulièrement lieu à quelques étincelles lorsqu'elles se trouvaient en présence l'une de l'autre. Et aujourd'hui, Annick n'était pas dans ses bons jours et encore moins disposée à supporter les critiques de sa mère.

– As-tu quelque chose à boire, ma fille ? Je meurs de soif. Il y avait un monde fou dans le car et il faisait très chaud.

– Sers-toi, maman. Choisis une boisson fraîche dans le réfrigérateur.

– Tu t'es enfin décidée à en acheter un ? L'as-tu mis dans l'arrière-boutique ?

Jeanne écoutait rarement les réponses. Elle avait traversé le magasin comme une flèche et se trouvait déjà dans la pièce attenante.

– Je suis épuisée. Certes, je n'ai plus vingt ans. Enfin, c'est ainsi... mais, dis-moi, les clients ne se bousculent pas, remarqua-t-elle en portant le verre de soda à ses lèvres.

– Ils viennent par vague. Tu as raison, en ce moment, c'est plutôt calme, concéda Annick.

– Bon, ma fille, ce n'est pas que je m'ennuie mais je vais y aller. J'ai besoin de me rafraîchir un peu.

– Tu viens dîner à la maison, ce soir, Philippe et les enfants seront là.

– Non, pas ce soir. Je te remercie mais je suis bien trop fatiguée. Je vais me reposer à l'hôtel et je viendrai demain matin. Tu ouvres bien à neuf heures ?

– Oui, toujours.

– Alors, à demain à neuf heures. Et je t'en prie, essaie de t'arranger un peu, je t'assure, tu fais peur à voir.

– Bien, maman.

Après avoir saisi sa valise et son sac à main, Jeanne quitta la boutique en quelques enjambées. Restée seule, Annick se demanda comment elle allait bien pouvoir faire pour supporter sa mère pendant toute une semaine. Elle était toujours surprise de la trouver si débordante de vitalité et plus Jeanne avançait en âge, plus cette façon d'être était frappante. Annick savait pertinemment que sa mère ne garderait pas la chambre comme elle avait voulu le lui faire croire, mais passerait une bonne partie de la nuit au casino après s'être offert un petit dîner dans un des restaurants du Suquet, un quartier de Cannes où elle adorait se promener. Le besoin quasi vital d'indépendance de Jeanne arrangeait Annick à merveille, car elle avait redouté de devoir préparer le repas et supporter des remarques incessantes pendant toute la soirée. Or, aujourd'hui Annick avait besoin plus que jamais d'être seule, pour pouvoir réfléchir à la façon dont elle allait se venger de Bastien.

Après avoir longuement hésité, Tania décida de se rendre tout de même à *La Nuit Blanche* bien qu'elle ait appris par un de ses amis que le petit groupe dont elle faisait partie, passait désormais ses soirées dans une autre boîte de nuit, *La Nuit Blanche* ayant perdu, soi-disant, l'attrait de la nouveauté. En quelque sorte, l'absence de ses amis l'arrangeait, car sans pouvoir vraiment l'expliquer, elle ne souhaitait pas être vue en compagnie de Bastien par des gens susceptibles de la reconnaître. Tania avait envie de profiter de son premier jour de vacances pour s'amuser et éventuellement passer un peu de temps avec le frère de Valentin. Car, avant d'être son amant, il était surtout un homme avec lequel elle avait adoré discuter et dont la compagnie la distrayait.

Bastien s'installa comme à son habitude à l'extrémité du bar de *La Nuit Blanche* et commanda un whisky. Il repensa avec contrariété à l'attitude de Tania lors du vernissage et se demanda pour quelles raisons elle s'était montrée si distante. Il ne pouvait s'empêcher de jeter des regards anxieux vers le miroir, tant il espérait voir enfin la jeune femme entrer dans l'établissement.

– Coucou, entendit-t-il au creux de son oreille.

Bastien, se retourna, un large sourire aux lèvres.

– Tania ! Comme je suis heureux ! Mais je ne t'ai pas vue entrer, par où es-tu passée ? interrogea-t-il en l'embrassant chaleureusement sur les deux joues.

– Par la porte, tout simplement.

Ça me fait vraiment plaisir de te voir, répéta-t-il en prenant les mains de Tania.

– Moi aussi. Je suis venue dans l'espoir de te rencontrer, je l'avoue.

– J'en suis à la fois, étonné et honoré.

– Étonné ?

– Oui, depuis le vernissage, j'ai cru que tu m'en voulais.

– Mais de quoi ? demanda Tania car celui-ci ne pouvait pas soupçonner qu'elle connaissait sa relation avec Annick.

– Justement, je n'en ai pas la moindre idée mais tu m'as évité aux *Pinceaux Éternels* et j'aimerais en connaître la raison, si tu veux bien, dit-il en souriant à nouveau.

– Pourtant, nous avons bien ri chez tes parents, n'est-ce pas ?

– Oui, c'est pourquoi je n'arrive pas à m'expliquer ton attitude pendant le vernissage.

– C'était à cause de ma patronne.

– Madame Auclert ?

– J'allais te rejoindre quand je l'ai aperçue et je ne voulais pas qu'elle nous observe. Elle n'a pas besoin de savoir que nous sommes amis, dit Tania en espérant que Bastien comprendrait de lui-même.

– Tu as eu entièrement raison. Notre relation ne regarde personne et surtout pas ta patronne. Excuse-moi... veux-tu un cocktail ?

– Avec plaisir.

– J'ai adoré notre première soirée et j'espère que nous en aurons beaucoup d'autres, confia-t-il.

– J'ai apprécié notre soirée aussi mais, seuls les hommes libres m'intéressent, provoqua Tania pour inciter son amant à se confier.

– Alors, cela tombe bien. Je suis libre comme l'air et tout à toi, déclara Bastien avec un regard victorieux. Et, si tu veux tout savoir, ajouta-t-il, je n'ai jamais été aussi libre de ma vie et ce, depuis hier soir, exactement.

– Ah ! bon ?

– Je ne veux pas t'ennuyer avec mes histoires. Mais pour être tout à fait honnête avec toi, je dois t'avouer que je traînais une relation depuis plusieurs mois, dont je n'arrivais pas à me défaire. Aujourd'hui, c'est chose faite, dit Bastien satisfait de lui.

– Étais-tu amoureux ? si ce n'est pas trop indiscret, insista-t-elle pour en savoir plus.

– Non, quand je dis que je n'arrivais pas à me défaire de cette relation, cela signifie que cette femme s'accrochait à moi. Mais c'est terminé maintenant. J'ai rompu définitivement et j'en suis très heureux. Cessons de parler de ce cauchemar, viens, allons danser, dit-il en se levant et en offrant cérémonieusement son bras à la jeune femme.

Le lendemain, Tania se réveilla aux côtés de Bastien et une incroyable sensation de bien-être l'envahit. Elle se leva d'un bond, se doucha et s'habilla rapidement pour aller chercher des croissants tout frais à *L'Oh ! à la bouche*.

– Tu as l'air d'être en pleine forme, ma fille, dit Aurélia tout en s'affairant à sortir la dernière fournée de brioches avec Valentin.

– Je te prends quatre croissants, maman, lança Tania en guise de réponse.

– Quatre ? s'étonna Valentin.

– Oui, j'ai une faim de loup, ce matin.

Et tous trois partirent dans un grand éclat de rire.

9

À neuf heures sonnantes, Jeanne faisait les cent pas sur le trottoir de la rue Marceau.

– Même pas capable d'être à l'heure, fulminait-elle entre ses dents.

– Maman !

– Ah ! Tout de même !

– J'étais dans les embouteillages et ensuite, je ne trouvais pas de place pour me garer.

– Entrons, entrons, s'impatienta Jeanne. J'ai quelques idées pour augmenter ton chiffre d'affaires, on va en parler, si tu veux.

– Un café, maman ?

– Non, merci. Je viens de déjeuner et nous avons beaucoup de choses à voir.

– Tu restes une semaine ! Ce n'est pas si urgent.

– Plus vite nous nous mettrons au travail, mieux cela sera.

– Tout d'abord, disposes-tu de quelques liquidités pour arranger la boutique ?

– Le magasin me plaît comme il est, je ne veux rien changer.

– Tu as tort, ma fille. Enfin, peu importe. S'il s'agit seulement d'argent, je peux t'aider, dit Jeanne laquelle suivait son idée sans tenir aucun compte des remarques de sa fille.

Jeanne se mit aussitôt en devoir de démontrer sa théorie selon laquelle, plus une cliente passe de temps dans un magasin, plus elle dépense. Donc, pour elle, la première solution de sa longue liste était simple. Il suffisait de donner envie aux visiteuses de s'attarder et pour cela, il fallait les accueillir confortablement avec un coin repos, composé de fauteuils moelleux. Ce qui permettait aussi aux maris et aux enfants de patienter agréablement pendant les essayages tout en feuilletant quelques magazines de mode, essentiellement. Puis, sans même reprendre sa respiration, Jeanne se lança dans un long argumentaire prônant la notion indispensable de l'accessoire. Selon elle, vendre une robe ou une veste seule, sans même penser à proposer foulard, ceinture, broche, sac et tout autre complément incontournable, relevait de l'amateurisme. Elle expliqua longuement à Annick les avantages de cette technique. Car loin de donner l'impression à la cliente qu'on lui forçait la main, cette façon de faire était la plupart du temps accueillie comme la preuve d'une attention personnalisée associée à une compétence spécifique. Considérer la cliente comme si elle était seule et unique permettait de se démarquer de la concurrence. Satisfaite, la cliente devenait fidèle.

– N'oublie jamais cela, Annick, une cliente satisfaite est une cliente qui revient avec ses amies. Et à partir de ce moment-là, tu peux te permettre de vendre un peu plus cher car le prix passe alors au second plan. Tu te positionnes ainsi sur le marché, à la fois en terme de qualité et de compétence. Qu'en penses-tu ? insista Jeanne devant l'air dubitatif d'Annick.

En réalité, cette dernière était à cent lieues d'écouter le long discours de sa mère et espérait qu'elle finirait par se taire, pour pouvoir enfin associer deux idées. Mais devant l'air réprobateur de son interlocutrice, Annick fit un effort surhumain pour dire quelque chose.

– En effet, maman, tes idées sont judicieuses.

– C'est tout ? questionna Jeanne un peu déçue. Je te sens à peine concernée. N'es-tu pas convaincue ? insista-t-elle.

– Si, en partie, mais je me demande simplement si les clientes sont prêtes à dépenser autant, pour une toilette.

– Je te le répète, si tu te donnes les moyens d'appliquer ma théorie, cela marchera. Tu peux déjà faire quelques suggestions dans la vitrine, si tu as des doutes. Et, j'irais même plus loin. Tu pourrais organiser à chaque nouvelle saison une petite présentation des tendances.

– Comment ?

– Tu pourrais mettre en place une sorte de soirée privée avec quelques mannequins. Ils présenteraient les nouveaux modèles. Tu pourrais aussi en profiter pour offrir un cocktail. Cela permettrait à tes clientes de passer un moment ensemble et de faire connaissance. Je t'assure, tu susciterais une excellente publicité et ce, à moindres frais. M'écoutes-tu à la fin, Annick ? Es-tu malade ?

– Non, je vais bien. Mais tu vas trop vite pour moi, je n'arrive pas à te suivre.

– Je parle simplement, me semble-t-il et de plus, je ne voudrais pas te faire de peine mais je te signale qu'il est déjà onze heures et personne n'a encore franchi cette porte. Tu dois réagir, et vite, il y a urgence, ma fille, s'énerva Jeanne.

– Oui, je sais, maman.

« Seulement onze heures ! » pensa Annick car elle n'en pouvait déjà plus d'entendre sa mère lui dicter sa loi. Elle commençait à regretter sérieusement d'avoir confié ses problèmes financiers à Jean-Marc, lequel s'était empressé d'alerter Jeanne.

– Manifestement, tu n'as pas la tête à écouter mes conseils alors parlons d'autre chose, si tu veux bien.

– Tu as raison. Laisse-moi un peu de temps pour réfléchir à tes propositions. Évidemment, tu passeras la journée de dimanche avec nous. Philippe a déjà prévu d'aller chercher Elise, il te prendra à l'hôtel en même temps, si tu veux. Je peux lui dire de venir pour midi. Seras-tu prête ?

– Oui, ça ira. Je serai contente de voir mes trois petits-enfants et Philippe aussi, bien sûr.

– J'ai également invité Jean-Marc et Désiré.

– Alors là, tu me gâtes, ma fille, dit Jeanne toute contente.

– On déjeune ensemble à midi, maman ? s'enquit Annick en priant pour que sa mère ait prévu autre chose.

– Non, je vais faire mon petit tour aux machines à sous et je grignoterai quelque chose sur place. C'est l'heure à laquelle, je peux passer de l'une à l'autre et où je suis plus tranquille pour jouer.

– Comme tu voudras.

Lorsque Jeanne fut enfin partie déjeuner vers midi dix, Annick était au bord de la crise de nerfs, car elle avait perdu sa matinée à écouter sa mère et faute de clients pour occuper celle-ci, il lui avait été impossible de réfléchir tranquillement pour mettre en place une stratégie de riposte à l'encontre de l'homme qui lui avait infligé la plus grande défaite de sa vie sentimentale. Sa colère ne s'était pas atténuée du tout et elle était plus énervée encore, de n'entrevoir aucune solution immédiate à son humiliation. Sans réfléchir, elle composa le numéro de téléphone du bureau de Bastien.

– Nos bureaux sont actuellement fermés…

Annick raccrocha rageusement. Si elle ne trouvait pas de solution très rapidement, elle sentait qu'elle allait devenir folle.

Après avoir quitté Tania, Bastien se retrouva une fois de plus seul dans son appartement. Il ne pouvait s'empêcher de penser à Cassandra et à Bryan. Leur brève conversation de la veille, loin de le réconforter, avait ravivé sa récente blessure. Il se souviendrait longtemps de ce jour d'octobre où Cassandra lui avait demandé de la laisser reprendre sa liberté. Bien qu'elle le considérât toujours comme le mari et le papa idéal et n'eût selon elle, strictement rien à lui reprocher, Cassandra s'était vite sentie prisonnière de son mariage, étant faite pour vivre seule. Elle n'avait pas d'autre homme dans sa vie, mais voulait élever Bryan tout en continuant à mener une vie de célibataire. Seules les contraintes et les obligations qu'elle avait envers son fils lui étaient supportables. Pour le reste, elle entendait rester entièrement libre et ne pouvait souffrir l'idée de devoir se conduire en épouse même si Bastien était l'homme le plus facile à vivre de tous. Ce dernier était tombé de haut en apprenant cette réalité et tous ses espoirs d'avenir avec sa famille s'étaient brusquement écroulés comme un château de cartes. Cependant, après avoir accédé à cette demande, Bastien avait attendu jusqu'à la dernière minute et espéré que Cassandra redescendrait sur terre. Mais lorsqu'il avait reçu les papiers confirmant le divorce, il avait réalisé que tout était définitivement perdu. Depuis, même s'il aimait profondément son fils, il s'efforçait d'y penser le moins souvent possible de façon à éviter de raviver sans cesse son chagrin. Car l'idée de ne pas pouvoir regarder Bryan grandir chaque jour lui était toujours insupportable. Depuis ce jour d'octobre, Bastien s'était promis de ne plus jamais se lancer tête baissée dans une relation amoureuse, de garder ses distances afin de se protéger et de ne pas commettre la même erreur une deuxième fois.

10

Annick se leva, découragée, à l'idée de la journée qu'elle allait devoir affronter. Après un samedi rendu éprouvant par la présence de sa mère à la boutique, il lui fallait supporter une réunion de famille et cette perspective ajouta encore à sa fatigue morale. Elle se rendit à la cuisine en traînant des pieds et sa mine défaite devant son café faisait pitié à voir. Sa colère envers Bastien l'avait épuisée et aujourd'hui, elle n'avait envie de rien. C'est dans cet état d'affliction que Philippe trouva sa femme, occupée à beurrer une biscotte par habitude.

– Bonjour, ma chérie. Je suis content, il va faire un temps magnifique et nous pourrons tous sortir ensemble cet après-midi. J'aimerais aller jusqu'à Antibes. Qu'en penses-tu ?

– Cela m'est égal, là ou ailleurs, peu importe.

Depuis qu'il avait surpris Annick en compagnie de Bastien au bar de *La Nuit Étoilée*, Philippe ne parvenait pas à avoir une conversation avec sa femme. Celle-ci passait successivement de la suractivité à la quasi-léthargie dans la même heure, sans raison apparente, et s'emportait pour des riens. Philippe n'avait donc plus aucun doute. Annick avait bien été évincée de la vie de son amant et la scène à laquelle il avait assisté était bien celle d'une rupture. Cent fois, l'époux avait repensé à la dispute dont il avait été témoin à son insu, et après coup, il essayait en vain de comprendre comment sa femme en était arrivée à gifler cet homme. Cette violence ajoutée à l'infidélité éhontée qu'il avait excusée dans un premier temps, le déroutaient un peu. Et il se demandait si, à la réflexion, sa femme n'avait pas besoin de le tromper tout simplement pour le plaisir d'exercer son emprise sur un autre homme et pour vérifier en même temps, son pouvoir de séduction. Cette idée avait tout d'abord fait sourire Philippe par son côté grotesque, mais à présent, il réalisait qu'elle n'était peut-être pas si saugrenue. Il enrageait en repensant à leur dîner à Saint-Raphaël où Annick n'avait rien laissé transparaître de la soirée. Ainsi, elle s'avérait capable de croiser son amant tout en étant en compagnie de son mari et cela avec une aisance déconcertante. Voilà pourquoi, contrairement à son habitude, Philippe prit son petit-déjeuner en silence et ne fit aucun effort pour réconforter sa femme. Il en avait plus qu'assez d'être toujours à ses pieds. Il constatait le résultat désastreux que cela avait engendré et dans lequel il était conscient d'avoir sa part de responsabilités. Il resterait sur sa décision. Désormais, les concessions à sens unique étaient révolues. Et même si Philippe était le premier surpris de sa réaction, quelque chose lui disait qu'il avait raison de commencer à penser un peu à lui et de laisser Annick s'arranger avec sa conscience. Il quitta la cuisine et sortit de l'appartement pour aller chercher Elise et Jeanne, sans dire un mot. Annick mettrait peut-être sa solitude à profit pour réfléchir à son acte et plus grave encore, à son récent comportement.

En rentrant au Cannet, Philippe, Elise et sa grand-mère parlèrent de tout et de rien, dans la voiture. Le conducteur était particulièrement heureux de cette joyeuse agitation qui accompagne en général les réunions familiales. Jeanne, toujours aussi pleine de vie et d'enthousiasme, raconta par le détail et avec quantité d'anecdotes, comment elle avait finalement réussi à gagner quatre-vingts euros aux machines à sous, à presque deux heures du matin. Son gendre et sa petite-fille, suspendus à ses lèvres, ne perdaient rien de son récit et c'est tout excités à la perspective d'une prochaine soirée au casino avec Jeanne, qu'ils firent irruption dans la cuisine pour y déposer le pain et le gâteau de *L'Oh! à la bouche*. Désiré et Jean-Marc étaient déjà arrivés et discutaient tranquillement avec Marie et Théo. En l'embrassant, Elise remarqua la tenue soignée de son frère pour le déjeuner dominical, mais se garda bien de le faire remarquer pour ne pas mettre Théo mal à l'aise. Elise était soulagée d'avoir échappé à un tête à tête avec son père dans la voiture et remerciait le ciel que sa grand-mère ait alimenté la conversation, spontanément. Philippe installa tout le monde dans le salon pour prendre l'apéritif et appela Annick pour qu'elle se joigne à eux. Lorsque Jean-Marc leva son verre pour porter un toast, sa sœur l'interrompit brusquement.

– C'est à moi de parler la première, lança-t-elle sur un ton autoritaire.

– Excuse-moi, honneur à la maîtresse de maison, répondit Jean-Marc un peu interloqué.

– Levons notre verre à l'amour, ordonna Annick et joignant le geste à la parole, elle vida son verre d'une seule traite, le lâcha sur le sol tout en laissant exploser un rire gras et vulgaire et sortit du salon en claquant violemment la porte.

Pendant quelques instants, tout le monde se regarda un peu hébété et Jeanne, qui venait toujours à la rescousse des situations les plus inattendues, conclut joyeusement.

– Eh bien, buvons à l'amour, puisque telle est la volonté de notre hôtesse.

Puis, elle leva son verre comme pour montrer l'exemple et tout le monde l'imita sans broncher.

La réaction d'Annick avait jeté un froid et il fallut tout l'enthousiasme de sa mère, pour détendre l'atmosphère peu à peu. Elise avait vivement posé sa main sur le bras de son père pour le retenir, lorsque celui-ci avait voulu se lever pour suivre sa femme. Elle pensait tout comme Jeanne, que la meilleure solution à adopter pour faire de cette journée une réussite malgré ce malheureux incident, était d'agir exactement comme si rien ne s'était passé. Lorsque tout le monde eut repris la conversation, Elise ramassa discrètement le verre éparpillé au sol avec un mouchoir en papier pour éviter de se couper et le posa sur un coin de la table basse du salon. Le regard de son père lui faisait mal. Malgré ses efforts pour se mêler aux bavardages, Elise voyait qu'il ne parvenait pas à dissimuler totalement son désarroi et elle se demanda si Annick lui avait finalement avoué sa liaison avec Bastien. Après un moment, père et fille s'éclipsèrent pour se rendre dans la cuisine et trouvèrent Annick occupée à boire une bouteille de vin blanc à même le goulot. Sur le plan de travail, ils découvrirent un véritable capharnaüm d'ustensiles de cuisine, de plats et de nourriture mêlés.

– Sortez. Laissez-moi et arrêtez de me regarder comme ça, ordonna-t-elle avec une voix qui ne laissait aucun doute, quant à son état.

– Laisse ta mère, Elise, je m'en occupe, murmura Philippe.

Soutenant sa femme par le bras, ils se dirigèrent tous les deux vers la chambre, à petits pas.

Jeanne avait rejoint sa petite-fille et prit les choses en main. Après s'être affairées toutes les deux en silence pendant un bon moment, la cuisine avait retrouvé son aspect à peu près normal et le rôti était en bonne voie de cuisson.

– Comment va-t-elle? demanda Jeanne lorsque Philippe eut rejoint les deux femmes.

– Je l'ai obligée à prendre un léger sédatif et elle se repose. Elle finira peut-être par s'endormir.

– Y a-t-il quelque chose dont vous voudriez me parler? insista-t-elle tout en disposant les tranches de saumon dans un plat.

– Non, je vous assure. C'est la première fois qu'Annick se comporte ainsi. J'ignore ce qui lui arrive, mentit Philippe car il ne voulait pas inquiéter sa belle-mère.

– Alors mettons cela sur le compte du surmenage. Elise, va avec ton père dans le salon pour tenir compagnie aux autres. Je termine de préparer l'entrée et j'arrive.

Lorsqu'elle fut seule, Jeanne repensa à l'attitude de sa fille la veille à la boutique et se jura de faire en sorte d'obtenir des explications dès le lendemain. Dans le couloir séparant la cuisine du salon, Philippe se pencha vers sa fille et lui confia à l'oreille :

– Je suis au courant pour ta mère, mais elle ne m'a rien dit. Je l'ai surprise en compagnie de Bastien Deville au bar de *La Nuit Étoilée*. Rassure-toi, je ne t'en veux pas, ma chérie.

Philippe embrassa tendrement sa fille sur la joue, pour lui prouver qu'elle n'avait rien à se reprocher. Elise n'eut pas le temps d'en savoir plus, mais fut tout de même grandement soulagée.

11

Le lendemain matin à neuf heures, Jeanne ouvrait la porte du *Vent de la Mode*. À sa demande, Philippe lui avait prêté le double des clés du magasin. La veille au soir, Jeanne n'avait pas réussi à connaître la raison de l'état de sa fille, ni auprès d'Elise ni auprès de Philippe. Et depuis, elle se demandait quel événement avait bien pu pousser Annick à se montrer aussi odieuse. Malgré ses efforts, le déjeuner s'était révélé pesant et chacun était reparti à ses occupations, sitôt le dessert terminé. À quinze heures, Jeanne et sa petite-fille s'étaient retrouvées à Cannes mais Elise avait prétexté un rendez-vous pour quitter rapidement sa grand-mère et cette dernière n'avait rien pu apprendre. Philippe, rentré aussitôt au Cannet, avait trouvé sa femme endormie et n'était pas parvenu à rassurer la petite Marie qui s'était mise à pleurer dès le départ des invités. La petite avait refusé toutes les propositions de distractions de son père et lassé, celui-ci avait renoncé à dérider sa fille puis, il s'était mis à ranger l'appartement pour s'occuper.

Jeanne profita de se trouver seule au magasin pour chiffrer les diverses solutions envisagées, afin de transformer ce lieu froid et impersonnel, en une boutique beaucoup plus chaleureuse et fixer le calendrier des priorités pour augmenter le chiffre d'affaires, très probablement catastrophique. Après deux heures d'efforts, passées à envisager toutes les possibilités et sans avoir vu une seule cliente, Jeanne décida de se servir un rafraîchissement bien mérité. Elle but à petites gorgées et regarda d'un œil circulaire dans l'arrière-boutique, où s'entassaient pêle-mêle des quantités d'objets qu'elle aurait bien jetés, si elle n'avait craint la fureur de sa fille. Puis, soudain ses yeux tombèrent par hasard sur un papier où figurait un numéro de téléphone et ce qui semblait être un code secret : B.D. Intriguée, Jeanne saisit le papier, le considéra un instant en se demandant ce que pouvait bien signifier cet énigmatique B.D. Sans plus se poser de questions, mue par un inexplicable pressentiment, elle composa le numéro de téléphone et patienta plusieurs sonneries avant d'entendre :

– Société *Cash Minute*, Bastien Deville, bonjour.

Tandis qu'il récitait machinalement la phrase de présentation imposée par la société, Bastien regarda le numéro affiché sur son écran et reconnut celui du *Vent de la Mode*.

– Annick, je t'interdis formellement de m'appeler, tu m'entends ? Nous deux, c'est fini.

Et Bastien raccrocha, furieux.

Jeanne resta éberluée tenant le combiné sans avoir idée de le reposer. En un éclair, elle devina que cet homme était la nouvelle victime d'Annick. Sans se formaliser de la mauvaise humeur de Bastien Deville, et sans savoir véritablement pourquoi elle agissait ainsi, Jeanne reprit une nouvelle tonalité et composa à nouveau le numéro. Lorsque la sonnerie retentit dans le bureau, Bastien était debout et décrocha sans regarder son écran.

– Société *Cash Min*…

– Monsieur Deville. Ne raccrochez pas, s'il vous plaît, coupa Jeanne. Je me présente, je m'appelle Jeanne Colin et Annick est ma fille.

À l'autre bout du fil, Bastien garda le silence et attendit la suite.

– M'entendez-vous, Monsieur Deville ?

– Oui, mais je ne sais pas…

– Rassurez-vous, j'aimerais seulement vous rencontrer.

– Pour quelles raisons ? demanda-t-il d'un air hautain.

– Je connais ma fille, Monsieur Deville, mieux que quiconque. À vous de voir, mais si vous voulez passer dans la journée à la boutique, vous pouvez le faire sans crainte. Je serai seule. Ma fille est un peu souffrante et je la remplace.

– Souffrante, dites-vous ?

– Rassurez-vous, rien de grave. Viendrez-vous ?

– Je vais réfléchir, Madame Colin.

– Entendu, mais j'espère vous rencontrer, insista Jeanne.

Bastien était un peu anxieux. Il se demandait comment Madame Colin s'était procuré son numéro de téléphone et comment elle avait appris sa relation avec Annick. Car cette dernière n'avait vraisemblablement pas eu l'audace de parler de lui à sa mère. Il s'inquiéta quant aux raisons de la démarche pour le moins, singulière, de cette femme. Bastien hésitait à la rencontrer, mais en même temps il était curieux de connaître son propos. « Décidément, cette histoire ne finirait jamais, car après s'être débarrassé de la fille, il lui fallait à présent affronter la mère », pensa-t-il.

Jeanne était absorbée par l'élaboration d'un plan de dépenses prévisionnelles en vue d'élargir la gamme des articles proposée au *Vent de la Mode*, lorsque Philippe et Elise entrèrent pour l'inviter à déjeuner.

– Enfin un peu de vie. Je commençais à me demander, si je verrai quelqu'un ce matin.

– Est-ce si calme ? demanda Philippe tout en embrassant sa bellemère.

– Je ne voudrais pas vous alarmer mais à mon avis, la situation ne date pas d'hier. Vous auriez dû me prévenir avant d'attendre d'en arriver là.

– Maman nous dit toujours de ne pas nous inquiéter, intervint Elise en embrassant Jeanne à son tour.

– Alors, je suis mal tombée.

– Le lundi est un jour creux et j'ai toujours conseillé à Annick de fermer ce jour-là, au moins le matin.

– J'ai faim. Allons déjeuner, j'ai réservé dans un petit restaurant italien. Ça te convient, grand-mère ? coupa Elise car elle s'impatientait.

– Parfaitement, allons-y.

Contrairement à la veille, le déjeuner se passa très agréablement et même s'il fut question d'Annick, chacun s'efforça de dédramatiser la situation en arrivant à la simple conclusion que la femme de Philippe souffrait d'une déprime passagère, vraisemblablement liée aux problèmes financiers de la boutique. Un peu de repos suffirait donc à lui redonner sa joie de vivre. Car si tous les trois savaient pertinemment qu'il n'en était rien, personne n'eut le courage d'aborder le sujet épineux de l'infidélité d'Annick. Ensuite, il fut longuement question de la grande complicité entre Jean-Marc et Désiré. Ils semblaient plus heureux que jamais et espéraient beaucoup dans leur prochain voyage à La Réunion, pour pouvoir enfin partager leur bonheur avec les parents de Désiré. Jeanne parla de son fils avec enthousiasme et fierté et Philippe et Elise comprirent qu'elle en voulait encore à Annick pour son attitude de la veille, car elle fit preuve d'une très nette préférence pour Jean-Marc. Elise raconta ensuite ses relations professionnelles pour le moins, laborieuses, avec Madame Marchand et Philippe ne souffla mot du chagrin de la petite Marie, causé par la démonstration d'Annick, au cours de l'apéritif. Ils se quittèrent donc dans la bonne humeur, après avoir dégusté de succulentes lasagnes et s'être promis de recommencer leur petite escapade, très bientôt.

Pendant ce temps, restée seule à la maison, Annick traînait d'une pièce à l'autre, totalement désœuvrée. Elle redoutait l'heure où les enfants et son mari rentreraient et hésitait sur l'attitude à adopter. Après avoir envisagé plusieurs solutions, elle décida de laisser les choses en l'état, en espérant que l'incident de la veille passerait sous silence et que chacun prendrait garde, dans un esprit d'apaisement, de ne pas y faire allusion. Elle décida également de profiter de la présence de sa mère à Cannes pour s'accorder encore quelques jours de repos et cette perspective finit de la soulager. Car, après l'incident de la veille, elle imaginait mal, rester en tête à tête avec sa mère au magasin, sans finir par être obligée de se justifier. Annick s'en voulait de ne pas avoir été capable de maîtriser ses émotions et de s'être donnée en spectacle devant tout le monde. Philippe, Elise et Jeanne, elle en était persuadée, avaient profité de la pause déjeuner pour parler dans son dos et cette idée la mettait mal à l'aise. Mais, bien au-delà de ces petites contrariétés, son esprit tout entier était occupé à essayer de préparer la vengeance idéale, capable de laver l'affront infligé à sa dignité de femme, par celui pour lequel, elle nourrissait désormais, une rancune sans limites. Dans le milieu de l'après-midi, lassée de n'entrevoir aucune issue pour sortir de sa position de maîtresse dédaignée, Annick s'installa dans le canapé du salon et se mit en devoir de feuilleter quelques magazines, afin d'essayer de se changer les idées. Au fur et à mesure de sa lecture, les traits de son visage se détendirent, la tension nerveuse qui nouait tous les muscles de son corps se dissipa peu à peu et un sourire inattendu se dessina sur ses lèvres. Après une heure passée ainsi à lire les articles un à un, Annick se sentit redevenir elle-même et elle se leva prestement, pour aller savourer sa sérénité retrouvée, dans un bain débordant de mousse et d'huiles essentielles.

12

Vers dix-huit heures, Jeanne avait enfin terminé de mettre noir sur blanc, toutes les solutions envisageables, pour donner une nouvelle chance au *Vent de la Mode* et elle avait servi trois clientes. Manifestement, celles-ci n'étaient pas accoutumées à l'accueil que Jeanne leur avait réservé et après avoir pris des nouvelles d'Annick et manifesté leur contentement, elles avaient promis de revenir régulièrement, pour donner leur avis sur la nouvelle gamme que la mère de la patronne avait décidé de proposer. Jeanne leva la tête car elle venait d'entendre le carillon de la porte d'entrée tinter. Un homme pénétrait dans la boutique et en le regardant, elle comprit immédiatement qu'il s'agissait de Bastien Deville.

– Madame Colin ? Ravi de vous rencontrer. Je me présente Bastien Deville, poursuivit-il car Jeanne venait d'acquiescer.

– Également, mais je vous en prie, suivez-moi si vous le voulez bien, nous allons passer dans la pièce voisine.

Et, sans plus attendre, Jeanne entraîna Bastien dans l'arrière-boutique.

– Asseyons-nous Monsieur Deville. Puis-je vous offrir un rafraîchissement ?

– Avec plaisir.

– Je suis heureuse de vous rencontrer et plus encore, que vous ayez choisi de venir. Ma démarche peut vous paraître étrange, je le conçois tout à fait, commença-t-elle en posant les deux verres sur le petit guéridon.

Jeanne se mit à expliquer l'incident de la veille mais sans révéler ce qu'elle avait vu dans la cuisine, pour se concentrer uniquement sur le toast porté par Annick. Elle expliqua aussi comment elle avait trouvé le numéro de téléphone sur le bureau, près duquel ils se tenaient à présent tous les deux.

– Vous connaissez la suite, Monsieur Deville. Lorsqu'Annick nous a imposé cette scène grotesque, j'ai tout de suite pensé à une relation difficile avec un homme et lorsque je vous ai vu entrer, j'ai mieux compris ma fille. Mais si vous n'êtes pas l'homme en question et si je fais erreur, arrêtez-moi tout de suite et pardonnez-moi de vous avoir fait perdre votre temps.

Tandis qu'il écoutait Jeanne lui expliquer les motifs de son appel, Bastien ne pouvait s'empêcher de la comparer à Annick et de penser que hormis leur ressemblance physique, tout séparait les deux femmes. La courtoisie et la façon posée de s'exprimer de Jeanne contrastaient fortement avec l'attitude d'Annick laquelle avait toujours tendance à dicter sa loi et à faire preuve d'une impatience révélant un caractère, pour le moins, égocentrique. En effet, à sa connaissance, Annick ne se souciait jamais de l'opinion ou des désirs d'autrui et faisait passer ses envies avant celles des autres. Bastien en avait fait la pénible expérience. Puis il s'aperçut que Jeanne attendait une réponse.

– Ne vous excusez pas, Madame Colin, pria-t-il. Vous avez vu juste, j'ai effectivement eu une liaison avec votre fille, mais celle-ci a été brève et appartient désormais au passé.

– Je pensais à une simple dispute, mais d'après ce que vous me dites, cela est allé jusqu'à la rupture. Connaissant Annick, je commence à comprendre son comportement d'hier, même si évidemment, je ne peux l'approuver, précisa Jeanne devant l'air interrogateur de Bastien. J'aimerais vous poser une question, mais si vous la trouvez trop indiscrète, surtout dites-le-moi.

– Vous souhaitez savoir lequel de nous deux a rompu ?

– Vous êtes perspicace. Oui, il s'agit bien de cela.

– C'était ma décision. J'ai tenté de le faire à plusieurs reprises sans succès, jusqu'à jeudi dernier.

– J'en étais sûre.

– Sûre de quoi? Madame Colin.

– Annick a dû se plier à votre volonté. À présent, je vous dois des explications et après je vous laisserai partir, car vous avez bien mieux à faire et sans doute peu de temps, pour discuter avec moi. Je vais donc être brève.

– J'ai tout mon temps, assura Bastien.

Il commençait à se demander où Jeanne voulait en venir.

– Voyez-vous, Monsieur Deville, commença-t-elle en se croisant les doigts, j'ai deux enfants, un fils et une fille et je les aime de la même façon, même s'ils sont très différents. J'estime les avoir élevés en leur prêchant la tolérance comme une des valeurs essentielles, pour qu'ils puissent vivre en bonne intelligence avec autrui et acquièrent puis cultivent une grande ouverture d'esprit, dans le bon sens du terme, j'entends. À l'adolescence, ils m'ont demandé chacun pour des raisons différentes, d'user à leur égard, de ces valeurs sur lesquelles j'avais tant insisté et ce, depuis de nombreuses années. Mon fils Jean-Marc m'a donc demandé d'accepter son homosexualité, ce que j'ai fait. Pardonnez-moi, si finalement, je suis un peu longue, dit Jeanne en regardant Bastien. Un jour, Annick s'est confiée à moi et m'a avoué qu'elle se trouvait très différente des autres jeunes filles de son âge. Cela l'inquiétait un peu. Ma fille m'a expliqué son impérieux besoin de tester son pouvoir de séduction auprès des hommes qu'elle entendait choisir elle-même. Jusque-là, voyez-vous, Monsieur Deville, je n'ai rien trouvé d'extraordinaire et l'ai rassurée sur ce point. Comme elle semblait toujours inquiète, je l'ai incitée à développer sa pensée. Elle m'a alors révélé son extrême jalousie et son refus quasi maladif d'être quittée. Pour exister, Annick avait non seulement besoin de choisir et de séduire les hommes qui devaient absolument lui appartenir, mais refusait totalement l'idée que ceux-ci puissent se lasser d'elle, les premiers. Lorsqu'elle a épousé Philippe, j'ai tout de suite compris qu'elle ne pourrait se satisfaire de la vie rangée à laquelle elle voulait bien se soumettre. Elle a continué, sans se lasser, à quêter une passion de tous les instants. Voilà pourquoi, Monsieur Deville, il est de mon devoir de vous conseiller de rester à distance de ma fille. Vous avez désiré rompre et par le passé, il est arrivé quelques désagréments aux ex-petits amis de ma fille, auxquels j'aimerais autant que vous échappiez. Rassurez-vous, ma fille n'a jamais rien commis de répréhensible aux yeux de la loi. Cependant, elle possède un pouvoir d'acharnement rare, lorsque les situations lui échappent. L'incident d'hier a révélé son profond malaise. Je n'avais pas eu l'occasion de voir Annick se comporter ainsi depuis plusieurs années. À présent, je vous ai confié l'essentiel, Monsieur Deville.

– J'apprécie vraiment votre démarche, Madame Colin et je vous en remercie, commença Bastien. Vos révélations m'étonnent à moitié et au fond, vous venez de confirmer mon pressentiment. Votre analyse est tout à fait juste. Votre fille m'a choisi et m'a trouvé à un moment de ma vie où j'étais particulièrement vulnérable. Je le suis toujours d'ailleurs, précisa Bastien, lequel avait soudain envie de se confier. Lorsque j'ai réalisé mon erreur, j'en ai tout de suite fait part à Annick mais au lieu d'en convenir, elle a pensé que je me moquais d'elle. Loin de moi cette idée, Madame Colin, je ne suis pas comme ça.

– J'en suis convaincue et je suis ravie, car nous nous comprenons. Cela n'a aucun rapport avec Annick mais cependant, quelque chose m'intrigue.

– Dites-moi.

– Êtes-vous parent avec Valentin Deville, le pâtissier ?

– Absolument, Valentin est mon frère.

– Vraiment ? Vous devez donc connaître ma petite-fille Elise, la fille aînée d'Annick.

– Je me souviens d'elle en effet. Elle était la petite amie de Valentin lorsqu'ils étaient encore à l'école. Mais je ne l'ai jamais revue. Elle m'a probablement oublié depuis longtemps.

– Bien, Monsieur Deville. J'ai été très heureuse de vous rencontrer. Je suis à Cannes pour une semaine, afin de m'occuper de la boutique. Je vais vous donner mon numéro de téléphone personnel à Grasse, on ne sait jamais, si vous avez envie de parler un peu.

– Appelez-moi Bastien, merci, c'est gentil, dit-il en prenant le carton que lui tendait Jeanne. Vous avez également mon numéro et ne vous inquiétez pas, notre rencontre et cette conversation resteront confidentielles.

– Je n'en doute pas un instant.

Lorsque Bastien fut parti, Jeanne était un peu inquiète pour lui. Ce garçon avait tout pour plaire et cela était loin de la rassurer. Car cet homme, extrêmement séduisant, s'était avéré être non seulement d'une rare gentillesse, mais également enclin à écouter patiemment les arguments d'autrui. Pour une femme aussi adroite et déterminée qu'Annick, il représentait de toute évidence une proie facile.

13

Bastien repensait à sa rencontre avec Jeanne, tout en foulant le sable un peu humide et frais de la plage, lequel rentrait dans ses chaussures à chacun de ses pas. Depuis son retour à Cannes, il adorait goûter la solitude et la tranquillité du rivage, balayé par le ressac régulier et impassible de la mer, à l'heure où les gens quittent leur travail et hâtent le pas pour rentrer chez eux. Dégagé de la foule, à moins de trente mètres de La Croisette, Bastien avait l'impression d'évoluer dans un espace vierge de toute présence, et c'était comme si deux mondes différents évoluaient côte à côte, sans jamais se rencontrer. Bastien semblait être le seul homme à prêter attention à la limpidité et aux claquements réguliers de la mer, comme quelqu'un qui se serait aventuré dans un espace déserté à cette époque de l'année, où nul autre n'aurait eu idée de pénétrer. Tandis qu'il se laissait porter par la quiétude de l'eau dansant et oscillant sous le vent léger, il sentit une présence se rapprocher de lui, à pas feutrés. Puis, il se retourna lentement, persuadé qu'il s'agissait d'un effet de son imagination et constata qu'une femme marchait dans sa direction. Arrivée à sa hauteur, celle-ci déplia un drap de bain et prit place face à la mer, sans même tourner son visage vers lui. Bastien resta un instant immobile à regarder le sable à ses pieds se faire recouvrir à intervalles réguliers par la mer, puis il s'allongea à son tour, après avoir soigneusement étalé son blouson. Il n'aurait su dire combien de temps il resta ainsi, à respirer au rythme du ressac, lorsqu'il entendit :

– Bastien, c'est toi ?

Se demandant s'il rêvait, Bastien regarda en direction de la jeune femme et vit ses yeux posés sur lui.

– Pardon ?

– Tu ne me reconnais pas ? insista-t-elle.
– Non… désolé.
– C'est moi Elise, Elise Auclert.
– Elise ! s'exclama Bastien en se levant d'un bond pour rejoindre la jeune femme. Comme tu as changé ! Ça alors, si je m'attendais, continua-t-il à s'exclamer. Je suis vraiment content de te revoir.
– Moi aussi, confia Elise qui ne pouvait détacher son regard du frère de Valentin.
– Viens, ne restons pas là. Il commence à faire frais. Allons boire quelque chose, je t'invite, proposa-t-il manifestement heureux d'avoir de la compagnie. Dis-moi, que deviens-tu ? Vis-tu toujours à Cannes ?
Et tandis qu'il la pressait de questions, Bastien ramassa son blouson et le drap de bain puis, prenant le bras d'Elise, il l'entraîna vers La Croisette.
Devant l'insistance de Bastien, la jeune femme se surprit à parler de sa déconvenue amoureuse infligée par Victor puis, elle enchaîna directement sur les petitesses de Madame Marchand, qu'elle supportait de moins en moins. Elise donna également des nouvelles de sa famille en prenant bien soin de ne pas faire allusion à sa mère.
– Es-tu revenu à Cannes définitivement ? demanda-t-elle pour signifier à Bastien que son tour était venu de parler de lui.
– Oui, je n'ai pas l'intention de retourner à Londres. Mon ex-femme et mon fils vivent toujours là-bas et Cassandra désire y rester. Après tout, l'Angleterre est son pays. C'est donc à moi de me déplacer pour voir Bryan. J'ai eu la chance de trouver un poste à ma mesure et mon appartement n'est pas mal non plus. Je ne vois donc aucune raison pour ne pas rester à Cannes. Après tout, je suis né ici. Voilà à présent, tu sais tout. Allons dîner, veux-tu ? Je suis vraiment affamé.
– Non, c'est gentil mais j'ai déjà promis à une copine de dîner avec elle, mentit Elise.

– C'est dommage. Cela m'aurait fait réellement plaisir de prolonger cette soirée en ta compagnie. Donne-moi ton numéro de téléphone, veux-tu ?

– Je ne sais pas si…

– Allons, Elise, tu n'as rien à craindre de moi, je t'assure. Je suis un garçon bien élevé, dit-il sur le ton de la plaisanterie. Je souhaite simplement dîner avec toi, rien de plus, assura-t-il soudain redevenu sérieux.

Convaincue de la sincérité de Bastien, Elise s'exécuta et nota son numéro d'appel sur un papier. Puis brusquement, l'image qui venait la hanter régulièrement depuis plusieurs jours, la fit redescendre sur terre. Bastien était l'amant de sa mère et elle était là, à discuter tranquillement avec lui, à une terrasse de café.

– Je dois partir maintenant, jeta Elise soudain sèche et distante.

– Comme tu voudras. Je ne souhaite pas te retarder. On s'embrasse ? proposa-t-il tout en s'approchant légèrement.

– Non, ce ne sera pas nécessaire.

Et tandis qu'il regardait la jeune femme s'éloigner, Bastien se demanda ce qu'il avait bien pu dire pour la faire fuir ainsi, sans même un regard.

Au même moment, dans la cuisine du Cannet, Philippe observait sa femme occupée à préparer le dîner, avec goût et concentration. Depuis ce qu'il nommait pour lui-même l'incident, ni l'un ni l'autre n'avaient abordé le sujet. Le mari bafoué et ridiculisé devant tout le monde avait attendu en vain, durant deux longues soirées, quelques mots de regrets ou un simple signe de sa femme lui indiquant qu'elle était désolée. Au lieu de cela, comme si cet affront supplémentaire ne lui suffisait pas, Annick se montrait gaie et enjouée, faisant preuve d'une complète inconscience quant aux conséquences de son acte. Ce qui avait pour effet de vexer Philippe, encore un peu plus. La froide insensibilité de sa femme, lui révélait cruellement l'ignorance dans laquelle il avait vécu toutes ces années, persuadé d'être un homme particulièrement chanceux et comblé.

Sur le chemin la menant à son studio, Elise s'en voulait terriblement de s'être laissé aller ainsi, en se confiant à l'amant de sa mère, sans aucune retenue. Que lui avait-il pris ? Pourquoi avait-elle abordé Bastien de la sorte ? Lorsqu'elle l'avait reconnu en arrivant sur la plage, il lui aurait suffi de faire immédiatement demi-tour pour en rester là. Au lieu de cela, elle s'était mise elle-même dans une situation impossible en provoquant un homme pour lequel elle ressentait toujours la même attirance, des années plus tard. La vision de Bastien, enlaçant sa mère dans l'arrière-boutique, aurait dû logiquement la dégoûter, mais Elise réalisait qu'il n'en était rien. Le frère de Valentin avait gardé sans le savoir toute son emprise sur elle.

Bastien en était toujours à se demander ce qui lui était arrivé. Lorsqu'il avait brusquement quitté Cannes pour Londres sur un coup de tête, il avait laissé une adolescente réservée et presque timide. Il se souvenait de la manière dont Nicole, sa mère l'avait prise en affection et comment la petite amie de Valentin en était arrivée à occuper une place de plus en plus importante dans son cœur. Nicole avait fini par considérer Elise, un peu comme la fille qu'elle n'avait jamais eue. Et à présent, en cinq ans à peine, Elise était devenue une jeune femme au regard franc et au geste assuré donnant l'impression d'être parfaitement bien dans sa peau. Malgré lui, Bastien n'avait pu s'empêcher de remarquer qu'au-delà de son incroyable changement de caractère, elle était également devenue une personne au physique naturellement fort agréable, totalement à l'opposé de la sophistication toujours plus poussée de sa mère. En la comparant à Annick, Bastien éprouva un sentiment de malaise et d'impuissance, à l'idée qu'Elise puisse un jour apprendre l'existence de leur ancienne relation. Il en fut contrarié pour le reste de la soirée et afin de se distraire, il tenta de s'intéresser au film. Mais il ne cessait de penser à cette éventualité et de se demander comment il pourrait se justifier, le moment venu. « Cette révélation serait sûrement un choc », pensa Bastien car il avait totalement occulté le fait que pour l'instant, Elise et lui étaient de simples connaissances et rien de plus. Tombé sous son charme durant cette brève rencontre, il se voyait déjà aimé de la jeune femme sans penser un seul instant au caractère éphémère de leur conversation, laquelle pouvait en effet très bien s'arrêter là, surtout si Elise apprenait sa relation avec Annick. Face à ce danger, Bastien se promit donc de prendre les devants au plus tôt et de tout lui avouer. Il serait ainsi débarrassé de cette histoire navrante et pourrait peut-être espérer connaître à nouveau le bonheur.

14

Arnaud d'Estegnac s'effaça légèrement, afin de laisser Nicole prendre place à la table d'un grand restaurant des environs de Cannes, dans lequel ils se retrouvaient régulièrement pour dîner deux fois par an. Cette rencontre était l'occasion, pour l'agent artistique d'Anaïs, de faire à la fois le point sur la carrière de sa protégée et de passer un moment agréable en sa compagnie. Nicole se réjouissait toujours de pouvoir rencontrer Arnaud, ailleurs que dans une galerie de peinture. Ce soir, celui-ci était un peu fébrile car après avoir longtemps hésité, il avait décidé de lui révéler les tourments de son cœur. Mais auparavant, Arnaud préféra parler du vif succès rencontré par les œuvres de Valentin, auprès du public et faire part à Anaïs de ses projets concernant son fils.

– Je souhaite exposer une quinzaine de tableaux de Valentin à Zurich. Qu'en penses-tu? demanda Arnaud tout en versant un peu de l'excellent vin servi dans leur restaurant de prédilection.

– Ce serait merveilleux mais je ne sais pas si mon fils est tout à fait prêt à se lancer. Je me souviens de la difficulté de Bastien et de la mienne, pour le convaincre de dévoiler trois de ses toiles.

– Justement, j'ai une bonne nouvelle. S'il souhaite les vendre, j'ai des acquéreurs sérieux dont je réponds.

– Vraiment? Il va être comblé. Il a reçu de nombreux témoignages d'admiration lors du vernissage mais il est resté très sceptique quant à un éventuel avenir en qualité d'artiste peintre à part entière. Mais paradoxalement, même s'il m'en a parlé à mots couverts, j'ai très bien compris qu'il nourrit toujours l'espoir d'en faire un jour son seul et unique métier.

– Tu penses qu'il serait prêt à quitter *L'Oh ! à la bouche* si l'occasion se présentait ?

– Peut-être, car tout au fond de lui, il en meurt d'envie. Mais pour l'aider à se décider, il lui faudrait un encouragement de la part d'une personne extérieure à sa famille. Ce foie gras est vraiment délicieux, ajouta Nicole tout en souriant à son ami.

– Oui, c'est pourquoi j'aime à venir ici. Tout est toujours parfait, renchérit Arnaud. Pour en revenir à Valentin, j'ai des projets pour lui.

– Dis-m'en plus, je brûle d'impatience.

– Je souhaitais t'en faire part avant de lui parler.

– Arnaud ! s'impatienta gentiment Nicole.

– J'aimerais qu'il vienne habiter chez moi, à Zurich. Il aura toute la place nécessaire. Depuis le départ de ma femme, mon hôtel particulier est devenu bien trop grand pour moi. Oui, je veux bien te l'avouer, Nicole. En envisageant de faire venir Valentin chez moi, je pense évidemment à la formidable opportunité pour lui de se faire connaître, mais aussi un peu à moi. Je me sentirai ainsi moins seul.

– Il pourrait tout aussi bien peindre à temps complet à Cannes, n'est-ce pas ?

– Bien sûr, mais à Zurich, il suivrait des cours de technique dans une des meilleures écoles et, excuse-moi de te dire cela, mais à mon avis, loin de chez lui, il aura davantage le désir de réussir et sera plus à même de se concentrer totalement sur le but qu'il souhaite atteindre.

– Je comprends. Selon toi, lorsqu'il aura été coupé de son environnement familial, il réfléchira de manière constructive à son avenir.

– C'est exactement cela. Vois-tu, s'il reste à Cannes, il ne quittera jamais *L'Oh ! à la bouche* et le temps consacré à la pâtisserie représente autant d'occasions perdues pour lui d'exprimer totalement son art. De plus, en habitant chez moi, il sera immergé en permanence dans le milieu artistique et je lui ferai rencontrer à la fois des personnes très influentes sur le marché de l'art et d'autres capables de lui apporter de précieux conseils. Et, lorsque je le jugerai opportun, je lui ferai découvrir les galeries susceptibles de donner un coup de pouce à sa carrière. Il serait temps que ton fils assume son talent et voyage un peu pour découvrir d'autres horizons. Alors, s'il te plaît, donne-moi ton opinion. J'aimerais connaître ton avis au sujet de mon idée, pria Arnaud en faisant une pause pour reprendre sa respiration.

– En ce qui me concerne, je suis très favorable à ta proposition et Valentin a beaucoup de chance d'intéresser un homme comme toi.

– Mais ? Je te sens perplexe.

– Non, cependant, je connais mon fils et sa première réaction sera de te demander un peu de temps pour y réfléchir.

– Cela me semble naturel et pour tout te dire, je trouverais le contraire, inquiétant. Quelque chose semble t'ennuyer, Nicole. Je t'en prie, parle-moi franchement mais, excuse-moi, tu n'as pas touché à ta cassolette, veux-tu un autre plat ?

– Surtout pas, Arnaud, c'était juste un peu trop chaud, c'est tout.
Après avoir avalé quelques bouchées, Nicole continua :

– Valentin va tout d'abord décider de refuser car il se sentira dépassé par les événements. Puis, ensuite, après m'avoir fait part de sa décision, et obtenu mon assentiment malgré ce que j'en penserai, il va être très malheureux.

– Comment cela ?

– Valentin, soudain libéré de la crainte des changements, va se mettre à regretter de n'avoir pas eu la présence d'esprit de profiter de sa chance.

– Cela me semble bien compliqué, remarqua Arnaud en souriant car il commençait à saisir le processus de pensée de Valentin. Mais je t'en prie, continue.

– Oui, c'est cela... il va se rendre malheureux en estimant qu'il a laissé passer la chance de sa vie et il viendra me le dire dans l'espoir de m'entendre lui répondre que sa décision n'est pas irréversible mais, cependant sans me demander d'intercéder en sa faveur.

– Et après ?

– Il t'appellera pour savoir si ta proposition tient toujours. Ainsi, fonctionne Valentin. Il est totalement inapte à accéder au bonheur sans s'être auparavant fait souffrir.

– Voilà au moins un aspect de la personnalité de ton fils que j'étais loin de soupçonner. Et, je te remercie vivement de m'en avoir parlé, cela va m'éviter beaucoup de questions sans réponses.

– J'espère qu'en te parlant ainsi à cœur ouvert, je n'ai pas nui à mon fils en te dissuadant de t'occuper de lui, dit brusquement Nicole en fronçant les sourcils une seconde.

Puis, constatant l'étonnement d'Arnaud, elle se reprit vivement.

– Pardonne-moi, je suis injuste, tu es l'homme le plus compréhensif de la terre et j'ai honte de ma remarque totalement gratuite.

– Ta pensée était légitime. Mais comme tu l'as si bien dit, tu peux avoir une totale confiance en moi. Et, je vais te faire une confidence.

– Oui ?

– Même si le caractère de Valentin doit le faire souffrir inutilement, et si je le regrette pour lui, égoïstement de mon point de vue, il me ravit et me conforte dans l'idée qu'il peut devenir un très grand artiste. Car chez un artiste, la sensibilité et le doute sont deux composantes essentielles. Le doute lui permettra de se remettre en cause régulièrement et s'il est capable d'utiliser sa sensibilité à bon escient, il sera armé pour faire de grandes choses, crois-moi. Le pire ennemi pour un artiste réside dans la certitude toute faite. Et crois-en mon expérience, au cours de ma longue carrière d'agent, j'ai connu bon nombre d'entre eux qui ont fait fausse route et se sont finalement perdus en étant convaincus de bien faire, tout simplement parce qu'ils ne se posaient pas les bonnes questions.

– C'est un aspcct auquel je n'avais jamais réellement réfléchi et une fois encore, tu as entièrement raison. J'aimerais lui parler moi-même de ta proposition. Serais-tu d'accord ?

– Je ne vois pas très bien pourquoi j'y verrais une objection. Tu sauras sûrement lui présenter les choses d'une manière plus douce. Surtout, n'oublie pas de lui préciser que sa décision ne sera pas irréversible, si jamais il venait à changer d'avis par la suite. Mais, je ne m'inquiète pas. Il écoutera tes conseils, j'en suis certain.

– J'ai hâte de lui parler pour voir sa réaction. Il lui faudra du temps pour se décider mais, il sera finalement très heureux.

– Bien, ceci étant réglé, je prendrais bien un petit dessert, car il me faut des forces pour la suite, déclara Arnaud d'un air espiègle.

– As-tu une autre nouvelle à m'annoncer? s'enquit Nicole, laquelle ne voyait pas du tout de quoi il pouvait s'agir.

– Plus tard, ma chère, commandons une petite douceur pour commencer.

– Plutôt pour finir! plaisanta Nicole, repue.

15

Arnaud et son amie dégustaient les profiteroles au chocolat en silence puis, la dernière bouchée avalée, Nicole, intriguée par les allusions de son agent, voulut en savoir plus.

– Tu souhaitais me parler d'autre chose ? demanda-t-elle trouvant le suspense un peu trop long à son goût.

– Tout d'abord, je voudrais te dire quelques mots au sujet de ta dernière exposition. J'ignore si tu as lu la presse spécialisée, mais je peux te dire que les critiques sont bonnes et dans l'ensemble, tes dernières œuvres ont reçu un accueil à la hauteur de nos attentes. Je pense donc présenter ces même toiles dans d'autres galeries, si tu es d'accord, commença Arnaud.

– Oui, j'ai eu quelques échos concernant mon travail et je les ai trouvés pour la plupart positifs. J'ai évidemment très envie d'exposer mes peintures dans différentes villes et pour le choix de ces dernières, je m'en remets entièrement à toi, comme d'habitude. Je t'ai toujours laissé décider et j'ai confiance en ton intuition. Je ne vois pas pourquoi cela changerait.

– C'est ce que j'espérais t'entendre me dire, répondit Arnaud en lissant nerveusement du plat de la main, la nappe pourtant parfaitement tendue.

– C'est tout ? l'encouragea Nicole.

– Penses-tu que ce serait une bonne idée, si je te proposais de venir passer un peu de temps à Zurich ? se risqua-t-il.

Cette question lui avait brûlé les lèvres à maintes reprises depuis de nombreuses années et cependant, il avait toujours réussi à la garder pour lui, car il était persuadé d'essuyer un refus. Mais cette fois,

Arnaud espérait que la perspective d'accompagner Valentin dans sa nouvelle vie pendant quelques semaines, inciterait Nicole à réfléchir.

– C'est une idée en effet, répondit Nicole soudain prise au dépourvu.

– Vois-tu, s'empressa d'enchaîner Arnaud, cela te permettrait de voir où je vis et de passer des moments privilégiés avec ton fils dans la ville où il risque de rester un bon nombre d'années, s'il se décide à accepter ma proposition. Je te ferais visiter la région et tu pourrais aussi faire la connaissance de mes amis. Après tout, c'est toujours à moi de venir à Cannes et je serais vraiment heureux si tu acceptais de voir comment vit ton fidèle agent.

– J'apprécie ton offre, vraiment. Et tu as raison, ce serait sûrement bien pour Valentin, cela me permettrait de connaître son nouvel environnement. Cependant…

– Oui ?

– Il s'agit d'Armand. Je dois lui demander son avis avant de te répondre. Sur le principe, je trouve ton idée merveilleuse mais mon mari risque de voir les choses différemment.

– Dois-je comprendre que ta réserve est motivée par le seul avis d'Armand ?

– Oui, Arnaud. Si j'étais seule à décider, j'accepterais tout de suite.

– Mais tu ne viendrais pas sans Valentin.

– Détrompe-toi. J'adorerais passer beaucoup plus de temps en ta compagnie et rester seule avec toi ne me fait pas peur. Nous nous connaissons depuis tant d'années ! Combien, vingt-cinq, trente ans ?

– Un peu plus, Nicole. Souviens-toi. Tu étais une toute jeune femme lorsque tu as choisi entre Armand et moi, rappela Arnaud avec une pointe de mélancolie dans la voix. Pour autant, je n'ai jamais cessé de t'aimer, ajouta-t-il plus doucement. Mais je ne veux pas t'ennuyer avec ça, excuse-moi.

– Nous avons fait nos vies chacun de notre côté et tu as raison, c'est de l'histoire ancienne. Il est de toute façon trop tard pour éprouver des regrets et en parler maintenant ne ferait que remuer des souvenirs qu'il est préférable de laisser dormir, répondit Nicole sans relever l'aveu d'Arnaud. On ne peut pas revivre le passé, aussi merveilleux qu'il puisse avoir été, ajouta-t-elle.

– Tu as raison. Parle-moi plutôt de Bastien, comment va-t-il ?

– Bien et je suis vraiment heureuse de son retour, même si je regrette de ne pas faire davantage partie de sa vie. Une chose est sûre, depuis qu'il est à Cannes, son père a radicalement changé d'attitude. Il s'absente de moins en moins souvent et commence à s'entendre un peu mieux avec Valentin. Mon mari a sans doute fini par admettre son erreur. Il voulait à tout prix obliger Valentin à poursuivre ses études. Chacun est libre de vivre comme il l'entend et il ne sert à rien de vouloir imposer sa loi.

– Je suis ravi d'apprendre qu'Armand est revenu à de meilleurs sentiments.

– Il était temps. Certains jours, la vie était devenue impossible à la maison et s'il était là, Valentin ne me contredirait sûrement pas.

– Si Armand se réconcilie seulement avec vous trois, peut-être n'est-ce pas le meilleur moment pour t'absenter ?

– Je te le répète, Arnaud, je ne déciderai rien sans lui en avoir parlé auparavant. De plus, nous avons le temps. Même si Valentin acceptait ta proposition d'emblée, ce dont je doute fort, la mère de Tania lui demanderait probablement de lui accorder un délai, le temps de trouver un autre pâtissier et de le former.

– C'est juste, je n'avais pas considéré cet aspect.

– Une fois à Zurich, Valentin devra s'assurer un revenu régulier même modeste, pour pouvoir s'assumer.

– De cela, il n'est pas question. Si je t'ai proposé de m'occuper de lui, c'était justement dans l'intention de le dégager de tout souci matériel.

– Arnaud, voyons ! Sois sérieux, mon fils n'acceptera jamais de venir chez toi s'il doit être à ta charge, s'exclama Nicole, juste avant de boire quelques gorgées de champagne.

Après avoir sorti un calepin de la poche intérieure de son veston, Arnaud inscrivit un chiffre sur une feuille blanche et le soumit à l'appréciation de son amie en esquissant un sourire.

– Oui, évidemment.

– Il représente la valeur marchande d'un des tableaux de ton artiste de fils.

Nicole arrondit les yeux d'étonnement et resta sans voix.

– Une autre objection, madame ? plaisanta Arnaud.

– Non, juste peut-être un peu de jalousie.

Et, le sourire qu'elle adressa à son interlocuteur, montra combien elle était fière et heureuse pour Valentin.

Après le dîner, Arnaud se montra nettement plus détendu et il raccompagna Nicole chez elle en lui expliquant par le détail tout ce qu'il avait l'intention de faire, quand ses deux invités seraient à Zurich. Lorsqu'ils se quittèrent, Arnaud avait obtenu la promesse d'une réponse de principe assez rapide et il ne doutait pas un instant, qu'elle puisse être positive. L'agent artistique regagna donc son hôtel plus heureux qu'il ne l'avait été depuis bien longtemps. En épousant Nicole, Armand lui avait volé son amour de jeunesse et dans le même temps, avait fait disparaître toute joie de vivre et toute légèreté de son cœur. En un instant, ses espoirs et ses projets d'avenir avec Nicole s'étaient volatilités et le vide de l'absence avait constitué le quotidien de l'homme désenchanté qu'il était devenu. Et à présent, Arnaud avait bien l'intention de rattraper le temps perdu. Il ferait en sorte de provoquer un maximum d'occasions de se trouver en tête à tête avec la femme à laquelle il n'avait jamais vraiment renoncé. La révélation du talent de Valentin tombait à point nommé pour entrevoir enfin un interstice de lumière où Arnaud avait bien l'intention de pénétrer. Il devait prendre la route dès le lendemain matin pour regagner Zurich et cette fois, cette idée ne lui pesa pas. Dès son arrivée, il devrait prendre des dispositions afin de faire en sorte que le séjour de ses deux invités soit une réussite. Car selon Arnaud, seul le premier pas faisait encore hésiter Nicole. Et celle-ci, après avoir passé des moments agréables et goûté à toutes les distractions, aurait à cœur de revenir régulièrement. L'enjeu était donc d'importance et l'agent en était parfaitement conscient. Si Nicole ne lui avait jamais vraiment dépeint sa vie avec son mari, ses rares confidences avaient cependant suffi à Arnaud pour le convaincre de l'ampleur de sa déception. Autoritaire et imbu de sa personne, le mari de Nicole n'était pas homme à prendre en considération tout ce qui relevait de la fragilité et de la sensibilité, deux traits de caractère souvent communs aux artistes. Arnaud se savait capable de faire preuve d'empathie et de délicatesse, et plus encore, s'il s'agissait de réconforter une personne aimée. Or, malgré ses nombreux efforts, il n'avait jamais cessé d'aimer sa protégée et cela lui avait donné la force de se taire, jusqu'à ce soir. Mais pour s'être dévoilé, Arnaud n'aimait pas moins pour autant. Il lui avait simplement semblé ne pas être le seul à avoir choisi le silence.

16

Au Cannet, l'ambiance était plus que jamais électrique. Philippe ne supportait plus la désinvolture avec laquelle Annick croyait s'être tirée de son esclandre. Elle errait dans la maison depuis quatre jours et n'avait même pas eu la décence de téléphoner à sa mère, pour savoir comment se passaient ses journées au *Vent de la Mode.* Annick agissait exactement comme si elle était en vacances, se levant tard alors que ses enfants et son mari étaient déjà partis pour la journée et se moquant bien de prendre la peine de s'inquiéter de leur bien-être. Ce soir, Philippe n'en pouvait plus de cette attitude pour le moins révoltante, et il n'avait pas l'intention de continuer à vivre ainsi, avec une parfaite étrangère dans son propre foyer, ne se souciant de personne à part d'elle-même. Cela faisait presque une heure maintenant que Philippe et Marie étaient rentrés du collège, et Annick ne donnait aucun signe d'intérêt, susceptible d'indiquer une volonté de changer d'attitude.

– As-tu préparé le goûter de Marie ? commença Philippe prudemment.

– Non, répondit Annick sans lever le nez de son magazine, lequel semblait la passionner au plus haut point.

– Et pourquoi cela, s'il te plaît ?

– Il serait temps que ta fille apprenne à s'assumer. À quatorze ans, elle n'a plus besoin de sa mère en rentrant de l'école. Elle peut très bien se servir elle-même.

– Ceci n'est pas faux, concéda patiemment Philippe. Cependant, peut-être pourrais-tu le lui suggérer gentiment, au lieu de te comporter comme si tu ne la voyais pas.

– Je t'en prie, Philippe, rétorqua sèchement Annick, tu ne vas tout de même pas faire toute une histoire pour des broutilles. C'est ridicule, ajouta-t-elle, en le regardant presque méchamment.

– Je n'aime pas beaucoup le ton sur lequel tu me parles, pourrais-tu cesser d'agir ainsi, s'il te plaît ?

– N'as-tu rien d'autre à faire, au lieu de me chercher querelle ? Tes chers élèves ne t'ont pas rendu de copies aujourd'hui, lâcha-t-elle d'un ton de mépris, à peine déguisé.

– Ah vraiment ! Tu es bien placée pour me donner des leçons sur ma façon de travailler. Aurais-tu oublié ta boutique ? Oui, sûrement, car à ma connaissance, tu n'as même pas jugé utile d'appeler ta mère, reprocha Philippe. Trouves-tu normal que celle-ci soit obligée de tout assumer pendant que tu passes tes journées à traîner dans la maison ?

– Ça suffit ! coupa Annick. Es-tu devenu fou pour me parler ainsi ? Vas-tu cesser ?

– En plus tu oses me demander ce qu'il me prend ? Mais je rêve, c'est le monde à l'envers ! cria Philippe hors de lui. Me prendrais-tu par hasard pour un imbécile ? Pour un mari assez aveugle pour ne pas deviner ton infidélité. Ah ! Tu ne trouves rien à répondre, là ! Allez, je t'écoute, qu'attends-tu ? Et surtout épargne-moi le couplet du mari soupçonneux. Car je t'ai vue, tu m'entends ? Oui, je vous ai vus tous les deux. Toi et ton jeune amant.

– Mais que vas-tu chercher là…

– Nierais-tu en plus ? Alors là, c'est complet !

– Philippe, je t'en prie, calme-toi. Je t'assure, tu te trompes.

– Tu n'as même pas le courage d'assumer les conséquences de tes actes. Ma femme est une menteuse et une manipulatrice. Voilà tout !

À présent, la voix de Philippe devait s'entendre bien au-delà de l'enceinte de l'appartement.

– Écoute-moi, il s'agit d'un malentendu, je ne vois pas du tout de quoi tu parles, affirma Annick en plantant un regard plein d'innocence dans les yeux de son mari furieux. Si tu me disais les choses clairement, je pourrais peut-être te répondre. Mais encore faudrait-il que tu te calmes.

– Toi et ce Bastien Deville, au bar de *La Nuit Étoilée*, cela ne te dit rien ? jeta Philippe, certain d'embarrasser sa femme et de la faire avouer.

– Ah c'est ça ! Nous nous sommes rencontrés par hasard et Bastien m'a invitée à prendre un verre. Qu'y a-t-il de mal à cela ?

L'espace d'une seconde, Philippe fut décontenancé puis, reprit :

– Par hasard ! C'est bien ça. Alors explique-moi pourquoi tu l'as rejoint ? Vous n'êtes pas arrivés ensemble, que je sache. Ton explication ne tient pas. Dommage, c'était bien essayé, persifla Philippe, un rictus au coin des lèvres.

– Tu te trompes et tu te fais du mal pour rien.

– C'est toi qui me trompes, oui ! Et depuis quand ? Depuis des mois, peut-être.

– Je te le répète, Monsieur Deville est juste une connaissance et rien d'autre. Nous nous sommes rencontrés à la réception de l'hôtel. Je me trouvais là, afin de réserver une chambre pour maman. Appelle-la au magasin, elle pourra te le confirmer. Ensuite, reprit-elle, Monsieur Deville m'a invitée à le rejoindre au bar pour parler un peu de l'exposition de sa mère, car il me fallait attendre pour payer l'acompte de vingt pour cent. C'est facile à vérifier, j'ai réglé avec ma carte.

Durant tout son récit, Annick avait soigneusement observé son mari. Au fur et à mesure de ses explications, celui-ci avait perdu son air renfrogné et son expression dubitative, laissait deviner son hésitation. À présent, il semblait un peu ébranlé dans sa conviction de mari trompé. Annick commençait juste à reprendre ses esprits lorsque Philippe hurla presque :

– Et la gifle ? Tu as oublié la gifle ! Ah, tu ne trouves rien à répondre ! Tu as failli me piéger ! C'est honteux, tu m'entends ? Tu me dégoûtes, continua-t-il à hurler hors de lui.

– Quelle gifle ? se risqua-t-elle, pour gagner un peu de temps.

– Celle que tu as assénée à ton amant devant tout le monde. Tu l'as oubliée peut-être ? Je vais te dire la vérité, Annick. Cet homme beaucoup trop jeune pour toi t'a laissée tomber. D'où ta petite scène de dimanche. Tiens, tu veux que je te dise ? Tu me fais pitié, après tout, tu as ce que tu mérites. Tais-toi surtout, je ne veux plus rien entendre et ayant dit, il sortit de la pièce en claquant violemment la porte.

Sans réfléchir, Philippe se renferma dans la salle de bains et décida de prendre une douche, pour essayer de se calmer un peu. Pour la première fois de sa vie, il s'était laissé aller à dire ce qu'il pensait vraiment, sans se soucier des conséquences. Et le fait d'avoir, de surcroît, obtenu le dernier mot, lui faisait du bien. Pourtant, lorsqu'il était entré dans le salon, il n'avait pas eu l'intention de provoquer une telle dispute, mais finalement, il se félicitait d'avoir laissé éclater sa colère sans aucune retenue. En crevant ainsi l'abcès, il avait réussi à la fois à mettre Annick face à ses turpitudes et à se délester du poids du silence qui le rongeait depuis quatre jours. Dans l'état d'esprit où il se trouvait, il n'avait pas l'intention de faire le premier pas vers une éventuelle réconciliation. Il resterait sur ses positions aussi longtemps que sa femme jugerait inutile d'essayer de se faire pardonner.

De son côté, Annick restée seule dans le salon tentait de remettre un peu d'ordre dans ses idées, mais en vain. La soudaineté de la colère de Philippe l'avait totalement anéantie et prise au dépourvu. Pour un peu, sa version des faits serait passée pour être la seule et unique vérité. Sans cette maudite gifle, elle aurait pu continuer pendant longtemps encore, à entretenir son image d'épouse irréprochable et cette lamentable défaite n'aurait jamais existé. Et, à part avouer et faire acte de contrition, ce qu'elle répugnait au plus haut point, Annick ne voyait pas très bien comment elle pourrait regagner la confiance de Philippe. Elle en voulut davantage encore à Bastien, de l'avoir mise dans cette position. Car, s'il était resté dans la chambre comme prévu, rien de tout cela ne serait arrivé. Il avait fallu que le sort s'en mêle car Philippe rentrait quasiment toujours directement à la maison en quittant le collège. Pourquoi s'était-il trouvé justement dans ce bar ? Était-ce dans l'espoir de les surprendre ? Décidément, tout allait de travers en ce moment. Et devant l'impossibilité d'arranger ses rapports conjugaux sans en passer par le repentir, Annick décida de ne rien faire, convaincue que son mari finirait par revenir de lui-même.

17

Marie était en larmes, lorsqu'elle arriva à l'arrêt d'autobus. Son sac à dos, rempli à la hâte avec tout ce qui lui était tombé sous la main, tirait sur ses frêles épaules et le poids de tous ses trésors l'obligeait à se courber légèrement, faisant trembler ses jambes. Dans sa poche, un porte-monnaie offert par son père lors de son dernier anniversaire renfermait toute sa fortune. Avant de quitter la maison, Marie en adolescente responsable, avait vidé sa tirelire et compté trente-huit euros et cinquante centimes d'économies. Cette somme, pensait-elle, lui permettrait déjà de tenir au moins trois jours, à condition de se montrer raisonnable et de ne pas se laisser aller à des dépenses inconsidérées. Marie, ne savait pas si elle pleurait de rage ou de peur, mais elle était sûre d'une chose. Elle ne reviendrait pas à la maison de sitôt et irait le plus loin possible, pour ne plus entendre ses parents se disputer. Les cris de son père résonnaient encore dans ses oreilles et même si elle n'avait pas tout compris, elle se doutait de la gravité de la situation. La force avec laquelle Philippe d'ordinaire si gentil avait claqué la porte du salon, faisait redouter à Marie une crise sans précédent. Voilà pourquoi, profitant du fait que personne ne savait où elle se trouvait, Marie avait quitté la maison sur la pointe des pieds avec l'intention de disparaître. Et à présent, seule dans l'obscurité, elle commençait à se demander où elle pourrait bien aller, lorsqu'elle serait à Cannes. Lorsqu'elle monta dans le bus, Marie réalisa soudain toute l'ampleur de sa solitude et désemparée, elle essuya du revers de la main les quelques larmes coulant sur ses joues. Arrivée au niveau de la rue piétonne, elle demanda l'arrêt, pour s'immerger dans la foule du centre-ville, encore dense à cette heure-là. Dans sa précipitation à quitter la maison, elle avait oublié de prendre son portable avec elle. Sans doute était-il resté sur son lit et elle fut désolée de ne pouvoir appeler aucune de ses camarades de classe, susceptibles de l'héberger. Après avoir marché un long moment un peu au hasard, l'adolescente entra dans un supermarché pour acheter quelques provisions pour le dîner. Elle hésitait devant le rayon de biscuits quand une main se posa sur son épaule.

– Marie, que fais-tu là, toute seule à cette heure tardive ? demanda Jeanne tout en embrassant sa petite-fille.

– Grand-mère ! Tu ne peux pas savoir comme je suis contente de te voir, s'exclama-t-elle tout en se jetant dans les bras de Jeanne.

– Oui, je n'en doute pas, mais cela ne répond pas à ma question, insista-t-elle redoutant les révélations de l'adolescente.

Marie se mit alors à raconter par le détail tout ce qu'elle avait entendu depuis sa chambre et expliqua comment elle avait brusquement décidé de quitter la maison.

– Tu sais tout, grand-mère.

– Mais Marie, enfin ! Tes parents doivent être morts d'inquiétude. Peut-être ont-ils déjà appelé la police pour signaler ta disparition. As-tu pensé à laisser un mot au moins ?

Devant l'air de dénégation de sa petite-fille, Jeanne l'entraîna en dehors du magasin et téléphona immédiatement au Cannet.

– Oui ? répondit Philippe.

– Philippe, c'est Jeanne.

Et faisant fi des politesses, elle le prévint de la présence de Marie à ses côtés. Lorsque Philippe lui avoua que ni lui ni sa femme ne s'étaient aperçus de la disparition de Marie, Jeanne se fâcha un peu.

– Écoutez, Philippe, la petite va rester avec moi à l'hôtel pour cette nuit. Elle ira au collège, demain matin. Vu les circonstances, c'est la meilleure solution.

– Elle ne doit pas avoir ses livres, remarqua Philippe complètement catastrophé par les événements.

– Amenez-lui ses affaires directement en classe demain, voilà tout, rétorqua Jeanne, un peu sèchement.

Et sans demander à parler à Annick, elle raccrocha, ne voulant rien ajouter pour ne pas accabler son gendre davantage.

– Papa n'est pas trop fâché? demanda Marie, particulièrement inquiète.

– Rassure-toi. S'il l'est, ce n'est sûrement pas envers toi.

– Et maman? insista-t-elle.

– Écoute, Marie. Allons dîner pour le moment, cela ira mieux ensuite. Tu dois être affamée et fatiguée. Laisse tes parents régler leurs problèmes eux-mêmes, ce sont des affaires d'adultes et ce n'est pas en tombant malade que tu les aideras.

Après avoir dîné rapidement dans une brasserie située un peu en retrait de la baie, Jeanne interrogea sa petite-fille, pour en savoir davantage.

– Tu sais, Marie, commença-t-elle, si tu souhaites me parler, je suis là. Tes parents ont déjà eu d'autres disputes similaires, je suppose, dis-moi, s'il te plaît, si tu t'es déjà enfuie de la maison.

– Oh non! Grand-mère, je te le promets. Jamais, je n'ai songé à partir. D'ailleurs, je ne sais pas ce qu'il m'a pris. J'ai fait une grosse bêtise, pardonne-moi, implora-t-elle.

– Dois-je comprendre que tes parents se disputent ainsi, pour la première fois?

– Oui, je n'avais encore jamais entendu papa crier de la sorte. Je t'assure, l'ambiance à la maison est tendue depuis dimanche seulement. Demande à Théo, si tu ne me crois pas.

– Non, c'est inutile. Je te fais confiance. Je me disais simplement que, peut-être, tu n'avais pas voulu m'inquiéter en me cachant des problèmes.

– Pas du tout, grand-mère, je t'aurais téléphoné pour t'avertir.

Jeanne écoutait Marie se justifier et elle se demandait si elle devait prolonger son séjour à Cannes ou s'il était préférable pour elle, de rentrer à Grasse comme prévu et de laisser Annick reprendre les commandes de la boutique. Tania devait rentrer de congés lundi et à la limite, elle pouvait très bien rester seule au *Vent de la Mode* pendant quelques jours. Jeanne avait immédiatement compris que Philippe venait de découvrir l'infidélité de sa femme et cette dispute en était la conséquence. Marie lui avait probablement dit la stricte vérité et elle en fut un peu rassurée. Jeanne comptait sur le bon sens de Philippe et espérait qu'après avoir laissé éclater sa colère, celui-ci reprendrait ses esprits et s'occuperait correctement de ses deux enfants puisque pour l'instant, leur propre mère était incapable d'assumer ses responsabilités. Elle décida donc de partir dès le lendemain soir après avoir fermé la boutique et fit promettre à Marie de l'appeler à n'importe quelle heure du jour ou de la nuit, en cas de problème et en lui interdisant formellement de s'enfuir à nouveau de la maison. La dernière chose dont Annick avait besoin en ce moment, était de voir la police ramener sa fille chez elle en pleine nuit. Jeanne frissonna à l'idée de ce qui aurait pu arriver à sa petite-fille, si elle ne l'avait pas rencontrée dans le supermarché et elle s'en inquiéta :

– Serais-tu allée chez ta sœur, ce soir ?

– Je ne sais pas, grand-mère, c'est possible. J'ai voulu appeler mes copines mais je me suis aperçue que j'avais oublié mon portable à la maison.

– Marie, tu as quatorze ans à présent, lui fit remarquer Jeanne. Tu dois te montrer raisonnable, promets-le-moi.

– J'ai compris la leçon, cesse de t'inquiéter, je ne recommencerai pas.

Tandis que Marie dormait paisiblement, Jeanne, assise sur le lit de la chambre d'hôtel pensait à l'avenir du *Vent de la Mode.* Elle venait de comprendre que pour Annick, la boutique était un moyen d'affirmer son indépendance en lui permettant de passer ses journées en dehors de la maison et d'avoir les mains libres pour faire à peu près tout ce dont elle avait envie. La boutique était un prétexte et sa rentabilité lui importait peu. Jeanne réalisait combien elle avait été naïve lorsque présentant suggestions et plan de financement, elle avait pensé faire plaisir à sa fille en lui donnant quelques idées de gestion pour pérenniser son affaire. Et se regardant dans le miroir, la grand-mère de Marie s'adressa quelques grimaces pour se moquer d'elle-même, puis se coucha à son tour.

18

Le lendemain matin, après avoir accompagné Marie au collège, Jeanne ouvrit le *Vent de la Mode* et à peine fut-elle entrée dans la boutique, que la sonnerie du téléphone retentit.

– Bonjour, maman, c'est Jean-Marc.

– Ah mon fils ! Je me demandais si nous allions nous revoir avant mon départ.

– Bien sûr, maman, je t'appelle pour ça. J'aimerais que tu viennes déjeuner dimanche, à la maison. Nous n'avons pas encore eu l'occasion de parler tranquillement.

– Je suis désolée, Jean-Marc mais j'ai prévu de partir samedi soir, après la fermeture du magasin. De plus, j'ai déjà prévenu l'hôtel.

– C'est dommage, Désiré sera vraiment déçu, il t'adore et il se faisait une joie de te voir. Peux-tu faire un effort ?

– Une autre fois, Jean-Marc. Je suis un peu contrariée et j'ai envie de rentrer chez moi.

– Que se passe-t-il ?

– C'est au sujet de ta sœur.

Jeanne retraça par le détail la fugue de Marie et les raisons de la dispute de ses parents.

– Étais-tu au courant ? demanda-t-elle.

– Oui, Annick m'a parlé de ce Bastien Deville mais j'ignorais totalement leur rupture.

– Peux-tu garder un secret ? J'ai quelque chose à te confier.

– Évidemment, si tu me demandes de me taire, je le ferai.

– J'ai rencontré Bastien Deville lequel peut-être le sais-tu, est le frère de Valentin, l'ex-petit ami d'Elise.

– Je l'ignorais. Et alors ? s'enquit Jean-Marc, intrigué.

– Alors, il est tout à fait charmant. Il a fini par me dire qu'il a dû s'y prendre à plusieurs reprises pour parvenir à rompre avec ta sœur car elle ne voulait rien entendre. Et lorsque nous avons tous déjeuné ensemble au Cannet dimanche dernier, Bastien et Annick étaient enfin séparés.

– Peut-être va-t-il revenir sur sa décision ?

– Sûrement pas. Il n'en a pas manifesté l'intention, au contraire. Il est bien déterminé à ne jamais revoir ta sœur.

– Moi aussi, j'ai une confidence à te faire, rétorqua Jean-Marc. Tu sais comment est Annick. Elle m'avait parlé du désir de rompre de Bastien et elle s'était mis dans la tête que cela était une sorte de sacrifice de la part de son amant, par respect pour Philippe, selon elle. Annick m'avait alors demandé de lui confirmer que l'attitude de Bastien constituait en quelque sorte une preuve d'amour et révélait par-là, une certaine grandeur d'âme.

– Tu aurais dû lui ouvrir les yeux, remarqua Jeanne.

– Tu sais comment est Annick, maman. Elle se serait fâchée et cela n'aurait rien changé à sa détermination de garder cet homme. D'ailleurs, avant de t'appeler, je lui ai téléphoné pour savoir comment elle va.

– Et alors ?

– Elle n'a pas fait allusion à son comportement de dimanche et n'a pas parlé de Philippe. Elle devait avoir hâte de raccrocher. Le fait qu'elle ne m'ait rien dit concernant la fugue de Marie, le confirme.

– Son attitude m'ennuie encore plus je crois, pour Théo et Marie. Les adolescents ont besoin de stabilité et ce qu'il se passe en ce moment chez eux, n'est pas fait pour leur permettre de s'épanouir dans les meilleures conditions. Quant à mon gendre, j'espère sincèrement qu'il a enfin compris la vraie nature de sa femme et qu'il fera en sorte de se faire davantage respecter à l'avenir.

– Bien, maman. J'ai été heureux de parler un peu avec toi, même si les nouvelles ne sont pas très réjouissantes. Si tu veux, je viendrai te rendre une petite visite à Grasse, avec Désiré.

– J'en serais heureuse, mon fils. Prends soin de toi et embrasse Désiré de ma part.

– D'accord, maman. Je n'y manquerai pas. Alors, à bientôt, je t'embrasse.

– Moi aussi, mon fils.

Durant le reste de la matinée et une bonne partie de l'après-midi, Jeanne s'occupa de mettre à jour la comptabilité du magasin et de classer les documents éparpillés partout sur le bureau de l'arrière-boutique afin de les placer dans leur dossier respectif. Jeanne se demandait comment sa fille pouvait bien faire pour retrouver quelque chose dans un tel désordre. L'état de la pièce était indescriptible et en constatant l'ampleur des dégâts, elle faillit laisser les choses en l'état mais son penchant à rendre service prit le dessus. Jeanne retroussa donc ses manches, et se mit en devoir de redonner un aspect plus acceptable à cette pièce. Il ne fallut pas moins de trois heures à la mère d'Annick, pour venir à bout du bric-à-brac entassé partout et après avoir rempli trois sacs-poubelle avec ce qui lui semblait être juste bon à finir à la décharge, mais qu'elle ne prendrait pas la liberté de jeter, elle se laissa tomber dans le canapé, totalement exténuée. Dans ses doigts noircis par la crasse, Jeanne n'en finissait plus de retourner deux perruques. Elle les avait trouvées soigneusement dissimulées derrière le canapé. Une, aux cheveux bruns, courts et raides et l'autre, rousse, longue et frisée. Et, sans conviction aucune, elle en conclut qu'elles étaient destinées aux mannequins de la vitrine, puisque telle était la seule explication rationnelle. Sur ces entrefaites, Philippe arriva le visage encore tourmenté par la contrariété.

– Madame Colin ! Êtes-vous là ? cria-t-il, tandis que Jeanne se reposait toujours dans l'arrière-boutique.

– Entrez, Philippe, venez, je suis dans la pièce du fond.

– Vous avez fait des merveilles ! s'exclama-t-il, un peu ébahi de découvrir un tel ordre.

– Oui, mais je crois avoir présumé de mes forces, soupira Jeanne.

– Qu'est-ce ? demanda Philippe tout en s'asseyant près de sa belle-mère.

– Ce sont des perruques pour les mannequins, enfin… je suppose.

– Je passe pour vous remercier de vous être occupée de la petite, commença Philippe. Elle va bien et elle vous embrasse. Grâce à vous, nous avons évité une catastrophe, poursuivit-il.

– Parlez-moi plutôt de vous et de ma fille. Qu'en est-il exactement ? Si ce n'est pas trop indiscret. Marie, m'a confié votre dispute mais elle m'en a dit très peu de choses.

– C'est très simple. J'ai mis Annick face à ses mensonges.

– C'est-à-dire ?

– Votre fille a un amant, dit Philippe en baissant la voix, persuadé de faire une révélation fracassante. Et, lorsque je lui ai dit que je le savais d'une manière certaine, elle a continué à nier. Mais vous ne semblez pas surprise.

– Si bien sûr, mentit Jeanne, car décemment, elle ne pouvait révéler à son gendre le nombre d'amants de sa fille. En êtes-vous vraiment sûr à cent pour cent ?

– Oui, Madame Colin. Mais, je suis plus désolé encore de constater que ma propre femme est capable de me mentir de la sorte.

– Peut-être est-ce passager ? Si cela n'excuse en rien ma fille, au moins vous auriez des raisons d'espérer la garder.

– Entre Annick et cet… homme, c'est fini. Je n'ai aucun doute à ce sujet et son attitude de dimanche était justement liée à cette rupture.

– Voilà qui m'éclaire un peu et me rassure quant à votre avenir à tous les deux. Essayez de lui pardonner, Philippe. Croyez-moi, après autant d'années de mariage, l'enjeu est trop important. Pardonnez et oubliez. Vous verrez, vous vous sentirez mieux après. Mais comprenez-moi bien. En vous donnant ce conseil, pour autant, je n'excuse en rien le comportement de ma fille, précisa Jeanne.

– Je l'avais compris ainsi, Jeanne, dit Philippe à présent, plus détendu d'avoir pu ouvrir un peu son cœur. À part cela, poursuivit-il, dînerez-vous à la maison ce soir pour passer un peu de temps avec nous ?

– C'est gentil, Philippe, mais je me sens trop lasse et je ne viendrai pas. Vous embrasserez les enfants et Annick pour moi.

– Oui, je comprends.

– J'ai décidé de partir demain soir. J'irai donc porter les clés de la boutique à *L'Oh! à la bouche*. Ainsi, Tania pourra ouvrir lundi matin sans avoir à attendre Annick.

– J'aurais aimé que votre séjour se passe dans de meilleures conditions. Je vous remercie pour tout et espère vous revoir très bientôt. Bon retour, Jeanne, conclut-il en embrassant sa belle-mère.

– Essayez de vous réconcilier avec votre femme, c'est la meilleure solution, je vous assure. À bientôt, Philippe.

Dix minutes plus tard, Jeanne était sur le chemin de l'hôtel. Après toutes ces émotions, elle avait grand besoin de se distraire et elle estima qu'après s'être couchée particulièrement tôt la nuit précédente, elle avait droit à une récompense. Elle décida donc d'aller dîner puis, de tenter sa chance aux machines à sous.

19

Bastien s'était installé comme à son habitude, à l'extrémité du bar de *La Nuit Blanche*, pour guetter l'arrivée de Tania. Il avait conservé soigneusement son numéro de téléphone, mais pas une fois depuis leur dernière rencontre, il n'avait repris contact avec la jeune femme. Car Bastien avait décidé de prendre sa vie en main et pour cela, il lui fallait auparavant mettre un terme à toute relation susceptible d'entraver ses projets. Son amourette avec Tania en faisait partie. Même s'il était le premier à penser que sa façon de faire était un peu cavalière, l'amant ne connaissait pas d'autre solution pour dégager rapidement son horizon et pouvoir enfin se mettre à marcher tout droit sur la route du bonheur. Comme à chaque fois qu'il attendait Tania, il se sentait nerveux et mal à l'aise mais ce soir, la raison en était fort différente. Car, même si celle avec laquelle il désirait rompre s'était toujours montrée conciliante, Bastien ignorait comment elle réagirait lorsqu'il devrait lui annoncer qu'ils ne finiraient pas la nuit ensemble, leur relation étant définitivement terminée. Le comportement d'Annick, en semblables circonstances, s'était révélé particulièrement pesant et pénible et Bastien n'avait aucunement l'intention de revivre pareille expérience en se laissant piéger à nouveau. Pourtant, le motif de sa présence à *La Nuit Blanche* et son ultime rupture orchestrée de main de maître avec une femme beaucoup moins docile que Tania lui donnaient le courage dont il avait besoin pour se préparer à affronter une nouvelle épreuve, marquant le début de sa délivrance et d'une liberté retrouvée. Car son ciel s'était brusquement débarrassé des néfastes perturbations qu'il traînait avec lui, comme un fardeau, pour laisser place à l'espoir insensé mais tenace, de toucher enfin l'amorce d'une éclaircie. Sa brève rencontre avec

Elise avait brusquement réveillé en Bastien des sensations depuis longtemps endormies au plus profond de son être. Soudain, tout lui était apparu simple et limpide et l'illusion dans laquelle il s'était brusquement retrouvé immergé, l'incitait à saisir sa chance et à s'y accrocher de toutes ses forces. Même si pour cela, il devait surmonter obstacles et entraves, comme des épreuves indispensables pour tester la force de sa détermination. Heureux, il esquissa un sourire, d'avance victorieux de se savoir capable de résister, face au prix à payer pour être enfin le détenteur d'un bonheur inestimable. À présent, il s'impatientait un peu, tant il était désireux d'en finir rapidement avec ce qu'il considérait déjà comme du passé. Et, constatant l'absence de la jeune femme qu'il voulait absolument rencontrer ce soir pour lui ôter toute idée d'avenir avec lui, Bastien commanda un deuxième whisky pour se donner une contenance. À peine le garçon avait-il posé le verre sur le comptoir que Tania arriva enfin, mais le large sourire illuminant son visage fit redescendre Bastien sur terre. En la regardant s'approcher de lui, il se demanda s'il n'avait pas sous-estimé l'attachement de Tania, en considérant leur relation comme une simple distraction réciproque et rien de plus.

– Bonjour, Tania, je t'attendais et je suis heureux de te voir, dit Bastien en embrassant la jeune femme sur la joue.

– Moi aussi, tu m'as manqué.

– Comment vas-tu ? demanda-t-il sans relever la remarque.

– Moyennement, je me suis un peu ennuyée pendant ma semaine de vacances. J'ai attendu ton appel car j'espérais passer un peu de temps avec toi. Nous aurions pu aller nous promener dans les environs.

– J'ai voulu te téléphoner à plusieurs reprises mais j'ai été totalement débordé cette semaine, j'en suis désolé. De plus, j'ignorais que tu étais en congé.

– Tant pis, ce n'est pas grave. J'étais juste un peu déçue mais à présent que nous sommes ensemble, je vais mieux.

Tania tendit les bras pour solliciter une étreinte de la part de son amant.

– Tania… justement, hésita celui-ci, sans esquisser le moindre geste, je souhaitais te parler.

Devant l'air embarrassé de Bastien, la jeune femme comprit en un instant que ses craintes pouvaient tout à fait s'avérer fondées. Le silence total qui s'était instauré durant une longue semaine lui avait semblé suspect. Pourtant, Tania avait cru comprendre lors de la dernière nuit passée avec son amant, que celui-ci avait cessé toute relation avec Annick, dans le seul but de se consacrer entièrement à leur nouvel amour. Au fur et à mesure de la semaine, elle avait dû se résoudre à admettre l'éventualité d'avoir été volontairement délaissée par Bastien. Et seule, la raison de ce brusque revirement de comportement lui échappait encore. C'est pourquoi, elle décida d'écouter son amant sans l'interrompre, afin de connaître les motifs qu'il n'avait pas été capable de lui exposer au téléphone.

– Je t'écoute.

– Je vais être franc, commença Bastien. Et pour te prouver mon entière confiance, je vais te révéler un secret. Es-tu prête à m'écouter ? demanda-t-il en la fixant droit dans les yeux pour lui prouver sa sincérité.

– Oui, je t'écoute, Bastien.

– Voilà, cette semaine, j'ai rencontré une jeune fille dont je suis tombé profondément amoureux et pour tout te dire, elle ne connaît absolument pas les sentiments qu'elle m'inspire. Nous ne sommes pas amants et je ne lui ai pas encore parlé. Elle ignore donc totalement mon amour pour elle. Pour autant, et pardonne-moi si je te fais un peu de peine, j'ai décidé de m'investir totalement dans cette relation, encore innocente pour l'instant. Pour ce faire, il me faut absolument renoncer à m'éparpiller et à me laisser porter par la volonté des femmes, comme j'ai eu tendance à le faire jusqu'à présent. Et même s'il m'en coûte nos rencontres et si je m'expose au risque de me retrouver seul pour une longue période, je ne regretterai pas mon choix.

– Tu as l'air d'être vraiment amoureux, remarqua Tania horriblement déçue et son cœur se serra.

Car, même si elle s'était plus ou moins attendue à entendre une mauvaise nouvelle, elle n'avait par contre, pas du tout était préparée à être considérée par Bastien comme une confidente. Elle attribua son aveu à un manque évident de tact et de délicatesse. Manifestement en agissant ainsi, Bastien était parti du principe que Tania n'était pas vraiment amoureuse de lui et là, résidait son erreur. Et comme s'il voulait la blesser davantage, il ajouta, se montrant plus cruel encore :

– À présent, je vais te confier un autre secret, bien plus important encore. Celle qui fait battre mon cœur est une de tes connaissances et pour te prouver plus encore que tu es ma seule véritable amie, j'ai décidé de te révéler son nom. Promets-moi simplement, et cela me suffira, de n'en rien dire à personne.

– C'est promis, se contenta de répondre Tania, à présent curieuse de connaître le prénom de l'heureuse élue, car elle n'en avait pas la moindre idée.

– La jeune femme qui bientôt m'aimera comme je l'attends, avec passion et fébrilité, répond au doux prénom d'Elise, murmura Bastien.

À présent, la musique résonnait dans la tête de Tania, augmentant sa confusion.

– Auclert ?

– Elise Auclert, c'est bien ça, répéta Bastien d'un air rêveur.

Tania n'en pouvait plus d'être oppressée et la surprise ajoutée à la déception la firent se lever d'un seul bond.

– Je dois partir maintenant, dit-elle tout bas puis, sans regarder Bastien, elle quitta aussitôt *La Nuit Blanche*.

Bastien était satisfait malgré le départ un peu brutal de son amie. Pour la première fois depuis bien longtemps, il se sentait enfin revivre et avait des projets à revendre. Comme il n'avait plus rien à faire à *La Nuit Blanche,* il quitta à son tour la boîte de nuit où il avait passé d'agréables moments. Ceux-ci resteraient de bons souvenirs et rien de plus. L'époque où il errait seul dans les établissements de nuit, était révolue. Bastien pensa avec une certaine pitié pour lui-même, à tous les pubs londoniens témoins de sa détresse, où il avait passé ses soirées à se demander pourquoi il ne parvenait pas à être totalement heureux. Ce soir, il connaissait enfin la réponse. L'amour est toujours là où on ne l'attend pas.

20

Après avoir vérifié les bordereaux de remises de chèques et d'espèces, replié quelques vêtements et laissé la boutique en ordre pour le retour de Tania le lundi suivant, Jeanne referma la porte à double tour et traversa la rue pour entrer à *L'Oh! à la bouche.* Aurélia, Valentin et Tania s'affairaient ensemble dans la boulangerie à servir les clients ou à disposer la dernière fournée de baguettes dans les paniers. Jeanne appréciait toujours de passer un moment à discuter avec Aurélia et n'oubliait jamais de venir dire au revoir avant de repartir pour Grasse. La dernière cliente sortie, Aurélia fit le tour du comptoir pour déposer deux baisers sonores sur les joues de sa visiteuse en s'exclamant :

– Jeanne, enfin ! J'ai voulu passer tous les jours au *Vent de la Mode*, mais je n'ai pas eu une minute à moi.

– Bonjour, Madame Colin, dirent en chœur Valentin et Tania.

Autant Valentin n'appréciait pas du tout Annick Auclert, autant il était toujours heureux de voir sa mère. Affable et tournée vers autrui, son ouverture d'esprit favorisait l'échange, contrairement à sa fille dont le seul souci était de se préoccuper de sa petite personne.

– Vous avez une petite mine, fit remarquer Jeanne en tendant le trousseau de clés de la boutique, à Tania.

– Oui, je la trouve bien pâle, renchérit Aurélia.

– Et un peu triste aussi, ajouta Valentin en caressant les cheveux de la jeune fille.

– Êtes-vous malade, Tania ? s'enquit Jeanne.

Tania avait refoulé ses larmes toute la journée et elle ne put se retenir plus longtemps. Elle se mordit les lèvres jusqu'au sang mais laissa échapper un sanglot.

– J'en étais sûre, geignit Aurélia, tu dois couver quelque chose. Heureusement, tu n'as pas de fièvre, constata-t-elle après avoir touché le front de sa fille.

– Veux-tu que je te raccompagne chez toi ? proposa Valentin, un peu inquiet.

– Non, ça va aller, merci. Ce n'est rien, répondit la jeune femme en se reprenant un peu.

– Je vais vous laisser à présent, proposa Jeanne. Je suis un peu fatiguée et je dois encore passer à l'hôtel chercher ma valise à la réception. Mon car part dans moins d'une heure.

– Déjà ? Mais on n'a même pas eu le temps de discuter ! Quel dommage !

– Je vous appellerai, Aurélia. Tania, reposez-vous et si vous ne pouvez pas ouvrir la boutique lundi, ne vous en faites pas. Il vous suffira de prévenir, ma fille, voilà tout. À bientôt, Valentin.

Tous trois raccompagnèrent Jeanne jusqu'à la porte de la boulangerie.

– Maintenant que nous sommes entre nous, dit Aurélia, tu peux parler si tu le souhaites. Je ferme, il est l'heure, ajouta-t-elle pour inciter sa fille à se confier.

– Je t'en prie, dit Valentin.

Tania se mit alors à raconter sa rencontre de la veille avec Bastien à *La Nuit Blanche,* ses espoirs déçus et les raisons de sa rupture avec celui-ci. C'est ainsi qu'Aurélia apprit l'ancienne liaison d'Annick Auclert et la nouvelle passion de Bastien pour Elise.

– C'est aussi bien comme ça, fit remarquer Aurélia. Tu te trouvais dans une situation délicate vis-à-vis d'Annick et manifestement, Bastien n'a pas pris votre relation au sérieux. Crois-moi, il est préférable que tu restes à l'écart de toute cette histoire. Cela ne t'aurait rien apporté de bon, de toute façon. Annick aurait appris votre liaison un jour ou l'autre et elle t'en aurait voulu. Passe à autre chose, ma fille. Tu es bien trop jeune pour te compliquer la vie ainsi.

Mignonne comme tu es, tu n'auras pas de mal à trouver un garçon de ton âge. Quelqu'un comme Valentin, ajouta Aurélia en toute innocence.

– Le secret de Bastien doit rester entre nous, précisa Tania. Elise ne sait même pas qu'il est amoureux d'elle et Annick ne doit jamais l'apprendre. Elle serait folle de rage.

– C'est évident, rétorqua Aurélia. Cependant, cette femme ne pourra pas continuer éternellement à dicter sa loi à tout le monde. Il arrivera bien un moment où elle tombera sur plus fort qu'elle.

– J'aimerais être là pour le voir, fit remarquer Valentin tout en terminant de s'habiller pour partir. Tania, dit-il, je tiens absolument à te ramener chez toi.

– Finalement, je veux bien, répondit la jeune femme un peu gênée de s'être laissé submerger par ses émotions.

– Oui, c'est ça, partez maintenant, répliqua Aurélia. Et, passez un bon dimanche tous les deux. Ma chérie, je viendrai demain en soirée, pour prendre de tes nouvelles.

Arrivés chez Tania, les deux jeunes gens continuèrent à parler un peu avant de se quitter.

– Ça ira, Tania ?

– C'est plutôt à toi qu'il faut demander cela. Tu sais, je n'ai pas voulu te faire de peine. Mais j'ai préféré te prévenir moi-même des sentiments de ton frère pour Elise, répondit-elle.

– Tu as bien fait, Tania, et je t'en remercie. Même si j'en suis un peu surpris, à la réflexion, je n'éprouve ni jalousie ni chagrin, je l'avoue.

– Serais-tu enfin guéri ? s'étonna Tania.

– Il faut le croire. Peut-être ai-je fini par renoncer sans en avoir vraiment conscience. Au fond, je n'ai pas de regrets particuliers. Depuis longtemps déjà, je me doutais que tout était fini entre Elise et moi. J'ai tourné la page, j'ignore quand, mais à l'évidence, je l'ai fait.

– Cela me rassure. S'accrocher à des rêves irréalisables ne sert à rien. Et je vais appliquer dès à présent les conseils de ma mère.

Puis soudain, Tania ayant brusquement retrouvé son entrain naturel se mit à rire à gorge déployée.

– Ai-je raté un épisode? demanda Valentin amusé.

– Non, ne t'inquiète pas, c'est nerveux. J'imaginais juste la tête de Madame Auclert lorsqu'elle apprendra que son amant est amoureux de sa fille.

– Possessive comme elle doit être, cela risque de faire pas mal d'étincelles, remarqua Valentin que cette perspective inquiétait plutôt. En tout cas, je plains son mari. Le pauvre, s'il savait à quel point sa femme se moque de lui, il serait bien étonné. Mais oublions cela. Après tout, ce n'est pas notre problème. Je dois rentrer à présent, n'hésite pas à m'appeler si tu as besoin de parler. Un petit bisou?

Et sans attendre la réponse, Valentin prit son amie dans ses bras et l'embrassa sur le coin des lèvres.

Tandis qu'il se hâtait de rentrer chez lui pour passer un moment dans l'atelier avec sa mère avant l'heure du dîner, Valentin se sentait enfin délivré de l'emprise d'Elise. La révélation de Tania ne lui avait fait ni chaud ni froid et si on lui avait dit qu'il aurait été capable d'une telle réaction ne serait-ce qu'un mois en arrière, il en aurait certainement été outré. Pourtant, il devait bien se rendre à l'évidence, Elise avait cessé de lui faire battre le cœur et la quasi-certitude de l'avoir perdue à jamais, ne parvenait pas à l'attrister. Mieux, il se sentait progressivement renaître et comptait mettre à profit ce regain d'intérêt pour la vie, afin de se concentrer sur la création de nouvelles toiles. Valentin sentait son inspiration revenir avec plus d'acuité que jamais et il devait sans plus tarder se lancer dans la réalisation d'œuvres existant déjà dans son esprit. Comme si, soudain sorti d'une longue convalescence, il lui fallait à tout prix rattraper le temps perdu et laisser éclater sa fougue et sa joie de vivre, un matin brusquement refoulée, sous l'effet d'une cruelle déception. Lorsqu'il rentra chez lui, Valentin se rendit directement à l'atelier où il trouva sa mère occupée à installer une branche d'orchidées sur un tissu de satin rouge.

– Vois-tu, Valentin, dit Nicole sans se retourner, je vais priver ces fleurs d'eau, pendant encore un moment. Puis, juste lorsqu'elles commenceront à se flétrir, je pourrai commencer à les immortaliser.

– Et ensuite, que feras-tu ?

– Je les mettrai dans un vase et je continuerai à les peindre. Elles dégageront alors une sorte de fragilité qui leur procurera une grâce dont je les aurais privées, si j'avais choisi de les représenter éclatantes de vie. Cherche d'abord la fragilité en tout être et en toute chose, mon fils, et tu parviendras à saisir l'essence même des émotions que tu souhaites exprimer.

Sans répondre, Valentin s'installa devant son chevalet, saisit un pinceau et se laissa guider par son inspiration.

TROISIÈME PARTIE

1

Dès que Philippe et les enfants eurent refermé la porte derrière eux, Annick rejeta les draps, se leva prestement et se rendit dans la salle de bains pour prendre sa douche. Maintenant que sa mère était enfin retournée chez elle, Annick avait décidé de se rendre à la boutique et de s'en occuper elle-même. La scène de jalousie de Philippe et la fugue de Marie avaient instauré un climat de tension dans la maison et elle ressentait le besoin de prendre l'air en quittant au plus vite cet endroit où elle se sentait mise à l'écart. Pendant toute une semaine, elle avait tourné et retourné cent fois la situation dans son esprit, afin d'arriver à une conclusion acceptable pour continuer à vivre. Elle devait reprendre sa vie là où elle l'avait laissée, en faisant abstraction de l'attitude d'une famille lui tournant poliment le dos. Ce matin, Annick retrouvait ses habitudes en apportant un soin tout particulier à sa toilette et à son apparence pour essayer de reprendre confiance en elle, après de longs jours passés à errer dans une totale confusion. Lorsqu'elle entra au *Vent de la Mode*, Tania fut fort étonnée de la voir mais elle réprima sa surprise.

– Bonjour, Madame Auclert, comment allez-vous ? demanda-t-elle en s'efforçant de se montrer aimable.

– Parfaitement bien, merci. Et toi, as-tu passé de bonnes vacances ? s'enquit Annick laquelle se moquait éperdument de la réponse.

– Oui, j'ai passé la plupart de mon temps à aider maman à la boulangerie.

– Et bien désormais, tu pourras en passer plus encore, répondit Annick tout en ôtant sa veste et en prenant machinalement la pile de courrier déposée sur le comptoir.

– Pourquoi ça ? demanda Tania, ne comprenant pas le sens de cette réplique.

– Ma petite Tania, commença Annick d'un air condescendant, il est évident que nous n'avons pas suffisamment de clients pour nous occuper toutes les deux. Par conséquent, je ne vais pas pouvoir te garder avec moi.

– Mais…

– Tania, sois logique. Depuis des mois, nous passons nos journées à attendre de la visite. Je n'ai plus les moyens de te verser un salaire, avec le chiffre d'affaires de la boutique.

– Peut-être est-ce provisoire ?

– Tu conviendras avec moi, la totale inutilité d'être à deux. Je suis sûre de pouvoir très bien m'en sortir toute seule.

– Et si je travaillais à temps partiel en attendant la saison ? Je pourrais prendre une partie de mes congés en même temps.

– N'insiste pas, Tania. Tu n'y crois pas toi-même. De toutes les manières, j'ai pris ma décision et n'y reviendrai pas. Tu recevras une lettre recommandée très bientôt te signifiant ton licenciement.

– Quand ? demanda Tania, catastrophée.

– Dans la semaine, le temps pour moi de la rédiger. J'ai l'intention de t'accorder un mois de préavis.

– Vous n'avez pas d'autre choix. Ce préavis figure dans mon contrat de travail et par conséquent, il est obligatoire.

– Oui et tu le passeras ici, à travailler. Ne prends pas cet air paniqué, Tania. Je t'en prie, tu devais bien te douter que ce jour arriverait.

– Non, car même, si tout comme vous, j'ai effectivement constaté un ralentissement de l'activité, jamais cependant, il ne m'est venu à l'esprit que vous finiriez pas me mettre à la porte. Je reconnais bien là votre manque chronique de sensibilité, se mit presque à crier la jeune fille.

À présent, elle n'avait plus rien à perdre et cette réalité l'incita à développer sa pensée plus avant.

– Oui, vous vous moquez bien de faire du mal aux gens, seule votre petite personne revêt de l'importance à vos yeux.

– Tania ! Enfin ! Je ne te permets pas de me traiter de la sorte. Entends-tu ?

– Vous croyez que je vais me gêner ? À quoi vous attendiez-vous ? Je devrais peut-être vous remercier ? Vous n'avez aucune compassion pour les autres. Vous vous servez des gens lorsque vous en avez besoin et ensuite, Adieu !

Tania était dans tous ses états et laissait éclater son ressentiment sans aucune retenue.

– Attention, Tania. Tu vas trop loin. Tu dépasses les bornes et je n'ai pas l'intention d'en entendre davantage.

– Que cela vous plaise ou non, j'ai deux ou trois mots à vous dire.

– C'est déjà fait, il me semble, répondit sèchement Annick totalement dépassée par la violente réaction de sa vendeuse.

– Comme toujours, vous croyez tout savoir. Mais cependant, vous en êtes loin, très loin même, reprit Tania de plus belle.

– Mais de quoi parles-tu à la fin ? Vas-tu m'expliquer tes insinuations ?

– Avec plaisir, Madame Auclert, lança-t-elle en détachant soigneusement chaque syllabe. Vous me croyez peut-être aveugle, commença-t-elle et vous pensez pouvoir faire n'importe quoi sans que personne n'en sache…

– Explique-toi clairement. Cette comédie a assez duré, exigea Annick sentant les événements lui échapper totalement.

– Je vous parle de Bastien Deville, Madame Auclert. Ce nom vous dit-il quelque chose ? Vous savez bien, faites un effort, Bastien… votre ex-amant.

– Quel toupet ! De quoi te mêles-tu ?

– De ce qui me regarde, justement. Ou plus exactement, me regardait. Et je vous parle aussi de la façon dont vous avez osé ridiculiser votre mari pendant le vernissage de Nicole Deville. Vous n'avez pas cessé un seul instant de dévorer Bastien des yeux alors qu'il était mon amant.

– Répète ce que tu viens de dire, petite impertinente.

– Parfaitement, la jeune maîtresse dont vous cherchiez à connaître le nom, est devant vous. Me croyez-vous assez idiote pour ne pas avoir compris le sens de vos interrogatoires ?

– Mais c'est impossible !

– J'ai mieux à vous dire encore. Bastien et moi avons rompu.

– Ah ! bon ?

– Non, ne vous réjouissez pas. Il est amoureux comme jamais il ne l'a été jusqu'à présent et vous ne pouvez strictement rien y faire.

– Qui est-ce ? demanda Annick, en serrant les poings.

– Ne comptez pas sur moi pour vous le dire.

– Tu te vantes, Tania. À mon avis, tu ignores son nom, toi aussi.

– Détrompez-vous. Je sais parfaitement de qui il s'agit et vous finirez forcément par le savoir, à votre tour.

Tania laissa éclater un rire moqueur, lequel eut le don d'énerver encore un peu plus Annick.

– Ah oui ! Comme j'aimerais voir votre tête ce jour-là, ajouta-t-elle en se tenant l'estomac en proie à un fou rire nerveux.

– Dehors ! Tu m'entends ? Sors d'ici immédiatement et ne t'avise pas de revenir ! Jamais je ne t'aurais cru capable d'une telle méchanceté.

– Non, c'est trop facile, rétorqua Tania tout en rassemblant ses affaires. Vous rejetez la faute sur les autres, comme à votre habitude, alors que vous êtes entièrement responsable. Vous n'aviez pas l'intention de me garder et vous le saviez pertinemment. Au lieu d'avoir la franchise de me le dire tout de suite afin de me permettre de trouver autre chose, vous vous taisez. C'était en effet, plus facile de me souhaiter de bonnes vacances, ainsi vous avez gagné une semaine. Et c'est moi qui vous déçois ? Ça alors !

– Et toi, petite sournoise, tu profites de ta jeunesse pour séduire un homme en sachant pertinemment qu'il est déjà pris.

– Pris, dites-vous, par qui ? Par vous ? Vous êtes mariée, l'auriez-vous oublié ?

– Je t'ai demandé de partir, sors d'ici. Quel culot !

– Oui, je pars et j'en suis heureuse. Je n'en pouvais plus de rester ici, à ne rien faire et ne comptez pas sur moi pour revenir. Je me moque de votre préavis.

– Tu n'as pas le choix et tu le feras. M'entends-tu ?

À présent, Annick tremblait de tous ses membres et la colère crispait son visage.

– Je saurai bien quoi faire, si vous m'y obligez.

– Me menacerais-tu ? demanda Annick en avançant de quelques pas vers Tania.

– À vous de voir comment vous devez le prendre, jeta la jeune femme.

Puis, elle sortit révoltée et plus écœurée encore.

Annick se laissa tomber sur la chaise complètement anéantie et se demanda pourquoi le sort s'acharnait ainsi, sur elle. Après la rupture de Bastien et la scène de son mari, elle n'avait vraiment pas besoin que Tania s'en mêle à son tour. Alors, elle scruta son visage dans la psyché pour essayer de trouver un début de réponse mais seul son regard affligé lui répondit.

2

Cela faisait déjà presque trois jours que Bastien laissait message sur message, sur le portable d'Elise en lui demandant de le contacter, mais sans succès. Et depuis son arrivée au *Cash Minute*, il ne cessait de s'agiter et de tourner en rond sans parvenir à trouver une solution pour obtenir le rendez-vous tant espéré. Après avoir fait le tour du plateau comme tous les matins, pour saluer les employés et planifier sa journée de travail avec Hubert, Bastien se retrouva désemparé face à la difficulté de joindre sa bien-aimée. Il parcourut les dossiers urgents sans en prendre totalement connaissance, incapable de se concentrer sur des problèmes lui paraissant accessoires, comparés à celui qui le confrontait au silence obstiné d'Elise. Après avoir rempli une de ses obligations morales en rompant avec Tania, il avait espéré rencontrer Elise durant le week-end, pour être en mesure de lui avouer son ancienne liaison avec Annick. Car, pensait-il, tant qu'il n'aurait pas surmonté cette épreuve, il ne serait pas en mesure de se déclarer et encore moins d'envisager de commencer une nouvelle vie dans laquelle il avait décidé de se lancer à corps perdu. Et ce contretemps le contrariait un peu plus au fur et à mesure de ses inutiles appels. Même s'il ne parvenait pas à expliquer le brusque départ d'Elise l'autre soir, Bastien s'étonnait du mutisme de la jeune femme laquelle s'obstinait à ignorer ses appels. Elle pouvait apprendre à tout moment sa liaison avec Annick par une personne peu scrupuleuse et cette hantise le mettait mal à l'aise. Bastien avait décidé de se donner tout entier à Elise, en lui dévoilant son passé et en lui révélant ses expériences même les plus intimes, afin de devenir celui dans lequel elle pourrait avoir une totale confiance. C'était pour lui, la seule et unique façon de prouver la pureté et l'authenticité de ses sentiments.

Bastien sentait du plus profond de son âme, cette rencontre comme un signe du destin pour lui indiquer le point de départ de ce qui serait probablement le véritable amour de sa vie. Et, il était bien résolu à ne pas laisser cette chance lui échapper et à tout mettre en œuvre pour faire d'Elise une femme épanouie et comblée de l'avoir rencontré. Il en était là de ses réflexions, lorsque Hubert fit irruption dans le bureau.

– Bastien, j'ai ici le tableau récapitulatif des appels de la semaine, heure par heure et le détail de leur prise en charge, dit Hubert en installant le transparent sur le rétroprojecteur et en éteignant la lumière. Regarde en bas, tu as l'historique des deux derniers mois. Tu peux constater une très nette amélioration du taux de décroché et de la rapidité de la prise en charge des appels.

– Effectivement, on baisse presque de trois points sur les appels abandonnés, constata Bastien tout en serrant nerveusement son stylo.

– Et là, regarde. On arrive quasiment à quatre-vingts pour cent de prise d'appels dans les vingt premières secondes. Tu avais raison. Depuis que nous avons concentré les intérimaires sur les heures de pointe, ça va nettement mieux, rétorqua Hubert d'un air satisfait.

– Je vais voir si nous pouvons encore améliorer les statistiques en renforçant nos équipes. Nous reste-t-il du budget ?

– Oui, tu peux te permettre de prendre quatre personnes supplémentaires, si tu le souhaites.

– Qu'en penses-tu ?

– Il ne faut pas hésiter. Prévois déjà des contrats de deux mois renouvelables et avise, ensuite. On refera un point lundi prochain.

– Très bien, agissons ainsi.

– Je te laisse, j'ai une réunion, à plus tard.

– Entendu, Hubert. On se verra plus tard.

Avant que Bastien ait terminé sa phrase, son collègue était déjà ressorti du bureau.

Tandis qu'il cherchait le numéro de téléphone de la société d'intérim pour obtenir une dizaine de candidatures, Bastien repensa à la description d'Elise concernant Madame Marchand et à sa difficulté à travailler en bonne intelligence avec une femme méchante et autoritaire. Au lieu d'en être contrarié, il se mit à sourire en pensant au soulagement de la jeune femme lorsqu'il lui proposerait de venir travailler au *Cash Minute*. Bastien était convaincu des compétences d'Elise en matière de relation avec la clientèle et de résolutions de petits litiges, car il croyait se souvenir que son poste consistait à traiter des demandes d'indemnisation et au fond, pensa-t-il, accorder des crédits en fonction de la solvabilité des clients ne représentait pas une fonction très différente. Au moins ici, il serait en mesure de veiller au bien-être d'Elise et celle-ci aurait la possibilité de s'organiser à sa guise, sans avoir à se justifier constamment. Cette perspective de sentir Elise tout près de lui et de pouvoir lui adresser quelques mots quand bon lui semblerait, ravit Bastien et il en fut heureux et comblé, comme si l'affaire était conclue. Il décida donc de laisser son deuxième message de la matinée. Il écouta tranquillement la phrase d'accueil qu'il commençait à connaître par cœur, puis se lança :

– Oui, Elise… c'est à nouveau Bastien. Rappelle-moi au plus vite, s'il te plaît. J'ai une surprise pour toi, elle te plaira, j'en suis sûr.

Bastien raccrocha un peu déçu car une fois encore, il trouva son message pitoyable.

Pour la deuxième fois en une heure, le portable d'Elise venait de vibrer sur son bureau et celle-ci avait volontairement laissé le répondeur s'enclencher. Elle attendit quelques instants, puis décida de prendre connaissance du message. Elle défia Madame Marchand du regard pour la dissuader de faire ses réflexions habituelles concernant les appels personnels. Comme elle s'y attendait, Elise entendit la voix de Bastien lui demandant de le contacter mais à la différence des autres messages, elle fut intriguée par sa promesse de surprise. Après avoir fini d'écouter la voix sensuelle et chaude de celui qui ne désarmait pas, elle en conclut à une invitation à dîner. « S'il croyait obtenir ses faveurs aussi facilement que sa mère lui avait accordé les siennes, il commettait une grossière erreur », pensa-t-elle. Ainsi, il ne lui avait pas suffi d'avoir une relation avec Annick, maintenant il envisageait de séduire sa fille. Quel genre d'homme était donc Bastien pour agir de la sorte ? Décidément, son comportement l'intriguait et Elise refusant absolument d'admettre son irrésistible envie de le revoir, s'arrangea avec elle-même en décidant d'accepter son invitation, mais dans le seul but de démasquer son dessein. Pour cela, elle n'envisagea pas un seul instant de rappeler Bastien mais plutôt d'attendre tranquillement les appels suivants et de répondre seulement quand elle en aurait envie. Elise regarda donc son portable vibrer encore trois fois durant la journée mais ne prit pas connaissance des messages, préférant remettre ce plaisir à plus tard, lorsqu'elle serait seule. Et quand Madame Marchand tordit son visage ingrat pour amorcer une imitation de sourire, la jeune femme comprit la méprise de sa justicière. Cette dernière pensait sûrement qu'Elise s'était soumise à une de ses lois, en lui obéissant. « Décidément les tyrans ne renoncent jamais », pensa-t-elle.

Bastien rentra chez lui un peu dépité de constater le silence grandissant d'Elise. Il choisit donc soigneusement un morceau de musique classique dans lequel il se laissa bercer et ses rêves furent peuplés d'anges et de démons dansant au rythme de ses espoirs et de ses doutes, comme s'il allait en jaillir quelque morale susceptible de le guider sur la voie promise et de l'emporter dans un tourbillon de lumière. Lorsqu'il s'éveilla, la nuit était déjà avancée, et ses membres endoloris lui rappelèrent le vide de l'absence et la lourdeur de sa vie pour laquelle il ne parvenait pas à trouver une issue salvatrice. Meurtri, il gagna son lit et s'y allongea pour connaître la suite d'une histoire d'amour totalement irrationnelle.

3

Nicole profita de la journée de congé de Valentin et de la présence de son mari pour leur soumettre la proposition de son ami Arnaud d'Estegnac. Elle servit le dessert préféré de ses deux hommes et décida d'aborder le sujet.

– Arnaud d'Estegnac m'a fait une offre très intéressante au cours de mon dîner avec lui, commença-t-elle prudemment.

– Te concernant, maman ? s'enquit Valentin, tout en se délectant de la tarte aux pommes caramélisées.

– Non, pas tout de suite. Il a d'abord été question de ton avenir.

– Au fait, qu'en est-il de l'exposition de notre fils ? demanda Armand.

– Justement, Valentin a rencontré un succès inespéré pour une première présentation de ses œuvres. Arnaud envisage de lui demander de venir vivre avec lui à Zurich pour s'occuper sérieusement de sa carrière.

– Valentin n'est pas un peintre confirmé, fit remarquer Armand. Il fait ça en dilettante, pas comme toi.

– C'est vrai, maman ? Tu crois sérieusement que je pourrais en faire mon métier ? demanda Valentin en abandonnant brusquement sa part de tarte.

– Soyez gentils. Écoutez-moi tous les deux et je vais tout vous raconter par le détail.

Devant la curiosité éveillée du père et du fils, Nicole rapporta le plus minutieusement possible sa conversation avec Arnaud au sujet de Valentin sans évidemment parler de la façon de raisonner de son fils et de ses doutes quant à ses capacités à saisir sa chance tout de suite, sans se poser mille questions stériles.

– C'est tout simplement formidable ! s'exclama Armand avec un enthousiasme que Nicole ne lui connaissait plus.

– Valentin, tu n'as rien dit, fit remarquer sa mère, donne-nous ton avis.

– Je suis étonné. Jamais, je n'aurais espéré pouvoir vendre une de mes toiles à un tel prix et pas une seconde, je n'ai rêvé qu'Arnaud puisse me faire une telle proposition.

– Justement, réfléchis bien et tâche de prendre la bonne décision. Une telle occasion risque de ne pas se représenter de sitôt.

– Ta mère a raison, insista Armand. Tu as la chance d'avoir trouvé quelqu'un prêt à t'épauler et à te guider. La seule et unique question à te poser est de savoir si tu es assez motivé pour quitter ton emploi et partir vivre à l'étranger. Pour le reste, visiblement tu n'auras aucun souci à te faire.

– Je ne sais pas trop quoi dire pour l'instant. Je suis tenté mais je dois y réfléchir à tête reposée, répondit Valentin tout en reprenant sa fourchette. Crois-tu qu'Arnaud peut attendre un peu ? demanda-t-il soudain inquiet.

– Évidemment, mon fils. Même si cela constitue une formidable opportunité pour toi, Arnaud a parfaitement conscience de l'enjeu d'une proposition comme celle-ci. Tu dois peser le pour et le contre avant de faire connaître ta décision laquelle ne peut pas être prise à la légère. Ne t'en fais pas pour ça.

– A-t-il également des projets pour toi ? demanda Armand car la mystérieuse phrase de Nicole l'intriguait.

– Oui, il a l'intention d'exposer mes toiles déjà présentées dans la galerie *Les Pinceaux Éternels*, dans quelques grandes villes.

– J'en suis heureux pour toi. Autre chose, peut-être ?

– En effet, dit Nicole, se tenant soudain sur ses gardes. Arnaud m'a proposé d'accompagner Valentin à Zurich. Ainsi, notre fils se sentira moins seul. Car quitter la maison lui fera sûrement un changement de vie radical et il risque de se retrouver un peu désorienté.

– Maman ! Je ne suis plus un petit garçon, je peux très bien me rendre en Suisse tout seul.

Et croisant le regard de sa mère, il réalisa qu'il avait parlé trop vite.

– Mais si ça ne te dérange pas de venir avec moi, ça me fera plaisir, ajouta-t-il vivement, pour essayer de rattraper sa maladresse.

– Qu'en penses-tu ? demanda Nicole à son mari lequel n'avait pas dit un seul mot à ce sujet.

– Si tu souhaites accompagner Valentin, je n'y trouve aucun inconvénient. D'ailleurs, je ne vois pas très bien pourquoi, je m'opposerais à ta volonté. De plus, tu ne seras pas absente plusieurs mois, je suppose.

– Naturellement. Ce serait pour trois ou quatre semaines maximum. Je n'aime pas quitter la maison trop longtemps, tu le sais bien.

– En ce cas, c'est entendu.

– Même si je décidais d'accepter d'aller à Zurich, je ne pourrais pas quitter *L'Oh ! à la bouche* du jour au lendemain, fit remarquer Valentin car il suivait sa propre idée. La mère de Tania serait vraiment trop ennuyée et je ne veux pas la mettre dans l'embarras. Cette femme est si gentille, ce ne serait pas convenable, continua-t-il.

Tous trois s'attardèrent à discuter longuement de l'éventuel départ de Valentin et de sa mère pour la Suisse puis, estimant avoir épuisé le sujet au moins pour la soirée, Valentin se retira dans sa chambre pour la nuit. Contre toute attente, Armand qui avait l'habitude de ne jamais prendre la parole le premier, ouvrit son cœur à sa femme.

– Viens t'asseoir un moment près de moi, invita-t-il en s'installant lui-même dans le divan. Tout d'abord, je voudrais te dire comme je regrette de n'avoir pas su comprendre notre cadet et de m'être obstiné pour qu'il fasse des études. Aujourd'hui, je réalise combien j'ai été aveugle et je suis heureux que tu l'aies encouragé à passer outre et à s'affirmer dans la seule activité propice à son épanouissement. Et comprends-moi bien, Nicole, je dis cela sans rapport aucun avec la proposition d'Arnaud d'Estegnac. Je viens seulement d'admettre la réalité. Valentin est différent de Bastien et son bonheur passe par une activité dans le domaine artistique. Je le trouve particulièrement bien en ce moment et sans doute est-ce dû à la réussite de sa première exposition.

– Je suis vraiment contente de t'entendre parler ainsi, répondit Nicole laquelle n'en croyait pas ses oreilles. Cependant, tu pourrais si tu le voulais, me faire plus plaisir encore.

– De quelle façon ? demanda Armand, particulièrement disposé à écouter les remarques de sa femme.

– En répétant à Valentin ce que tu viens de me dire. Car, s'il ne m'en parle pas de façon explicite, je sais pourtant qu'il lui arrive encore de souffrir de votre différend. Il lui suffirait d'un mot de ta part pour le rassurer et l'aider à trouver la sérénité.

– Tu as raison. Il est grand temps pour moi de faire la paix avec mon fils et de l'encourager à s'affirmer dans son art. J'ai envie de rester là à savourer un petit digestif en ta compagnie. Puis-je te servir quelque chose ?

– Avec plaisir, mais pas d'alcool trop fort, s'il te plaît. Je ne bois jamais mais je veux bien essayer, exceptionnellement.

Nicole se demandait quand Armand se déciderait à parler d'Arnaud. Car, elle en était certaine, son mari se posait des questions sur la nature exacte de ses relations avec son agent artistique.

– Parlons de toi à présent, proposa Armand en tendant un minuscule verre de liqueur à sa femme. Ton départ pour Zurich ne m'étonne pas et ne me pose aucun problème, s'il est provisoire. Pour te parler très franchement, j'ai longtemps pensé qu'un jour tu choisirais de me quitter pour aller vivre avec Arnaud. Écoute, s'il te plaît, ne m'interromps pas, pria-t-il gentiment, car Nicole s'apprêtait à lui répondre. Comme cela ne s'est pas produit, j'ai pensé que finalement, je m'étais inquiété pour rien et ensuite, j'ai cessé de me poser des questions, jusqu'à aujourd'hui.

– Quelles questions ?

– En réalité, une seule me suffirait pour pouvoir répondre à toutes les autres.

– Je t'écoute, Armand. Ma réponse sera la seule vérité, tu dois me faire confiance.

– Entendu. As-tu l'intention de me quitter pour Arnaud d'Estegnac ? demanda-t-il tout en retenant sa respiration.

– Absolument pas et sache qu'il n'en a jamais été question. J'ai fait mon choix lorsque j'étais encore une toute jeune fille. Je ne l'ai jamais regretté même si parfois, je dois bien te l'avouer, il m'est arrivé de ne pas comprendre ton attitude. Mais je suppose qu'il en a été de même pour toi et pour autant, tu n'es jamais parti. Je suis une personne fidèle, Monsieur Armand Deville. N'en doutez-pas.

– Pas moi, j'aime deux femmes, Nicole et Anaïs.

– Idiot, répliqua Nicole en riant.

4

Le lendemain matin, Valentin se réveilla heureux de vivre. Il entra dans la cuisine avec entrain et trouva sa mère occupée à disposer le petit-déjeuner sur la table.

– Valentin ! As-tu bien dormi ? demanda Nicole tout en versant le café brûlant.

– Merveilleusement, maman et ma décision est prise, j'accepte d'aller vivre à Zurich avec Arnaud.

– C'est ce que j'espérais. Mais, as-tu bien réfléchi ? Je ne voudrais pas que tu changes d'avis dans une semaine, s'inquiéta Nicole peu habituée à un tel enthousiasme de la part de son fils.

– Oui, maman. Si j'accepte si rapidement, c'est justement pour enfin aller de l'avant. Je suis guéri à présent.

Nicole ne comprit pas tout de suite le sens de cette phrase et insista :

– Réfléchis au moins une petite semaine, ta réponse n'est pas si urgente.

– Ma décision est prise, maman. Je n'ai plus rien à faire ici et m'accrocher à Elise ne servirait à rien. D'ailleurs, pour tout te dire, je n'en ai plus envie. Voir autre chose en changeant d'environnement va me faire du bien. Et puis, surtout, j'aimerais devenir comme toi. Je voudrais être un artiste reconnu.

– Décidément, nos vies prennent enfin un autre chemin et j'en suis heureuse, mon fils, dit Nicole en embrassant son cadet.

– Un autre chemin ? Que veux-tu dire exactement ?

– Ton père et moi avons parlé un peu en tête à tête hier soir et à présent, mes doutes se sont envolés.

– Ah ! oui ?

– Il t'aime profondément même s'il ne te le montre pas toujours. Il est fier de toi. De plus, il accepte de me laisser partir un peu à Zurich, sans penser pour autant que je souhaite le quitter.

– Alors, tout est parfait. J'ai cru qu'il ne me pardonnerait jamais de ne pas être à son image. Je suis même allé jusqu'à douter de son amour pour nous.

– Il n'en est rien. Pour changer de sujet, préviens la mère de Tania dès aujourd'hui de ton intention de partir et essaie de savoir combien de temps tu auras à attendre, pour pouvoir quitter *L'Oh! à la bouche.*

– Je m'occupe de cela, ce matin. Vas-tu appeler Arnaud aujourd'hui?

– Non, rien ne presse. Arrange-toi déjà avec ta patronne et nous verrons ensuite comment nous organiser.

– Je suis content, maman.

– Je n'en doute pas. Va à présent, tu vas te mettre en retard.

Lorsqu'il arriva à *L'Oh! à la bouche*, Valentin fut surpris de trouver Tania dans le laboratoire, affairée à disposer les plaques de cuisson pour le biscuit et il en conclut qu'elle ne se sentait pas assez bien pour travailler à la boutique.

– Bonjour, Tania. Tu restes un peu avec nous cette semaine? Comment te sens-tu?

– Salut, Valentin.

– Tu ne sembles pas être très en forme. Ne préfères-tu pas aller te reposer un peu? insista-t-il en revêtant sa blouse.

– Ce n'est pas ce que tu crois. Je suis allée au *Vent de la Mode* hier, mais Madame Auclert m'a mise à la porte.

– Comment ça? Vous êtes-vous disputées?

– Oui et cela m'a fait du bien de lui dire ses quatre vérités.

– Que s'est-il passé? Ce ne doit pas être si grave. Tu devrais y retourner car, la connaissant, je ne serais pas étonné qu'elle profite de la situation pour te signifier un abandon de poste, sauf si tu es en arrêt maladie, insista Valentin.

– Madame Auclert m'a licenciée car soi-disant, nous sommes trop de deux pour nous occuper du magasin. Et, c'est à ce moment-là que je me suis un peu énervée, mais je ne regrette rien.

Tania poursuivit en expliquant comment elles en étaient arrivées à parler de Bastien et de quelle manière Annick lui avait ordonné de sortir.

– Elle n'osera pas insister pour le préavis vu les circonstances, remarqua le jeune homme. Cela me conforte dans mon opinion, cette femme n'a aucun scrupule et se croit tout permis.

– Ah ! Vous êtes là, les enfants. Bonjour, Valentin, Tania t'a déjà tout raconté, je suppose.

– Oui, et finalement ce qui arrive n'est peut-être pas si mal. Tu n'aurais de toute façon pas pu rester éternellement avec Annick, dit Valentin à l'adresse de Tania.

– En attendant, je n'ai plus de travail.

– On s'arrangera, ma fille, ne t'en fais pas pour ça, dit gentiment Aurélia. Tu m'aideras un peu à servir. Avec le talent de Valentin les clients ne sont pas près de nous quitter. À la réflexion, ce n'est pas si catastrophique.

– Justement, hésita le jeune homme. J'avais une nouvelle à vous annoncer, mais là, elle tombe plutôt mal.

– De quoi s'agit-il ? demanda Aurélia, un peu inquiète.

– Nous en parlerons plus tard, si vous voulez.

– Non, Valentin. Nous préférons le savoir maintenant, insista-t-elle en associant sa fille à son souhait.

– Voilà, j'ai l'opportunité d'aller vivre à Zurich avec Monsieur d'Estegnac, l'agent artistique de ma mère, pour peindre dans un premier temps et peut-être exposer ensuite. De plus, je pourrai m'inscrire dans une école pour me perfectionner.

– C'est magnifique! Félicitations. Depuis quand le sais-tu, petit cachottier? demanda Aurélia, laquelle était persuadée que son employé avait prévu son départ de longue date.

– Depuis hier soir, seulement. Par contre, ma mère le savait depuis le jour où elle a dîné avec son agent. Ce n'est pas vieux, c'était la semaine dernière. De plus, elle envisage de m'accompagner durant quelques semaines.

– Comme tu dois être heureux! s'exclama Aurélia.

– Oui, effectivement. Mais cela veut dire aussi que je vais devoir vous quitter et ça m'ennuie de vous mettre dans l'embarras.

– Nous n'avons pas le droit de te retenir. Tu dois absolument saisir ta chance. Nous parviendrons bien à trouver un autre boulanger-pâtissier, même s'il n'a pas forcément ton talent.

– Vous me flattez, madame. Je vais vous aider à trouver quelqu'un de sérieux et capable de faire de l'excellente pâtisserie.

– Quand as-tu l'intention de partir? s'inquiéta soudain Tania.

– Pas avant d'être remplacé et de m'être assuré que la personne vous convient. Si vous le souhaitez, je resterai un peu avec votre nouvel employé, pour l'informer de l'organisation de ses journées.

– Bien, Valentin. Nous en reparlerons plus tard. Je te laisse avec ma fille, je dois aller servir les clients, à présent.

Les deux jeunes gens travaillèrent un moment en silence, chacun étant préoccupé par ses réflexions personnelles, puis, sans y avoir pensé un seul instant auparavant, Valentin fit part à Tania de l'idée venant juste de lui traverser l'esprit:

– Pourquoi ne viendrais-tu pas, toi aussi? proposa-t-il sans lever le nez de son travail.

– Venir où? demanda Tania, refusant de comprendre la proposition de son ami.

– À Zurich. Tu pourrais me rejoindre quand tu en aurais envie et t'installer chez Monsieur d'Estegnac. Il t'accueillerait avec plaisir, j'en suis certain. Tu sais, il possède un hôtel particulier et les chambres ne manquent pas.

– Tu n'y penses pas sérieusement, Valentin. Je n'ai pas vu cet homme plus de dix fois dans ma vie, jamais je ne me permettrai de m'imposer de la sorte. Puis, d'ailleurs, que ferais-je là-bas ? Je ne connais strictement rien en peinture.

– Qui te parle de peinture, Tania ? Non, tu pourrais trouver un emploi de vendeuse ou autre chose à ton goût, en étant bien mieux payée qu'ici, crois-moi. Qu'as-tu à perdre d'essayer ?

– Rien, sans doute. Simplement, tu me prends au dépourvu avec ta proposition.

– Excuse-moi, tu as raison, je m'emporte et si ta mère m'entendait, elle m'en voudrait sûrement.

– Je ne sais pas. Je n'ai jamais envisagé de quitter Cannes.

– Le mieux pour l'instant est de ne rien décider. Promets-moi simplement d'y penser, Tania. Quelle que soit ta décision, nous resterons toujours amis, tu le sais.

– Oui, j'en ai conscience.

– Bien, parlons d'autre chose à présent. Aimerais-tu aller au cinéma ce soir ? Cela te changerait les idées, tu en as bien besoin.

– Je ne crois pas être de bonne compagnie en ce moment car je suis un peu contrariée. Je préfère attendre quelques jours avant de sortir.

– Je ne t'oblige à rien, Tania.

– Valentin ?

– Oui ?

– As-tu renoncé définitivement à Elise ? Ou pars-tu pour mieux l'oublier ?

– Les deux, sans doute. J'ai envie et besoin de voir autre chose. Lutter contre Bastien ne m'intéresse pas. Je sais qu'Elise l'a aimé en secret car mon frère l'a toujours attirée. S'ils ont la possibilité d'être heureux, tant mieux pour eux. Elise m'aime comme un ami, rien de plus. Il est donc inutile que je reste là, à espérer en vain. Puis, j'ai très envie de peindre et je ne veux pas me priver de ce plaisir plus longtemps.

– Je vais aider ma mère à servir, déclara Tania en guise de réponse, avant de quitter la pièce.

5

Installée dans l'arrière-boutique, Annick ajusta soigneusement sa perruque aux cheveux bruns et raides. Coiffée ainsi, à la mode des années soixante-dix, avec une coupe au carré et une frange épaisse lui cachant presque tout le front, la femme qui avait décidé de se rendre sur le lieu de travail de son ex-amant, était méconnaissable. Annick avait revêtu un jean et un sweat-shirt et s'était chaussée avec une paire de tennis blancs. Dans un sac posé sur la table, se trouvaient les vêtements qu'il lui faudrait remettre avant de rentrer chez elle. Tout en effaçant quasiment toute trace de maquillage, Annick se demanda comment sa mère avait pu faire pour trouver les perruques soigneusement cachées derrière le canapé et s'inquiéta de savoir si elle avait systématiquement fouillé de la même manière, dans toutes ses affaires. Cette idée lui déplut fortement et elle regretta de ne pas avoir pensé à rassembler ses effets personnels pour les faire disparaître du *Vent de la Mode*, avant l'arrivée de Jeanne. Annick consulta sa montre et constata qu'elle devait se hâter si elle voulait arriver au *Cash Minute* avant le départ de Bastien. Dans moins d'une demi-heure, pensa-t-elle, Bastien quittera sa société pour rentrer chez lui et il me suffira alors de le suivre, pour connaître enfin son adresse. Annick ramassa ses sacs à la hâte, ferma la boutique et courut presque, pour aller chercher sa voiture garée près du marché. Il était dix-sept heures et les rues embouteillées lui faisaient redouter de ne pas arriver à temps. Annick manœuvra et se faufila, monta sur les trottoirs, pesta contre plusieurs automobilistes puis, arriva enfin Quai Saint-Pierre, après un bon quart d'heure d'efforts. Lorsqu'elle aperçut la plaque de la société, elle ne trouva pas la moindre place pour se garer et après avoir fait un demi-tour au beau milieu de la rue et à la dangerosité largement passible d'un retrait de plusieurs points sur son permis de conduire, elle se rangea en double file, moteur allumé, en priant pour que Bastien sorte immédiatement de l'immeuble. Moins de cinq minutes plus tard, après avoir essuyé quelques coups de klaxons rageurs et autant d'insultes, son vœu fut exaucé. L'homme de sa vie, vêtu d'un costume et portant une petite mallette, se dirigea vers un véhicule garé à vingt mètres de l'endroit où Annick était arrêtée. Lorsque Bastien arriva à sa hauteur, la maîtresse blessée détourna la tête de peur de se faire remarquer et, après avoir attendu quelques secondes, elle appuya sur l'accélérateur pour suivre le véhicule qui venait de déboîter. À cette heure de pointe, la circulation particulièrement dense obligea Annick à avancer par à-coups. Lorsque le feu passa enfin au vert, la conductrice en profita pour se laisser légèrement distancer, afin d'accomplir son acte peu glorieux, sans risquer d'être repérée. Après avoir tourné rue des Serbes, Bastien roula encore pendant une cinquantaine de mètres sans ôter son clignotant et Annick comprit alors qu'il n'allait pas tarder à se garer. Puis, juste devant elle, il emprunta un parking souterrain et disparut. Annick continua à rouler puis alla se garer deux rues plus loin.

Elle descendit de son véhicule et sans réfléchir plus avant, décida de se rendre à pied jusqu'à l'immeuble où Bastien semblait habiter. En passant devant une vitrine, Annick aperçut sa démarche. Son allure courbée lui donnait un air coupable et se trouvant ridicule, elle corrigea immédiatement son port de tête. En arrivant en bas de l'immeuble, elle constata un peu déçue que la porte d'entrée était fermée et dépourvue de toute sonnette. Elle choisit donc de faire le tour de l'immeuble et, revenue à son point de départ sans avoir trouver un autre moyen de s'introduire dans le hall, elle emprunta la pente menant vraisemblablement au parking collectif. Après avoir poussé une grille par simple acquit de conscience en pensant qu'elle était également verrouillée, Annick sourit en pénétrant prudemment dans un immense sous-sol, mal éclairé. Sans trop savoir ce qu'elle faisait là, l'intruse se mit à marcher le long des allées en tournant régulièrement la tête à droite et à gauche pour essayer de trouver la voiture de Bastien. Là encore, la chance lui sourit, car au milieu de la deuxième allée, Annick distingua la plaque minéralogique dont elle connaissait le numéro par cœur, pour l'avoir lu durant toute sa filature. Après avoir fait méticuleusement le tour du véhicule et collé son visage contre les vitres pour essayer de voir à l'intérieur, elle se trouva un peu désemparée et insatisfaite. Elle resta ainsi, un moment à ne savoir que faire. Puis, prise d'une soudaine idée, elle fouilla dans son sac à main et en sortit un canif, qu'elle déplia. Elle tenta de crocheter la serrure afin de fouiller dans la boîte à gants. Annick dut s'y reprendre à plusieurs reprises mais sans succès. La lame dérapa en éraflant le dessus de sa main, puis Annick se cassa un ongle et plus énervée que jamais face à son impuissance, elle jeta rageusement le canif, lequel tomba par terre avec un léger bruit de métal. Les traits de la brunette se durcirent tandis qu'elle se baissait pour ramasser la lame avant d'abandonner et de rentrer chez elle, vaincue. Lorsqu'elle saisit le manche du canif, Annick se mit à rire du rire vulgaire et gras, qui la caractérisait si bien lorsqu'elle était hors d'elle, et d'un geste sûr et précis, la force décuplée par la haine, elle creva le pneu avant gauche. Sentant une montée d'adrénaline libératrice, Annick en proie à une rage sans précédent, fit subir le même sort aux trois autres pneus du véhicule de Bastien. Puis, elle rangea vivement l'arme du délit dans son sac, pivota sur elle-même et quitta le parking en courant, particulièrement satisfaite et fière.

Sur le chemin la ramenant à son véhicule, Annick exultait et si elle s'était laissé aller, elle se serait mise à hurler, tant elle se félicitait de son acte. Elle imaginait déjà la tête de Bastien le lendemain matin au moment de se rendre au *Cash Minute* lorsqu'il serait obligé de faire appel à une dépanneuse. Après tout, il n'avait rien d'autre que ce qu'il méritait et en attendant de pouvoir se venger comme il se devait, cette première victoire la comblait d'aise. Tandis qu'elle remontait le boulevard Carnot pour rentrer au Cannet, Annick repensa à la manière dont s'étaient déroulées ces quelques minutes dans le parking souterrain et elle se félicita de n'avoir rencontré personne. Suivre Bastien et endommager son véhicule s'était révélé extrêmement aisé et elle était persuadée que son ex-amant attribuerait ce désagrément à un acte de malveillance, commis par hasard. En effet, l'absence de gardien et de verrouillage de l'entrée du parking permettait à n'importe qui de s'introduire de jour comme de nuit et cette réalité empêcherait Bastien de la soupçonner une seule seconde.

– C'est bien fait pour toi, mon salaud, prononça-t-elle pour elle-même dans la voiture. Tu veux jouer au plus malin avec moi, mais tu as tort, Annick gagne toujours.

Après avoir terminé sa phrase, la brunette en jean et tennis laissa une fois encore, éclater son rire démoniaque et celui-ci résonna dans tout l'habitacle de la voiture à présent rangée à quelques centaines de mètres de son domicile. Après avoir repris le sac contenant ses vêtements de femme excentrique dans le coffre, Annick fit quelques pas et se changea à l'abri des regards indiscrets, adossée contre le mur d'une maison inhabitée, au fond d'une impasse totalement déserte. Puis, elle se coiffa et se maquilla en se regardant dans le miroir de courtoisie et satisfaite du résultat, décida de rentrer chez elle pour cuisiner un bon petit plat car elle mourait littéralement de faim.

Annick préparait le dîner depuis un moment quand, elle constata que ni Marie ni Philippe, n'étaient venus lui parler et elle en fut soulagée. Depuis le jour où Marie avait fugué, l'ambiance était plombée par le silence et la rancœur, mais Annick s'en moquait bien. Mieux encore, cette situation lui permettait de laisser son esprit vagabonder librement et lui évitait la corvée d'avoir à alimenter une conversation laquelle forcément, elle le savait, ne pourrait que l'importuner davantage.

6

Bastien enrageait. Il était huit heures moins dix et le service d'assistance dédié à la marque de son véhicule était totalement saturé. Pour la vingtième fois au moins, le portable collé à l'oreille, il écouta le message d'attente lui signifiant qu'un opérateur allait répondre dans quelques instants. Puis enfin, alors qu'il commençait à désespérer, une voix d'homme lui demanda de s'expliquer et après avoir noté tous les renseignements nécessaires, l'interlocuteur lui donna l'adresse du garage où son véhicule allait être remorqué, réparé et mis à disposition à partir de dix-sept heures. Satisfait de constater l'efficacité de la prise en charge de sa demande malgré une attente un peu trop longue à son goût, Bastien se rendit à pied et sans plus attendre, au *Cash Minute* car il était déjà très en retard. Tandis qu'il hâtait le pas, il se demanda pourquoi c'était justement son véhicule et pas un autre, dont les quatre pneus avaient été crevés, puis ne trouvant aucune réponse logique, il en conclut que seule la malchance pouvait expliquer ce fait. Après avoir chassé cette contrariété de son esprit, Bastien se remit une fois de plus à penser à Elise et à l'incapacité devant laquelle il se trouvait de lui parler au téléphone. Tous ses messages étaient restés vains et n'entrevoyant aucune explication, il commençait à s'inquiéter sérieusement et à envisager toutes sortes d'hypothèses en allant jusqu'à penser qu'il était arrivé quelque chose de fâcheux à sa bien-aimée mais sans avoir pour autant, la moindre idée de ce dont il pouvait s'agir. Il décida donc de laisser un ultime message en arrivant au bureau, et de faire en sorte d'agir différemment si celui-ci restait également infructueux.

À dix-sept heures, après une journée éprouvante par le nombre de réunions auxquelles il avait dû assister, et sans nouvelles d'Elise, Bastien se présenta à l'adresse notée sur son calepin pour reprendre possession de son véhicule. Il devait ensuite rendre une visite à sa famille. Le mécanicien ayant pris la voiture en charge, l'informa alors de la situation. Les pneus avaient été vraisemblablement crevés avec une lame assez longue mais étroite et étant donné la dimension de l'entaille, il avait été dans l'impossibilité de réparer et avait dû procéder purement et simplement au remplacement de ceux-ci par des pneus neufs. Devant le montant de la facture, Bastien demanda au mécanicien s'il recevait régulièrement dans son atelier des véhicules ayant subi le même sort. Après avoir répondu par la négative, le garagiste lui conseilla de porter plainte et de fournir le double du dépôt à son assurance en précisant toutefois, le peu de chances de retrouver le coupable. Contrarié durant quelques minutes, Bastien décida d'oublier cet incident pour se concentrer une nouvelle fois sur le souvenir du visage d'Elise.

Un peu plus tard, Armand entraîna son fils aîné dans l'atelier où Nicole et Valentin étaient occupés à classer des toiles.

– Nous avons de la visite, dit-il en pénétrant dans la pièce, tenant Bastien par le bras.

– Mon fils, ça nous fait plaisir de te voir, mais entre donc un instant, nous finissons de ranger un peu.

– Salut, lança Valentin, les bras chargés de châssis.

– Que deviennent mes artistes préférés ? Une autre exposition en vue ? demanda Bastien reconnaissant à peine l'atelier tant il était impeccablement rangé.

– Non, c'est encore mieux. Lorsque tu le sauras, tu n'en reviendras pas, déclara fièrement son frère, afin de ménager le suspense.

– Mieux qu'une exposition ? Je ne vois pas. Allez, dites-moi et cessez de faire des mystères. Je n'ai jamais été doué pour les devinettes et vous le savez, insista Bastien curieux d'en savoir plus.

– Vois-tu, mon fils, dit Armand cérémonieusement, il se trouve que ta mère et ton frère ont l'intention de me quitter et apparemment, ils en sont fiers.

– Et bien sûr, tu oublies de me dire l'essentiel, rétorqua Bastien lequel n'était pas dupe.

– Valentin, tu brûles d'envie d'annoncer la nouvelle à ton frère, intervint Nicole en se prenant au jeu. Donne-lui au moins un indice, poursuivit-elle.

– Zurich, lança Valentin.

– Zurich ? Je ne vois pas… non.

– Cela ne te dit rien ? insista le plus jeune.

– Vous avez gagné, je capitule.

– J'ai décidé d'aller vivre à Zurich chez Monsieur d'Estegnac. Je vais devenir un artiste peintre à part entière. Maman va m'accompagner et rester quelques semaines avec nous, annonça Valentin en cessant enfin de s'agiter.

– En effet, pour une nouvelle, cela en est une ! s'exclama Bastien. On peut dire que toi au moins, lorsque tu décides de faire quelque chose, tu ne le fais pas à moitié.

– Venez dans le salon, invita Armand. Nous t'attendions pour fêter cet événement, ajouta-t-il à l'adresse de Bastien. J'ai mis une bonne bouteille au frais et elle ne peut plus attendre.

Ils trinquèrent joyeusement installés dans la banquette du salon et tandis que Nicole parlait avec son mari, Bastien en profita pour demander discrètement à l'oreille de son frère :

– Pourrais-tu, s'il te plaît, m'accorder un instant en privé ?

– Attendons encore un peu et nous irons dans l'atelier, si tu veux.

– Entendu.

Les deux garçons continuèrent à discuter encore un peu avec leurs parents de la future carrière de Valentin puis, celui-ci profita d'un instant de silence.

– Je vais montrer nos toiles à Bastien, si tu veux bien, maman.

– Oui, allez-y mais ne dérangez pas tout.

– Avec le mal que j'ai eu pour faire de la place, cela ne risque pas d'arriver.

Lorsqu'ils furent seuls dans l'atelier, Bastien demanda un peu embarrassé.

– J'aimerais savoir si tu accepterais de me donner l'adresse d'Elise.

– Auclert ? demanda son frère tout en connaissant déjà la réponse.

– Oui, c'est ça. Je voudrais…

– Laisse tomber, Bastien. Tu n'as pas à te justifier.

Puis, saisissant un stylo et un papier, Valentin inscrivit le précieux renseignement, plia la feuille en quatre et la tendit en souriant.

– Tu sais, confia-t-il pour détendre l'atmosphère, Tania m'a tout raconté. Et crois-moi, ton désir de fréquenter Elise ne m'ennuie pas. Lorsque tu es parti, il y a cinq ans, elle m'a quitté le jour même. Il m'a fallu des mois pour en comprendre le motif. J'étais tellement aveugle que je n'avais rien deviné de ses sentiments secrets à ton égard. Je ne lui en veux plus à présent, et je vous souhaite sincèrement bonne chance à tous les deux.

– Moi non plus, je n'ai rien compris, répliqua Bastien comme pour lui-même, car la révélation de son frère le faisait complètement tomber des nues.

– Cependant, soyez prudents, conseilla Valentin.

Et comme pour prouver que Tania ne lui avait vraiment rien caché, il ajouta :

– Méfie-toi d'Annick Auclert.

– C'est du passé, répondit Bastien voulant s'en convaincre. Alors, ces toiles, tu me les montres ?

– Bien sûr, avec plaisir.

Après avoir passé une heure dans l'atelier en compagnie de son frère, Bastien prit congé en promettant de revenir très bientôt. Tout en conduisant, il repensa aux visites quasi quotidiennes d'Elise lorsqu'elle allait encore à l'école et ne se souvint d'aucun mot ou geste révélateur d'une attitude amoureuse. Et, il pensa que décidément, les femmes excellaient dans l'art de dissimuler leurs sentiments.

7

Bastien sifflotait tout en terminant de s'habiller, pour aller rendre visite à Elise. Lorsque Valentin lui avait tendu le papier sur lequel l'adresse de sa bien-aimée était inscrite, il l'avait mis dans sa poche sans même le regarder. C'est seulement une fois arrivé chez lui, hier soir, qu'il s'était aperçu de la proximité du domicile d'Elise. Elle habitait à deux pas de la rue des Serbes et il en était heureux. Ainsi, s'était-il dit, il lui serait aisé de se rendre à pied chez la femme de sa vie et ce, aussi souvent qu'il en aurait envie. Bastien avait trouvé la semaine interminable et il était heureux d'être en week-end, pour avoir tout le loisir de mener à bien son projet. Après s'être soigneusement coiffé et parfumé avec discrétion, il fut prêt à partir à la conquête de sa nouvelle vie. La rue des Belges se situant à cent mètres de la sienne, Bastien pensa qu'il lui faudrait sans doute faire un petit détour pour choisir un beau bouquet de fleurs digne de symboliser son attachement. Il se retrouva donc dans la foule un peu avant dix-huit heures et après avoir emprunté plusieurs détours, il put enfin acheter un bouquet de treize roses rouges. La vendeuse avait arrangé les fleurs avec beaucoup de soin et Bastien, satisfait du résultat, espérait faire plaisir à Elise en les lui offrant. Arrivé au bas de l'immeuble, la porte était ouverte et il put entrer sans avoir à s'annoncer ce qui, étant donné les circonstances, l'arrangeait particulièrement. Bastien espérait de tout son cœur trouver Elise seule dans son appartement pour pouvoir passer un moment en tête à tête avec elle. Après avoir vérifié son nom sur la boîte aux lettres et constaté qu'elle habitait au troisième étage, Bastien se mit à gravir les escaliers le cœur battant. Arrivé sur le palier, il frappa deux coups discrets et entendant des pas provenant de l'appartement, il dissimula le bouquet de roses d'un geste vif dans son dos puis, esquissa un sourire. Lorsque la porte s'ouvrit, Elise était devant lui en jean et tee-shirt et le regardait d'un air étonné.

– Que fais-tu là ? demanda-t-elle un peu sèchement.

– J'avais envie de te voir. Puis-je entrer ? demanda Bastien tout en présentant le bouquet de fleurs.

– Je ne sais pas… je suis un peu pressée car je m'apprêtais à sortir, mentit la jeune femme tout en se demandant comment Bastien avait bien pu obtenir son adresse.

– J'étais inquiet, je t'ai laissé plusieurs messages et je me demandais comment tu allais, répliqua celui-ci tout en avançant d'un pas.

– Entre, puisque tu es là, dit Elise en reculant dans l'appartement. Je t'en prie, assieds-toi, invita-t-elle en montrant le canapé installé contre le mur. Pose les fleurs sur la table basse. Veux-tu boire quelque chose ?

Bastien fit un signe de dénégation. Même s'il s'y attendait un peu, il était horriblement déçu par la froideur de la jeune femme et se demandait comment il allait bien pouvoir s'y prendre, pour lui faire accepter une invitation à dîner. De plus, Elise n'avait même pas daigné inventer un prétexte quelconque pour justifier son silence à propos des messages et cela n'augurait rien de bon.

– Alors, s'impatienta-t-elle tout en s'asseyant à son tour.

– Voilà, j'ai repensé à notre rencontre de l'autre soir sur la plage, laquelle m'a fait vraiment plaisir.

Bastien marqua une pause puis, ne constatant aucune réaction, poursuivit :

– Je me suis souvenu de la mauvaise ambiance à laquelle tu es confrontée chaque jour à ton travail et aujourd'hui, je suis en mesure de te proposer un poste de conseillère commerciale dans la société où je suis responsable de service.

Devant l'intérêt grandissant d'Elise, Bastien en profita pour lui vanter les avantages d'une telle opportunité, même si dans un premier temps, il s'agissait seulement d'un contrat de deux mois.

– Serais-tu mon chef direct ? demanda-t-elle se décidant enfin à parler.

– Non, pas vraiment, mais par contre, ton responsable sera mon subordonné immédiat. Réfléchis, mais vite, Elise. Car si tu te décides, tu devras t'inscrire dans une agence d'intérim avec laquelle nous travaillons pour que celle-ci puisse me transmettre ta candidature. À terme, j'ai prévu d'embaucher définitivement.

– Pourquoi ferais-tu cela pour moi ? Les postulants ne doivent pas manquer, alors donne-moi le motif de ce favoritisme, s'il te plaît.

– Elise, voyons, détends-toi ! Comme tu peux être méfiante ! Si tu veux tout savoir, je le fais par amitié. Après tout, nous nous connaissons depuis des années. Cela me donne le droit de t'aider un peu, non ?

Bastien désespérait de mettre Elise en confiance et s'il avait conscience de se trouver face à un mur, il n'avait cependant pas la moindre idée de la parole magique à prononcer, pour détendre l'atmosphère. De plus, il réalisait le caractère inopportun de lui avouer son ex-liaison avec Annick. Pour le moment, cela ne ferait qu'ajouter à la méfiance et à la froideur d'Elise et compliquer encore un peu plus leurs rapports. C'est pourquoi, il proposa :

– Écoute, je ne vais pas t'ennuyer plus longtemps car tu sembles lasse et…

– Non, j'avais une course à faire, se défendit vivement la jeune femme car elle ne parvenait à comprendre elle-même, pourquoi elle adoptait une attitude aussi froide.

– Soit, peu importe. Je te propose à nouveau de réfléchir à mon offre et de me donner ta réponse dans le courant de la semaine prochaine. Disons… jeudi soir autour d'une bonne table, cela te convient-il ?

– Excuse-moi, Bastien, mais pour cela, un dîner n'est pas nécessaire.

– Et pour le plaisir, rien de plus? Accepterais-tu de dîner avec moi, insista Bastien en joignant cérémonieusement ses mains comme pour une prière.

– Je ne sais pas si c'est une bonne idée de se voir.

– Comme tu voudras. Tu es libre de tes choix, répliqua Bastien, dépité par l'attitude d'Elise. Je pensais te faire plaisir en te proposant ce poste, rien de plus. Mais si tu n'en as pas envie, n'en parlons plus.

– Pourquoi souhaites-tu dîner avec moi? insista Elise tout en trouvant sa question parfaitement ridicule.

– Je te croyais contente de notre rencontre et je voulais t'aider. Puis, se levant, il ajouta:

– C'est dommage, j'étais persuadé que le plaisir de notre tête à tête était réciproque. Manifestement, il n'en est rien, alors oublie tout ça et excuse-moi de t'avoir importunée.

– Attends, Bastien. Puisque tu insistes, finalement, je veux bien accepter. Dînons ensemble jeudi mais, entendons-nous bien, avant. Il s'agit de parler travail, dit soudain Elise prise au dépourvu par la tournure des événements.

– Je passerai te chercher jeudi vers vingt heures et d'ici là, essaie de faire le bon choix.

Bastien se leva, se dirigea vers la porte et après avoir jeté un regard un peu triste à Elise, il quitta les lieux.

– Bon week-end, dit Elise.

Tout l'enthousiasme de Bastien s'était volatilisé lorsqu'il se retrouva dans la rue ne sachant pas trop où diriger ses pas. S'il ne s'était pas attendu à un accueil enflammé, il retombait cependant brusquement sur terre pour s'être trouvé confronté à une telle réticence. Elise n'avait pas jugé utile de le remercier pour sa sollicitude et qu'il s'agisse de son bouquet de roses ou de son offre d'emploi, lesquels constituaient selon lui des preuves d'attention, rien n'avait su détendre la jeune femme. Un peu désabusé, Bastien se demanda si après cela, il lui restait des raisons d'espérer. Il regretta presque d'avoir insisté pour dîner avec Elise car pensait-il « elle n'était manifestement pas disposée à entendre la vérité au sujet d'Annick. » La perspective de rester seul durant tout le week-end lui pesa. Il avait espéré profiter de ces deux jours de liberté et du concours d'un temps particulièrement clément pour passer de longs moments avec Elise à discuter et à se promener. Mais son accueil froid et impersonnel avait dissuadé Bastien de suggérer quoi que ce soit, dans ce sens. Elle l'avait traité comme un parfait étranger et il se demandait pourquoi Elise avait décidé de l'aborder sur la plage, si c'était pour finalement se comporter de la sorte. À présent, Bastien avait beaucoup de difficultés à apporter du crédit aux affirmations de Valentin selon lesquelles, Elise avait été dépitée en constatant son départ pour Londres. Il se trouva soudain ridicule en pensant au nombre de messages qu'il s'était acharné à laisser chaque jour sur le répondeur, malgré un silence obstiné et il regretta plus encore de s'être rendu chez elle en s'imaginant être attendu.

Il revit le visage de Tania, laquelle en ce vendredi soir, devait boire son cocktail, seule au bar de *La Nuit Blanche* et il s'en voulut à la pensée de l'avoir peut-être un peu blessée, par sa maladresse. Après tout, il ne s'était pas vraiment demandé si la jeune femme avait des sentiments pour lui car la seule pensée de la quitter au plus vite, l'avait préoccupé. Il foula le sable humide de la plage et scruta l'horizon d'un regard vide. Puis, il regretta de ne pas avoir su se montrer plus délicat.

Elise était désespérée d'avoir mal agi avec Bastien et ne se reconnaissait plus. Cette attitude ne lui ressemblait absolument pas et elle se demandait pourquoi elle s'était montrée à ce point revêche, presque odieuse. Elle serra nerveusement le bouquet dans ses bras et respira les roses tout en fermant les yeux pour mieux s'imprégner de leur parfum. Elle chercha un carton dans l'espoir de trouver une trace écrite de l'homme pour lequel elle tremblait encore mais, à sa place, découvrit une carte destinée à conserver les précieuses fleurs. Elle se mit à caresser leurs corolles une à une, comme s'il s'agissait de la peau de celui qui ne quittait plus son esprit. Elle se décida enfin à disposer les roses, délicatement, dans un vase qu'elle posa sur la table basse du salon. Pourquoi avait-elle réagi de la sorte ? La surprise de voir Bastien sur le palier n'expliquait pas tout. En vérité, elle était terrorisée à l'idée que celui-ci puisse deviner son trouble et elle refusait de laisser ses sentiments la trahir. Cet homme ne devait en aucun cas se douter de son attirance et pour cela, Elise n'avait d'autre choix que celui de se montrer sèche et distante. L'image de Bastien et de sa mère enlacés dans l'arrière-boutique du *Vent de la Mode* ne parvenait pas à disparaître de son esprit. Annick était là, posée comme un fantôme entre leurs deux corps, et cette ombre pesante la hantait et la rappelait sans cesse à l'ordre, comme pour lui signifier de rester sur ses gardes. Pourtant, la jeune femme se félicitait d'avoir fini par accepter le dîner et se réjouissait à l'idée de revoir très bientôt l'homme dont elle était amoureuse.

Depuis ce dimanche mémorable où Annick s'était montrée en spectacle, Elise n'avait pas revu sa mère et n'avait pas l'intention de remettre les pieds à la boutique, de sitôt. La jeune femme avait appris la fugue de sa petite sœur Marie par son père, et ce dernier, lui avait brièvement retracé les circonstances dans lesquelles cette fuite avait eu lieu. Depuis, sa mère semblait déprimée et apathique et selon Philippe, l'adultère d'Annick était bel et bien terminé. Pour autant, Elise n'avait pas l'intention de se jeter au cou de Bastien à la première occasion et désormais celui-ci devrait faire preuve d'une patience infinie et d'une détermination à toute épreuve avant qu'elle daigne lui témoigner le plus petit signe d'intérêt. Cependant, Elise avait très envie d'accepter l'offre d'emploi de Bastien et la perspective d'être en mesure de pouvoir dire ses quatre vérités à l'horrible Madame Marchand la tentait au plus haut point. De plus, ce prétexte tout trouvé pour côtoyer journellement Bastien n'était pas pour lui déplaire. Elle se demanda pourquoi elle prenait plaisir à compliquer une situation fort simple car en fait, il lui suffisait de se laisser porter par le destin, pour pouvoir commencer enfin à vivre. Bastien était le seul et unique homme pour lequel elle avait passé autant de nuits à rêver et à présent, qu'il lui suffisait d'esquisser un seul geste d'encouragement pour goûter aux prémices du bonheur, elle se montrait rétive et récalcitrante comme quelqu'un d'aigri, incapable du plus petit élan d'amour. Or, elle était tout le contraire et brûlait d'impatience à la simple idée de revoir Bastien, très bientôt. Elise ferma les yeux pour mieux discerner son visage et entendre sa voix, puis le regard qui se posa sur elle, lui fit amèrement regretter d'avoir traité cet homme avec tant de désinvolture. Elise suscita alors les lèvres de celui qu'elle appelait de toute sa passion, mais l'image d'Annick s'interposa une nouvelle fois entre eux. Alors ne pouvant en supporter davantage, la jeune femme leva les paupières et son regard se porta sur le téléphone obstinément muet.

8

– Où sont passés maman et Valentin ? s'enquit Bastien auprès de son père, lequel refermait la porte du salon.

– Ils sont allés en ville pour faire quelques achats avant leur départ pour Zurich. Mais cela ne doit pas t'empêcher de rester, nous allons en profiter pour boire un bon petit vin. Es-tu tenté ?

– J'accepte avec plaisir, d'autant plus que je voudrais te demander ton avis sur un sujet sensible.

– As-tu des problèmes ? questionna Armand en fronçant légèrement les sourcils.

– Oui et non, à toi d'en juger. Il se trouve que je suis amoureux, dit Bastien lui-même surpris par sa spontanéité.

– Déjà ! fit remarquer Armand tout en débouchant une bouteille d'un grand cru. Tu es à Cannes depuis quatre mois à peine. Es-tu sérieux ?

– À dire vrai, je n'ai jamais été aussi sérieux de ma vie.

– Tu l'aimes ? insista le maître de maison, incrédule et surpris à la fois.

– Oui, mais pas elle. Enfin… je ne sais pas trop. Et, c'est justement la raison de ma présence ici. Je voudrais connaître ton opinion, répliqua Bastien tout en trempant ses lèvres dans le vin à la robe d'un rouge profond.

– Encore faudrait-il que j'en sache un peu plus, dit Armand en imitant son fils.

Ce dernier commença par parler d'Annick et décrivit à la fois son caractère et son comportement. Puis, il expliqua comment il était enfin parvenu à se débarrasser de cette inconfortable liaison.

– Cette femme n'est donc pas celle à laquelle tu faisais allusion, interrompit Armand pour être certain de bien comprendre.

– C'est exact. Si je t'ai parlé d'elle, c'est tout simplement pour te décrire la complexité de la situation car la jeune femme dont je suis amoureux, se trouve être sa fille.

– Mon garçon, tu joues là à un jeu très dangereux.

– En réalité, c'est bien pire, ajouta Bastien pour inciter son père à l'écouter plus attentivement encore.

– Dis-m'en plus, cette histoire commence à m'intriguer sérieusement.

– La femme dont j'ai été l'amant, est la patronne du *Vent de la Mode*, une boutique de prêt-à-porter féminin, situé au centre-ville.

– Attends… ce nom ne m'est pas étranger. Cependant…

– Ne te fatigue pas, papa. Il s'agit d'Annick Auclert, rappelle-toi, tu l'as rencontrée aux *Pinceaux Éternels*, le jour du vernissage.

– Ah oui ! Cette femme absolument splendide ! Je m'en souviens à présent. Mais n'est-elle pas la mère de l'ancienne petite amie de Valentin ? Comment déjà…

– Elise, papa.

– Mais alors, tu…

– Oui, j'aime Elise Auclert, coupa Bastien.

– Cette femme le sait-elle ? Et Valentin ? demanda Armand un peu dépassé.

– Valentin le sait. Il m'a assuré ne pas en être contrarié. Lui et Elise ont rompu depuis de nombreuses années et aujourd'hui, ils sont amis, rien de plus. En revanche, Annick ne le sait pas et il serait souhaitable qu'elle l'apprenne le plus tard possible. Le mieux serait même qu'elle ne le sache jamais mais ceci me semble irréalisable.

– Eh bien, mon garçon ! Permets-moi de trouver la situation très délicate. Et encore, je pèse mes mots. Rassure-moi, cette Madame Auclert a bien renoncé à toi ?

– Je pense.

– Tu penses ? répéta Armand un peu étonné.

– À dire vrai, elle s'est accrochée à notre relation à de multiples reprises mais nous avons totalement cessé de nous voir depuis quelque temps, maintenant. À mon avis, elle a compris l'inutilité d'insister.

– Tout ceci ne m'inspire rien de bon, si tu souhaites toujours mon avis.

– Oui, mais Annick n'est pas le problème, papa.

– Ah ! bon ? Mais quel est-il, alors ?

Bastien retraça par le détail les circonstances dans lesquelles il avait retrouvé Elise sur la plage et leur brève discussion à une terrasse de café. Puis, il enchaîna sur sa visite de la veille et sur la manière dont elle s'était déroulée. Bastien passa sous silence ses nombreux messages restés sans réponse, car il ne voulait pas ajouter au ridicule de la situation. Ensuite, il cita la phrase de Valentin au sujet de l'attitude d'Elise après son départ pour Londres.

– À présent, je me souviens effectivement de la brusque disparition de cette jeune fille. Elle a quitté ton frère du jour au lendemain. Cela ne m'étonnerait pas qu'il ait raison. Mais, à l'époque, elle était encore une adolescente et il est fort probable qu'après avoir renoncé à toi, elle t'ait complètement oublié. Cela expliquerait sa retenue quand tu l'as invitée à dîner, avança Armand. Cependant, je pense à la possibilité d'une autre explication, poursuivit-il pensivement.

– Laquelle, papa ?

– Peut-être est-elle tout simplement informée de ta relation avec sa mère. Et là, tu conviendras avec moi, de la légitimité de sa réticence à te revoir.

– Non, je n'y crois pas un instant. C'est absolument exclu. Annick et moi, nous sommes toujours montrés très discrets.

– Peut-être Annick Auclert s'est-elle vantée auprès de sa fille ? suggéra Armand.

– Je ne pense pas, non plus. Annick a beaucoup de défauts mais je l'imagine mal, parler de sa liaison avec sa fille. Nous tournons en rond, papa.

– Le mieux pour toi est d'attendre le dîner de jeudi, pour en savoir plus. Si tu veux connaître mon sentiment, soit cette jeune fille t'a oublié, soit tu l'attires encore, mais elle refuse de l'admettre. Et quand je pense à la façon dont elle t'a abordé et à la quasi-certitude de son ignorance au sujet de ton ancienne liaison avec sa mère, je pencherais plutôt pour la deuxième hypothèse.

– Dis-tu cela pour me faire plaisir ? interrogea Bastien.

– Non, je le dis pour t'aider à voir plus clair et ceci étant, j'aimerais beaucoup ne pas te voir commettre mes erreurs, à ton tour. Veux-tu entendre également un conseil ?

– Volontiers, papa, je t'écoute.

– Toute ma vie, j'ai réfréné mes élans et réprimé mes sentiments. Au nom de la dignité ou peut-être même de l'orgueil, je l'ignore. À force d'agir ainsi, ce qui pour moi au départ était un simple jeu dont j'ignorais la cause, s'est mué en une seconde nature. Et au fil des années, je suis devenu incapable d'exprimer mes émotions librement. Je me suis piégé moi-même dans un rôle d'homme froid, distant et sévère. À présent, il m'arrive de penser avec une frayeur rétrospective que si ta mère lassée de vivre dans cette ambiance avait décidé de me quitter, j'aurais bien été incapable de la retenir, malgré mon désir de la garder. Ton retour m'a fait beaucoup de bien, mon fils. J'ai enfin pris conscience depuis peu, de m'être montré parfois odieux. Non seulement ta mère, mais également Valentin, je le sais, ont souffert de mon attitude. J'en ai conscience à présent. Et si je te confie tout cela aujourd'hui, c'est pour te mettre en garde contre l'erreur consistant à faire passer son orgueil avant ses sentiments. J'ai toujours traîné avec moi la conviction que ma femme avait regretté de m'avoir choisi à la place d'Arnaud d'Estegnac et j'ai développé un complexe, plein de rancœur à cette idée. Or, j'ai pu me rendre compte, il y a peu de l'ampleur de mon défaut de jugement. Parle à cette jeune femme et fais-le à cœur ouvert. C'est le seul moyen pour toi de connaître exactement la nature de ses sentiments. Ne te complais pas comme je l'ai fait dans des suppositions par toi seul construites, car elles pourraient s'avérer totalement fausses. Sa réticence est peut-être due à une simple ignorance de la profondeur de ton attachement pour elle et de ton engagement éventuel. Peut-être, en a-t-elle assez des amourettes sans lendemain et préfère-t-elle attendre de voir ce que tu es prêt à lui offrir. Mais, ce sont là de simples suppositions, précisa Armand.

– J'en ai conscience. Tes conseils me sont précieux. J'ouvrirai mon cœur le plus sincèrement jeudi et ensuite, je saurai à quoi m'en tenir. Pour changer de sujet, as-tu une idée de la date de départ de nos deux artistes pour Zurich ?

– Non, mais aux dernières nouvelles, Valentin a prévenu sa patronne laquelle va chercher un nouvel employé. Pour le moment, ils n'ont toujours pas informé Arnaud de leur décision.

– Si j'ai bien compris, tu ne redoutes pas de laisser maman partir chez son agent ?

– Non, ta mère m'a assuré de sa simple amitié pour lui. Et même s'il s'avère un jour qu'elle m'a menti dans le but de me rassurer, je n'aurais pas l'indécence de me dresser entre eux. Elle est ma femme certes, mais vu les circonstances, cela ne me donne pas tous les droits et surtout pas celui de la retenir, contre son gré.

– Tu peux dormir sur tes deux oreilles, papa, affirma Bastien lequel savait pertinemment ne pas être tout à fait honnête en disant cela.

– Merci, tu es un bon fils.

– Je dois partir à présent. Téléphone-moi si vous avez envie de visiter mon appartement mais je te conseille de te garer plutôt dans la rue.

– Pourquoi cela ? s'étonna Armand.

– Avant-hier, j'ai retrouvé ma voiture avec les quatre pneus crevés. J'ai dû faire appel à mon assistance et ça m'a coûté une fortune.

– As-tu porté plainte ?

– Non, je n'en ai ni l'envie, ni le temps. De plus, je suis la seule victime et le garagiste m'a prévenu que ce genre de plainte a peu de chances d'aboutir.

– C'est fort ennuyeux.

– En effet.

Lorsque Bastien fut parti, Armand pensait toujours à cet incident regrettable et sans trop savoir pourquoi, il écarta toute hypothèse due au hasard.

9

– Es-tu sûr et certain de ton choix ? demanda Nicole à son fils tout en s'approchant du téléphone.

– Oui, maman pour la centième fois, répondit le jeune homme. Tâche de savoir dans combien de temps je pourrai obtenir mon argent.

– Nicole, comme je suis content ! s'exclama Arnaud d'Estegnac assis sur son lit. As-tu une bonne nouvelle à m'apprendre ? s'empressa-t-il d'ajouter.

– Oui, en effet, Valentin et moi avons décidé d'accepter ta proposition.

– J'en suis très heureux. Quand avez-vous l'intention d'arriver ?

– Pas dans l'immédiat. La patronne de Valentin doit trouver un remplaçant.

– Ce sera long ? s'enquit Arnaud soudain déçu.

– C'est sûrement l'affaire de plusieurs semaines, à moins d'avoir beaucoup de chance, il nous faudra compter un mois au minimum. Cela te donnera le temps de vendre les trois toiles de Valentin, si tu es toujours d'accord.

– Il s'est donc décidé à s'en séparer ? C'est bien. De toute façon, je suis en mesure de lui faire une avance, s'il a besoin d'argent.

– Non, c'est inutile dans l'immédiat. Il aura besoin de liquidités seulement quand il vivra à Zurich et se retrouvera privé de salaire.

– Je suis vraiment impatient de vous recevoir. Armand n'a pas fait de difficultés ? s'enquit l'homme tout de même un peu inquiet de la réaction du mari de Nicole.

– Non, il a parfaitement compris mon désir d'accompagner Valentin. Par contre, j'ai une faveur à te demander, mais auparavant, tu dois m'assurer de ne pas hésiter à refuser, si cela t'ennuie. C'est une simple question et je ne veux en aucun cas te forcer la main.

– Je t'en prie, Nicole dis-moi de quoi il s'agit car tu as éveillé ma curiosité, pria Arnaud tout en jouant avec le fil du téléphone.

– Valentin souhaiterait faire venir Tania chez toi, d'ici un mois ou deux.

– Tania est cette jeune fille qui l'accompagnait au vernissage, n'est-ce pas ?

– Oui, c'est cela, enchaîna Nicole. Sa patronne, Madame Auclert l'a licenciée car selon elle, les clients ne sont plus assez nombreux.

– Madame Auclert est bien la femme peu appréciée de Valentin, et aussi la mère d'Elise ?

– Tout à fait et comme Tania se retrouve sans emploi, Valentin a pensé que peut-être, il lui serait plus facile de trouver un travail en Suisse, bien payé, même si cela doit être provisoire. Mais entre nous, il souhaite surtout l'aider à s'éloigner un peu de Cannes.

– Est-elle sa petite amie? sans indiscrétion de ma part.

– Non, si tu acceptes de la recevoir, elle logera dans une autre chambre. Ne décide rien à la hâte. Si je t'en informe dès aujourd'hui, c'est justement pour te donner la possibilité d'y réfléchir. Valentin en a déjà vaguement parlé à Tania mais sans rien lui promettre, pour autant. Bien, je vais te laisser pour l'instant et je te rappellerai dès que je serai en mesure de t'en dire plus.

– Si tu veux. Cependant, je peux d'ores et déjà te donner ma réponse. Je serai ravi d'accueillir la copine de Valentin. Cela fera un peu d'animation dans ma demeure et dans ma vie. Je t'en prie, Nicole, transmets mon accord à ton fils, tu me feras plaisir.

– Entendu, je vais le faire, puisque tu insistes. À bientôt, Arnaud et merci pour tout.

– C'est tout naturel, Nicole, ne me remercie pas.

Le haut-parleur étant activé, Valentin avait tout entendu de la conversation et il sauta de joie à l'idée de pouvoir insister auprès de Tania, pour inciter celle-ci à venir le rejoindre à Zurich.

– Arnaud est vraiment formidable, dit-il à l'adresse de sa mère.

– Je le sais, répondit Nicole avec une pointe de tristesse dans la voix. Mais, je te conseille tout de même de prendre le temps de réfléchir aux conséquences de ton invitation. Après tout, Tania pourrait se méprendre sur tes intentions. Y as-tu pensé ?

– Bien sûr et si tu veux tout savoir, cela ne serait pas pour me déplaire, répondit-il malicieusement en se penchant à l'oreille de sa mère.

– En ce cas, je m'incline, conclut Nicole.

Durant leur après-midi d'emplettes, Valentin avait longuement expliqué à sa mère, l'attirance de Bastien pour Elise. Et, comme si elle n'en savait pas suffisamment, Armand lui avait ensuite raconté par le détail la confession de son fils concernant à la fois Annick et Elise Auclert. Ainsi, pensa-t-elle, les choses sont claires dans l'esprit de Valentin et il agit en toute connaissance de cause. Nicole voulait croire en la franchise et en la loyauté de Tania car elle ne supporterait pas de voir se renouveler la longue traversée du désert de son artiste de fils. Elle avait été extrêmement déçue du comportement d'Elise cinq ans auparavant, laquelle s'était permise de disparaître de leur vie du jour au lendemain, sans juger nécessaire de se justifier alors que Nicole l'avait pourtant considérée d'emblée, comme sa propre fille. Déçue et un peu amère, elle avait attendu un signe pendant des semaines et s'était finalement résignée à ne plus passer de longs moments en compagnie de la jeune fille et à admettre qu'elle était définitivement sortie de sa vie en qualité de fille de cœur et de petite amie attitrée de Valentin. Et s'en défendant intérieurement, elle n'arrivait pas à approuver le choix de Bastien et moins encore à croire en ses aptitudes à le rendre heureux. Nicole décida de chasser ces pensées stériles et néfastes pour s'associer à la joie un peu innocente de Valentin tout content de voir enfin son horizon s'élargir et de quitter le cocon familial où il avait vécu pendant vingt-quatre ans.

En bonne maîtresse de maison, elle devait penser à mille détails avant son départ pour éviter à Armand de se retrouver désarmé devant toutes les petites tâches du quotidien. Elle décida donc de préparer dès la semaine suivante plusieurs plats et de les congeler en portions afin de faciliter au maximum la vie de son mari, naturellement peu enclin à se soucier de ce qu'il nommait d'un air de dédain les obligations domestiques. Nicole devait absolument s'assurer du bien-être d'Armand pour espérer être en mesure de se rendre régulièrement à Zurich, afin de vivre un peu avec Valentin tout en profitant de la compagnie d'Arnaud.

Pendant ce temps, Arnaud d'Estegnac exultait. C'était sûr, à présent, il allait enfin pouvoir passer de longs moments avec sa protégée, à se promener, parler peinture ou plus généralement, d'art. Arnaud avait déjà prévu d'emmener son invitée à l'opéra et au musée et de lui faire découvrir la ville de nuit comme de jour en se rendant avec elle dans les endroits chics et à la mode de Zurich. Il devait aussi prévoir quelques rencontres avec ses amis dans son hôtel particulier et agrémenter celui-ci de diverses fioritures, fleurs et babioles afin de le rendre plus chaleureux. Cela faisait des années maintenant, qu'aucune femme n'avait pénétré dans son antre et encore moins séjourné et Arnaud veillerait tout particulièrement à ce que Nicole se sente chez lui, comme chez elle. Il devait aussi inscrire Valentin au cours de peinture dont il avait vanté l'excellence de la réputation à Nicole et arranger l'atelier dans lequel il n'était plus entré depuis le départ de sa femme artiste peintre, elle aussi. Arnaud remit cette tâche à plus tard car il voulait rester encore un peu dans l'euphorie de la prochaine venue de Nicole et il n'était pas prêt à se remémorer une époque révolue.

Il savait qu'en entrant dans l'atelier, il ferait resurgir les images d'un passé en demi-teintes où alternaient de courts instants de joie et d'interminables moments de silence. Il se souvenait de ces heures passées auprès de sa femme pendant lesquelles il s'était efforcé de la comprendre, mais en vain. Jour après jour, Arnaud l'avait regardée s'enfoncer dans la distance et l'indifférence, malgré ses efforts pour rompre leur solitude. Et aujourd'hui, Arnaud voulait effacer définitivement de sa mémoire toute trace de cette époque et pour cela, il lui fallait débarrasser la dernière pièce témoignant encore de sa vie passée. Il décida donc de se mettre en devoir dès la semaine suivante de réaménager totalement l'atelier en faisant disparaître toutes les toiles entassées dans le fond de la pièce. Ensuite, il irait en ville pour acheter un peu de matériel neuf et le disposerait de manière à agencer deux positions de travail, car il se doutait que Nicole manifesterait le désir de peindre aux côtés de son fils. La tête pleine de projets prometteurs, Arnaud se décida enfin à quitter sa chambre pour se préparer lui-même à déjeuner comme il aimait à le faire chaque dimanche.

10

Le même jour, Elise avait finalement accepté de partager le déjeuner dominical avec sa famille au Cannet suite à l'appel insistant de son père. Cette perspective ne l'enchantait guère mais elle avait consenti à faire un effort, pour contenter Philippe. Lorsqu'il était venu la chercher, ce dernier avait profité du trajet en voiture jusqu'au Cannet pour informer Elise des dernières nouvelles. Annick avait licencié Tania pour des raisons insuffisantes et obscures selon lui, et il expliqua comment chaque soir, sa femme rentrait de plus en plus tard du *Vent de la Mode* en prétextant des contretemps, pour le moins discutables. Désormais, Philippe vivait avec une épouse en laquelle il n'avait plus confiance, car celle-ci s'enfonçait dans le mensonge un peu plus chaque jour. Marie s'accrochait à son père comme à une bouée de sauvetage, le cherchant dans chaque pièce de l'appartement dès son retour du collège. Peu à peu, une nouvelle façon de vivre s'était installée au Cannet et, ni Philippe encore blessé, ni Annick totalement indifférente à cette situation, n'avaient l'intention d'esquisser le premier pas vers la réconciliation. Quant à Théo, il s'était à nouveau refermé sur lui-même, négligeant son apparence et passant un maximum de temps en dehors de la maison. De plus, depuis le départ de Jeanne, Annick n'avait pas pris la peine de téléphoner une seule fois à sa mère pour la remercier. Et, lorsque Philippe avait tenté de savoir si sa femme envisageait d'appliquer au moins une partie des solutions proposées par sa belle-mère pour sauver la boutique de sa perte, il n'obtenait aucune réponse. Car Annick avait adopté une méthode fort pratique, pour ne pas s'engager et ce, quel que soit le sujet abordé. Elle disait ne rien avoir décidé faute de temps pour y penser. Cette attitude mettait fin, instantanément à toute tentative de conversation de la part de Philippe et interdisait toute communication. Pourtant, Annick ne s'était plus laissé aller à boire du moins à sa connaissance et elle avait retrouvé sa coquetterie et son entrain. Les époux autrefois heureux, selon Philippe, étaient devenus en l'espace de quelques jours à peine, deux étrangers continuant à vivre sous le même toit, partageant leur lit et leurs repas et réussissant l'exploit de ne pas s'adresser la parole plus de dix fois dans la même journée.

Tandis que Philippe continuait à exposer à sa fille la tournure des événements depuis sa dernière visite à la maison, Elise regretta plus encore de s'être laissé convaincre, de venir déjeuner à l'appartement familial. La simple idée de voir sa mère, elle le savait, raviverait dans son esprit la scène dont elle avait été témoin à la boutique et ajouterait encore à son dilemme. Car Elise en était toujours à se demander si elle pouvait donner libre cours aux élans de son cœur en se laissant aller dans les bras de Bastien ou si elle devait s'en tenir à sa première décision, de se montrer réaliste et raisonnable. En effet, la jeune femme avait décidé la veille au soir d'oublier ce beau rêve dont Bastien était le héros, mais après une nuit agitée par un sommeil perturbé, toutes ses bonnes résolutions s'étaient envolées, comme par magie. Et ce matin, Elise ne savait plus comment faire pour être sûre de prendre la bonne décision. Puis, elle pensa à la pauvre Tania congédiée du jour au lendemain, vraisemblablement sans aucun ménagement. Elise en était convaincue, ce licenciement brutal n'était pas motivé par le besoin de réduire les charges de la boutique et même si cet argument était justifié, la jeune femme se demandait dans quel dessein sa mère s'était arrangée pour se retrouver seule, toute la journée. Annick et Bastien à nouveau amants auraient constitué une explication plausible. Mais l'intuition d'Elise, lui fit renoncer bien vite à cette idée, aussi logique fût-elle.

Lorsqu'ils arrivèrent dans l'appartement du Cannet et déposèrent comme un rituel, le pain et les gâteaux de *L'Oh ! à la bouche* sur la table de la cuisine, Annick daigna tout de même embrasser sa fille et lui adresser quelques mots, sans toutefois prêter la moindre attention à la présence de Philippe. Après avoir dressé le couvert dans la salle à manger avec son père et s'être inquiétée de l'absence de Théo parti pour la journée dans l'île Sainte-Marguerite avec ses amis, Elise alla rendre visite à Marie dans sa chambre.

– Elise, enfin ! s'exclama Marie d'un air un peu triste et inhabituel, je suis contente de te voir.

– Comment vas-tu ? lui demanda sa sœur tout en s'asseyant à côté d'elle, sur le lit.

– Je m'ennuie mais ça va mieux, répondit l'adolescente en faisant allusion à sa fugue. Grand-mère vient de m'appeler sur mon portable et ça m'a fait du bien de pouvoir discuter un peu avec elle.

– De quoi avez-vous parlé ?

– Grand-mère voulait savoir si maman était retournée au magasin depuis son départ. Je l'ai informée du licenciement de Tania. Maintenant, j'ai peur de la colère de maman, lorsqu'elle l'apprendra.

– Marie, enfin ! Tu ne vas tout de même pas me faire croire que maman te fait peur. Elle t'aime, tu ne dois pas en douter un seul instant. Et je t'assure, tu n'as rien fait de mal en parlant de Tania. De toute façon, Jeanne l'aurait su un jour ou l'autre. Parle-moi de toi plutôt, car je ne t'ai jamais entendue dire que tu t'ennuyais.

– Je sais, mais à présent, tout est différent. Lorsque papa est avec moi, il a l'air absent comme s'il pensait à autre chose et j'ai toujours l'impression d'être seule. Il ne m'écoute plus.

– Sans doute est-il préoccupé pour le moment. Mais tu ne dois pas t'en inquiéter, je t'assure. C'est sûrement passager, mentit Elise n'y croyant pas elle-même. Viens à présent, allons déjeuner et cesse de te faire de fausses idées. Tout va rentrer dans l'ordre, ne t'inquiète pas, ajouta-t-elle.

– J'aimerais te croire, répondit Marie, peu convaincue par les paroles de sa grande sœur.

Contre toute attente, Annick fit un effort pour participer à la conversation et parla de la visite surprise de son frère Jean-Marc à la boutique et de l'anxiété grandissante de celui-ci, au sujet de son voyage à La Réunion. Les parents de Désiré avaient téléphoné à plusieurs reprises et sans insister vraiment, ils avaient tout de même tenté d'en savoir plus au sujet de la personne qui accompagnerait leur fils lors de son séjour. Et pour ajouter au quiproquo, Jean-Marc s'était fait passer pour un ami lorsqu'il avait décroché le combiné imprudemment, sans penser à regarder le numéro affiché sur le poste. Cette anecdote semblait amuser Annick au plus haut point. « En réalité, elle parle de son frère pour éviter d'avoir à se justifier au sujet de ses propres problèmes », pensa Elise.

Lorsqu'Annick se retrouva seule en fin d'après-midi, sa fille et son mari étant partis raccompagner Elise à Cannes, la maîtresse de maison se demanda combien de fois il lui faudrait encore faire le guet devant l'appartement de Bastien pour surprendre celui-ci avec sa nouvelle petite amie. Cela faisait trois soirs déjà, qu'après avoir fermé la boutique vers dix-huit heures et s'être métamorphosée en une femme aux longs cheveux, frisés et roux, portant vêtements classiques et mallette d'attachée commerciale, Annick épiait l'entrée de l'immeuble en s'efforçant de changer à chaque fois de poste d'observation, afin de ne pas se faire remarquer. Annick était pourtant persuadée que Bastien ressortait de chez lui après sa journée de travail et elle se demanda si face à son échec, elle ne devrait pas commencer à surveiller la rue des Serbes, plus tôt. Cette nouvelle solution l'ennuya un peu, car cela l'obligerait à fermer la boutique vers dix-sept heures trente et à cette heure, Elise risquait de venir sans prévenir. Annick voulait éviter à tout prix d'éveiller les soupçons de sa famille. Puis, pour se délecter de sa petite victoire, elle repensa une fois encore et avec plaisir, à son passage dans le parking souterrain et imagina la tête de Bastien, en constatant les dégâts. Décidément, cet homme avait fait preuve de légèreté en la sous-estimant et le jeu inégal qu'il avait provoqué par son impertinence, n'était pas pour déplaire à Annick. Si pour le moment, Bastien s'imaginait pouvoir se permettre d'agir avec une telle désinvolture et continuer à exercer ses charmes sur la gent féminine en toute impunité, il commettait une lourde erreur. Bastien finirait bien par apprendre à ses dépens, qu'une femme amoureuse et bafouée dans sa dignité est une femme délivrée de tout scrupule. Annick n'avait rien prévu de précis pour laver l'affront dont elle était la victime. Elle comptait à la fois sur son instinct et sur la chance pour lui donner l'opportunité de se venger. Et, elle ne doutait pas un seul instant de l'union prochaine de ces deux composantes pour lui permettre de savourer le moment venu, son incontestable suprématie.

11

À dix-huit heures, Annick se gara rue des Serbes, à cinquante mètres à peine du domicile de Bastien. Après avoir arrêté le moteur, elle régla le rétroviseur afin d'obtenir le meilleur angle de vision et pouvoir ainsi surveiller la porte d'entrée de l'immeuble sans être vue. Aujourd'hui, la place de stationnement était idéale pour espionner sans prendre le risque de se faire remarquer. Annick avait un peu mal à la tête, car sa perruque rousse sans doute pas très bien posée tirait sur ses véritables cheveux, au niveau du front. L'imperméable trois quarts sur lequel elle était assise, l'empêchait de bouger et elle se sentait si mal à l'aise ainsi déguisée, qu'il lui tardait de mettre un terme à ces séances quotidiennes. Pourtant, tant qu'elle n'aurait pas vu et suivi la petite amie de Bastien afin de l'identifier, elle n'aurait pas d'autre choix. Et cette corvée commençait sérieusement à l'ennuyer. Après avoir observé la porte pendant presque vingt minutes, sans y déceler la moindre présence, Annick désespérait d'en savoir plus, dès ce soir. Puis soudain, la porte du hall d'entrée s'ouvrit enfin et après l'avoir franchie, un homme apparut. La silhouette de celui-ci sembla immédiatement familière à Annick et tandis que l'homme se rapprochait de la voiture, une grande jeune femme rousse en sortit précipitamment, et marcha les yeux rivés au trottoir. Un peu dans la lune, Armand bouscula la passante venant en sens inverse et celle-ci lâcha son sac à main, dont le contenu se répandit sur le trottoir.

– Pardonnez-moi, je suis absolument confus, dit Armand à l'adresse de l'inconnue tout en se baissant pour ramasser les objets éparpillés un peu partout.

– Non, c'est moi, je ne regardais pas où j'allais, rétorqua celle-ci en remettant rouge à lèvres et boîte de poudre à la hâte dans son sac à main.

– Vraiment, je vous assure, ce n'est pas dans mes habitudes de bousculer les femmes, encore moins lorsqu'elles sont aussi charmantes que vous, dit-il en plaisantant.

– Rassurez-vous, je n'en doute pas.

– Oh ! Je manque à tous mes devoirs. Permettez-moi de me présenter, Armand Deville, dit-il en finissant de se relever.

Puis il tendit sa main droite à l'inconnue.

– Enchantée, je me présente à mon tour… Je me prénomme Claire, mentit Annick après avoir marqué un temps d'hésitation.

– Ravi de vous connaître, même si je déplore les circonstances dans lesquelles nous nous rencontrons. Puis-je me faire pardonner en vous invitant à prendre un verre ? se risqua Armand.

– J'ai peu de temps, confia Claire, prise au dépourvu. Cependant, j'accepte volontiers.

– Que peut bien faire une femme aussi ravissante que vous, voyons… attendez… laissez-moi encore un instant et je vais trouver, dit Armand tout en s'attablant en compagnie de Claire dans un café tout proche du lieu de l'incident. Mannequin ? Actrice ? Non, voyons… je crois avoir deviné, dit-il tout content de lui. Vous êtes une célèbre journaliste mais vous désirez garder l'incognito.

– J'aurais aimé et vous me flattez. Malheureusement, je ne suis rien de tout cela.

– En êtes-vous sûre ? demanda Armand lequel commençait à s'amuser.

– Je vais vous révéler mon secret, mais je vous préviens, vous allez être déçu, confia-t-elle.

– Claire, s'il vous plaît !

– Je suis déléguée médicale et j'habite Marseille.

Après avoir ajouté ce deuxième renseignement, Annick se demanda pourquoi elle avait dit cela.

– Et votre mari accepte vos déplacements sans se plaindre ? s'enquit Armand.

– Oui, parfaitement, répliqua-t-elle en riant, car je suis célibataire.

– Pas même un petit ami ? Je n'en crois rien, dit le père de Bastien devant le signe de dénégation de son interlocutrice.

– C'est pourtant la stricte vérité, mais après tout, mes trente-deux ans me permettent encore de rêver du prince charmant, répondit Annick tout en guettant la réaction d'Armand.

– Certes, vous avez l'âge de tous les espoirs.

– À présent, cher monsieur, c'est à votre tour de me dévoiler un peu de vos secrets.

– Oh ! Ma vie n'a rien d'extraordinaire ni de passionnant, remarqua Armand d'un air blasé, en faisant tourner les glaçons dans son verre de soda.

– C'est trop facile, Monsieur Deville, plaisanta Annick. Vous ne vous en sortirez pas aussi facilement, insista-t-elle.

– D'accord, vous avez gagné. Je suis marié et j'ai deux fils dont je suis particulièrement fier. Mais ce soir, vous n'en saurez pas plus car, malheureusement, je dois vous quitter, informa Armand après avoir consulté sa montre-bracelet.

– Dois-je comprendre par-là que vous m'en direz plus la prochaine fois ?

– Comme il vous plaira, Claire. Si vous estimez nécessaire de poursuivre cette conversation, je suis votre homme. Mais, pour cela, vous devez me donner votre numéro de téléphone.

Annick fut prise de court un bref instant, puis reprenant ses esprits :

– Mon téléphone me sert surtout pour le travail et vous auriez beaucoup de difficultés à me joindre. De plus, je connais mes déplacements une semaine à l'avance seulement. Non, poursuivit-elle, en regardant en l'air, pour faire semblant de chercher une solution, à la réflexion ce serait nettement plus judicieux si vous me donniez votre numéro. Lorsque j'aurai prévu de revenir à Cannes, je vous contacterai pour vous prévenir.

– Soit, je vous laisse le privilège de décider.

Armand sortit un stylo de sa poche et inscrivit son numéro de portable sur l'un des deux dessous-de-verre en cartons.

– Permettez-moi de vous raccompagner jusqu'à votre véhicule, ajouta-t-il.

Pour la deuxième fois, Annick paniqua à l'idée qu'Armand puisse voir sa plaque d'immatriculation.

– C'est inutile, mais je vous remercie pour l'intention. Je suis garée un peu plus loin et j'ai deux ou trois emplettes à faire avant de me rendre à mon hôtel, répliqua-t-elle en priant pour qu'il ne l'ait pas vue sortir de la voiture.

– En ce cas, je vous laisse aller, s'inclina Armand. J'ai été ravi, vraiment, insista-t-il en serrant la main de Claire.

– Tout le plaisir était pour moi, répondit-elle précipitamment avant de sortir du café sans se retourner.

À peine dehors, Annick se mit à courir jusqu'à sa voiture et démarra en trombe, dans l'espoir de pouvoir rejoindre le boulevard Carnot, au plus vite. Cette rencontre fortuite était un vrai signe du destin et elle ne voulait pas prendre le moindre petit risque d'être démasquée. Sa conversation avec Armand représentait une aubaine qu'il lui faudrait exploiter avec adresse. Car, si elle manœuvrait finement, Annick était persuadée de pouvoir disposer de plusieurs occasions lui permettant de se venger de Bastien. Il suffisait d'attendre patiemment la meilleure opportunité et surtout, de savoir la reconnaître au moment où elle se présenterait. Arrivée au milieu du boulevard Carnot, Annick laissa exploser son rire gras et vulgaire et le répéta à plusieurs reprises, en y prenant le même plaisir à chaque fois. Les événements prenaient une tournure inattendue et cela n'était pas pour lui déplaire. Désormais, Annick pouvait cesser de se poster chaque soir devant le domicile de Bastien et elle en fut fort soulagée. L'idée d'ouvrir le *Vent de la Mode* jusqu'à dix-neuf heures la rassurait. À présent, il lui restait à faire preuve de ruse et de perspicacité, car elle était convaincue d'avoir les bonnes cartes en main. Elle seule déciderait du lieu et de la fréquence de ses rencontres avec Armand Deville et elle devrait mettre celles-ci à profit pour arriver à ses fins. Il lui fallait décider tranquillement de la stratégie à adopter pour progresser peu à peu sur la voie de la vengeance. De plus, Annick n'avait pas été insensible au charme d'Armand et sa mission se révélait à la fois agréable et excitante. Ce soir, la chance lui avait souri et elle interprétait cet événement comme un heureux présage. Dans un premier temps, Claire décida de laisser passer plusieurs jours avant de donner signe de vie car Armand devait tout d'abord l'espérer et l'attendre en vain, pour être enclin à combler le moindre de ses désirs lorsqu'elle lui donnerait enfin rendez-vous. Annick adorait faire attendre un homme pour donner à celui-ci le besoin impérieux de la revoir. L'expérience lui avait prouvé la redoutable efficacité de cette méthode. Attendue et espérée, elle serait alors en mesure d'obtenir le consentement d'Armand soudain enclin à satisfaire la plus déraisonnable des exigences.

Annick triomphait en arrivant au fond de l'impasse déserte. Elle gara son véhicule pour reprendre son apparence habituelle. Elle sortit son sac du coffre et se changea derrière la maison abandonnée. Aujourd'hui, elle avait avancé à grands pas et en était fort satisfaite. Peut-être cela était-ce également l'occasion de rompre la glace avec Philippe et d'essayer de rétablir un peu de chaleur dans son foyer.

Moins contrariée et débarrassée de son sentiment d'impuissance et d'échec, Annick parvint même à esquisser un vague sourire lorsque son mari vint l'accueillir dans l'entrée de l'appartement.

12

Tania attendit encore un moment, car sa mère terminait de servir la dernière cliente, puis elle commença timidement :

– Valentin va nous manquer quand il sera parti à Zurich, au fond, je l'envie. Cela doit faire du bien de tout laisser derrière soi pour aller à la découverte d'une nouvelle vie.

– Tu as raison, nous aurons du mal à trouver un garçon aussi sérieux et serviable. Cela nous sera sûrement difficile de le remplacer, concéda Aurélia tout en disposant les pâtisseries dans la vitrine réfrigérante. Aimerais-tu partir toi aussi, si tu en avais l'occasion ? demanda-t-elle.

– Oui, justement. Je dois t'avouer une chose, maman, dit Tania laquelle s'était demandée pendant tout le week-end s'il était préférable d'oublier la proposition de Valentin ou d'en parler avec sa mère afin de connaître son avis.

– De quoi s'agit-il, Tania ? Je t'en prie, n'hésite pas si tu veux me confier un secret, pria Aurélia tout en suspendant la disposition des gâteaux.

– Voilà, je préfère t'en parler…

– Oui ?

– Valentin m'a proposé de le rejoindre à Zurich un peu plus tard, pour chercher du travail.

– Et où irais-tu exactement sans aucunes ressources ?

– Il dit que l'agent de sa mère, Monsieur d'Estegnac pourrait me loger le temps nécessaire.

– As-tu envie de partir ?

– Je ne sais pas trop.

– Cependant, tu m'en parles, fit remarquer Aurélia.

– Laisse tomber, maman. C'était juste une idée comme ça.

– Je ne pense pas, non. Valentin est un garçon sérieux et de plus, si tu me fais part de ce projet, c'est justement que tu as envisagé la possibilité d'accepter, remarqua Aurélia se montrant toujours fort logique.

– M'en veux-tu, maman ?

– Mais de quoi, voyons, ma fille ? Bien au contraire. Savoir que Valentin tient à toi, me fait plaisir. De plus, tu as des projets et tu refuses de t'attarder plus longtemps sur cette navrante histoire avec ton ancienne patronne. Par bonheur, elle a eu l'honnêteté de te payer tout ce dont elle était redevable, en transformant ton préavis en prime de licenciement.

– À présent, je souhaite ne plus jamais entendre parler de cette femme, répliqua Tania un peu contrariée.

– Pour en revenir à notre sujet, ta décision me conviendra. Changer de cadre te serait sûrement bénéfique.

– Je le pense également. Mais j'hésite à te laisser seule avec un nouvel employé pour t'occuper de *L'Oh ! à la bouche*, confia la jeune femme.

– Ne t'inquiète pas pour cela. J'ai confiance en Valentin, il m'a promis de chercher lui-même son remplaçant.

– De toute façon, je ne vais pas partir tout de suite et j'attendrai le temps qu'il faudra.

– Réfléchis bien surtout avant d'agir. Si tu prends la décision d'aller à Zurich, fais-le librement, afin de ne rien regretter.

– Rien n'est encore décidé et je pourrai revenir à tout moment, n'est-ce pas ?

– Bien entendu, Tania. Je n'ai pas l'intention de louer le studio où tu vis. Tu peux y laisser tes meubles et tes affaires.

– Merci, maman.

Valentin, arrivé sur ces entrefaites, devina d'emblée le sujet de conversation des deux femmes et il en fut encore un peu plus heureux.

Après sa journée de travail, le jeune homme se rendit directement rue des Belges car il avait hâte d'annoncer la bonne nouvelle de son départ à Elise. Il monta les marches rapidement jusqu'au troisième étage et sonna, un peu essoufflé. De l'autre côté de la porte d'entrée, Elise sursauta et après avoir remis rapidement de l'ordre dans ses cheveux, elle alla ouvrir le cœur battant.

– Ah ! C'est toi Valentin, dit-elle, cachant à peine sa déception en voyant son ami.

– Me laisserais-tu entrer un instant ?

– Oui, viens… entre.

– Je te dérange peut-être ? Tu attendais quelqu'un ? demanda gentiment Valentin.

– Non, pas du tout. Dis-moi plutôt ce qui t'amène, répliqua Elise laquelle n'en avait pas la moindre idée.

– Avec plaisir.

Valentin retraça soigneusement les différentes étapes qui l'avaient conduit à prendre la décision d'aller vivre à Zurich et informa son ex-petite amie de l'éventualité d'être rejoint par Tania.

– Je suis heureuse pour toi, finit par articuler Elise d'un ton morne, après un long silence.

Puis, comme si cela lui était totalement indifférent, elle changea brusquement de sujet.

– Est-ce toi qui as donné mon adresse à ton frère ? demanda-t-elle.

– Je l'avoue, m'en veux-tu ?

– Non, c'était juste pour savoir.

Soudain, tout le plaisir et la fougue de Valentin étaient retombés devant l'indifférence non dissimulée de son ex-petit amie.

– Quelque chose te tracasse ? Tu n'as pas l'air trop bien, fit-il remarquer, malgré sa déception.

– Non, je pensais simplement que si Tania et toi partez vivre en Suisse, je vais me retrouver plus seule encore.

– Tu as Bastien, à présent. Il m'a confié son attachement pour toi et tu pourras compter sur lui en toutes circonstances.

– Ainsi, vous avez parlé de moi ? demanda Elise que cette réalité mit plus mal à l'aise encore.

– Rassure-toi, Bastien ne m'a rien dit, d'indiscret. Il m'a simplement informé de son souhait de te fréquenter et dit combien il apprécie ta compagnie. C'est pourquoi, je me suis permis de lui donner ton adresse. Zurich n'est pas au bout du monde. Il te suffira de nous prévenir lorsque tu auras envie de nous rendre visite. Nous t'accueillerons alors à bras ouverts. Si tu veux, je pourrai aussi te téléphoner régulièrement. Ça va mieux ainsi ? demanda Valentin en passant son bras autour des épaules d'Elise, pour la réconforter. Tu me rassures, ajouta-t-il, pendant un instant, j'ai cru que tu m'en voulais de quelque chose.

– Pas du tout. Excuse-moi si je t'ai donné cette impression, se radoucit-elle.

– De plus, je ne suis pas près de partir, car je dois trouver une personne compétente pour me remplacer à la pâtisserie. Passe nous dire bonjour lorsque tu iras voir ta mère à la boutique.

– Je n'ai pas l'intention d'y aller.

– Pourtant, ce serait bien. Même si c'est elle, qui a choisi de se séparer de Tania, elle risque de le regretter à la longue et de se retrouver bien seule.

– Je n'ai pas envie de parler de ma mère.

– Comme tu voudras. En revanche, peut-être souhaites-tu me dire quelques mots au sujet de Bastien ?

– Ton frère m'a proposé de quitter mon emploi pour aller travailler avec lui dans sa société, mais il ne peut pas me garantir une embauche définitive pour l'instant, d'où mon hésitation.

– Si c'est le seul inconvénient, n'hésite pas un instant, dit Valentin persuadé qu'Elise ignorait toujours l'ancienne relation de Bastien et d'Annick. Mon frère fera tout pour te faire signer un contrat durable, crois-moi. Je n'ai pas de conseils à te donner mais franchement, à ta place, je ne laisserais pas passer une telle occasion de me débarrasser de cette horrible Madame Marchand. Tu as tout à y gagner, insista-t-il. Je dois partir à présent, prends soin de toi, mon Elise.

– Merci pour tes conseils. À bientôt, dit la jeune femme en refermant la porte d'entrée derrière son ami.

En rentrant chez lui, Valentin repensa à la froideur d'Elise et son attitude lui confirma qu'il avait bien été le seul à croire en leur relation amoureuse. Il était indéniable que son prochain départ pour la Suisse ne lui faisait ni chaud ni froid et les efforts de la jeune femme pour essayer de lui faire croire le contraire ne l'avaient pas trompé un seul instant. Valentin n'était pas dupe car il avait dû apprendre tout seul à décoder les mimiques et les silences d'Elise. Il la connaissait par cœur et rien ne pourrait lui ôter de l'idée, le peu de cas que la jeune femme faisait de son départ. Après toutes ces années passées à espérer et à essayer de la comprendre, Valentin se sentait un peu amer en constatant l'ampleur de son indifférence. Il décida donc de la parfaite inutilité de lui téléphoner régulièrement pour l'informer de l'avancée de sa carrière d'artiste peintre. Et, pour ce qui était de veiller sur son bien-être et se soucier de sa personne, Bastien se chargerait de tenir ce rôle à merveille. Déçu, il refusa de penser plus longtemps à ce demi-échec avec Elise et se hâta de rentrer chez lui pour discuter un peu avec ses parents. Il avait mille petites choses à régler avant son départ, afin de laisser tout en ordre derrière lui. S'il était tout à fait heureux de partir, il regrettait cependant de devoir se séparer de Bastien si peu de temps après le retour de celui-ci à Cannes. Puis, il pensa à Armand et eut le cœur un peu serré pour lui, car après avoir retrouvé son aîné, il devrait regarder partir son plus jeune fils. Mais, cette fois, il s'agissait d'une séparation pour laquelle chaque membre de la famille avait eu l'occasion de donner son avis.

Valentin avait déjà décidé de revenir régulièrement à Cannes, afin d'entretenir une complicité récemment retrouvée avec son père et son frère et à laquelle il tenait tout particulièrement. Lorsque le jeune homme entra dans l'atelier où sa mère nettoyait tranquillement ses pinceaux, il avait totalement oublié Elise.

13

Assise devant la psyché du *Vent de la Mode*, Annick ajustait soigneusement la perruque aux cheveux bruns et courts, qu'elle portait le soir de son passage dans le sous-sol de l'immeuble de Bastien. Un peu inquiète après son acte, elle s'était attendue dans les jours suivants à recevoir, soit un appel téléphonique de Bastien, soit carrément sa visite. Puis, rassurée au fur et à mesure du silence grandissant de son ex-amant, elle était à présent convaincue que celui-ci n'avait aucun soupçon la concernant, et elle en était vraiment soulagée. Avant de revoir Armand Deville, Annick devait mettre au point une vengeance à la hauteur de l'affront dont elle avait été victime, car elle refusait absolument d'imaginer Bastien poursuivant tranquillement sa relation avec sa petite amie, sans aucune contrariété ni souci. Elle acheva donc de se préparer et décida de se rendre directement à pied rue des Serbes, en laissant son véhicule garé près du marché Gambetta, à sa place habituelle. Après avoir correctement posé sa coiffure, Annick dissimula son regard derrière des lunettes noires récemment achetées, et se trouva méconnaissable. Elle n'était donc pas obligée de changer de tenue vestimentaire. Avant de partir ce matin, elle avait choisi de porter des chaussures à talons plats afin de pouvoir se déplacer le plus silencieusement possible. Soudain, Annick sursauta, car elle entendit qu'on essayait de rentrer dans la boutique. Elle fut soulagée d'avoir pris la précaution de fermer la porte à clé et de constater en regardant par le jour du rideau de l'arrière-boutique, qu'il ne s'agissait pas d'Elise. Il n'était pas encore tout à fait dix-neuf heures et elle savait sa fille capable de faire une réflexion, si elle trouvait le rideau de fer baissé. La première phase toujours un peu délicate et risquée était de quitter la boutique et surtout de pouvoir la fermer sans que quiconque ne l'aperçoive, ainsi métamorphosée. Annick craignait toujours le regard de Tania ou celui de sa mère, à travers la vitrine de *L'Oh! à la bouche*. Et, pire encore, elle redoutait de se trouver nez à nez avec sa fille au moment où elle quitterait le magasin. Annick avait déjà pensé à trouver une explication plausible pour le cas où elle serait confrontée à cette situation, mais rien de ce qu'elle n'avait imaginé jusqu'alors, ne pouvait paraître crédible. Elle ferma donc la boutique une nouvelle fois, avec la peur au ventre de se faire surprendre ainsi déguisée. Puis, cette stressante étape accomplie avec succès, elle allongea le pas afin de se retrouver dans le sous-sol de l'immeuble de Bastien, au plus vite. Dix minutes à peine, après avoir quitté son quartier, elle pénétra à pas de loup dans le parking souterrain et s'assura d'être seule puis, elle marcha rapidement à travers les allées, pour se rendre directement à l'emplacement où le véhicule de Bastien devait logiquement se trouver. Arrivée à deux mètres de la voiture, Annick sortit prestement de son sac à main porté en bandoulière le tournevis à bout cruciforme acheté la veille au soir dans le supermarché du centre-ville. Elle serra fermement l'outil dans son poing fermé en laissant dépasser l'extrémité. Puis, partant de feu arrière gauche, elle fit rapidement le tour du véhicule en appuyant très fortement la pointe du tournevis contre la carrosserie. En passant devant le capot, Annick avait été un peu gênée par le peu d'espace pour passer mais elle s'était adroitement plaquée contre le mur et s'en était finalement plutôt bien sortie. Satisfaite, la délinquante replaça l'objet compromettant dans son sac et sortit du parking sans avoir rencontré personne. Une fois dehors, Annick prit une grande inspiration pour essayer de se calmer un peu. Elle se mit à trembler de tous ses membres et sa main droite qui avait si bien rempli son rôle sur l'instant, était plus agitée encore. Elle la dissimula dans sa poche et gagna rapidement le marché Gambetta. Comme à son habitude, Annick jeta un regard circulaire par simple précaution avant d'ouvrir sa portière. Encore toute fébrile, elle emprunta la file de droite pour se retrouver sur le boulevard Carnot.

Pendant ce temps, Philippe s'affairait dans la cuisine du Cannet aidé de Marie, laquelle avait en partie retrouvé son entrain naturel. Au menu, filet de saumon au four et tarte aux poires. Père et fille avaient apprécié leur dernier déjeuner dominical et voulaient contribuer à détendre plus encore l'ambiance familiale, par de petites attentions. Ce soir, ils avaient décidé de faire une surprise à Annick et Théo en les gâtant un peu. Cela faisait déjà deux fois que Philippe consultait sa montre et se demandait pourquoi Annick tardait tant à arriver. Il avait téléphoné un quart d'heure plus tôt à la boutique et constaté en entendant le répondeur que sa femme était déjà en route pour Le Cannet. Il décida donc de dresser une jolie table avec quelques bougies et de préparer le plateau destiné à l'apéritif dans le salon, afin de calmer son impatience. Philippe était homme à détester les conflits et avait décidé à la suite du dernier repas en famille d'accorder une seconde chance à Annick et par-là même, à son couple. Car malgré sa colère et la rancœur qui le tenaillaient encore par moments, il souhaitait par-dessus tout se réconcilier au plus vite avec son épouse, afin de retrouver l'harmonie d'un foyer auquel il était malgré tout, toujours aussi attaché. Philippe avait bon espoir d'arriver à ses fins et au fond, le temps à y consacrer ne lui faisait pas peur car bien que profondément blessé, il refusait de croire que tout était définitivement perdu et comptait sur le temps pour lui venir en aide. Après tout, aucun couple n'est parfait, pensait-il et renoncer à l'amour de sa vie pour une simple erreur de parcours était se punir soi-même et se priver de la possibilité de connaître encore de nombreuses années de bonheur. Philippe se félicita donc d'avoir décidé de réagir à temps et il se surprit à chantonner tout en disposant les fleurs achetées à la sortie du collège dans le vase préféré de son épouse afin d'apporter une touche finale à la table du dîner. Philippe accourut pour accueillir Annick au premier coup de sonnette.

– Hum ! Ça sent délicieusement bon ici ! s'exclama-t-elle en adressant un large sourire à son mari.

– Merci, Marie et moi avons concocté une petite surprise pour le dîner.

– Qu'est-ce ? demanda Annick tout en se dirigeant vers la cuisine.

– Non, non madame, pas par-là, s'écria Philippe tout en barrant le couloir de ses bras. Tu n'as pas le droit d'entrer dans la cuisine. Soit tu attends, soit tu te sers de ton odorat. Mais, ne compte pas sur moi pour t'aider.

– Je sens une merveilleuse odeur de tarte aux pommes.

– Perdu ! Mais parle moins fort. Car tu as en partie raison et tu risques de vexer Marie.

– Est-elle dans la cuisine ?

– Oui et ta fille a préparé le dessert en question.

– Ah, je vois ! Vous avez donc comploté pour me prendre par les sentiments. C'est bien ça ? demanda Annick laquelle était d'excellente humeur ce soir.

– Oserais-tu t'en plaindre ?

– Je serais une ingrate, mais que vois-je ? dit-elle en regardant pardessus l'épaule de son mari.

– Ceci est la table où nous allons prendre l'apéritif.

Offrant son bras, Philippe entraîna sa femme dans le salon.

La soirée se déroula fort agréablement et Théo, d'une nature plutôt réservée, se mêla volontiers à la conversation se montrant à fois détendu et heureux d'être à table, contrairement à son habitude. Marie avait retrouvé son bavardage et elle retraça avec quantité de détails les différentes étapes de l'élaboration de la tarte aux poires avec laquelle chacun s'était régalé. Philippe avait enchaîné en racontant quelques anecdotes concernant ses élèves et Annick riait de bon cœur au moindre trait d'esprit de son mari. Chacun finit donc par se retirer pour la nuit, visiblement satisfait, et Philippe resté seul pour débarrasser la table se félicita d'avoir eu la bonne idée de provoquer les événements en réunissant sa famille autour d'un bon petit repas. « Le plus gros de l'alerte était enfin passé », pensait-il et il se promit de porter une attention quotidienne à sa femme en lui témoignant des signes d'intérêts évidents, afin que celle-ci n'éprouve plus jamais ni l'envie, ni le besoin, de chercher du réconfort en dehors de son foyer.

14

Après avoir fait le tour du plateau et réglé quelques difficiles dossiers directement avec les chargés de clientèle en leur indiquant la conduite à suivre, Bastien entra dans son bureau pour la dernière fois de la journée, rassembla ses affaires et quitta la société. Il était déjà dix-huit heures et il devait se hâter de rentrer chez lui, afin de se préparer avant de passer chercher Elise pour le dîner. Il pensait à ce tête à tête depuis plusieurs jours, et il espérait le mettre à profit pour convaincre sa bien-aimée de venir travailler au *Cash Minute*.

Comme chaque jour, son passage en revue du service l'avait mis mal à l'aise. Car, parmi les employées, il se trouvait toujours quelques jeunes filles ou femmes pour lui faire des invites à peine masquées et Bastien avait horreur d'avoir à subir quotidiennement les remarques parfois carrément déplacées de ces personnes. Il devinait les commentaires et les réflexions douteuses sur son passage et aurait aimé faire preuve d'assez d'autorité, afin que ces femmes s'interdisent de le traiter ainsi.

Arrivé en bas de l'immeuble de la société, il fit quelques pas Quai Saint-Pierre pour rejoindre son véhicule. Au soleil, la rayure paraissait plus importante, encore. Elle faisait le tour de la voiture. Bastien se demanda qui pouvait être suffisamment dérangé pour commettre un tel acte de vandalisme. Contrarié et révolté, il avait constaté une fois de plus en inspectant le parking, qu'il était la seule victime. Bastien se trouvait désarmé car, sans gardien d'immeuble, il ne savait pas où s'adresser pour signaler ces incidents répétés. Il avait pensé pendant un instant, déposer une plainte au commissariat mais à la pensée de passer du temps à tout retracer par le détail et doutant de l'utilité d'une telle démarche, il avait fini par renoncer à cette idée pour le moment. Cette fois il le savait, la réparation coûterait très cher et immobiliserait sûrement son véhicule pendant plusieurs jours. Il décida donc de n'y plus penser pour mieux se concentrer sur son rendez-vous avec Elise.

Même s'il était toujours aussi résolu à parler de son ancienne liaison avec Annick, il n'avait cependant pas pensé à la meilleure façon d'aborder le sujet et comptait sur l'opportunité de l'instant pour lui venir en aide. Il en était là de ses réflexions, lorsqu'il arriva chez lui. Bastien avait décidé par cette belle soirée de laisser son véhicule dans le parking et de se rendre chez Elise puis dans le restaurant où il avait réservé, à pied. « Cela leur ferait du bien, pensait-il, de marcher jusqu'au Suquet en passant par La Croisette ». La promenade fort agréable et l'air du large les détendraient un peu, avant d'aller dîner. Tandis qu'il prenait sa douche, Bastien décida de ne pas offrir de fleurs à Elise et de la laisser mener elle-même une bonne partie de la conversation afin de l'obliger à fournir quelques efforts. En agissant ainsi, peut-être parviendrait-il alors, à connaître l'état d'esprit avec lequel la jeune femme avait fini par accepter cette soirée.

– Tu es ravissante, dit-il en voyant Elise sur le pas de la porte.
– Merci. Entre un instant, je ne suis pas encore tout à fait prête.
– Prends ton temps.

Cela dit, la jeune femme disparut vraisemblablement dans la salle de bains laissant Bastien sur le seuil de l'appartement. Il entra et s'installa en silence sur le canapé pour attendre qu'Elise revienne dans la pièce principale. Bastien nota une fois encore, son abord un peu froid mais il décida de ne pas s'en formaliser, outre mesure. Il jeta un regard circulaire et le caractère impersonnel de l'endroit le frappa. Manifestement, Elise n'était pas du genre à s'attacher aux choses matérielles et l'absence de bibelots et autres objets de décoration faisait penser davantage à un logement pour étudiant qu'au domicile d'une jeune femme. Les murs peints en blanc étaient dénués de tout cadre et ni babioles ni fleurs ne venaient agrémenter un peu la table basse.

– J'arrive, j'en ai juste pour une minute, se mit soudain à crier Elise après un bon quart d'heure.

– Nous ne sommes pas pressés, répliqua Bastien sur le même ton, n'appréciant pas particulièrement parler à travers un mur.

– Voilà, je suis là, finit-elle par dire en faisant son entrée.

Sans même penser à offrir un rafraîchissement, elle proposa :

– On y va ?

– Comme tu voudras, cette soirée est à toi, rétorqua Bastien un peu décontenancé.

Ils marchèrent pendant un long moment en silence, côte à côte comme deux étrangers puis, Bastien n'y tenant plus, demanda :

– Tout va bien ? tu sembles préoccupée.

– Parfaitement, répondit-elle tranquillement. Je goûtais juste le plaisir de me promener en ta compagnie.

Bastien se demanda alors si Elise finirait par sortir de sa réserve car il n'envisageait pas de lui parler librement dans ces conditions. Cependant, il n'insista pas et lorsqu'ils arrivèrent dans le restaurant, seules les quelques banalités qu'ils avaient échangées avaient contribué à rendre le trajet moins pesant. Après avoir passé commande et servi un peu de vin, Bastien se hasarda à se renseigner quant à la décision d'Elise au sujet de son éventuelle démission.

– As-tu repensé à mon offre depuis vendredi ? demanda-t-il.

– Au sujet de *Cash Minute* ?

Bastien acquiesça d'un signe de tête.

– Oui et je suis vraiment tentée mais j'hésite encore, car il s'agit d'un emploi temporaire. J'ai peur d'avoir des difficultés à retrouver autre chose par la suite. D'un autre côté, poursuivit Elise, j'aimerais vraiment pouvoir annoncer mon départ à Madame Marchand.

– Dans ce cas, n'attends pas plus longtemps. Si le poste te convient, je m'engage à faire le nécessaire pour t'embaucher définitivement. De plus, si ton patron est conciliant, il te laissera partir sans t'obliger à effectuer un préavis.

– Sûrement, mais j'aimerais réfléchir encore un peu.

– Je comprends ta réticence. Sache cependant qu'à partir de mardi, je ne serai en plus en mesure de te garder un poste. Mon patron m'a demandé de lui fournir la liste des quatre nouveaux employés au plus vite.

– Entendu. En ce cas, je t'appellerai mardi pour te donner ma réponse définitive, rétorqua Elise, tandis que le serveur apportait les entrées. Bon appétit, ajouta-t-elle.

– Oui, toi aussi, Elise. Tu sais, continua-t-il tout en prenant sa fourchette, avant de nous fréquenter plus avant, je dois t'informer de certaines choses. Cela va sûrement te déplaire, j'en suis conscient et peut-être même, souhaiteras-tu ne plus jamais me revoir.

– Pourquoi m'en parler en ce cas? s'étonna Elise laquelle croyait deviner la nature du secret de Bastien.

– Je ne veux rien te cacher et je tiens absolument à être tout à fait honnête avec toi.

– Tu ne me dois rien, répliqua-t-elle d'un ton sec.

– Tu as raison. Mais je souhaiterais avec ton accord, bien sûr, continuer à te voir régulièrement. Et pour que notre relation parte sur de bonnes bases, je dois t'avouer un secret. J'espère du fond du cœur qu'une fois la colère passée, tu essayeras de me comprendre.

– Cesse ces mystères, s'il te plaît, coupa Elise. Je sais pertinemment ce dont il s'agit et tu n'as rien à m'apprendre.

– Mais enfin, à quoi fais-tu allusion exactement? demanda Bastien complètement ébahi.

– Je vous ai surpris, répliqua la jeune femme laconiquement.

– Pardon?

– Dans l'arrière-boutique, toi et ma mère. Je vous ai surpris, répéta-t-elle, en gardant les yeux obstinément baissés sur son assiette vide. Et ce n'est pas tout, mon père vous a vus au bar de *La Nuit Étoilée.*

Après un long silence, Bastien finit par articuler comme pour lui-même.

– Alors comme ça, tu savais. C'est du passé, Elise, tu dois me croire. Crois-moi, je t'en prie, murmura-t-il.

– Je le sais.

– Me pardonneras-tu un jour ?

– Je connais ma mère. N'en parlons plus, s'il te plaît, plus jamais. Puis, comme pour s'en convaincre elle-même, Elise prit la main de Bastien et la serra.

– Plus jamais, répéta-t-il.

Le reste du dîner se passa dans un climat à peine plus détendu et la conversation porta à la fois sur le départ de Valentin pour Zurich et sur le désir de ce dernier de voir Tania le rejoindre en Suisse. Bastien apprit donc le licenciement de Tania et ne put s'empêcher de regretter une fois de plus les circonstances dans lesquelles il l'avait sortie de sa vie. Mais il fut un peu réconforté d'apprendre le penchant de son frère pour la jeune vendeuse. Il était tard, et Bastien proposa d'appeler un taxi pour rentrer, mais Elise déclina son offre préférant marcher un peu. Malgré la relative douceur, les rues étaient quasiment désertes et Bastien profita de cette intimité pour passer son bras autour des épaules de la jeune femme laquelle frissonna légèrement. Arrivés rue des Belges, il hésita un instant à prendre congé car il espérait être invité à monter dans le studio pour discuter encore un peu. Mais ses espoirs furent rapidement réduits à néant, lorsqu'Elise lui tendit la main et dit :

– Je t'appellerai mardi, c'est promis. Merci pour le dîner, ajouta-t-elle tout en poussant la porte de l'immeuble.

– J'ai vraiment passé une soirée agréable, Elise… alors à mardi au téléphone et joyeuses Pâques.
– Oui, toi aussi.

Resté seul sur le trottoir, planté comme un collégien, Bastien se trouva stupide. Pas un seul instant au cours de la soirée, il n'avait réussi à dérider Elise et à retrouver l'enthousiasme et le naturel de la jeune femme rencontrée sur la plage, quelques jours auparavant. Bastien l'avait sentie réticente et crispée et il ne parvenait pas à comprendre les raisons de ce brusque revirement de comportement. La manière avec laquelle elle lui avait annoncé l'avoir surpris dans les bras de sa mère, loin de le soulager et de le déculpabiliser, avait encore ajouté à son malaise. Et, la parfaite indifférence avec laquelle elle avait abordé le sujet l'avait étonné. Lui, qui s'était attendu sinon à des larmes, au moins à quelques cris en avouant son secret, était tombé de haut. Et, à présent, il se trouvait ridicule de s'être tourmenté, pour savoir comment s'y prendre afin de se faire pardonner alors qu'en réalité, Elise se moquait totalement de sa vie privée et ne s'était pas gênée pour le lui montrer. Ce peu d'intérêt et de sensibilité pour sa personne lui montrait combien il s'était laissé entraîner par ses illusions, au point d'avoir complètement perdu le sens des réalités. Il aurait préféré cent fois les reproches et les invectives d'Elise, plutôt que cette belle assurance dont elle avait fait preuve. Lorsqu'elle lui avait pris la main, cela ne l'avait pas trompé un seul instant. La jeune femme avait agi exactement comme si elle avait voulu rassurer un enfant, venant d'avouer une grosse bêtise. Bastien, anxieux et nerveux, avait tout envisagé. Il s'était même attendu à voir Elise quitter le restaurant après quantité de reproches, mais cet affront-là fait d'indifférence et de sourires entendus, il ne l'aurait souhaité à personne, pas même à son pire ennemi.

Bastien aurait préféré voir Elise trembler de colère, crier son mépris ou faire preuve d'un minimum de révolte. Au lieu de cela, il s'était heurté à un mur et rien dans le comportement de la jeune femme ne laissait espérer la plus petite trace de jalousie. Bastien aurait voulu interpréter cette douce tranquillité comme un signe d'ouverture d'esprit et de propension à pardonner, mais ce soir, il ne pouvait s'empêcher de l'attribuer à une sorte de mépris. Il alla donc se coucher, dépité et déçu et il essaya de s'accrocher une fois encore à l'idée qu'en agissant ainsi, Elise avait voulu faire preuve de grandeur d'âme mais, c'est pourtant totalement perdu qu'il sombra dans un océan de solitude.

Tandis qu'elle se changeait pour la nuit, Elise s'en voulait terriblement de s'être montrée une fois de plus froide et distante. À l'instant où Bastien avait voulu lui avouer sa relation avec Annick, elle s'était refermée plus encore, et ne lui avait laissé aucune chance de se justifier. Pire, elle avait refusé d'écouter arguments et regrets et rejeté toute tentative d'explications. Elle avait agi exactement comme si cette réalité ne la touchait pas le moins du monde, alors qu'elle en mourait de jalousie et se trouvait incapable de surmonter la scène à laquelle elle avait assisté. Elise paniqua à l'idée d'avoir définitivement découragé Bastien par sa conduite et redouta soudain, qu'après réflexion, celui-ci décide finalement de se détourner d'elle, définitivement. Cette idée lui était insupportable et les larmes se mirent à couler sur ses joues. Elle s'était montrée insensible presque cruelle, en refusant ouvertement d'écouter les confidences de Bastien, au sujet de sa vie privée. Elise espéra que Bastien parviendrait à comprendre de lui-même les raisons de son attitude et serait capable de faire la part des choses.

Car indépendamment de ses sentiments pour cet homme, elle avait la ferme intention de donner sa démission pour travailler au *Cash Minute*. Sa décision était prise depuis plusieurs jours déjà mais, là encore, Elise avait été incapable de se montrer franche, préférant laisser Bastien dans le doute jusqu'à mardi. Pourquoi avait-elle agi ainsi ? Peut-être, la peur inconsciente que sa mère finisse par apprendre leur relation justifiait en partie sa réticence. Mais Elise aimait Bastien depuis toujours et la passion et les espoirs qui avaient alimenté ses premiers émois amoureux, étaient toujours aussi aigus. Elise aimait Bastien, c'était ainsi et si ses rêves les plus fous étaient sur le point de se réaliser, elle n'avait pas le droit de tourner le dos au destin qui lui faisait signe une seconde fois, en mettant l'homme de ses rêves sur son chemin.

– Je t'aime, murmura Elise juste avant de s'endormir.

15

Bastien était encore contrarié de son dîner de la veille avec Elise et regrettait de ne pas avoir insisté davantage pour clarifier leur relation et pouvoir ainsi parler à cœur ouvert. Il hésitait à laisser un message sur le répondeur de la jeune femme afin de solliciter un tête à tête pour le soir même, lorsque la sonnerie du téléphone retentit.

– Société *Cash Minute*, Bastien Deville, bonjour.

– Bonjour, Bastien… c'est moi, Elise.

– Quelle surprise ! Justement je pensais à toi.

– J'ai très peu de temps. Madame Marchand s'est absentée pour un court instant et j'en profite pour t'appeler.

– Je t'écoute, assura Bastien.

– J'ai décidé d'accepter ton offre. Mais avant de donner ma démission, je voudrais savoir si tu es toujours d'accord.

– Bien sûr, quelle question ! Attends, je te donne le numéro de téléphone de l'agence d'intérim, essaie de t'inscrire dès ce soir.

– J'irai en sortant du bureau à dix-sept heures, conclut Elise après avoir pris note des renseignements nécessaires.

– Pourrai-je passer te voir chez toi mardi soir pour parler un peu ? demanda Bastien refusant de brusquer les événements.

– Oui avec plaisir et excuse-moi pour hier soir, murmura Elise juste avant de raccrocher car elle avait deviné les pas de sa collègue dans le couloir.

À quelques centaines de mètres de là et au même moment, Valentin était content d'avoir eu la présence d'esprit d'appeler un de ses anciens camarades de classe pour savoir si son contrat dans un supermarché d'Antibes avait été renouvelé. Cédric Dravet était un garçon calme et affable, enclin à rendre service en toutes circonstances. Et la chance souriait aux deux garçons, car Cédric avait été remercié par son employeur, après être arrivé au terme d'un contrat de six mois. Rendez-vous était donc pris car, après lui avoir exposé la situation, Valentin avait demandé à Cédric de se présenter à *L'Oh! à la bouche* dès le mardi suivant, à partir de dix heures.

Aurélia se montra ravie lorsque son pâtissier lui fit part de cette nouvelle.

– Je savais que je pouvais compter sur toi, dit-elle en l'embrassant.

– Vous verrez, Cédric vous plaira j'en suis sûr, répliqua Valentin.

Puis, il se rendit dans le laboratoire pour dire à Tania combien Arnaud d'Estegnac serait enchanté de mettre une chambre à sa disposition.

– Cela me gêne tout de même un peu, répondit la jeune femme.

– Tu as tort, je t'assure. C'est un homme au grand cœur. Mais peut-être devrais-tu déjà en parler un peu à ta mère, suggéra Valentin lequel pensait que l'avis d'Aurélia pouvait être déterminant dans la décision finale de Tania.

– C'est déjà fait. Et ma mère m'a encouragée à partir, si j'en ai envie. De plus, je peux garder mon studio.

– Dans ce cas, n'hésite plus. Si tu peux revenir à tout moment chez toi, tu n'as aucune raison de t'inquiéter. Finalement, nous avons beaucoup de chance.

– Oui et je vais accepter ton offre. Je te rejoindrai lorsque tu seras déjà bien installé.

– Tu viendras quand tu seras prête et cela me conviendra, conclut Valentin tout en préparant la crème pour les choux. Avec ces fêtes de Pâques, je ferais bien de me dépêcher un peu. Nous avons quantité de commandes et je n'ai encore presque rien fait.

– Ne t'inquiète pas, ton assistante préférée est là, dit Tania pleine d'entrain.

– Alors, c'est parti, répliqua joyeusement son ami en cassant les œufs pour préparer les nids pascals.

En quittant le cabinet d'assurances, Elise se rendit directement à l'adresse indiquée par Bastien pour déposer sa candidature. Elle fut reçue par un jeune homme auquel elle fournit un curriculum vitæ, la copie de son diplôme, ses papiers d'identité et d'assuré social. Après avoir répondu de son mieux à une bonne cinquantaine de questions et rempli un dossier d'inscription, elle sortit de l'agence avec l'espoir d'être très prochainement appelée. Dans l'impossibilité de fournir un certificat de travail, Elise avait prétendu être licenciée depuis une heure, à peine. Or, en réalité, elle n'avait pas osé parler à son patron et avait remis cette obligation au mardi suivant, après le week-end de Pâques. Cette formalité effectuée, Elise décida de suivre le conseil de Valentin en allant rendre une petite visite à sa mère. Depuis qu'elle avait téléphoné à Bastien, la jeune femme se sentait nettement plus détendue. Elle se félicitait de ne pas avoir persisté dans son attitude négative et elle se sentait légère à l'idée de son prochain rendez-vous avec l'homme pour lequel elle avait passé une bonne partie de la nuit à se faire des reproches. Lorsqu'elle arriva au *Vent de la Mode,* Elise trouva sa mère occupée à feuilleter des magazines consacrés à la décoration.

– Elise ! Justement tu tombes bien, s'exclama Annick en se levant pour embrasser sa fille.

– Maman, ça va ? Tu voulais me voir ?

– Oui en effet. Je voulais te prévenir que j'ai invité ta grand-mère, Jean-Marc et Désiré pour dimanche. Et bien sûr, j'aimerais que tu sois là aussi. Ainsi, nous fêterons Pâques avec toute la famille. Viendras-tu ?

– Avec plaisir, maman, répondit Elise laquelle se demanda si elle rêvait. Et depuis quand avais-tu prévu d'inviter tout le monde ?

– C'est récent. J'en ai parlé hier soir à ton père. Il s'est montré tellement enthousiaste que nous avons appelé Jeanne et Jean-Marc tout de suite. N'est-ce pas une merveilleuse idée? demanda-t-elle plus mielleuse que jamais.

– Certes, mais tu auras sûrement besoin d'aide. Je pourrais demander à papa de venir me chercher de bonne heure.

– Non, ne t'inquiète pas. Ton père viendra à Cannes vers onze heures trente. Il devait s'occuper de tout commander aujourd'hui, chez le traiteur. Il prendra le dessert et le pain comme d'habitude, à *L'Oh! à la bouche*, avant de passer chez toi.

– En quel honneur as-tu décidé cela, maman? s'enquit Elise complètement sidérée.

– C'est Pâques, Elise et nous allons le fêter, comme il se doit. Après tout, nous n'avons pas si souvent l'occasion de tous nous réunir. Es-tu contente? demanda Annick avec un enthousiasme débordant.

– Bien sûr, maman! Je suis surprise, voilà tout. Comment vont les affaires? demanda-t-elle tout en se doutant de la réponse.

– Justement, j'ai repensé aux suggestions de ta grand-mère au sujet du coin accueil. Et j'ai trouvé là un genre de fauteuil tout à fait adapté. Tiens, regarde, dit Annick tout en se saisissant du magazine resté ouvert.

– N'est-ce pas un peu trop luxueux? s'inquiéta Elise après avoir pris connaissance du prix.

– Ton père m'a donné carte blanche dans la limite du raisonnable. Je trouve le velours rouge très chic.

– En effet, cependant, cela ne suffira pas à faire venir les clients, se hasarda Elise profitant de la bonne humeur de sa mère pour lui faire part de ses doutes.

– Ne sois donc pas si négative! Ceci constituera un début et je pense profiter de la visite de ta grand-mère pour lui demander son avis.

– Bien, je vais te laisser à présent.

– Déjà ! Mais tu n'as même pas parlé de toi. Ton travail, ça va mieux avec ta collègue ?

– Ce n'est pas pire. Nous apprenons à nous supporter, mentit Elise laquelle ne voulait en aucun cas parler de ses projets pour l'instant. Je dois vraiment partir, enchaîna-t-elle.

– Bon… alors à dimanche ?

– C'est ça, maman, à dimanche, répliqua-t-elle avant de quitter la boutique.

Sur le chemin du supermarché, Elise n'en revenait toujours pas du total revirement de comportement de sa mère. Elle se demanda quel événement avait bien pu survenir pour la mettre dans un tel état d'excitation. Et, si Elise n'avait pas la moindre idée de ce dont il pouvait s'agir, elle était cependant certaine d'une chose. Le comportement de sa mère était pour le moins douteux et cela n'augurait rien de bon. Son début de réconciliation avec son époux ne pouvait être un motif suffisant pour expliquer un tel besoin de se montrer irréprochable. Il existait forcément une autre raison justifiant ce brusque intérêt pour sa famille et, l'intuition d'Elise lui soufflait que sa mère avait absolument besoin de retrouver la confiance de tous et ce, au plus vite. Pour l'instant, seul le motif échappait encore à Elise et elle se promit d'éclaircir ce mystère, dès dimanche. Elle se demanda encore si sa mère connaissait la société dans laquelle Bastien était responsable de service et elle espéra qu'il n'en était rien. Car, elle imaginait mal, être obligée de faire croire à tout le monde qu'elle travaillait toujours au cabinet d'assurances, à cause d'Annick. Elise avait horreur du mensonge et cette éventualité l'ennuyait. Elle se promit donc de poser la question à Bastien dès mardi.

16

Tandis qu'Elise et Philippe se dirigeaient vers Le Cannet, la jeune fille tenta de faire parler son père au sujet du brusque revirement d'humeur d'Annick.

– Je ne souhaite pas savoir pourquoi ta mère s'est soudain décidée à inviter toute la famille. L'essentiel à présent pour moi est de veiller à protéger notre bonheur. Les derniers événements m'ont incité à réfléchir longuement sur nos vies et je ne nie pas ma part de responsabilités dans cette histoire. Chacun a suffisamment souffert et je refuse de ressasser le passé. N'es-tu pas d'accord avec moi ?

– Tu as raison, papa, concéda Elise laquelle comprit l'inutilité de chercher à en savoir plus.

Philippe était manifestement retombé sous le charme de son épouse et voulait oublier le plus vite possible l'infidélité de celle-ci. Apparemment, l'heure n'était plus au doute et à la rancœur et Elise admira une fois de plus la remarquable dextérité avec laquelle sa mère était capable de manipuler ses victimes. Lorsqu'ils furent arrivés, Jeanne vint les accueillir avec son dynamisme et sa bonne humeur habituelle.

– Mes enfants, comme ça me fait plaisir de vous voir ! s'exclama-t-elle en les débarrassant des paquets de *L'Oh ! à la bouche*. Venez, vite, invita-t-elle, Jean-Marc et Désiré sont dans la cuisine et, ayant dit, elle disparut dans l'appartement.

– Grand-mère est en pleine forme, fit remarquer Elise à son père.

– Oui, elle est toujours égale à elle-même mais nous n'allons pas nous en plaindre.

Après les embrassades dans la cuisine où Théo et Marie avaient rejoint le reste de la famille, une animation inhabituelle s'ensuivit et il fut bientôt difficile de s'entendre. Annick, parfaitement détendue, répondait aux uns et aux autres, tout en enfournant les canapés pour l'apéritif.

– Viens voir, murmura Philippe à l'oreille d'Elise, suis-moi dans la salle à manger.

– C'est magnifique, papa ! s'exclama-t-elle en découvrant la table dressée pour la circonstance.

Au milieu de la table, étaient posés des petits paniers en osier, à l'anse joliment ornée d'un ruban rose et remplis d'œufs en chocolat, emballés dans des papiers multicolores. À côté de chaque assiette, se trouvaient une petite poule et deux cloches en sucre et, dans les verres, les serviettes pliées en forme de cônes laissaient entrevoir un poussin accroché à une fine tige.

– Quand avez-vous eu le temps d'installer tout cela ? demanda la jeune fille tout étonnée du soin apporté à la décoration.

– Marie a eu cette merveilleuse idée et nous avons tout préparé, après le petit-déjeuner. Mais, c'est ta mère qui a tenu à choisir elle-même la nappe.

– Alors, ma nièce… étonnée ? lança Jean-Marc en pénétrant à son tour dans la pièce.

– Admirative plutôt, répondit Elise. Es-tu toujours prêt à partir à La Réunion ? demanda-t-elle juste pour engager la conversation.

– J'ai même hâte d'y être, si tu veux tout savoir, répondit Jean-Marc en prenant un air mystérieux.

Il se mit à répéter à Elise et Philippe ce que Désiré avait déjà révélé aux autres, dans la cuisine.

Finalement, Désiré avait profité d'un appel téléphonique de ses parents pour leur parler longuement de sa rencontre avec Jean-Marc. Et, c'est tout naturellement que ceux-ci avaient fini par comprendre où leur fils voulait en venir. Il s'en était suivi un silence lourd et pesant et le père de Désiré s'était joint à sa femme pour dire son impatience et sa joie de faire la connaissance de Jean-Marc et de revoir son fils.

– Je suis vraiment contente pour toi, dit Elise. Tu as eu tort de t'inquiéter autant.

– Oui, en un sens, tu as raison. Cependant, les gens peuvent se montrer si imprévisibles parfois ! Il est certain que si j'avais été un peu plus courageux, cela m'aurait évité bien des soucis, tant pis pour moi.

– Allez, les enfants, on vous attend au salon pour l'apéritif, lança Jeanne en entrant dans la pièce et en frappant dans ses mains, telle une maîtresse dans la cour de récréation.

Lorsque chacun leva son verre pour porter un toast, Jeanne et Elise échangèrent un regard lourd de sens et pendant un instant, Philippe sembla retenir sa respiration.

– Honneur à la maîtresse de maison, lança Jean-Marc et, réalisant brusquement la maladresse qu'il venait de commettre bien malgré lui, il regarda Annick à la dérobée.

– Joyeuses Pâques à tous, dit celle-ci et que cette journée soit douce et agréable. Buvons à présent.

Philippe présenta les amuse-gueules et Annick joignit le geste à la parole.

Le repas se déroula dans la bonne humeur et Marie, assise à côté de Jeanne, ne cessait de bavarder et de rire alors que Théo manifestait sa satisfaction de pouvoir discuter un peu avec son oncle, passionné tout comme lui de jeux vidéos. Annick ne cessait de s'enquérir du bien-être de ses convives pour le plus grand plaisir de son mari. Ainsi, tout se passait exactement comme si l'entente et l'harmonie n'avaient jamais quitté le foyer. Juste avant le dessert, Annick se décida enfin à parler un peu avec sa mère et elle se rapprocha de Jeanne pour lui faire feuilleter le magazine où se trouvaient les fauteuils de velours rouge. Les clans s'étaient formés et Elise, un peu perdue au milieu de toute cette agitation, décida de se rendre à la cuisine pour s'occuper de dresser le nid pascal dans son plat et préparer les coupes pour le champagne. Après un moment et remarquant son absence, Jeanne vint la rejoindre.

– Les choses semblent rentrer dans l'ordre, n'est-ce pas ? demanda-t-elle doucement.

– Oui et c'est un vrai miracle, rétorqua Elise laquelle devinait les doutes de sa grand-mère à ce sujet.

– Et ton travail, arrives-tu à t'habituer à ta collègue ?

– Pas vraiment, mais cela n'a plus d'importance, à présent. Approche-toi, grand-mère, je vais te confier un secret.

Lorsque Jeanne fut tout près d'elle, Elise poursuivit :

– J'ai l'intention de donner ma démission.

– As-tu trouvé un autre emploi ?

– Je vais travailler pour *Cash Minute*, une société spécialisée dans le service à la clientèle mais tu ne dois pas le répéter pour l'instant. Promets-le-moi, cela doit rester entre nous.

– Oui, je comprends, répondit Jeanne.

– Pas moi, dit Elise, étonnée d'une telle réaction. À quoi penses-tu ?

Sur ces entrefaites, Philippe entra dans la cuisine, puis s'exclama :

– Vous êtes là ! Laissez, allez donc à table, ce n'est pas aux invités de faire le service, allez, je m'occupe du dessert.

– Non, Philippe, dit Jeanne laquelle voulait terminer sa conversation avec Elise. Je vous en prie, laissez-nous. Nous finissons et nous arrivons dans un instant.

– Si vous insistez, soit, s'inclina Philippe et il quitta la cuisine.

– Que voulais-tu dire ? insista Elise.

– Je pense, mais peut-être fais-je erreur, commença prudemment Jeanne que tu vas travailler aux côtés de Bastien Deville.

– Mais…

– Laisse-moi poursuivre, s'il te plaît, murmura-t-elle. Tu veux garder le secret à cause de ta mère.

– Comment sais-tu tout cela, grand-mère ?

– Non, toi avant, Elise, sois franche.

– D'accord. J'ai surpris maman et Bastien enlacés dans l'arrière-boutique. Bastien est l'ex-amant de maman mais j'ignore si elle connaît le nom de la société où il travaille. C'est pourquoi, je ne peux rien dire pour le moment.

– Ta mère sait parfaitement où travaille cet homme, je peux te l'assurer.

– Comment cela ? demanda Elise, surprise. Non seulement, tu ne sembles pas étonnée de la relation de maman, mais en plus, tu connais Bastien ! Je n'en crois pas mes oreilles.

Jeanne expliqua alors, comment elle avait trouvé le numéro de téléphone de la société de Bastien sur le bureau de l'arrière-boutique et comment elle avait eu l'idée de l'appeler pour lui proposer de la rencontrer.

– J'avais juste envie de connaître le genre d'homme capable de faire perdre son sang-froid à ma fille, rien de plus, se justifia Jeanne laquelle ne souffla mot du véritable motif de la conversation qu'elle avait eue avec Bastien.

– Puis-je vous aider ? s'enquit Philippe en entrant à nouveau dans la cuisine.

– Oui, si vous voulez, vous pouvez prendre le plateau avec les verres. Nous arrivons dans une minute, c'est promis.

Dès que Philippe fut sorti, Jeanne conclut :

– Tu as raison d'être amoureuse de cet homme car il a vraiment tout pour lui. Cependant, je t'en prie, Elise, promets-moi de te tenir sur tes gardes. Mais par contre, n'hésite pas à faire savoir le nom de ton nouvel employeur. C'est le meilleur moyen pour ôter les soupçons de ta mère. Allons-y à présent, car j'ai très envie de goûter à cette merveilleuse pâtisserie.

– C'est l'œuvre de Valentin, grand-mère.

– Décidément, ces deux garçons ont tout pour plaire, remarqua Jeanne en souriant, d'un air complice.

– Tout de même! s'écria Jean-Marc, nous allons pouvoir enfin déguster ce magnifique gâteau.

Le dessert fut pris dans le bruit et la bonne humeur et chacun semblait ravi de sa journée. Elise constata que sa mère s'en sortait très bien, une fois de plus. Car avec son invitation, elle avait réussi à faire oublier en un temps record son odieux comportement et par son attitude, elle était parvenue à s'attacher son mari encore un peu plus. Et Elise en était toujours à se demander pourquoi sa mère était de si belle humeur mais cette question, comme tant d'autres, resta sans réponse.

17

– À quelle heure Valentin doit-il nous rejoindre ? s'enquit Armand auprès de sa femme occupée à piquer le gigot à l'ail.

– Normalement, il ne devrait pas tarder. La pâtisserie ferme à treize heures, aujourd'hui.

– Et Bastien ?

– Il vient d'appeler pour dire qu'il arrive. Je suis vraiment contente de le voir, cela fait une éternité que nous n'avons pas été réunis tous les quatre pour Pâques. Tiens, passe-moi la bouteille d'huile, s'il te plaît. Tu ne m'as pas dit comment tu as trouvé son appartement, remarqua Nicole.

– Il est magnifique mais si tu veux mon avis, il est bien trop grand pour une personne seule.

– Tu penses à toi lorsque nous serons partis, Valentin et moi, n'est-ce pas ? fit remarquer Nicole laquelle avait compris l'allusion.

– En effet, je ne peux rien te cacher.

– Dis-moi si Bastien t'a parlé un peu de notre petit-fils. Il m'avait promis des photos mais depuis le temps, il a dû oublier.

– Non et à mon avis, il va t'en apporter aujourd'hui. Tiens, on sonne, ce doit être Bastien, dit Armand tout en allant ouvrir la porte. Ah ! mes fils, enfin ! Vous voilà, entrez vite, nous vous attendions.

Les deux frères s'étaient rencontrés en chemin car ils avaient décidé tous les deux de venir à pied.

– Comment vas-tu, Bastien ? demanda Nicole tout en tendant sa joue. Ta voiture est en panne ?

– Heu… non.

– Encore un problème ? s'inquiéta Armand. Ne me dis pas qu'on a encore crevé tes pneus !

– Non, malheureusement.

– Comment ça ? interrogea Nicole.

Bastien expliqua comment il avait retrouvé son véhicule avec la carrosserie rayée sur toute sa longueur et comment il avait constaté une fois de plus, que seule sa voiture avait été abîmée.

– Ça alors, quelle déveine ! s'exclama Valentin lequel avait appris par son père la mésaventure des pneus.

– Je ne te le fais pas dire. Mais, si j'en ai été vraiment contrarié sur l'instant, à présent je ne veux plus y penser. Aujourd'hui, c'est Pâques et nous n'allons pas nous tourmenter avec ça. Tiens, maman, laisse donc ce gigot et viens nous rejoindre dans le salon. J'ai amené des photos de Cassandra et de Bryan, comme promis.

Nicole ouvrit le four et glissa le plat sur la grille.

– Tu es un amour, répondit-elle tout en enclenchant le minuteur. Allons voir cela tous ensemble devant l'apéritif.

Nicole ôta son tablier et suivit les trois hommes de sa vie.

Après avoir longuement commenté les circonstances dans lesquelles les photos avaient été prises, l'enthousiasme de Bastien retomba brusquement et Nicole remarqua une expression de tristesse dans le regard de son aîné. Elle avait voulu lui demander à plusieurs reprises depuis son retour à Cannes, s'il avait l'intention de se rendre à Londres pour passer un peu de temps avec Bryan mais, devant l'air de son fils, Nicole renonça une fois de plus à lui poser cette question.

– Voyons… voyons… laquelle vais-je bien pouvoir choisir, dit-elle d'un air malicieux pour ramener un sourire sur les lèvres de Bastien.

– Tiens, maman, prends-les toutes, dit-il en rassemblant les photos. Je les ai retirées exprès pour vous.

– Si on passait à table, à présent ? proposa Armand.

– Je vérifie le gigot et j'amène les entrées, prévint Nicole tout en quittant le salon.

– Je meurs de faim, répondit Bastien en sortant de sa torpeur.

Lorsque chacun fut installé autour de la table, Nicole revint en portant les assiettes de foie gras.

– Cela semble délicieux, fit remarquer Valentin.

Armand servit le vin avec cérémonie et se mit à raconter par le détail, comment il était parvenu à convaincre quelques amis de le rejoindre dans son club de poker.

– Votre père n'a rien perdu de son pouvoir de persuasion, intervint Nicole.

– C'est normal, maman, les agents immobiliers sont habiles pour toutes sortes de négociations, dit Valentin.

– Je suis bien placée pour le savoir. Quelqu'un voudrait-il m'aider à sortir le gigot du four ? demanda Nicole tout en se levant.

– Tout de suite, madame et j'irai même jusqu'à le découper, dit Armand en suivant sa femme dans la cuisine.

Les deux garçons, restés seuls, parlèrent un peu de Tania et d'Elise, puis se turent lorsque leurs parents réapparurent en portant les plats.

– Tu nous as vraiment gâtés, maman ! s'exclama Bastien, admiratif.

– Donnez vos assiettes, je vais faire le service, proposa Armand.

– J'aimerais connaître les dernières nouvelles concernant le départ des artistes pour Zurich, dit Bastien. Ainsi vous pourriez partir bientôt ? demanda-t-il tout en coupant sa viande car il venait d'apprendre que son frère avait trouvé un remplaçant pour la pâtisserie.

– C'est encore un peu prématuré pour le savoir. Après tout, il est possible que pour une raison ou une autre, Cédric ne reste pas à *L'Oh ! à la bouche*.

– N'écoute pas ton frère, intervint Nicole. Il ne croit pas lui-même à ce qu'il dit. Aurélia et Cédric vont s'entendre à merveille, c'est certain.

– Ah, j'ai compris ! L'échéance approche et mon petit frère a le trac. Il inventerait n'importe quel prétexte pour retarder son départ, plaisanta gentiment Bastien.

– Pas du tout, mais je veux m'assurer que tout va pour le mieux avant de partir, répondit Valentin sans comprendre la plaisanterie de Bastien.

– On se croirait revenus six ans en arrière lorsque notre aîné passait son temps à taquiner son frère. Te souviens-tu, Nicole ?

– Parfaitement. Finalement, aucun de nous n'a vraiment changé et j'en suis heureuse. C'est la preuve d'une éternelle jeunesse, dit Nicole en riant. Valentin, maestro, enchaîna-t-elle, je vous laisse l'honneur et le privilège de nous présenter votre surprise.

– Crois-tu que Bastien la mérite, maman ? répondit-il en se prenant au jeu.

– C'est l'occasion de piéger ton frère, intervint Armand. Car toute personne qui goûte à tes gâteaux ne pourra plus jamais s'en passer.

– Je n'y avais pas pensé, rétorqua Valentin en servant tout le monde généreusement.

Le silence se fit pendant quelques instants car chacun savourait sa part de dessert.

– En effet, finit par dire Bastien avec respect, c'est délicieux.

Après le repas, chacun se rendit dans le salon pour prendre le café et Bastien profita de ce moment de flottement.

– J'aimerais vous parler un peu d'Elise, dit-il simplement. Comme vous le savez, je l'ai rencontrée par hasard à Cannes et nous avons décidé de nous revoir.

– Peut-être devrais-tu laisser tomber, se hasarda Nicole laquelle était toujours amère en pensant à la manière dont Elise était sortie de leur vie.

– Non, maman, je suis sûr de moi. Mais si je vous parle d'elle aujourd'hui, c'est pour vous avertir que je lui ai proposé de travailler avec moi et qu'elle a accepté. Autre chose, d'après Elise, Monsieur Auclert sait que sa femme et moi avons eu une relation, car il nous a surpris au bar de *La Nuit Étoilée*.

– Nous ne voulons pas nous immiscer dans ta vie, intervint Armand. Cependant, vous vous mettez tous les deux dans une situation pour le moins inconfortable, poursuivit-il en faisant allusion à Annick et à Philippe.

– Tout est clair pour tout le monde, à présent, assura Bastien.

– Elise devra pourtant cacher sa relation avec toi, au moins à sa mère.

– Pour le moment, c'est préférable, en effet. Mais le temps jouera en notre faveur. Après tout, c'était une aventure brève et sans importance.

– J'aimerais partager ton optimisme, fit remarquer Valentin lequel n'était pas encore intervenu.

– Tout ira bien, ne vous inquiétez pas et le sujet est clos, précisa Bastien tout en tournant la cuillère dans sa tasse de café.

– Et si on allait s'installer un peu dans le jardin ? proposa Nicole. Il fait si beau, ce serait dommage de ne pas profiter du soleil.

– Ma femme a toujours de merveilleuses idées. Venez les garçons, je vais vous montrer l'emplacement où j'ai l'intention de faire installer une deuxième terrasse, avant l'arrivée de l'été.

Tandis que les trois hommes se rendaient à l'arrière de la maison, Nicole, les tasses vides à la main, repensait aux intentions de Bastien et sans trop savoir pourquoi, elle en fut contrariée. Le retour d'Elise dans le cercle familial, elle en était certaine, ne présageait rien de bon. Nicole estimait qu'après son aventure avec Annick, Bastien aurait dû absolument s'interdire de nouer des liens avec la jeune femme. Car elle avait eu l'occasion d'observer Madame Auclert lors du vernissage et elle se doutait bien que celle-ci était tout à fait capable de provoquer un vrai scandale en apprenant que son ex-amant fréquentait sa fille. Intuitivement, Nicole savait Annick capable de colère et de rancune et son instinct de mère lui disait l'innocence de son fils à se mettre dans une telle situation. Mais, Bastien avait trente-cinq ans et il était fermement décidé à suivre son idée. Nicole ne voyait pas très bien comment elle aurait pu l'en dissuader, sans passer pour une mère possessive. Elle pouvait seulement s'en remettre au bon sens d'Annick Auclert, pour espérer que celle-ci s'incline, en faisant preuve de dignité.

Elle choisit donc de se rendre à son tour dans le jardin pour y passer le reste de l'après-midi et pour savourer le plaisir de se trouver en famille. Le bonheur d'Armand, entouré de ses deux fils, faisait plaisir à voir. Tout le jardin annonçait le renouveau. Les mimosas plantés de part et d'autre de l'allée principale formaient des bouquets d'un jaune, attisé par le soleil. Quelques chants d'oiseaux parvenaient du magnolia dont les bourgeons laissaient déjà deviner la teinte des fleurs à éclore et les rosiers montraient le frémissement de leurs feuilles, nouvellement poussées. La quiétude des lieux était fort agréable et Nicole se trouva chanceuse de pouvoir vivre dans un tel endroit. Elle se demanda si Arnaud d'Estegnac possédait un jardin aussi agréable et si Valentin réussirait à se servir de la lumière qu'il portait dans son cœur et dans sa mémoire pour la déposer sur les toiles d'un atelier éclairé plus sobrement. En croisant le regard de Valentin si pétillant de vie, Nicole n'eut plus aucun doute. Son fils emporterait partout avec lui l'éclat de sa passion.

18

L'épouse de Philippe prit bien soin de masquer son numéro de téléphone avant de composer celui de son nouvel ami.

– Monsieur Armand Deville ? susurra-t-elle.

– Lui-même, à qui ai-je l'honneur ?

– Claire, visiteuse médicale, répondit Annick prudemment. Êtes-vous seul ?

– Absolument et je suis heureux de vous entendre, Claire. Tout va bien à Marseille ?

– Je suis à Cannes pour la semaine.

– À quel hôtel êtes-vous descendue ?

– Je suis logée chez une amie, mentit Annick. Elle est très gentille mais un peu exubérante. Elle aime tout savoir. C'est pourquoi, je parle si bas. Je me permets de vous appeler. Ai-je eu tort ? demanda Annick d'un air inquiet.

– Non, Claire, au contraire, vous avez bien fait. Dites-moi où et quand nous pouvons nous voir ? Si c'est ce que vous désirez, bien sûr.

– Demain vers dix-neuf heures, devant le Palais des Festivals, cela vous conviendrait-il ?

– Parfaitement, alors à demain, Claire.

Annick s'était réfugiée dans la salle de bains. Elle se leva pour fermer les robinets qu'elle avait pris la précaution d'ouvrir en grand afin de faire du bruit avant d'appeler Armand. Elle était soulagée, car elle s'était demandée si, finalement le père de Bastien après réflexion aurait toujours envie de la revoir. Ce doute l'avait poussée à solliciter un rendez-vous bien plus tôt que prévu. À présent, elle doutait de la pertinence de sa démarche, car avec l'organisation du repas de

Pâques, elle n'avait pas eu un instant à elle pour réfléchir à la manière d'exploiter au mieux cette rencontre. Annick ignorait encore si elle devait simplement séduire cet homme ou aller plus avant, pour carrément faire partie de sa vie afin de mieux s'immiscer dans celle de Bastien.

Après avoir raccroché, Armand resta un moment à penser à Claire et il se réjouit à l'idée de la revoir, dès le lendemain. Il se demanda dans quel endroit un peu original il pourrait l'emmener car le brouhaha des cafés n'était à son avis pas très propice pour mener une conversation constructive et intéressante. Quand Claire l'avait quitté le lundi précédent, Armand s'était inquiété de savoir si elle ne déciderait pas de l'inutilité d'une autre rencontre et il avait regretté de ne pas avoir insisté davantage pour obtenir au moins son numéro de téléphone. Mais en cet instant, il était à la fois rassuré et heureux et il décida de lui faire découvrir un petit cabaret à l'ambiance fort agréable et nettement plus intime qu'un simple café. Armand trouvait cette femme fascinante et complexe et la facilité avec laquelle elle s'exprimait laissait deviner une grande aisance naturelle. Il était curieux d'en savoir plus à son sujet et surtout d'entrevoir le chemin sur lequel ils allaient s'engager pour faire plus ample connaissance. Car le mystère qui émanait de tout son être l'intriguait et il pensait qu'il lui faudrait faire preuve de beaucoup de patience et de perspicacité pour le percer à jour. Il décida donc de laisser Claire venir à lui, à son rythme, sans lui opposer la moindre résistance. Il était curieux de savoir comment cette femme se comporterait face à sa docilité et à sa bienveillance. Cette perspective l'excitait car, jusqu'à présent, il avait toujours pris les devants avec les femmes, et leur avait plus ou moins imposé sa volonté. Cette fois, Armand serait l'observateur et non l'acteur d'une histoire qu'il espérait riche en rebondissements. Armand ne s'était jamais véritablement soucié des attentes et des désirs de ses maîtresses et il s'était bien au contraire toujours attaché à diriger les événements. Il avait donc hâte d'être au lendemain pour connaître les désirs de Claire et regarder de quelle manière elle s'y prendrait pour faire en sorte d'obtenir gain de cause.

– À quoi penses-tu ? demanda Nicole sur le seuil de leur chambre, laquelle trouva son mari absorbé et étrangement calme.

– À rien de spécial. Je me demandais simplement ce que je ferai lorsque toi et Valentin serez à Zurich.

En un certain sens, cette réponse ne constituait pas vraiment un mensonge.

– T'inquiètes-tu pour Bastien ? demanda-t-elle.

– Un peu. J'ai tout comme toi la conviction qu'il commet une erreur en persistant à vouloir fréquenter Elise. De plus, je la trouve un peu trop jeune pour lui. Notre fils a divorcé et a un enfant et je n'arrive pas trop à croire à son attachement pour une fille en âge d'être sa petite sœur. Un jour, Bastien finira par vouloir prendre Bryan chez lui soit pour un week-end, soit pour les vacances et cela m'étonnerait qu'Elise accepte de s'en occuper.

– Armand, tu en parles comme s'il s'agissait d'une gamine. Elle a tout de même vingt-trois ans, fit remarquer Nicole. Je suis surtout inquiète de l'ancienne relation de Bastien avec Annick. Si cela devient sérieux entre eux, notre fils sera amené à rencontrer toute la famille Auclert et il se mettra alors dans une position impossible. La mère d'Elise ne supportera pas de voir sa fille en compagnie de son ancien amant. Et je ne parle même pas de Monsieur Auclert lequel après avoir été trompé par notre fils, devra lui faire bonne figure, quand Elise lui présentera Bastien. Quel père supporterait de voir sa fille fréquenter un homme avec lequel sa femme l'a trompé ?

– Je n'ai pas de fille mais je crois pouvoir comprendre. Franchement, je n'avais pas du tout réfléchi au problème sous cet angle, dit Armand, pensif.

– Un père a toujours du mal à voir sa fille grandir et à la partager avec un autre homme. Alors Armand imagine qu'en plus l'homme en question s'avère être une personne pour laquelle il éprouve du mépris ! Et pour la pire des trahisons. Non, décidément je continue à penser qu'en fréquentant Elise, Bastien fait preuve d'un manque flagrant de discernement.

– Nicole, l'amour ôte tout discernement, même à l'homme le plus sensé.

– Certes, pour moi c'est la seule explication. Car je détesterais être amenée à penser que notre fils choisit d'ignorer volontairement la souffrance d'autrui pour servir ses propres intérêts.

– Voyons, Nicole ! Bastien n'est pas ce genre d'homme et tu le sais pertinemment. Il est amoureux, voilà tout. Il est tellement pris par ses sentiments pour Elise, qu'il n'a pas réfléchi un seul instant à tous les inconvénients dont tu viens de parler.

– Et il a fallu qu'il s'agisse d'une femme comme Annick Auclert !

– Pourquoi dis-tu cela, Nicole ? Après tout, nous la connaissons très peu et peut-être est-elle tout à fait sensée, à défaut d'être sensible.

– Valentin m'a raconté la manière avec laquelle elle a mis la pauvre Tania à la porte. Et je me souviens des heures passées à réconforter Elise, lorsque celle-ci fréquentait notre cadet. Non, crois-moi, Armand, cette femme est calculatrice et potentiellement méchante.

– Les gens peuvent changer, non ? Cesse de t'inquiéter ainsi pour Bastien, je t'en prie, et laisse, s'il te plaît, le bénéfice du doute à cette femme.

– Tu as raison. Après tout, je ne sais pas pourquoi je me mets dans des états pareils.

– Comment avez-vous l'intention de vous rendre à Zurich ? demanda Armand pour obliger sa femme à se détendre un peu.

– Avec ma voiture, je suppose. Valentin souhaitera sûrement amener son propre matériel en plus de ses vêtements et à mon avis, l'avion ne serait pas pratique avec tous ces bagages.

– Cependant, vous savoir sur les routes n'est pas pour me rassurer, fit remarquer Armand.

– Franchement, te voilà bien placé pour me dire de cesser de m'inquiéter ! plaisanta Nicole afin de dérider son mari, car elle le sentait soudain un peu contrarié à l'idée de leur prochain départ.

– Peut-être, mais Valentin n'aimant pas trop conduire, tu seras contrainte de rester au volant durant presque tout le trajet. Tu risques de trouver la route longue et éprouvante. Il serait peut-être préférable que je vous conduise à Zurich avec ma voiture, suggéra Armand, rassuré par cette solution.

– Non, je t'assure, c'est inutile. Cela t'obligerait à faire deux trajets, je peux très bien m'en sortir seule. Si nous sommes trop fatigués, nous ferons une étape pour la nuit à mi-chemin.

– Ce serait une solution, en effet. Vous pourriez passer une nuit dans un hôtel.

– Pour le moment, nous ne sommes pas près de partir et nous en reparlerons avec Valentin, proposa Nicole.

– As-tu déjà une idée de la durée de ton séjour ? enchaîna Armand lequel n'avait plus très envie de voir sa femme partir.

– Pas plus de quelques semaines, c'est certain. Cesse de te tourmenter ainsi. Mon absence te permettra de passer plus de temps avec tes copains d'hippodrome et de poker. Tu verras, je serai revenue avant que tu n'aies eu le temps de t'ennuyer. Viens avec moi dans le salon, nous allons prendre l'apéritif. J'ai également préparé un petit plat pour notre déjeuner en amoureux.

– Voudras-tu sortir cet après-midi ?

– Justement, je voulais t'en parler. Nous pourrions aller jusqu'à Nice pour nous promener le long de la baie. Cela fait presque un an que nous n'y sommes pas retournés.

– Oui, je m'en souviens. Nous avions passé le premier mai là-bas. Nous partirons après le déjeuner, si tu veux, proposa Armand tout en se levant pour se rendre dans le salon avec sa femme.

19

Je vous en prie, entrez et asseyez-vous, pria Monsieur Millet. Madame Marchand m'a prévenu que vous souhaitiez me parler. Je vous écoute, invita-t-il de son air affable.

– Voilà… hésita Elise. Les relations entre Madame Marchand et moi-même sont difficiles et tendues, vous ne l'ignorez pas.

– Je pensais que la situation s'était améliorée, coupa-t-il. Manifestement, je me suis fait des illusions. Je peux en parler à ma collaboratrice si cela doit vous réconforter.

– Je vous remercie de votre sollicitude mais ce serait inutile.

– Que puis-je faire en ce cas?

– Absolument rien. J'ai décidé de vous quitter et voici ma lettre de démission, ajouta Elise tout en tendant une enveloppe, les mains un peu tremblantes.

– Voyons, Elise! Je vous en prie, c'est ridicule. Vous faites un travail remarquable ici et notre activité vous plaît et vous intéresse. Ce serait dommage de partir pour une simple incompatibilité d'humeur. Voulez-vous que je fasse venir votre collègue immédiatement pour régler le problème? Il s'agit d'un simple malentendu entre vous et cela peut se régler aisément, je vous assure.

Monsieur Millet avança alors la main vers l'interphone pour prier sa collaboratrice de venir dans le bureau, mais Elise retint son bras.

– Non, s'il vous plaît! pria-t-elle. Je ne souhaite pas discuter avec cette femme. Je vous demande simplement de me laisser partir.

– Et où irez-vous? Vous savez, trouver un autre emploi n'est pas si aisé. Je vous en prie! Réfléchissez car vous risquez de regretter votre décision, en partant ainsi sur un coup de tête. Souhaitez-vous prendre quelques jours de congé pour y réfléchir ? Oui, c'est ça, prenez le reste de la semaine, proposa-t-il gentiment.

– Je vous remercie mais c'est inutile. J'ai trouvé un autre emploi et je dois commencer dès demain.

– En ce cas… répondit Monsieur Millet, un peu désarmé par la nouvelle.

– Me laisserez-vous partir dès aujourd'hui ? demanda Elise d'un air inquiet. Je me suis engagée et si je ne me présente pas demain matin à la première heure, le poste sera donné à une autre personne.

– Vous me mettez dans l'embarras. Je ne vous le cache pas. Ceci est très ennuyeux fit-il remarquer avec une contrariété évidente. Franchement Elise, vous auriez pu m'avertir plus tôt. Je n'ai personne pour vous remplacer sur l'heure !

– J'en suis désolée, mais comprenez-moi. Ce poste m'a été proposé, ce week-end.

– Bien, je ne vais pas insister pour savoir comment vous l'avez obtenu car cela ne me regarde pas. Une chose est sûre, vous ne me laissez pas le choix. Puisque vous avez eu la chance de trouver un autre emploi vous convenant davantage, et par égard pour vous, je m'incline donc et vous laisserai partir, dès ce soir.

– Pourrai-je avoir mon certificat de travail aujourd'hui, sans vouloir abuser de votre compréhension ? demanda Elise, les yeux baissés et l'air un peu honteux.

– Je ferai le maximum pour vous le fournir. Par contre, il vous faudra attendre un peu pour votre solde de tout compte.

– Je ne suis pas pressée pour le chèque, Monsieur Millet. Je vous remercie de me permettre d'accepter ce poste auquel je tiens tout particulièrement.

– Bien, rien d'autre ?

– Non, monsieur.

– Alors, allez vous mettre à la disposition de Madame Marchand pour les dossiers urgents et revenez me voir avant de partir.

– Oui, bien sûr. Merci encore, Monsieur Millet, dit Elise tout en se levant pour quitter le bureau de celui qui était encore son patron pour quelques heures.

Pendant ce temps, Valentin était occupé à montrer le laboratoire de *L'Oh ! à la bouche*, à son ami Cédric Dravet et à le familiariser un peu, avec les tâches quotidiennes. Aurélia et Tania l'avaient accueilli chaleureusement et Cédric, pour une première prise de contact avec sa patronne, se sentait particulièrement à l'aise.

– Tu sais, Valentin, je suis vraiment content que tu aies pensé à moi pour te remplacer et je ne sais pas comment te remercier. Quelque chose te ferait-il plaisir ? demanda-t-il.

– Oui, garde ton enthousiasme et mets tout ton cœur dans ton travail pour satisfaire la patronne et les clients. Ce sera la plus belle des récompenses pour moi, répondit Valentin tout en donnant une tape amicale sur l'épaule de son collègue.

– Ne t'inquiète pas pour ça. Je rêve d'un emploi durable dans une vraie boulangerie-pâtisserie depuis très longtemps et je serais fou de ne pas tout faire, pour rester. De plus, ces deux femmes sont vraiment agréables, tu n'auras pas à regretter de m'avoir choisi, crois-moi.

– Ne rêve pas trop, Cédric. Le travail ne manque pas et je ne compte plus mes heures. Cela ne te dérangera pas de devoir venir plus tôt ou de rester plus tard assez souvent ? demanda Valentin lequel préférait avertir Cédric tout de suite des horaires un peu fantaisistes de la maison.

– Je suis célibataire et j'ai récemment acheté une petite voiture d'occasion à crédit. Je me montrerai disponible et serviable, assura-t-il en souriant.

– Bien, ceci étant réglé, je te propose de me regarder travailler pendant deux ou trois jours et lorsque tu te sentiras prêt, tu pourras commencer à m'aider. Es-tu d'accord ?

– Je peux parfaitement t'aider tout de suite, si tu veux. Montre-moi simplement ce que je dois faire.

– Comme tu voudras. Commençons par la ganache. Tiens, tu peux casser le chocolat.

Cédric s'exécuta de bonne grâce et Valentin remarqua ses gestes rapides et précis. De toute évidence, il avait l'habitude de travailler seul et son sens de l'organisation ne faisait aucun doute. Les ingrédients furent disposés sur la table en un temps record et après avoir hésité un instant, Valentin décida de laisser son ami élaborer lui-même la crème du début à la fin.

Assis à son bureau, Bastien tournait nerveusement son stylo entre ses doigts, incapable de se concentrer sur les dossiers du jour. Il repensait à sa conversation téléphonique de la veille avec Cassandra et regrettait de ne pas lui avoir proposé de venir voir Bryan prochainement à Londres. Depuis son divorce et son retour à Cannes, il était partagé entre le désir d'aller voir son fils et celui de laisser passer encore un peu de temps, avant d'entreprendre un voyage pour Londres. Il savait déjà, que s'il partageait la vie de son unique enfant pendant quelques jours, il aurait beaucoup de difficultés à le quitter et de plus, il raviverait une blessure dont la douleur commençait seulement à s'estomper. Au-delà de cette considération, Bastien ignorait si un petit garçon de quatre ans pouvait supporter de voir son père par intermittence sans vivre à chaque fois son départ comme un nouvel abandon. Bryan était selon lui bien trop jeune pour comprendre un arrangement fait par et pour les seuls adultes, et il risquait de souffrir davantage des allers-retours de son père, que de son éloignement permanent. Bastien se promit donc d'en discuter avec son ex-femme à la prochaine occasion pour convenir de la solution la moins traumatisante à adopter. Il aurait aimé avoir son fils à ses côtés pour le week-end de Pâques et connaître ainsi le bonheur tranquille des jours de fêtes en famille. Sa journée de dimanche avec ses parents et son frère avait encore accentué ce sentiment de manque et le lundi, passé seul à tourner en rond dans son appartement, lui avait semblé vide de sens.

Il se souvenait de son mariage comme d'une longue période de bonheur, dénuée d'une véritable passion peut-être, mais pleine d'harmonie et de complicité. Aujourd'hui, il se retrouvait loin d'une femme pour laquelle il avait malgré tout gardé une certaine affection et privé de la joie d'élever son fils et de le regarder grandir chaque jour. Pourtant, malgré sa déception et son chagrin, Bastien ne parvenait pas à en vouloir à Cassandra d'avoir provoqué cette situation. Après un long moment passé à méditer, il s'efforça de chasser ses idées noires en choisissant de se concentrer sur les dossiers urgents. Bastien savait par expérience que le travail pouvait s'avérer être un excellent dérivatif à ses problèmes personnels. À chaque fois qu'il s'était senti perdu et désarmé, il s'était absorbé sur des cas difficiles et les efforts fournis pour les résoudre l'avaient détourné de ses soucis. Il s'appliqua donc à considérer chaque cas litigieux et s'attacha à trouver une solution acceptable, à la fois pour la société et pour le client. Bastien resta ainsi plusieurs heures à étudier la meilleure proposition à soumettre pour chaque dossier, et lorsqu'il referma le dernier, il avait totalement oublié les désillusions et le désarroi avec lesquels il était entré dans le bureau, le matin même.

20

– Bonjour, dit Elise d'un ton particulièrement enjoué, en ouvrant la porte à l'homme pour lequel son cœur s'était mis à battre plus fort, au premier coup de sonnette. Viens, entre, invita-t-elle.

– Comment vas-tu ? demanda Bastien tout en se dirigeant vers le canapé.

– À merveille. Une personne de l'agence d'intérim m'a téléphoné pour me demander de me présenter au *Cash Minute*, demain à neuf heures trente.

– Je sais, j'ai reçu les candidatures sur mon fax juste avant de partir. Et parmi elles, j'ai trouvé ton curriculum vitæ.

– Qui devrai-je voir ? demanda Elise un peu anxieuse à l'idée de devoir passer un entretien d'embauche.

– Je te recevrai avec Monsieur Joliac, mon homologue. Il est très gentil et il te mettra tout de suite à l'aise, tu verras. Ton embauche est prévue pour lundi prochain, précisa Bastien.

– Ah ! bon ? rétorqua-t-elle, vaguement déçue, j'espérais commencer dès demain.

– Je pensais t'avoir prévenue. As-tu parlé à ton patron ?

– J'ai démissionné aujourd'hui et j'ai déjà mon certificat de travail.

– Apparemment, il n'a pas fait de difficultés, c'est parfait. Ainsi, tu disposeras du reste de la semaine pour te reposer un peu. Cependant tu sembles déçue.

– Un peu car j'ai demandé à mon patron de me laisser partir ce soir, mais si j'avais su que je commencerai seulement lundi prochain, je serais restée pour lui rendre service.

– Détends-toi. Madame Marchand t'a suffisamment ennuyée et tant pis pour elle, si elle se retrouve avec deux fois plus de travail.

– Tu as raison, après tout, elle l'a bien cherché.

– Tu verras, Elise, tu n'auras pas à regretter ton choix. Chez nous, chacun organise son travail comme il l'entend. Ton chef veillera seulement au bon traitement des dossiers et cela va te changer la vie, crois-moi. À part ça, as-tu passé de bonnes fêtes de Pâques ?

– Oui, j'étais chez mes parents. Ils avaient invité mon oncle et son copain et aussi ma grand-mère, Jeanne, précisa Elise laquelle attendit une réaction de Bastien, pendant un instant.

Puis, comme celui-ci ne répondait pas, elle enchaîna :

– J'ai l'intention d'annoncer ma démission à ma mère et mon nouvel emploi au *Cash Minute* dès demain.

– Crois-tu cela nécessaire ? se hasarda Bastien lequel aurait préféré qu'Annick soit tenue le plus longtemps possible dans l'ignorance de ce changement.

– Cette société emploie plusieurs centaines de personnes. Je prétendrai avoir trouvé ce poste par mes propres moyens. Après tout, je ne suis pas censée savoir où tu travailles, fit remarquer Elise tout en devinant l'inquiétude de Bastien.

– Ton explication se tient, en effet.

– Tu sais, je suis vraiment contente à l'idée de changer d'employeur et je voudrais te dire combien je suis désolée de mon comportement lors de notre dîner.

– Oublie cela, c'est du passé et à la réflexion, je comprends ta réticence à m'entendre parler de ta mère. Par contre, Elise, je voudrais t'expliquer un peu les circonstances de mon divorce.

– Il s'agit de ta vie privée.

– Justement, tu as le droit de savoir.

Bastien se lança alors dans un long monologue durant lequel il retraça sa rencontre avec Cassandra, son mariage et la naissance de

Bryan puis, il insista sur le désir de son épouse de reprendre sa liberté tout en gardant son fils.

– Je suis vraiment touchée de ta confidence et je te remercie de m'avoir jugée digne de l'entendre. Désormais, j'essayerai de me montrer moins distante avec toi.

– Tu as eu une réaction tout à fait normale et légitime étant donné la situation, rétorqua Bastien sans aucune amertume. Bien, je vais te laisser pour ce soir et…

– Si tu veux, je vais descendre avec toi car j'ai besoin de marcher un peu.

– Excellente idée, allons nous promener. Il fait si beau, je t'attends.

Après avoir consulté sa montre pour la dixième fois environ en moins d'une demi-heure, Annick se leva pour aller fermer la porte du *Vent de la Mode* à clé. Il était dix-huit heures quinze et elle devait commencer à se préparer sans plus tarder, si elle voulait être à l'heure à son rendez-vous avec Armand Deville. Car pour se métamorphoser en Claire, jeune femme de trente-deux ans, il lui fallait modifier son maquillage, poser la perruque à la chevelure rousse et bouclée puis, changer de vêtements et aller porter le sac contenant les effets d'Annick dans le coffre de la voiture garée au marché Gambetta. Ensuite, elle devait marcher encore environ dix minutes pour arriver devant le Palais des Festivals. Annick n'avait donc plus une seule minute à perdre, et après avoir tiré le rideau de l'arrière-boutique, elle s'installa devant la psyché et commença à se démaquiller soigneusement. Puis, elle releva ses cheveux en les tirant au maximum et après les avoir attachés bien serrés, elle roula la longueur sur son doigt et l'emprisonna dans une résille qu'elle noua plus souplement, en laissant retomber le tout dans sa nuque. Puis, constatant que cette opération délicate avait pris beaucoup trop de temps, Annick se maquilla rapidement, changea sa robe contre un pantalon et une veste assortie, portée à même la peau afin d'attirer le regard d'Armand. Elle posa la perruque rousse pour donner vie à Claire, une jeune femme charmante attendue par un homme fort séduisant. Ensuite, les gestes d'Annick devinrent plus assurés et plus rapides et en moins de dix minutes, le tailleur et les chaussures furent rangés dans le sac, la mallette de visiteuse médicale sortie de sa cachette, la vitrine éteinte et le magasin fermé.

Sur le trottoir de la rue Marceau, Annick n'eut pas de difficultés à marcher rapidement car elle portait des chaussures à talons plats. Après s'être habilement faufilée à travers la foule des touristes toujours très nombreux durant les vacances de Pâques, elle arriva au niveau de sa voiture dont elle ouvrit le coffre et y jeta le sac contenant les vêtements avec lesquels elle avait quitté son appartement, le matin même. Elle décida de regagner la rue d'Antibes afin de couper au plus court pour se retrouver sur La Croisette sans perdre de temps. Annick se sentait plus à l'aise dans sa tenue que la dernière fois où elle s'était postée devant le domicile de Bastien, pour en surveiller les allées et venues. Elle marchait donc d'un pas assuré et naturel tout en tenant fermement sa mallette de commerciale dans sa main droite. Elle continua à se faufiler parmi les badauds à la démarche un peu nonchalante et, juste devant elle, elle regarda tout d'abord sans le voir, un jeune couple se promenant main dans la main. Son cœur fit un bond violent en oppressant sa poitrine, lorsque posant à nouveau ses yeux sur les amoureux, Annick réalisa qu'il s'agissait de sa propre fille et de Bastien. Pendant un bref instant, elle n'en crut pas ses yeux et tandis qu'elle continuait à les suivre, portée par la foule, elle eut l'impression de devenir folle. Tout son corps se révulsa violemment, ses traits se crispèrent et en un instant, ses idées se brouillèrent. Le regard rivé sur le couple diabolique, elle sentit le feu lui monter au visage puis, ses tempes la firent souffrir. La chaleur envahit peu à peu son corps bouillant et trempé de sueur. Un nœud lui noua l'estomac et la gorge serrée, elle sentit des larmes de rage lui brûler les yeux et troubler sa vue. De tout son être, Claire venait de disparaître pour laisser place à Annick Auclert, une femme au bord de la crise de nerfs, incapable de maîtriser ses émotions. Elle se mit à trembler des pieds à la tête et la démarche rendue difficile par l'extrême tension de ses muscles, elle dut se résoudre à s'arrêter un instant. C'est à ce moment précis, que le couple fit brusquement demi-tour pour se retrouver face à elle. Bastien et Elise, le visage détendu et heureux, croisèrent Annick une femme détruite par la haine, sans lui prêter la moindre attention. Tout s'était passé en moins d'une minute, mais Annick avait la sensation d'avoir été propulsée dans un monde parallèle. Elle continua à marcher tout droit sans réfléchir, tel un automate programmé, jusque devant le Palais des Festivals. Annick était enfermée dans son univers, la tête pressée dans un étau et sa vue et son ouïe se limitaient au seul périmètre de sa souffrance. Les gens et l'environnement avaient cessé d'exister et, seule la vision de la scène à laquelle elle venait d'assister, l'empêcha de sombrer totalement dans le néant.

QUATRIÈME PARTIE

1

Lorsqu'elle entendit la voix enjouée d'Armand Deville, Annick redescendit un peu sur terre. Elle le considéra un instant comme un parfait étranger puis, reprenant ses esprits, elle s'entendit articuler :

– Bonjour, Monsieur Deville.

– Claire, je vous en prie ! Appelez-moi par mon prénom. Alors dites-moi, comment allez-vous ? Vous êtes tout à fait charmante, ajouta-t-il sur un ton admiratif.

La vision de cet homme dont tout lui rappelait Bastien, importuna Annick au plus haut point et elle eut envie de lui crier sa haine. Pourtant, c'est d'une voix presque affable qu'elle réussit par répondre.

– Bien, je vais bien.

– Venez, ne restons pas là. Vous semblez toute perdue, remarqua Armand en prenant le bras de Claire pour faire quelques pas. Quelque chose ne va pas ? insista-t-il.

– Bien, je vais bien, répéta Annick toujours dans un état second.

– Franchement Claire, excusez-moi mais vous ne respirez pas la joie de vivre. Venez, je vais vous emmener dans un endroit, lequel j'en suis persuadé, va vous plaire et vous détendre. Allez, donnez-moi votre mallette, dit-il en essayant de la lui prendre.

– Non, je la garde avec moi.

Annick eut alors un mouvement de recul et Armand en fut étonné.

– Si vous voulez mon avis, vous avez un besoin urgent de vous détendre devant un bon verre.

Et, n'insistant pas plus, Armand entraîna la jeune femme à l'intérieur de la ville.

Lorsqu'ils arrivèrent au cabaret de travestis *L'un pour L'autre*, Claire n'avait pas reparlé et devant son mutisme et son air absent, Armand sembla se demander quel événement avait bien pu provoquer l'état de léthargie où sa nouvelle amie semblait enfermée.

– Cet endroit vous plaît-il ? s'enquit-il pour essayer de dérider cette superbe jeune femme à la chevelure flamboyante.

– Cela semble coquet et particulièrement intime. C'est tout ce que j'aime, répondit Claire en se faisant violence.

– Êtes-vous déjà venue ? poursuivit Armand.

Et devant l'air de dénégation de la jeune commerciale, il précisa :

– Nous allons assister à un spectacle époustouflant.

– Sommes-nous dans un établissement un peu spécial ?

– Pas vraiment, vous allez voir un numéro de travestis tout à fait réussi.

Ils avancèrent dans la demi-pénombre et Annick se souvint de la raison pour laquelle elle se trouvait en compagnie d'Armand Deville. Elle décida alors de faire un effort pour sauver la face et faire parler un homme tout disposé à la satisfaire.

– Champagne, dit simplement Armand à l'adresse d'une personne fort sexy et dénudée à souhait. Claire, dit-il en lui prenant la main, je vous en prie, faites-moi un sourire et essayez de vous détendre un peu. Je vous sens toute crispée.

– Excusez-moi, j'ai eu une journée difficile et je vous en fais subir les conséquences.

– Non, ce n'est rien. Avez-vous appris une mauvaise nouvelle ? Puis-je vous aider ?

– Regardez, dit Claire en guise de réponse, le spectacle commence.

Les numéros se succédèrent pendant plus d'une heure et chacun d'entre eux était original et mis en scène avec beaucoup de goût. Tous les hommes qui montaient sur scène, réussissaient l'exploit de donner l'illusion d'appartenir au sexe faible et tout, dans leur gestuelle contribuait à le faire croire aux spectateurs. Seules, les petites lampes posées sur les tables étaient restées allumées pour permettre aux clients de pouvoir continuer à déguster leur consommation pendant les numéros. Lorsque la salle se ralluma, juste après un tonnerre d'applaudissements, Claire encore absorbée par le spectacle sourit à Armand.

– Parlez-moi un peu de vous, demanda-t-elle afin d'éviter d'avoir à faire des commentaires sur ce qu'ils venaient de voir. Vous me l'avez promis.

– Soit, mais ma vie n'est pas palpitante. Vous risquez d'être déçue.

– Je suis persuadée du contraire, insista Annick.

Armand se mit alors à décrire de bonne grâce la carrière de Nicole et les hésitations de Valentin, quant à son choix professionnel. Puis, il aborda le sujet du prochain départ de sa femme et de son fils pour Zurich.

– Ainsi, voyez-vous, j'aurai très prochainement la possibilité de vous accorder davantage de temps. Je serai libre et abandonné de tous, provoqua Armand.

– Vous ne serez pas seul. Je suis là, ou plus exactement, je ferai en sorte de travailler le plus possible sur le secteur de Cannes, précisa Claire en se reprenant de justesse. Ne m'aviez-vous pas parlé de deux fils ? insista-t-elle.

– C'est exact. Vous voulez sans doute parler de Bastien, mon aîné. Lui, c'est différent. Il a quitté la maison depuis de nombreuses années et en plus, il est amoureux depuis peu et il vit sur son petit nuage.

– Peut-être habite-t-il loin d'ici? suggéra Claire dont la lèvre supérieure fut prise d'un tic nerveux.

– Non, il vit à Cannes mais je le vois assez rarement, sa petite amie lui suffit.

– Vous allez donc réellement vivre seul, tout le temps que votre femme se trouvera à Zurich ?

– Oui et cela me pèse un peu, je l'avoue.

– Que diriez-vous si nous continuions cette conversation ailleurs ? souffla la jeune femme sur un ton qui ne laissait aucune équivoque quant à ses intentions.

– Dans une chambre, par exemple ? murmura Armand.

– Tout juste, Monsieur Deville, laissa-t-elle échapper dans un souffle, tout en donnant un air alangui à tout son corps.

– Vous me tentez terriblement, Mademoiselle Claire, rétorqua Armand d'un air gourmand.

– En ce cas, pourquoi résister ? Venez… maintenant.

– J'aurais adoré, Claire mais nous allons devoir patienter. Il est tard et je ne voudrais pas éveiller les soupçons de ma femme.

– Dommage, répondit-elle en faisant la moue. Mais vous avez raison, je préfère prendre mon temps.

– Cessez, Claire ! Je vais finir par me faire des illusions.

– Vous ferais-je perdre la tête par hasard ? demanda la jeune femme sans aucune retenue. Non, ne répondez pas, ajouta-t-elle en posant son index sur les lèvres d'Armand. Vous le ferez bien mieux la prochaine fois.

– Partons, voulez-vous ?

– Je m'éclipse la première, dit-elle tout en se levant. Je préfère vous quitter tout de suite pour pouvoir penser à vous. Je vous appellerai très bientôt, Monsieur Deville.

Claire quitta la salle puis sortit du cabaret avant qu'Armand ait eu le temps d'esquisser un geste pour la retenir.

Resté seul, Armand se fit violence pour ne pas se complaire dans la douce rêverie à laquelle il se serait laissé aller volontiers. Claire était une femme étonnante et redoutable, dont l'assurance laissait deviner une certaine expérience des relations amoureuses. Son charme, ajouté à sa totale liberté, lui conférait un pouvoir de séduction qu'Armand n'aurait jamais soupçonné, si Claire ne s'était dévoilée. Cette jeune femme était sans aucun doute douée pour les rapports avec les hommes et elle avait dû fréquenter nombre d'entre eux, prêts à satisfaire ses moindres désirs. Armand pensa non sans un certain plaisir, aux multiples facettes de la personnalité de Claire, qu'il aurait à déceler, s'il ne voulait pas se laisser submerger par l'habileté de cette femme. Puis, considérant qu'il était préférable pour lui de penser à autre chose au plus vite, il sortit de *L'un pour L'autre* et allongea le pas pour aller retrouver sa femme et son fils.

– Où étais-tu passé? s'enquit Nicole en voyant son mari entrer dans la cuisine.

– Nous commencions à nous inquiéter, ajouta Valentin dans le dos de son père.

– J'ai rencontré un copain que j'avais perdu de vue, depuis longtemps. Il a tellement insisté pour aller boire un verre que j'ai fini par me laisser convaincre, mentit Armand.

– Fais en sorte de me prévenir si cela se renouvelle, demanda Nicole. Ce serait gentil, ajouta-t-elle tout en préparant la salade pour le dîner.

– Ma femme serait-elle fâchée? s'enquit-il en regardant la photo de son petit-fils accrochée au mur.

– À ton avis?

– Je pense être pardonné une fois de plus et pour fêter cette bonne nouvelle, je propose de préparer l'apéritif dans le salon.

– Oui, profites-en, tant que nous sommes encore là, le taquina Nicole. Le copain de Valentin se plaît beaucoup à la pâtisserie et nous ne tarderons plus à partir.

– Viens me parler un peu de cette journée, demanda Armand à son fils, lequel le suivit volontiers.

Restée seule dans la cuisine, Nicole pensa qu'il lui faudrait demander à Bastien de rendre visite à son père régulièrement, durant son absence. Cette grande maison paraîtrait bien vide à son mari et elle en éprouva quelques remords. Si seulement Armand avait su revenir à de meilleurs sentiments des années auparavant, peut-être n'aurait-elle jamais envisagé de donner le moindre petit espoir à Arnaud d'Estegnac, en acceptant d'aller séjourner à Zurich.

2

En quittant le cabaret *L'un pour L'autre*, Claire était encore sous le charme d'Armand Deville et elle aurait donné n'importe quoi pour se trouver dans une chambre d'hôtel avec lui. Cet homme lui plaisait et l'attirait irrésistiblement et ce, beaucoup plus qu'elle ne l'aurait jamais imaginé. Elle marcha le long des rues presque désertes et, au fur et à mesure de ses pas, Annick sortit de sa torpeur puis se réveilla tout à fait et l'acuité avec laquelle elle revécut la scène de la rue d'Antibes, lui donna envie de hurler de toutes ses forces. Cette fois, Annick avait bu l'infamie jusqu'à la lie en constatant de ses propres yeux, jusqu'où son ex-amant avait été capable de pousser la perversité. Après s'être joué de la mère et avoir eu la satisfaction de l'humilier, Bastien avait poussé le vice jusqu'à séduire la fille, pour en faire ouvertement sa petite amie. Décidément, Elise ne comprenait vraiment rien aux hommes si elle s'imaginait pouvoir s'attacher un amant aussi expérimenté. Et le ridicule de la situation aurait donné à Annick envie de rire, si elle n'avait pas été si humiliante. Elle sentait la migraine lui durcir la nuque et raidir ses vertèbres cervicales au point que chaque mouvement de tête la fit souffrir. Elle avait hâte d'ôter la perruque de celle qui deviendrait bientôt et sans nul doute la maîtresse d'Armand, pour retrouver le visage de la femme bafouée dont le cœur se trouvait au bord du précipice. Car, rien de pire n'aurait pu arriver et jamais, même dans ses cauchemars les plus noirs, Annick n'aurait imaginé être confrontée à une situation aussi odieuse et grotesque.

Désormais, la vengeance devait être le seul objectif, la seule motivation de tous ses actes et de toutes ses pensées. Annick ne connaîtrait ni répit ni délivrance, tant que Bastien n'aurait pas payé d'abord jusqu'au dernier centime et ensuite au centuple, les conséquences de son insolence et de sa suffisance. Cette fois, il était allé beaucoup trop loin en envisageant de se laisser aimer par Elise, alors qu'il s'était permis de décliner les faveurs d'une femme capable de prévenir et de combler le moindre de ses désirs.

Arrivée près de sa voiture, Annick prit place au volant et claqua violemment la portière avant de démarrer. Au mépris des précautions les plus élémentaires, elle arracha sa perruque d'un geste brusque et la jeta sur le siège passager. Elle conduisit d'une main et freina brusquement à chaque ralentissement. Puis, elle parvint enfin à arracher la résille, dénoua ses cheveux et rejeta la tête en arrière pour les laisser tomber de tout leur poids.

Annick bifurqua dans l'impasse, sortit son sac du coffre et se dirigea vers la maison déserte pour se changer près du mur. Elle arracha les vêtements de Claire avec rage et remit ceux d'Annick avec la même hargne. Puis, épuisée par la tension nerveuse, elle se laissa glisser le long du mur et s'installa dans l'herbe humide. Malgré l'heure tardive, elle n'avait aucune envie de rentrer chez elle et l'idée de devoir dîner avec Philippe et les enfants lui était tout simplement insupportable. Ses nerfs étaient tendus au maximum et sa mâchoire à force de se crisper commençait à la faire souffrir. À présent, le soleil était couché et malgré ses efforts, Annick perdue dans l'obscurité ne parvenait pas à se résoudre à esquisser un geste pour quitter cet endroit peu rassurant pour une femme seule. Désespérée, elle ferma les yeux pour chasser l'image de Bastien et d'Elise se tenant par la main et le visage de Philippe déformé par l'inquiétude vint se substituer aux deux amants. Elle rouvrit alors vivement les yeux, car la vision de son mari la mettait plus mal à l'aise encore. Et, il ne s'agissait pas là d'un quelconque sentiment de culpabilité. Tout dans Philippe lui rappelait son devoir de mère et d'épouse et l'empêchait non seulement de se concentrer comme elle l'aurait voulu sur ses désirs et sur ses ambitions, mais également de rêver librement. Car

Philippe, par sa présence, par son attention de tous les instants et par son comportement, l'étouffait dans une sorte de cocon où le piquant du danger et la soif du désir n'avaient pas le droit d'exister. Annick s'ennuyait dans son foyer et, cet ennui la poussait toujours plus à rechercher le frisson de la vraie vie, une vie dans laquelle il est possible de mourir d'amour et de haine dans la même journée.

Lorsqu'elle fut remontée dans la voiture, elle regarda son portable vibrer d'un œil morne puis, elle accentua son maquillage dans le miroir de courtoisie. Elle en était certaine, Philippe avait déjà laissé plusieurs messages lui demandant où elle était et la priant de le rappeler. En regardant le tableau de bord, Annick constata l'heure tardive et voulant éviter d'avoir à chercher une autre explication qu'un simple embouteillage dû à un accrochage, elle décida de rentrer sans plus tarder.

– Annick, j'étais mort d'inquiétude! Qu'est-il arrivé? demanda Philippe avec empressement tout en finissant de s'essuyer les mains sur le tablier noué autour de sa taille.

– Rien, répondit sèchement Annick.

– Comment cela rien?

– J'ai été prise dans un embouteillage énorme suite à un accident.

– Mais où ça?

– En ville, au début du boulevard Carnot. Je t'en prie, Philippe, laisse-moi passer. Je suis épuisée et je me sens sale. J'ai besoin de prendre une douche et de me reposer un peu.

– Pourquoi n'as-tu pas téléphoné? Je t'ai laissé plusieurs messages mais tu n'as pas répondu.

– Je n'avais plus de batterie et puis quoi, Philippe? C'est un interrogatoire? Je suis là, c'est l'essentiel, non?

– je suis tout de même ton mari et j'ai le droit de savoir…

– Ça suffit, Philippe! Laisse-moi tranquille, dit Annick en bousculant légèrement son mari pour passer.

Philippe resta seul dans l'entrée, un peu éberlué par la réaction de sa femme et il comprit instinctivement, que celle-ci avait encore menti. La radio locale n'avait signalé aucun problème de circulation à Cannes et Philippe doutait, s'il avait existé, qu'un simple incident ait suffi à mettre quiconque dans un tel état de contrariété. Il était donc évident qu'il s'agissait de quelque chose de beaucoup plus grave, ayant touché Annick personnellement. Ne trouvant pas d'autre explication logique, Philippe fut persuadé que Bastien Deville n'était pas étranger à cette très mauvaise humeur et il en fut contrarié à son tour. « Ainsi, cette histoire n'est pas terminée », pensa-t-il et ses doutes enfin refoulés lors du déjeuner de Pâques revinrent le tarauder. S'il s'était montré particulièrement compréhensif à la suite de l'infidélité de sa femme en choisissant de pardonner sa trahison, cette fois était une fois de trop. Philippe se rendit donc dans la cuisine pour terminer la préparation du dîner à la fois déçu et énervé et il claqua violemment la porte derrière lui.

Annick tendait son visage sous le pommeau de la douche et recueillait l'eau dans le creux de ses mains jointes, pour s'en asperger. Elle resta très longtemps ainsi, à essayer de débarrasser son corps d'un stress envahissant tous les pores de sa peau. Mais le jet d'eau tiède ne parvenait pas à la calmer. Sa colère avait laissé place à une forme de désespoir rageur, où se mêlaient impuissance et souffrance. Annick ne pouvait supporter l'idée que Bastien pose ses lèvres et ses mains sur la peau d'une autre femme et, la vision furtive d'Elise heureuse et comblée auprès de son amant lui arracha un cri aigu. Elle se laissa tomber à genoux dans la cabine de douche et courba le dos sous la force d'un flot agressif, mêlé d'eau et d'amertume. Puis, elle sortit de son refuge, se sécha soigneusement et se considéra dans la glace, tout embuée par la vapeur. À travers le flou de sa confusion, elle vit une femme plus tout à fait jeune, aux traits relâchés et au regard las et elle réalisa son impossibilité de rivaliser avec une fille de vingt-trois ans. Ce soir, l'éclat de sa jeunesse s'était estompé, tout comme ses chances de garder un homme jeune sur son simple physique s'étaient amoindries au fil des années.

Poussés par la faim, Théo et Marie avaient rejoint leur père dans la cuisine. Ils n'eurent pas besoin de s'enquérir de leur mère, pour comprendre qu'elle était rentrée de fort mauvaise humeur. Après avoir attendu un peu pour obtenir un début d'explication, Théo se risqua à parler :

– Maman ne dînera pas avec nous ? demanda-t-il tout en se doutant de la réponse.

– Je ne pense pas, en effet, répondit Philippe sans regarder ses enfants. Votre mère a eu une rude journée et elle se repose. C'est pourquoi, je propose de ne pas l'attendre et de passer à table tout de suite. Tiens, Marie, porte le pain et l'eau dans le séjour, si tu veux.

Puis, comme pour signifier que le sujet était clos, Philippe sortit le plat du four et fit un signe de tête pour pouvoir passer. Tous trois dînèrent rapidement dans un silence pesant. À la fin du repas, Philippe se leva et se mit en devoir de débarrasser la table. Il rangea le reste du dîner au frais pour sa femme, fit la vaisselle et alla s'asseoir dans le salon, sans même penser à allumer la lampe. Il resta prostré ainsi plusieurs heures dans le noir, sans oser entrer dans la chambre conjugale malgré sa fatigue. Puis, vers deux heures, il se résolut enfin à aller se coucher, tant il était épuisé.

3

À neuf heures quinze, Elise nerveuse et tendue arriva Quai Saint-Pierre et chercha l'immeuble du siège du *Cash Minute*. Il lui restait un quart d'heure avant de se présenter à l'accueil, afin d'être reçue par les deux responsables du service clientèle. Elise marchait tout en regardant les numéros inscrits sur les façades puis, après avoir parcouru quelques centaines de mètres, elle vit la plaque de la société sur le mur d'une bâtisse assez cossue. Elle vérifia sa coiffure dans le reflet de la devanture d'un café puis, appuya sur la sonnette de la société.

– Oui ?

– C'est Mademoiselle Auclert. J'ai rendez-vous à neuf heures trente.

– Entrez, répondit une voix féminine tandis qu'un signal retentissait à la porte.

Après avoir pénétré dans un hall imposant et désert, Elise se dirigea tout droit vers un comptoir, derrière lequel se tenait une jeune femme fort élégante.

– Mademoiselle Auclert ? demanda celle-ci d'un air affable. Je préviens Monsieur Joliac, asseyez-vous un instant, proposa-t-elle en indiquant les fauteuils destinés à cet effet. On va venir vous chercher.

– Merci, répondit la jeune femme d'une voix un peu étranglée par l'émotion.

Après quelques instants, elle saisit un magazine au hasard dans la pile posée sur la table basse, afin de se donner une contenance. Elise se croisa les jambes, puis les décroisa à plusieurs reprises, dans l'espoir de calmer son anxiété. Après un temps qui lui parut interminable, une femme d'une cinquantaine d'années vint au-devant d'elle.

– Mademoiselle Auclert? Veuillez me suivre, s'il vous plaît, Monsieur Joliac et Monsieur Deville vous attendent.

La femme et Elise montèrent dans l'ascenseur jusqu'au troisième étage, puis empruntèrent un couloir assez long au bout duquel un homme à la chevelure rousse et à l'air jovial leur apparut.

– Bonjour, mademoiselle, je suis ravi de vous rencontrer. Je vous en prie, entrez et asseyez-vous, j'arrive dans un instant, dit-il tout en s'effaçant pour laisser passer Elise.

La jeune femme entra dans un bureau fort imposant dont la décoration laissait supposer une certaine prospérité. Après avoir examiné la pièce où elle se trouvait durant quelques minutes, Monsieur Joliac vint la rejoindre suivi de Bastien, lequel referma la porte derrière lui.

– Mademoiselle Auclert, je me présente. Je suis Monsieur Joliac et voici Monsieur Deville, lequel m'a expliqué que vous vous connaissez déjà.

– Enchantée de vous rencontrer, répondit Elise prise de court. Elle ignorait totalement ce que Bastien avait pu dire à son sujet et le fait de ne pas savoir s'il l'avait présentée comme une simple connaissance ou plus, la mit mal à l'aise.

Monsieur Joliac prit la parole pendant une grande partie de l'entretien et, après avoir exposé le fonctionnement de la société et expliqué à Elise ce qu'il attendait d'elle, il demanda :

– Pensez-vous avoir les qualités requises pour occuper ce poste?

Elise exposa à son tour ses aptitudes et ses compétences particulières acquises lors de son premier emploi puis soudain, ne trouvant plus rien à ajouter, elle conclut, un peu figée :

– Je suis réellement convaincue de pouvoir vous apporter une collaboration efficace.

– Bien, en ce cas c'est parfait, répliqua Monsieur Joliac. Je vais vous demander de m'excuser car j'ai une autre réunion. Je vous laisse donc en compagnie de mon collègue, lequel j'en suis sûr, répondra volontiers à toutes vos questions.

Il se leva, serra la main d'Elise et quitta le bureau.

– Tu vois, ce n'était pas si terrible, remarqua Bastien dès que la porte fut refermée, afin de détendre un peu l'atmosphère.

– Ton collègue est vraiment sympathique. Comment m'as-tu trouvée ? s'enquit Elise, un peu inquiète.

– Tu étais un peu tendue, mais pas trop. En fait si tu veux tout savoir, je t'ai trouvée parfaite. Tu commenceras donc lundi prochain, à neuf heures. Je te ferai signer ton contrat pour deux mois renouvelables. Es-tu contente ? demanda Bastien tout en souriant.

– Oui, car je vais beaucoup me plaire ici, je le sens.

– Tu verras, dans l'ensemble, tes collègues sont des gens agréables. Je te présenterai lundi, avec les trois autres nouveaux.

– Je vais partir, à présent. Me téléphoneras-tu avant lundi ? demanda Elise pleine d'espoir.

– Bien sûr et nous pourrons aussi nous voir, si tu veux. Viens, je te raccompagne jusqu'à l'ascenseur.

Lorsqu'Elise quitta la société, elle était à la fois soulagée et heureuse. Elle décida de passer voir sa mère à la boutique dans l'après-midi pour lui annoncer la bonne nouvelle.

Philippe était triste et abattu, lorsqu'il quitta la classe après son dernier cours de la matinée. Il décida de tenter de joindre sa fille sur son portable, malgré la redoutable Madame Marchand. Après tout, il se reconnaissait le droit d'appeler en cas d'urgence et aujourd'hui précisément, il était urgent pour lui d'informer sa fille des événements de la veille. Après trois sonneries, il entendit le message d'accueil du répondeur et déçu, décida de raccrocher sans parler. Contrairement à son habitude, Philippe renonça à se rendre dans la salle des professeurs pour discuter quelques minutes avant le déjeuner et quitta directement le collège pour marcher un peu et tenter de réfléchir à sa vie. Philippe n'avait aucune envie de voir Annick et afin d'éviter de la rencontrer, il choisit de diriger ses pas dans la direction opposée à celle de la boutique. Il avait passé la moitié de la nuit à faire le bilan de sa vie et le piètre constat qui en avait résulté, ajouté au manque de sommeil, justifiait son découragement. Il repensa au déjeuner de Pâques et s'en voulut terriblement de s'être laissé abuser de la sorte, une fois de plus. « En réalité, pensa-t-il, Annick s'était moquée de lui et de toute la famille ouvertement, en affichant un bonheur factice et composé de toutes pièces, pour mieux continuer à tromper les siens, le plus tranquillement du monde. » Après avoir erré pendant une heure à ressasser son ressentiment, Philippe retourna au collège pour assurer ses cours de l'après-midi en espérant pouvoir se changer les idées.

Son déjeuner terminé, Elise décida d'expédier au plus vite ce qu'elle considérait comme une corvée, en allant rendre visite à sa mère. Une fois débarrassée de ce moment pesant, elle pourrait passer le reste de la journée à penser à Bastien et à rêver de son avenir avec lui. Après des années de vide affectif, Elise se sentait enfin heureuse et la perspective de voir l'homme qu'elle aimait quand bon lui semblerait, lui fit envisager la vie sous un autre aspect. Aujourd'hui, tout lui semblait limpide et simple et c'est un sourire accroché aux lèvres, que la jeune femme se rendit rue Marceau.

– Elise ! Que fais-tu là ? demanda Annick étonnée de voir sa fille, en plein milieu de l'après-midi. Tu n'es pas au bureau ?

– Bonjour, maman. Non, je ne travaille pas aujourd'hui, d'où la raison de ma présence ici.

– Es-tu en congé ? insista Annick dont les traits crispés n'échappèrent pas à sa fille.

– Ça va ? Tu as l'air épuisée, fit remarquer Elise en s'approchant de sa mère pour l'embrasser.

– Oui… enfin, peu importe. Dis-moi plutôt ce qui t'amène à cette heure-ci, insista-t-elle sur un ton particulièrement sec.

– J'ai donné ma démission au cabinet d'assurances.

– Tu t'es montrée bien imprudente. Car trouver un emploi…

– J'ai un autre emploi, maman. J'étais inscrite dans une agence d'intérim et ils m'ont appelée pour me proposer un poste de chargée de clientèle. Je me suis présentée ce matin et je commence lundi prochain.

– Est-ce un emploi définitif?

– Oui, mentit Elise laquelle refusait d'entrer dans des détails fastidieux et totalement inutiles.

Elise trouva le regard de sa mère étrange, presque méchant et elle se demanda pourquoi elle la dévisageait ainsi.

– Tu sembles contrariée, maman. Je t'assure qu'il s'agit pourtant là d'une excellente nouvelle.

– Et où vas-tu travailler exactement?

– Pas très loin d'ici, Quai Saint-Pierre.

À cette évocation, Annick serra instinctivement les poings car elle pensait avoir deviné le nom de la société, mais refusait encore d'y croire tout à fait.

– Et pour qui, exactement?

– Tu ne connais pas, maman, provoqua Elise tout en fixant sa mère à son tour. La société s'appelle *Cash Minute*, ajouta-t-elle.

– Si tu veux mon avis, tu commets une grossière erreur. Les gens s'imaginent toujours trouver mieux ailleurs et ils privilégient le changement. Puis, ils finissent par s'apercevoir qu'ils auraient bien mieux fait de garder ce qu'ils possédaient.

– J'ai une opinion différente sur la question. Pour moi, il est inutile de s'accrocher et d'attendre une amélioration hypothétique et improbable, lorsque tout va mal, dès le départ. Dans ce cas, le plus simple est encore de partir au plus vite. Madame Marchand n'avait pas envie de me supporter et ce n'est pas en persistant indéfiniment, qu'elle aurait fini par m'accepter.

– Là, tu fais erreur. Seule la ténacité paie, Elise. Et si tu veux garder ce qui t'appartient, tu ne dois permettre à personne de t'obliger à y renoncer. Tu dois au contraire te battre jusqu'au bout pour conserver ce qui te tient à cœur et ne pas laisser les autres décider à ta place.

Elise écoutait cette belle théorie et elle eut l'impression que sa mère parlait pour elle-même. Car, Annick aurait pu tout aussi bien tenir ce discours, en étant seule. Il ne s'agissait plus là de plan de carrière, mais plutôt d'histoire de cœur. Elise quitta donc la boutique très rapidement car elle refusait d'en entendre davantage et souhaitait rester encore sur son petit nuage.

4

Absorbé par un dossier particulièrement complexe, Bastien sursauta légèrement, lorsque la sonnerie du téléphone retentit dans le silence.

– Société *Cash Minute*, Bastien Deville, bonjour.

– Monsieur Deville ? demanda une voix féminine avec un fort accent anglo-saxon.

– Lui-même. À qui ai-je l'honneur ? s'enquit Bastien un peu surpris.

– Je suis le Lieutenant Brixton. Je vous téléphone de Londres. Votre femme et votre fils ont eu un accident de voiture.

– C'est grave ?

Il se leva d'un bond, complètement affolé.

– Nous ne savons pas encore. Les secours viennent seulement d'arriver.

– Qu'ont-ils ? Sont-ils conscients ? parvint-il à articuler.

– Hum… votre femme est un peu inconsciente. Hum… une voiture est passée au feu rouge.

– Est-elle dans le coma ? insista Bastien dont le sang s'était brusquement retiré du visage.

– Non, juste, elle s'est un peu évanouie.

– Et mon fils ? cria-t-il tant il était énervé par la lenteur de son interlocutrice.

– Hum… il est choqué aussi. Vous téléphonez dans trente minutes au Central Hospital et les médecins vous diront…

– Le numéro, donnez-moi le numéro.

– Hum… attendez…

– Inutile, je vais le rechercher, répondit-il tout en raccrochant vivement.

Lorsqu'il composa le numéro des renseignements, Bastien fit une erreur car ses doigts tremblaient. Il recommença plus énervé encore puis, ayant obtenu la réponse, il appela aussitôt l'hôpital.

– Central Hospital.

Après avoir pris une profonde inspiration pour tenter de se maîtriser un peu, Bastien parvint à expliquer la situation rapidement et ce, dans un anglais presque parfait. Puis, il attendit des nouvelles de Cassandra et de Bryan, l'anxiété collée au corps.

– Madame Deville… no.

Bastien s'impatientait et devant l'incompréhension de son interlocutrice, il insista encore et expliqua une nouvelle fois par le détail, qu'une femme, un certain Lieutenant Brixton, venait juste de l'appeler depuis le lieu de l'accident et l'avait informé de la prochaine admission de Cassandra et de son fils dans cet hôpital. Un peu embarrassée, son interlocutrice ne répondit pas tout de suite et finit par affirmer que personne n'avait été admis sous ce nom. De plus, aucun service d'urgence n'avait signalé avoir une ambulance en route pour l'hôpital, avec une femme et un enfant. Complètement décontenancé devant cette nouvelle, Bastien se reprit et demanda à l'employée de procéder à une vérification auprès des autres établissements hospitaliers. Après lui avoir donné son numéro de téléphone, il finit par se résoudre à raccrocher sans être convaincu de la fiabilité de l'information.

En proie à une angoisse indescriptible, il appela à tout hasard au domicile de Cassandra et sur son portable, en laissant deux messages demandant à son ex-femme de le rappeler en urgence. Après avoir raccroché, il trouva sa démarche parfaitement ridicule puisque son ex-épouse devait se trouver dans un lit d'hôpital, peut-être inconsciente. Complètement désarmé et lassé de tourner en vain dans le bureau, Bastien appela les renseignements une nouvelle fois pour obtenir le numéro du commissariat central de Londres. Il expliqua son problème et demanda à parler au Lieutenant Brixton. Et à sa stupéfaction, son interlocuteur lui expliqua que le lieutenant en question n'existait pas, ni au commissariat central ni dans aucun autre, situé à Londres. Bastien était totalement abasourdi et ne savait que faire pour obtenir des nouvelles de sa famille. Dix minutes plus tard environ, l'employée de Central Hospital lui confirma que sa femme et son fils ne se trouvaient dans aucun hôpital ou établissement médical de la ville.

Ne comprenant strictement rien aux événements en cours et n'attendant plus aucun appel, Bastien entra brusquement dans le bureau de Hubert et, sans prendre la peine de lui donner au moins un début d'explication, il annonça son départ, pour le reste de la journée. Sans pouvoir réfléchir de manière constructive, Bastien se mit à rouler au hasard, en faisant plusieurs fois le tour de la ville puis, ne sachant plus du tout où il en était, il décida de rentrer chez lui. Sans même penser à refermer la porte d'entrée, il se rua vers le téléphone pour prendre connaissance des messages mais aucun d'entre eux ne concernait Cassandra et Bryan. Fou d'inquiétude et d'angoisse, il composa une nouvelle fois les deux numéros d'appel du domicile et du portable de Cassandra et plus qu'un message, il adressa une prière à son ex-femme.

Après s'être servi un double whisky sur glace et laissé tomber dans le canapé complètement désespéré, il repensa à ses conversations avec l'hôpital et le commissariat et ne parvint pas à s'expliquer pourquoi, personne n'était capable de retrouver Cassandra, Bryan et le Lieutenant Brixton. Il était pourtant sûr et certain du nom de cette femme policier, de même qu'il se souvenait parfaitement que celle-ci lui avait dit que l'accident avait eu lieu à Londres.

Depuis presque deux heures maintenant, il vivait dans l'angoisse et après avoir cherché et cherché encore une explication logique, Bastien écouta à nouveau tous ses messages consciencieusement.

Pourquoi ce lieutenant n'avait-il pas appelé à son domicile en premier ? Comment s'était-il procuré le numéro de la société alors qu'il était presque sûr de ne pas l'avoir communiqué à Cassandra ? Décidément, plus il y repensait, plus Bastien trouvait cette histoire insensée. Il s'apprêtait à tenter de joindre son ex-femme pour la troisième fois, lorsque la sonnerie du téléphone retentit. En moins d'une seconde, il avait décroché le récepteur.

– Bastien ?

– Cassandra ! Où es-tu ? Comment vas-tu ? Et Bryan ?

– Que se passe-t-il ? Je suis en ville et tout va bien.

– Vous n'avez donc pas eu d'accident ? demanda-t-il un peu moins angoissé.

– Mais de quoi parles-tu exactement ? J'ai eu ton message en sortant du travail et je vais chercher Bryan à l'école. Tu semblais si inquiet !

Bastien raconta alors comment un certain Lieutenant Brixton lui avait téléphoné en début d'après-midi et il prit soin de lui retracer toute l'histoire.

– C'est fou tout de même ! s'exclama Cassandra. Il s'agirait d'une erreur ?

– Sûrement pas. Le lieutenant m'a appelé par mon nom et m'a parlé de toi et de notre fils.

– C'est à n'y rien comprendre.

– Oui, car cette personne a téléphoné directement à mon bureau sans le faire auparavant, à l'appartement. De plus, je ne me souviens pas de t'avoir indiqué le numéro de la société.

– Tu as raison, je l'ignore. Tiens, puisqu'on en parle, donne-le-moi, s'il te plaît.

– Si tu savais comme je suis soulagé ! Je n'en pouvais plus, d'inquiétude. J'ignorais où vous étiez et personne ne pouvait me renseigner. Cassandra es-tu toujours là ? demanda-t-il car il n'entendait plus son ex-femme.

– As-tu des ennemis ?

– Non… pas à ma connaissance. Mais pourquoi me demandes-tu cela ? Tu crois que quelqu'un m'aurait fait une mauvaise plaisanterie ? Juste avant ton appel, cette éventualité m'a traversé l'esprit à moi aussi, en effet.

– À ce niveau-là, Bastien, excuse-moi, mais j'appelle cela de la malveillance.

– Non, franchement, Cassandra, je ne vois pas du tout, qui dans mon entourage serait assez cruel pour inventer une telle chose. Il faut se rendre à l'évidence, vous êtes sains et saufs et cet accident a été imaginé de toutes pièces. Dieu merci, il doit s'agir d'une personne qui en voulant s'amuser un peu, n'a pas réfléchi un seul instant aux conséquences de son acte.

– Franchement, Bastien, je n'en suis pas convaincue. As-tu eu d'autres surprises de ce genre depuis ton arrivée ?

– Non, mentit-il afin de ne pas inquiéter Cassandra inutilement. Mais à l'avenir, j'aimerais te téléphoner plus souvent pour prendre des nouvelles. Es-tu d'accord ?

– Évidemment, mais pour l'instant, la victime c'est toi et tu devrais réfléchir à tête reposée. Cet incident n'est pas le fruit du hasard, j'en suis convaincue. Le but était bien de t'inquiéter, toi et toi seul. Promets-moi de te montrer prudent à l'avenir, pria Cassandra.

– Tu sais, ce genre de plaisanterie ne doit pas être si rare.

– Je vais te laisser, à présent. Ton fils sort de l'école et je dois raccompagner deux de ses copains chez eux. Bryan t'appellera bientôt. Je t'embrasse et fais attention à toi, je t'en prie.

– Oui, je vous embrasse tous les deux, à bientôt, répondit Bastien.

Lorsqu'il raccrocha, Bastien pensa aux remarques de Cassandra, au sujet de ce nouvel incident et sa belle conviction en fut un peu ébranlée. Après tout, son véhicule avait été le seul à être endommagé et ce, à deux reprises et à peu de temps d'intervalle, alors qu'il était garé dans un parking souterrain à l'abri des convoitises et entouré de modèles au moins aussi luxueux. Et après réflexion, Bastien avait du mal à croire à la seule malchance. Mais ce qui l'inquiétait bien davantage, était l'éventualité d'avoir été cet après-midi, victime non pas d'une blague douteuse, mais d'un acharnement alliant le mauvais goût à la cruauté. Souhaitant rester rationnel, il pensa que le fait d'être encore choqué lui faisait ressentir le besoin de trouver un coupable à tout prix, pour des incidents dont l'ampleur et l'importance étaient dues à une simple coïncidence, le mettant à chaque fois dans la position de victime.

Bastien revit pendant un bref instant le visage d'Annick, crispé par la colère au bar de *La Nuit Étoilée*. Il imagina son ex-maîtresse pénétrant dans le sous-sol du parking et déguisant sa voix, pour lui téléphoner. Puis, trouvant ce scénario complètement grotesque et irrespectueux envers une mère de famille, il chassa cette idée de son esprit. Après tout, Annick avait été une maîtresse dévouée et aimante, même si parfois bien malgré elle, poussée par sa nature, elle s'était révélée possessive, presque abusive. Il l'imaginait mal se transformer en une femme aigrie, à la rancune assez tenace, pour devenir une délinquante. Puis, le doux visage d'Elise vint se graver un instant à la surface de la mémoire de Bastien, lequel finit par fermer les yeux, pour mieux rêver de la jeune fille.

5

Avant d'appeler Bastien, Annick cachée dans l'arrière-boutique avait pris soin de nouer un foulard autour de sa bouche et de masquer son numéro d'appel. Puis assise face à la psyché, elle avait mis son plan à exécution. L'affolement et l'angoisse de son ex-amant lorsqu'elle s'était présentée sous l'identité du Lieutenant Brixton et lui avait révélé le motif de son appel, avaient brusquement détendu tout le corps d'Annick. Juste après avoir raccroché, la femme blessée avait laissé jaillir sans retenue aucune son rire démoniaque et s'était délectée minute après minute de la panique de Bastien. Et à présent, deux heures après avoir accompli son devoir, elle sentait sa bonne humeur et sa joie de vivre la regagner peu à peu. Se venger de cet homme naïf se révélait désarmant de facilité et tout à fait profitable à son ego. Mais, malgré sa satisfaction, la vision cauchemardesque de la veille continuait à hanter son esprit et la visite d'Elise en début d'après-midi avait encore ajouté à ce souvenir. Sa propre fille la sous-estimait, si elle s'imaginait avoir pu lui faire croire un seul instant, que Bastien était étranger à son embauche au *Cash Minute*. Annick se demanda depuis quand ils étaient amants et elle revit l'expression moqueuse de Tania lorsque celle-ci lui avait parlé de la nouvelle petite amie de Bastien. Cette double trahison méritait un châtiment conséquent et Annick espérait bien se servir d'Armand Deville pour pouvoir échafauder une riposte digne de laver cet ultime affront.

Armand était un homme charmant et sa façon d'être l'attirait irrésistiblement. Elle regretta un instant de ne pas être en mesure de se jeter à corps perdu dans cette nouvelle relation aussi librement qu'elle l'aurait souhaité. Certes, en rencontrant Armand, Annick pouvait envisager de se venger tout en fréquentant un homme répondant tout à fait à ses critères de sélection. Car, ce monsieur était cultivé et agréable, séduisant et disponible. Annick pensa qu'il lui faudrait faire preuve d'une vigilance de tous les instants, si elle ne voulait pas se raccrocher aux seules qualités de son futur amant et s'exposer au risque d'oublier totalement le motif de son combat. Elle se promit donc de faire en sorte de se retrouver dans l'intimité d'une chambre d'hôtel en compagnie d'Armand dès leur prochain rendez-vous, afin d'éviter que son désir ne se transforme en obsession et la détourne de son objectif premier, la vengeance. Car à l'instant où Armand Deville serait devenu son amant, Annick était certaine de pouvoir le garder à loisir, et tranquillisée par cette réalité, elle aurait l'esprit plus libre pour s'occuper de Bastien.

La porte de la boutique s'ouvrit pour la deuxième fois de l'après-midi et, Annick, tirée de sa rêverie par trois femmes particulièrement bruyantes, en éprouva quelque humeur. Depuis le licenciement de Tania, la patronne du *Vent de la Mode* se trouvait dans l'obligation de servir toutes les clientes. Et, même si elles étaient fort peu nombreuses, Annick en était contrariée. Elle choisit donc de laisser les visiteuses regarder tous les articles, sans leur proposer ses services, dans l'espoir de les voir ressortir au plus vite. Moins de cinq minutes plus tard, ce fut chose faite. Puis, Philippe entra à son tour à la grande surprise de sa femme, laquelle ne fit rien pour dissimuler sa désapprobation.

– Philippe, que fais-tu ici ? demanda-t-elle sèchement. Et où est Marie ?

– J'avais envie de parler un peu tranquillement et je viens d'accompagner Marie à l'arrêt de bus, répondit Philippe sans souligner l'accueil plutôt froid de son épouse.

– Je n'aime pas la savoir rentrer seule à la maison et tu le sais. Il pourrait lui arriver n'importe quoi.

– Notre fille peut très bien prendre soin d'elle. Rappelle-toi, Annick, tu l'as dit toi-même, récemment.

– Bon, passons. Tu n'es pas venu jusqu'ici simplement pour me dire bonjour, je suppose. Que veux-tu ?

– Rien de particulier. J'avais envie de passer un moment en tête à tête avec toi, mais peut-être aurais-je dû attendre un carton d'invitation ? ironisa Philippe.

– Cesse tes sarcasmes, s'il te plaît. J'ai du travail, vois-tu.

– Justement, je ne vois rien. Les clientes ne se bousculent pas.

– Es-tu venu pour me surveiller ? demanda Annick en passant nerveusement ses doigts dans sa chevelure.

– Pourquoi, aurais-tu quelque chose à me cacher ?

– Moi non, mais ta fille, sûrement. À l'évidence, tu ignores la nouvelle.

– Parles-tu d'Elise ? Non, nous n'avons pas discuté depuis dimanche.

– Alors, sache qu'elle a démissionné du cabinet d'assurances.

– Ah ! bon ? Elle ne m'en a rien dit, en effet.

– Et tout ça pour aller travailler au *Cash Minute* !

– Je ne comprends pas. A-t-elle déjà un autre emploi ? demanda Philippe sans saisir où sa femme voulait en venir exactement.

– Es-tu sourd ? Je viens de te dire qu'elle va travailler au *Cash Minute* !

– Et alors ? N'est-ce pas la société du Quai Saint-Pierre, spécialisée dans le service clientèle ? La radio locale en a beaucoup parlé lors de son implantation. Où est le problème, Annick ?

– Laisse tomber, veux-tu ? Décidément comme tu le dis si bien, tu ne comprends pas. Je dirais même mieux, tu ne comprends rien à rien, insista-t-elle à la fois pour vexer son mari qui l'importunait et pour clore le sujet.

Annick venait de se rendre compte que son mari ignorait totalement le nom de l'employeur de Bastien et, par conséquent, il ne pouvait pas faire le rapprochement, ni comprendre l'allusion.

– Une fois de plus, tu es d'une humeur charmante ce soir, persifla Philippe. Par conséquent, je rentre au Cannet tenir compagnie aux enfants et m'occuper du repas. À toi de voir, si tu as envie de dîner avec nous. À plus tard peut-être, ajouta-t-il.

Et, sans attendre de réponse, Philippe quitta la boutique, outré et énervé.

Annick avait des sueurs froides à la pensée que Philippe aurait pu la surprendre déguisée en Claire, au moment où elle fermait la boutique. Jusqu'à présent, elle avait eu beaucoup de chance et son inconscience l'avait poussée à prendre des risques démesurés. Désormais, il lui faudrait faire preuve de vigilance et d'extrême prudence, les jours où elle devrait rencontrer Armand. Car Philippe était capable de venir à tout moment et à l'improviste. Cette idée lui déplaisait et elle se demanda si l'accueil glacial qu'elle lui avait réservé afin de le dissuader pour un bon moment de renouveler sa surprise n'avait pas eu l'effet inverse. Annick ne connaissait pas le motif exact de la présence de son mari au *Vent de la Mode*, mais elle se doutait de sa teneur. Si elle voulait pouvoir continuer ses petites manigances tranquillement, elle devait donc prendre les devants, en rassurant Philippe et en lui ôtant tout motif de se poser des questions et par conséquent, de la surveiller. Même si cette visite était motivée par un besoin de parler, elle cachait aussi certainement une jalousie éveillée à la suite de son comportement déplorable de la veille au soir. Annick devait réconforter son mari et l'amadouer au plus vite. Elle se promit de faire en sorte de retourner la situation en sa faveur, au plus tôt.

Elle consulta sa montre, laquelle indiquait presque dix-huit heures et décida de fermer le magasin, pour aller faire deux ou trois emplettes avant de rentrer au Cannet. Elle saisit donc son sac à main, éteignit la vitrine et sortit. Annick venait brusquement de décider de se rendre dans une petite boutique de lingerie fine, à deux pas de là, non pas pour solliciter l'intérêt de son mari, mais pour éveiller l'appétit de celui qu'elle considérait comme son futur amant. Le petit commerce était réservé à une certaine catégorie de clientèle, davantage habituée à monter sur scène ou à attendre des rendez-vous devant le téléphone, qu'à se trouver dans une cuisine à préparer le dîner pour un époux. Annick fureta quelques minutes dans les rayons recelant des modèles outrageusement provocants et sexy et finit par porter son choix sur un ensemble rouge, particulièrement adapté à la circonstance. Elle le tourna à plusieurs reprises devant ses yeux pour essayer d'en imaginer l'effet sur son corps et, estimant qu'il se révélerait à la hauteur de ses ambitions, elle paya la somme exorbitante, aimablement réclamée par la vendeuse. Puis, un sourire victorieux accroché aux lèvres, elle se rendit au supermarché tout proche pour acheter quelques articles de papeterie. Après cela, Annick rejoignit le marché Gambetta, dissimula ses achats dans le coffre de la voiture et se mit en devoir de rentrer chez elle au plus vite, comme une épouse soucieuse du bien-être de sa petite famille.

Durant le trajet, elle décida de donner rendez-vous à Armand Deville pour le surlendemain, car elle était censée se trouver à Cannes, pour une semaine seulement. À présent, elle regrettait d'avoir fait passer Claire pour une visiteuse médicale, car cela la privait de voir l'homme que son corps réclamait, aussi souvent qu'elle l'aurait souhaité. Cependant, l'erreur était commise et il était inutile de s'en affliger plus longtemps. Pour le moment, Annick s'était fixé un objectif et elle entendait l'atteindre coûte que coûte. Dans quarante-huit heures environ, Armand Deville serait devenu l'amant de Claire et cette perspective la comblait d'aise.

Annick fit tout pour se montrer aimable et attentionnée lors du dîner et malgré ses efforts, elle eut la désagréable impression que ni ses enfants ni son mari ne semblaient lui porter d'attention. Cependant, cela ne la toucha pas outre mesure. « Car après tout, pensa-t-elle, Annick n'avait rien à se reprocher et Claire était absorbée par la promesse de son futur bonheur. »

6

Le lendemain matin, Bastien se rendit directement dans le bureau de Hubert pour lui présenter des excuses, suite à son brusque départ de la veille.

– Ne t'inquiète pas, tu n'as pas d'explication à me fournir et ta vie privée ne me regarde pas, répondit Hubert en se montrant conciliant, après avoir écouté Bastien lui expliquer une histoire un peu compliquée.

Il s'agissait d'une altercation entre sa mère et un automobiliste, suite à un accrochage.

– Tu as eu parfaitement raison de défendre ta mère immédiatement, conclut-il.

– Merci de ta compréhension, Hubert. Si tu as besoin de moi, tu sais où me trouver.

Une fois arrivé dans son bureau, Bastien décida d'appeler son père. Il avait longuement hésité la veille au soir sur l'attitude à adopter et en avait conclu que prévenir Armand des derniers événements était un bon compromis. Car Bastien se doutait de l'inutilité de porter plainte au sujet de l'épisode de l'hôpital, mais pour autant, il ne voulait pas garder cette mésaventure pour lui seul.

– Bonjour, papa, dit Bastien après avoir entendu la voix d'Armand.

– Mon fils ! Comment vas-tu ? Tu penses à ton vieux père et cela me fait plaisir.

– Dis-moi, papa, pourrais-tu passer chez moi demain, j'aimerais te parler.

– Bien sûr, avec plaisir. Mais tu m'inquiètes. As-tu un problème ? s'enquit Armand lequel se demandait pourquoi son fils ne venait pas tout simplement à la maison familiale.

– Rien de grave, rassure-toi. Cependant, tu ne dois pas en parler à maman et à Valentin.

– Pour cela, tu peux compter sur moi. Mais dis-m'en un peu plus, pria Armand.

– Pas au téléphone, ce n'est pas grave, je t'assure. Pourras-tu venir vers dix-sept heures ?

– Je serai là, alors à demain, mon fils.

– Oui, c'est ça, papa, embrasse maman et Valentin pour moi.

Bastien était satisfait de sa conversation car il était parvenu à faire venir son père, sans que celui-ci n'insiste trop pour en savoir plus. En consultant les dossiers du jour, il se mit à rêver d'Elise et se demanda si elle accepterait de passer la journée de samedi avec lui et, si cette proposition lui ferait plaisir. Car malgré ses efforts, il n'était toujours pas arrivé à la mettre tout à fait à l'aise, ni à connaître exactement ses sentiments, à son sujet. Même s'il aurait donné beaucoup pour nouer rapidement une relation plus intime avec Elise, Bastien préférait ne pas la brusquer, en se montrant trop empressé. Il espérait que sa patience serait récompensée, mais il se prit à se moquer un peu de lui. Car si Bastien savait comment agir dans la plupart des cas pour repousser les avances des femmes, il n'avait cependant aucune idée de la conduite à tenir pour amener Elise dans ses bras. Cette situation lui était totalement étrangère car, dès l'adolescence, il avait toujours dû modérer l'ardeur féminine et ne savait comment s'y prendre pour la susciter. Il était vierge de toute expérience dans ce domaine et là, résidait son problème. Si durant plusieurs années, Bastien avait laissé croire à son entourage qu'il ne fréquentait pas, c'était tout simplement dû au fait qu'il n'avait trouvé aucune jeune fille ayant éveillé suffisamment son intérêt, pour lui laisser entrevoir une perspective d'avenir. Ses nombreuses aventures sans lendemain s'étaient soldées par un sentiment de solitude et d'inutilité.

Vers dix heures, Annick avait terminé de préparer les documents demandés par le comptable et elle hésitait quant au choix des accessoires à commander pour les deux mois à venir. Les modèles et les teintes figurant dans le catalogue de son fournisseur habituel n'étaient pas vraiment assortis aux tenues proposées au *Vent de la Mode* et elle se demanda si sa mère pourrait lui indiquer un autre fabricant, proposant des prix abordables. Elle remit cette question à plus tard, saisit son portable, masqua son numéro d'appel et composa celui de son futur amant.

– Armand Deville, bonjour, dit celui-ci tout en s'asseyant sur le banc situé sous la tonnelle.

– Monsieur Deville, c'est Claire.

– Claire ! Justement, je pensais à vous et je me demandais si nous nous reverrions cette semaine. Mais, auparavant, dites-moi comment vous allez.

– Bien mieux, j'étais un peu fatiguée mais à présent, je suis en pleine forme, dit Claire d'un air enjoué.

– C'est bien et vous m'en voyez ravi. Quand partez-vous, Claire ?

– Je rentre à Marseille samedi matin et si cela vous fait plaisir, nous pourrions nous voir demain, après ma dernière visite.

– Vers quelle heure serait-ce ? demanda Armand en se souvenant de son rendez-vous avec Bastien à dix-sept heures.

– Vers dix-huit heures trente devant le Palais des Festivals, ce serait parfait pour moi.

– Cela me convient, Claire, alors à demain.

Après avoir raccroché, Armand resta un moment à penser à Claire et il se demanda si elle aurait l'audace de renouveler ses avances. Car l'état second de la jeune femme ne lui avait pas échappé et il ne savait pas trop si son désespoir l'avait emporté sur son désir ou si c'était l'inverse. Une chose était certaine, Claire ne s'embarrassait pas de détours pour arriver à ses fins et cela n'était pas pour déplaire à Armand. En faire sa maîtresse était à la fois délicat et tentant, et ce dilemme le plongea dans une certaine expectative. Armand décida de rester sur sa position première en laissant les événements venir à lui sans les provoquer et il pensa qu'il serait bien temps d'aviser de la meilleure conduite à tenir, le moment venu.

Assise sur son lit, Marie termina le goûter préparé par Philippe et appela sa grand-mère pour essayer de rompre un peu sa solitude. Depuis deux jours, l'ambiance à la maison était tendue et elle avait peur qu'une prochaine dispute éclate à nouveau entre ses parents.

– Bonjour, grand-mère, c'est Marie, je te dérange ?

– Non, bien au contraire. Je suis contente de parler un peu avec toi, assura Jeanne. Comment vas-tu ? Es-tu seule ? ajouta-t-elle.

– Papa est dans le salon, il corrige les copies et Théo n'est pas encore rentré. Grand-mère, si je t'appelle, c'est pour te prévenir que maman recommence à être bizarre.

Marie se lança alors dans une longue description des deux soirées précédentes, en retraçant par le détail l'humeur changeante de sa mère.

– Ce n'est rien, Marie. Même si tu trouves que je me répète, il s'agit sûrement d'un mauvais passage et tu verras, tout finira par s'arranger. Concentre-toi bien sur tes études et n'hésite pas à t'amuser un peu. Laisse tes parents régler leurs problèmes, eux-mêmes. Voudrais-tu me passer ton père à présent ?

– Oui, grand-mère, je t'embrasse, répondit l'adolescente tout en se rendant dans le salon.

– Tiens, papa, grand-mère voudrait te parler, dit Marie en tendant le téléphone à Philippe avant de quitter la pièce.

– Jeanne ! Justement, j'avais l'intention de vous appeler. Comment allez-vous ? demanda Philippe poliment tout en rejetant la tête en arrière, afin de détendre un peu son dos.

– Parfaitement, merci, ce qui aux dires de Marie ne semble pas être votre cas, rétorqua Jeanne un peu contrariée.

– La petite vous a parlé ?

– Oui et je sais l'essentiel. Croyez-vous que ma fille pense toujours à cet homme ? demanda-t-elle en faisant allusion à Bastien.

– J'en ai peur. Si vous aviez vu comment elle m'a reçu hier ! J'ai voulu lui faire une surprise en venant à la boutique à l'improviste et manifestement, cela ne lui a pas plu.

– Pourtant, à la suite du déjeuner de Pâques, j'étais convaincue que cette histoire était bel et bien terminée.

– À mon avis, elle l'est et c'est justement là le problème de ma femme.

– S'il s'agit de simples sautes d'humeur, alors ça finira par passer.

– J'en doute, de plus, une deuxième chose a mis Annick en colère et je n'ai toujours pas compris pourquoi.

– Quelle chose ? demanda Jeanne, intriguée.

– Elise aurait quitté son emploi et trouvé un poste dans une société spécialisée dans les services à la clientèle. Et, au lieu de s'en réjouir, ma femme était furieuse et a refusé de m'en donner la raison, expliqua Philippe complètement dérouté.

– Philippe ?

– Oui, Jeanne.

– Connaissez-vous le nom de cette société ?

– *Cash Minute*, mais cela ne nous en dit pas plus, n'est-ce pas ? ajouta Philippe pour combler le silence.

– Bastien Deville y travaille, finit par répondre Jeanne.

– Ah bon ! Et alors ? Comment le savez-vous ?

– Écoutez, Philippe. Je veux être tout à fait franche avec vous. Si Elise travaille là-bas, ce n'est pas dû au hasard, contrairement à ce qu'elle a essayé de faire croire à sa mère. Ne me demandez pas comment je le sais. Le mieux pour vous serait de parler à Elise, si je peux me permettre de vous donner mon avis.

– J'ai peur de comprendre, Jeanne, répondit Philippe totalement anéanti.

– Cela explique au moins en partie l'état d'esprit de ma fille, fit remarquer Jeanne d'un ton désabusé. Parlez à Elise au plus vite et vous en saurez peut-être davantage.

– Je ne suis pas certain de vouloir connaître toute la vérité. J'entends Annick entrer, voulez-vous lui dire un mot ?

– Plus tard, Philippe. Je vous embrasse et n'hésitez pas à me téléphoner si vous éprouvez le besoin de parler.

– Oui, Jeanne, merci. Je vous embrasse aussi.

« Alors là, c'est complet », murmura Philippe pour lui-même, complètement abasourdi.

7

– Société *Cash Minute*, Bastien Deville, bonjour.

– Bonjour, Monsieur Deville. C'est Jeanne Colin, la mère d'Annick Auclert. Je vous dérange ?

– Non, pas du tout. Je vous écoute, dit Bastien un peu surpris.

– Je me permets de vous appeler pour prendre de vos nouvelles, commença Jeanne un peu embarrassée.

– C'est gentil à vous, Madame Colin, répondit Bastien sur ses gardes. Je vais bien et j'espère qu'il en est de même pour vous.

Il saisit un trombone et se mit à le tordre machinalement dans tous les sens.

– Écoutez, Monsieur Deville. Elise m'a confié votre attachement réciproque. Désormais, vous allez travailler ensemble…

– Oui ?

– Elise a informé sa mère de son nouvel emploi et je m'inquiétais de savoir si vous aviez parlé vous aussi à ma fille, expliqua Jeanne laquelle refusait de faire allusion à sa conversation de la veille avec Philippe.

– Non, Madame Colin. Je n'ai jamais revu Annick depuis notre rupture.

– Bien, cela me rassure. Pardonnez-moi d'insister, dit-elle. Je voulais savoir si dernièrement, vous n'avez rien remarqué d'anormal.

– À quel sujet, Madame Colin ?

– Je parle d'événements inhabituels qui auraient pu se produire dans votre vie.

– Oui, je comprends, car je me souviens parfaitement de notre conversation lors de notre rencontre au *Vent de la Mode*.

– C'est exactement ce à quoi je fais allusion, assura Jeanne.

– Oui, effectivement. Pour ne rien vous cacher, j'ai connu dernièrement quelques désagréments, mais Elise ne le sait pas. Il est inutile de l'inquiéter pour des enfantillages.

– De quoi s'agit-il exactement ?

– Je crois savoir où vous voulez en venir, Madame Colin, mais ces événements n'ont strictement aucun rapport avec votre fille, j'en suis certain.

– Laissez-moi en juger, Bastien.

Jeanne venait d'appeler Bastien par son prénom, intentionnellement, pour inciter celui-ci à se confier. Car son instinct lui disait que sa fille n'était peut-être pas si innocente.

– Madame Colin, je ne vois pas l'utilité de vous ennuyer avec mes histoires, fit remarquer Bastien un peu réticent.

– S'il vous plaît, cela restera entre nous.

– Oui, je n'en doute pas. Soit, si vous insistez…

Bastien exposa alors brièvement comment il avait retrouvé son véhicule endommagé à deux reprises.

– Je vois, dit Jeanne dubitative. Pardonnez-moi mais j'ai la sensation que vous ne m'avez pas tout dit.

– Décidément, vous êtes une femme particulièrement perspicace. Après tout, je n'ai rien à cacher mais je vous préviens, je doute fort que la suite vous intéresse, dit Bastien en espérant lasser Madame Colin.

– Au contraire, détrompez-vous.

Bastien, à présent nettement plus détendu, raconta par le détail les moments d'angoisse de l'avant-veille et le soulagement qui s'en était suivi.

– Voilà, à présent vous connaissez l'ensemble des événements, conclut-il finalement heureux d'avoir eu l'occasion de parler de sa mésaventure. Vous voyez bien, qu'il s'agit là d'enfantillages auxquels il est inutile de penser plus longtemps, fit-il remarquer afin de convaincre son interlocutrice du peu d'importance de cette affaire.

– Cependant, vous devriez rester vigilant. Si une seule et même personne est responsable, il se pourrait bien qu'elle continue à s'en prendre à vous.

– Vous devez être rassurée, car une femme aussi sensée qu'Annick ne se prêterait pas à de tels actes. Mais ceci dit, j'ai vraiment été heureux de parler avec vous.

– Moi aussi, Bastien et ce n'est pas la dernière fois, je suppose. Nous sommes appelés à nous revoir, n'est-ce pas ?

– Je l'espère car ce serait bon signe. Au revoir, Madame Colin.

– À bientôt, Bastien. Embrassez Elise pour moi, s'il vous plaît. Elle sait que nous nous sommes rencontrés à la boutique.

Jeanne était totalement sous le choc. Cette fois, Annick allait trop loin et il était urgent de l'arrêter dans sa logique destructrice. Car dans l'esprit de sa mère, il ne faisait quasiment aucun doute qu'Annick était directement impliquée dans les désagréments subis par Bastien. Jusqu'où était-elle prête à aller pour nuire à cet homme ? Jeanne était très inquiète, car elle venait de comprendre qu'Annick se doutait de la relation d'Elise et cela lui donnait un motif supplémentaire pour harceler son ex-amant. En choisissant de fréquenter Elise, Bastien Deville s'était mis dans une très mauvaise posture et avait manifestement pris un peu trop à la légère la déception de sa maîtresse. Un sentiment d'impuissance mêlée de honte commença à gagner Jeanne puis, l'anxiété prit le dessus et elle se trouva fort désemparée. Son caractère, entier et franc, lui interdisait de laisser sa fille aggraver la situation sans réagir et cependant, elle imaginait mal porter des accusations sur de simples présomptions et ce, sans avoir le début de la plus petite preuve à avancer. Bastien était désarmant de naïveté et sa bienveillance naturelle jouait contre lui. Tout dans son attitude contribuait à faire de cet homme, une victime presque idéale et malgré elle, Jeanne devait se résigner à espérer que sa fille serait prise à son propre piège, en se faisant surprendre sur le fait.

« C'était, pensait-elle, ce qui pouvait arriver de mieux pour arrêter cette escalade de la perfidie et de la méchanceté où tout le monde, y compris Annick, avait beaucoup à perdre. » Dépitée et déçue de constater la triste réalité, Jeanne se rendit dans son jardin pour goûter la douceur des beaux jours et tenter de chasser les idées néfastes qui la tenaillaient.

Profitant d'une heure sans cours dans son emploi du temps, Philippe décida de téléphoner à Elise pour prendre de ses nouvelles et tenter d'en savoir plus au sujet de son nouvel emploi. Jeanne lui avait laissé entrevoir le pire, en sous-entendant une relation entre sa fille et l'ex-amant de sa femme et cette idée le contrariait énormément.

– Bonjour, Elise, comment vas-tu ?

– Ah, papa ! Je vais bien, merci. Et toi ? Tu n'es pas en cours ?

– Non, je dispose d'une heure.

– Ça va ? Tu sembles tendu, s'inquiéta Elise.

– Parlons plutôt de toi, veux-tu ? Ta mère m'a appris ta démission et ton embauche au *Cash Minute*, commença Philippe d'un ton sec et tout à fait inhabituel.

– Oui, papa, excuse-moi, j'avais l'intention de t'en parler très prochainement, rétorqua-t-elle d'un air désolé.

– Réponds-moi franchement, Elise. Bastien Deville est-il ton petit ami ? Allô ! s'impatienta Philippe après quelques secondes de silence.

– Non, pas encore.

– Pas encore ?

– J'aime Bastien, papa et je l'ai toujours aimé.

– Es-tu inconsciente ? Cet homme n'a-t-il pas fait suffisamment de mal à notre famille ? cria presque Philippe, furieux et déçu.

– Bastien n'est pas comme tu penses…

– Peu importe ce que je pense, Elise. Bastien Deville n'est pas un homme pour toi et tu vas me faire le plaisir de le laisser là où il est, ordonna-t-il d'un ton péremptoire.

– Je te rappelle que je suis majeure et par conséquent, je n'ai pas à t'obéir, riposta Elise avec véhémence. Si tu as un problème avec Bastien, cela ne me concerne pas.

– Le ferais-tu exprès ? Cet homme a été et est peut-être encore l'amant de ta mère. Cela ne te suffit pas pour l'éviter à tout prix ? Quel besoin as-tu d'aller te jeter dans ses bras ? Qu'a-t-il de plus que les autres à la fin ? M'entends-tu ? hurlait Philippe.

– Je ne suis pas sourde, papa. Rappelle-moi lorsque tu seras calmé.

Et, pour la première fois de sa vie, Elise raccrocha au nez de son père. Après avoir mis fin à cette conversation pour le moins houleuse, elle s'en voulut terriblement de s'être laissée emporter au lieu de donner à son père des arguments susceptibles de le faire changer d'opinion et d'accorder une chance à Bastien. Elise redoutait cette confrontation depuis le soir où elle avait abordé Bastien sur la plage et depuis, elle avait largement eu le temps de penser au moment où il lui faudrait se justifier auprès de son père et lui faire admettre cette relation. Philippe avait toujours été un confident attentif et enclin à la soutenir en toutes circonstances, contrairement à Annick nettement plus prompte à critiquer ses choix et à lui jeter la pierre. Aujourd'hui, la belle complicité unissant le père et la fille avait été mise à mal et Elise regretta de ne pas avoir su trouver les mots justes. Elle composa donc le numéro de son père dans l'espoir de se réconcilier au plus vite avec lui mais après trois sonneries, le message du répondeur l'accueillit et renonçant à parler, elle coupa la communication. Après tout, ni l'un ni l'autre n'étaient allés trop loin lors de cette altercation et personne n'avait prononcé de paroles blessantes. Forte de cette constatation, Elise se raccrocha à l'espoir que Philippe reviendrait à de meilleurs sentiments, une fois la colère passée.

De son côté, Philippe marchait de long en large dans la cour du collège en s'en voulait un peu de s'être laissé emporter de la sorte. Pour autant, il n'en était pas moins ulcéré et il aurait donné cher pour avoir Bastien Deville en face de lui en cet instant précis pour pouvoir lui signifier sa façon de penser. Philippe trouvait que cet homme avait un toupet inouï de fréquenter Elise au lieu de faire en sorte de se faire oublier et il ne parvenait pas à comprendre pourquoi, il se complaisait dans une relation malsaine et pernicieuse en séduisant la fille de son ex-maîtresse. Connaissant Annick un tout petit peu, Philippe se demanda comment cette histoire insensée finirait et soudain il eut un mauvais pressentiment, ajoutant encore à son tourment.

8

Après s'être promené un bon moment dans les rues de Cannes et avoir savouré la douce caresse d'un soleil de printemps, Armand décida de se diriger doucement vers la rue des Serbes pour se rendre au rendez-vous fixé par son fils aîné. Depuis la veille, Armand ne pouvait s'empêcher de se demander pourquoi Bastien avait sollicité ce tête à tête et son instinct lui disait que le motif devait être sérieux. Il lui restait peu de temps à attendre pour enfin connaître la réponse à cette énigme et il en fut un peu réconforté. Lorsqu'il arriva devant le domicile de Bastien, Armand eut le temps de constater l'ampleur des dégâts faits sur le véhicule de son fils, car celui-ci venait juste de passer à hauteur de ses yeux, avant de s'engager dans la pente du parking souterrain. Après avoir patienté quelques instants, il décida d'ouvrir la porte d'entrée avec sa clé, monta les escaliers et trouva Bastien sur le palier.

– Nous arrivons en même temps. Viens, entre, papa, dit Bastien en pénétrant dans l'appartement. Installe-toi dans le salon, j'arrive avec les boissons. Un whisky, ça te va ?

– Parfaitement, assura Armand tout en s'asseyant confortablement dans le canapé. Ton travail, ça va ? demanda-t-il tandis que son fils posait les verres sur la table basse.

– Oui, mon poste me convient parfaitement pour le moment. Maman et Valentin vont bien ?

– Ils ne vont plus tarder à partir maintenant. La patronne de Valentin a adopté Cédric et ton frère pourra bientôt démissionner sans avoir à s'inquiéter pour *L'Oh ! à la bouche*.

– On peut dire qu'il a eu de la chance de trouver Cédric.

– Oui et c'est réciproque, Cédric peut remercier ton frère. Mais parlons de toi, Bastien, ton appel d'hier m'intrigue.

– Tu n'as rien dit à maman et à Valentin, j'espère? demanda Bastien un peu inquiet.

– Non, je te l'avais promis. Ah! J'avais soif, dit Armand en rajoutant un cube de glace dans son verre.

– Papa, je vais te raconter ma mésaventure d'avant-hier mais j'aimerais que tu ne m'interrompes pas. Ensuite, tu me donneras ton sentiment, si tu veux bien.

– Parle-moi, s'il te plaît, j'ai hâte de savoir.

Bastien retraça sa mésaventure depuis l'appel du Lieutenant Brixton jusqu'à celui de Cassandra. Puis, il expliqua la réaction de son ex-femme, laquelle, ignorant les épisodes concernant son véhicule, était pourtant persuadée d'un acte de malveillance et non d'une simple distraction de la part d'une personne irresponsable et désœuvrée.

– Je ne voudrais pas t'alarmer pour rien, mon fils, commença Armand en essayant de dissimuler son émotion mais, très sincèrement, cet incident supplémentaire me conforte dans l'idée qu'il se trouve quelque part une personne voulant te nuire. Tu es le mieux placé pour essayer d'en deviner le motif et aussi pour mettre un nom sur l'auteur de ces actes. Car je suis presque convaincu que les trois incidents sont liés pour avoir été commis par la même personne et motivés par une seule raison. Tu dois absolument réfléchir pour tenter de savoir de qui il s'agit, car ce petit jeu doit cesser au plus vite. Je n'aime pas du tout ce que je viens d'entendre, Bastien et je te conseille d'aller en parler au plus vite à la police.

– Franchement, papa, si j'avais su que tu prendrais cela avec autant de sérieux, je ne sais pas si je t'en aurais parlé, fit remarquer Bastien tout étonné de la réaction de son père.

Le ton grave et cérémonieux avec lequel son père venait de donner son avis, lui semblait disproportionné avec les faits.

– Il s'agit vraisemblablement d'une plaisanterie de mauvais goût, rien de plus, ajouta-t-il pour tenter de détendre l'atmosphère.

– Je t'en prie, Bastien, cesse de te voiler la face. J'aimerais beaucoup te donner raison mais, je suis sûr qu'au fond de toi, tu n'y crois pas non plus. Et la preuve en est, puisque tu m'as demandé de ne parler à personne de cette conversation, fit remarquer Armand très justement.

– Je n'ai pas l'intention d'aller au commissariat pour raconter mon histoire. Les dégradations de véhicules doivent être nombreuses. Quant à l'épisode de l'hôpital, on me répondra qu'il s'agit d'une mauvaise plaisanterie.

– Peut-être, mais s'il arrive autre chose de fâcheux par la suite, les policiers te demanderont pourquoi tu n'as rien signalé.

– Je t'en ai parlé. N'est-ce pas suffisant pour le moment? Après tout, Cassandra, Bryan et moi n'avons pas subi de violence, persista Bastien lequel ne voulait pas entendre parler de plainte.

– L'atteinte morale est une forme de violence, mon fils. De plus, je viens de voir ton véhicule endommagé et je trouve anormal que ces actes restent impunis. Je n'insiste pas plus, car c'est à toi et à toi seul, de décider de la suite à donner à ces désagréments.

– J'en ai déjà donné une, en t'en parlant. Quant à essayer d'identifier le ou les responsables, je ne vois pas trop comment je pourrais faire. J'y ai déjà réfléchi et, franchement, papa, je n'en ai aucune idée. Par conséquent, ces incidents sont clos pour moi.

– Soit, n'en parlons plus pour l'instant. Promets-moi seulement de te montrer vigilant et si d'aventure, il t'arrivait encore quelque chose de ce genre, je te demande de m'en informer immédiatement.

– Si tu veux, papa, je le ferai.

– Où en es-tu avec Elise? demanda Armand sans transition.

– Elle a quitté son emploi et doit commencer au *Cash Minute* dès lundi.

– Votre relation est donc relativement sérieuse, fit remarquer Armand un peu déçu lui aussi, car manifestement, son fils n'avait pas renoncé à fréquenter la famille Auclert.

– J'ai rendez-vous avec Elise demain. Nous allons passer toute la journée ensemble et j'en suis vraiment heureux.

– Oui, je n'en doute pas. Tiens, j'y pense ! Ta mère doit t'appeler pour t'inviter à déjeuner dimanche. Seras-tu libre ?

– Je viendrai avec plaisir.

– Alors à dimanche, Bastien, dit Armand tout en se levant pour prendre congé.

– D'accord, papa, à dimanche.

Lorsqu'Armand se retrouva dans la rue, il constata qu'il lui restait un peu plus de trente minutes avant son rendez-vous avec Claire. Il décida donc de flâner encore un peu tout en regardant les vitrines du centre-ville, mais le cœur lui manquait. La mésaventure narrée par son fils ne présageait rien de bon et il se demanda quelles nouvelles Bastien allait lui annoncer la prochaine fois.

Philippe consulta sa montre. Il était à peine dix-huit heures et il décida de rappeler Elise pour la convaincre de venir déjeuner le dimanche suivant au Cannet. Philippe voulait absolument se réconcilier avec sa fille, mais il avait aussi la ferme intention d'argumenter afin de la dissuader de fréquenter Bastien Deville. Et pour cela, il comptait bien profiter d'un moment en tête à tête durant cette journée.

– Oui, papa, répondit Elise après avoir reconnu le numéro du Cannet.

– Je t'appelle pour te prévenir que je viendrai te chercher dimanche comme d'habitude, vers midi, indiqua Philippe.

– C'est inutile, car je n'ai pas l'intention de venir déjeuner, répondit Elise laquelle avait pris sa décision suite à sa conversation téléphonique du matin avec son père.

Cette dispute ajoutée à la mauvaise humeur de sa mère ne lui donnait pas du tout envie de passer la journée au Cannet.

– Est-ce à cause de notre différend ? demanda Philippe avec dépit car il n'avait pas du tout envisagé le refus d'Elise.

– Oui et non, disons que je n'ai pas envie de subir de pression en ce moment et surtout pas, au sujet de ma vie privée.

– Peut-être pourrais-tu te mettre à ma place un instant et convenir de ma réticence, fit-il remarquer un peu amer.

– Papa, je te le répète, tes problèmes de couple ne me concernent pas et si quelqu'un doit te rendre des comptes, ce n'est sûrement pas moi.

– Cependant en fréquentant cet… homme, avoue que tu ne fais rien pour arranger les choses.

– Cet homme, comme tu dis, s'appelle Bastien. Et tu ferais mieux de te faire à l'idée de notre relation, car je n'ai pas l'intention de renoncer à lui, simplement pour te faire plaisir.

– Puis-je savoir comment il a fait pour justifier sa liaison avec ta mère ? persifla Philippe particulièrement mordant.

– Cela ne te regarde pas, papa. Je lui ai pardonné, un point c'est tout. Chacun commet des erreurs, non ?

– Tu ne veux rien entendre et c'est dommage.

– Je peux te retourner la réflexion, papa. Restons-en là, car je ne veux pas me disputer avec toi.

– Ta décision est-elle définitive ? Dois-je annoncer à ta mère ton refus de venir déjeuner dimanche ?

– Je te fais confiance pour inventer un prétexte, si tu estimes que cela va contrarier maman. Mais je ne m'inquiète pas. Elle se passera parfaitement de moi et tu le sais pertinemment. N'est-ce pas ?

Cela lui faisait du bien de pouvoir enfin déverser sa rancœur sans risquer de le regretter par la suite.

– Elise ! Que t'arrive-t-il ? Je ne te reconnais pas. Jamais tu n'aurais parlé ainsi de ta mère auparavant, dit Philippe d'un ton réprobateur.

– Il faut croire que j'en ai assez de faire semblant, indépendamment de Bastien. Laisse-le en dehors de nos différends. À plus tard, papa.

– Tu me déçois, Elise, sincèrement.

Elise ne trouva rien à répondre et raccrocha, persuadée d'avoir bien fait de refuser ce déjeuner. Marie serait sûrement déçue mais elle se promit de l'appeler pour prendre de ses nouvelles. Théo quant à lui avait ses copains et leur compagnie suffirait amplement à occuper sa journée.

9

Annick portait la lingerie achetée trois jours plus tôt à l'attention d'Armand, et était fort satisfaite de l'effet produit sur son corps. Sexy et élégant, cet ensemble, elle en était certaine, l'aiderait à faire de l'homme qu'elle était sur le point de rencontrer son amant dès ce soir. Armand possédait le même charme naturel et le même charisme que Bastien avec en plus une certaine maturité et une expérience contribuant à attirer Annick, comme un aimant. Tandis qu'elle continuait à se préparer, elle se voyait déjà dans les bras puissants de cet homme et imaginait l'odeur de sa peau contre la sienne. Puis, elle consulta sa montre et cessa de rêver pour donner à Claire la touche finale à son aspect de jeune femme de bonne famille. Aujourd'hui, elle avait choisi de porter une jupe particulièrement seyante mais pas trop courte, et elle s'était accordé l'extravagance de fins escarpins, puisqu'elle était censée être rentrée chez son amie pour se changer avant de se rendre à son rendez-vous. Claire était donc dispensée de porter cet imperméable triste et loin de l'avantager, et d'emporter sa mallette professionnelle. Annick hâta les préparatifs en surveillant la porte d'entrée à intervalles réguliers depuis l'arrière-boutique, car elle redoutait la visite impromptue de Philippe ou d'Elise. Puis, comme d'habitude, elle saisit le sac contenant ses vêtements d'épouse, prit son sac à main, éteignit la vitrine et ferma la boutique. Elle sortit sans regarder ni à droite ni à gauche pour ne pas perdre de précieuses secondes, et après avoir fait deux tours de clé dans la serrure, elle s'éloigna rapidement en regardant ses pieds. Après avoir déposé ses vêtements dans le coffre de la voiture, Annick traversa la rue d'Antibes puis, emprunta la rue Macé pour se rendre sur La Croisette.

Alors qu'il s'apprêtait à se rendre à son rendez-vous devant le Palais des Festivals, Armand aperçut Claire de loin et allongea le pas pour arriver à sa hauteur. Mais la jeune femme était à plus de cinquante mètres devant lui, lorsqu'il la vit emprunter la rue Macé. Il décida donc de la suivre au lieu de l'aborder, trouvant cette situation fort excitante. Claire marchait devant lui et Armand détailla minutieusement la silhouette de la jeune femme et ce qu'il vit, le ravit.

Claire se déhanchait à chaque pas, donnant à tout son corps un léger effet de balancement. Sa jupe tendue moulait ses fesses galbées à souhait, et Armand pensa qu'il aurait bien des difficultés à résister à d'éventuelles avances. Les jambes longues et fines de Claire étaient mises en valeur par des chaussures à talons-aiguilles. Son port de tête altier et sa chevelure d'un roux flamboyant tombant en cascades bouclées finissaient de procurer à Claire une aura particulière, confirmée par les regards admiratifs des hommes qui la croisaient sur son passage. Et en la voyant déambuler ainsi, les passants étaient loin de penser que cette beauté parcourait les routes pour faire connaître de nouvelles générations de remèdes. Armand l'aurait davantage imaginée posant pour des photographes ou défilant sur des podiums, afin de présenter les nouvelles collections des grands couturiers. Soudain, Claire ralentit un bref instant devant une vitrine pour vérifier son apparence, et cette coquetterie toute féminine fit sourire l'homme qu'elle allait rejoindre. Arrivé au niveau de La Croisette, Armand s'arrêta pour laisser Claire traverser la route, et attendit quelques minutes afin de lui permettre de prendre une bonne avance. Puis, il se rendit à son tour devant le Palais des Festivals et quasiment arrivé à sa hauteur, il vit qu'elle regardait dans sa direction en faisant de petites pas pour tromper son attente.

– Claire ! Vous êtes tout simplement magnifique, s'exclama Armand. M'attendez-vous depuis longtemps ?

– Non, je viens d'arriver. Avec tous ces embouteillages, j'ai cru que je ne serai jamais à l'heure, mentit Annick tout en prenant un air de légère lassitude.

– Venez, je connais un endroit idéal pour vous reposer.

Prenant le bras de Claire, Armand dirigea ses pas vers le vieux port.

– Comment allez-vous ? demanda-t-il. Vous semblez être en meilleure forme que la dernière fois, c'est certain.

– Cette semaine a été longue et éprouvante. Mais à présent qu'elle est terminée, je me sens mieux. De plus, le week-end s'annonce radieux, dit Claire en soupirant légèrement. Où avez-vous décidé de m'emmener cette fois ? demanda-t-elle sur un ton rappelant leur dernière conversation au cabaret *L'un pour L'autre.*

– N'essayez pas de me faire parler, répondit Armand tout en la regardant d'un air provocant. C'est une surprise et vous verrez bien, lorsque nous serons arrivés.

Après quelques minutes de promenade en silence, Armand s'effaça pour permettre à Claire de pénétrer dans le hall d'un luxueux hôtel. Immédiatement, la jeune femme triompha intérieurement, persuadée que l'homme dont elle avait envie, avait pris soin de réserver une chambre. Elle leva les yeux et regarda tout autour d'elle pour admirer la splendeur des lieux. Puis, un sourire accroché aux lèvres, elle prit à nouveau le bras d'Armand pour se diriger tout droit vers la réception. Mais à sa grande déception, ce dernier lui indiqua d'un signe de tête l'entrée du bar, leur faisant face. L'endroit était cossu et tout à fait intime pour des rencontres discrètes et coquines. Séduite par le décor, Annick pensa qu'il serait très agréable de déguster un alcool dans cette ambiance, avant de monter dans leur petit nid d'amour.

– Cet endroit vous convient-il? demanda cérémonieusement Armand tout en invitant la jeune femme à prendre place dans un fauteuil, sans nul doute très confortable.

– Ce raffinement discret ajouté à votre présence me comble, susurra Annick.

– Champagne, dit Armand à l'adresse du garçon venu accueillir le couple. Alors, Claire, parlez-moi un peu de vous. Ainsi, vous repartez pour Marseille ? commença-t-il.

– Dès demain matin. La vie y est très agréable et je suis toujours heureuse de rentrer chez moi, répondit Annick en espérant qu'Armand ne poserait pas trop de questions au sujet de sa vie, là-bas.

– M'inviterez-vous à vous rendre visite un jour ? Après m'avoir donné votre adresse, bien évidemment.

– Vous seriez déçu, dit Claire ne trouvant pas autre chose à répliquer. C'est tout de même une grande ville et la façon de vivre n'a rien de comparable avec ce que vous connaissez ici, à Cannes. Pour moi, c'est différent. J'y ai mon appartement et mes habitudes.

– Ainsi, vous préféreriez autant continuer à venir à Cannes pour me voir ?

– Tout à fait et j'espère ne pas vous avoir offensé, par ma franchise. Ce champagne est vraiment excellent, vous êtes un homme de goût, Monsieur Deville, poursuivit Annick en minaudant pour inciter Armand à changer de sujet de conversation. Avez-vous finalement vu votre fils aîné ?

– Il va parfaitement bien et apparemment, il file le parfait amour. À présent, c'est à moi de me déplacer pour me rappeler à son souvenir, précisa Armand.

À l'évocation du couple formé par Elise et Bastien, Annick crispa ses doigts autour de son verre et elle eut envie de crier sa haine. L'idée des deux amants lui était insupportable et, si elle n'avait pas senti le regard d'Armand posé sur elle avec attention, Annick aurait été capable de se ruer dehors pour aller dire sa façon de penser à Bastien. Mais son bon sens prit le dessus et Annick renonça à courir le risque inconsidéré de se dévoiler pour laisser à Claire la possibilité de se concentrer sur ce romantique tête à tête.

– Si les chambres sont à l'image de ce bar, ce doit être terriblement agréable de s'y laisser aller en galante compagnie, murmura-t-elle.

– Je vous en prie, Claire, ayez pitié de l'homme que je suis et n'ajoutez pas encore à mes fantasmes.

– Vous plaindriez-vous d'avoir en face de vous une femme toute disposée à les assouvir ? susurra Claire.

– La gourmandise est un vilain défaut, chère amie.

– Alors, soyons outrageusement coupables en choisissant de succomber à la tentation.

– Seriez-vous prête à vous compromettre à ce point ? s'étonna Armand.

– Pour vous, je serai prête à mourir de plaisir.

– Vous me flattez mais je suis persuadé qu'une femme comme vous ne m'a pas attendu pour connaître ces délices.

– Je suis célibataire et seule, je serai toute à vous. Montons à présent, Monsieur Deville.

– Attendons encore, Claire. Bientôt, je vous inviterai chez moi et vous donnerai carte blanche pour vous permettre de révéler votre nature, disons… explosive. Permettez-moi de rêver de ce moment, pendant encore quelque temps. Car je dois vous confier un secret, Claire, murmura Armand à l'oreille de la jeune femme. Je suis un pervers qui se délecte de l'attente. Je vous en prie, ne me refusez pas cette faveur, dit-il puis, saisissant la main de Claire il la porta à ses lèvres et la baisa, délicatement. Appelez-moi dans deux semaines et je vous promets une sublime récompense.

Armand se leva et après avoir jeté un regard caressant, il quitta le bar.

10

Claire resta un instant interdite par le soudain départ d'Armand puis, repensant à la promesse de ce dernier, elle se délecta à l'idée d'un épisode de sa vie, lequel s'annonçait mémorable. Par son refus digne d'une vierge de lui livrer son corps, Armand avait éveillé tous les sens d'Annick et, cette forme d'érotisme encore inédit pour elle avait attisé son désir pour cet homme peu commun. Et Annick pensa que si leur corps-à-corps se révélait être à la hauteur de la promesse, elle aurait enfin trouvé un amant capable de lui donner le plaisir qu'elle savait si bien procurer aux hommes. Certes, Bastien s'était révélé être un bon partenaire, mais Annick n'avait pas réussi à trouver chez lui l'excellence qu'elle était en droit d'attendre en retour de sa dextérité et de son talent. Annick connaissait sa qualité de maîtresse exceptionnelle et flattée par les compliments prodigués par tous ses amants, elle n'en était pas moins frustrée de n'avoir jamais connu son double en matière de pratiques licencieuses. Et, ce soir, elle en était quasiment persuadée, l'avenir proche allait offrir à son corps, celui qu'il cherchait en vain, depuis toujours.

Après être restée encore un moment au bar, elle termina sa coupe de champagne et sortit à son tour pour déposer son message dans la boîte aux lettres de sa fille, en passant rue des Belges. Annick marchait rapidement, car elle avait des projets pour la soirée et entendait ne pas rentrer trop tard. Elle voulait amadouer Philippe et lui ôter définitivement les soupçons qu'il nourrissait à son égard. Après avoir rapidement déposé son enveloppe comme prévu, Annick rejoignit son véhicule et se rendit dans l'impasse, afin de redevenir une sage épouse. Puis, délaissant son trousseau de clés dans son sac à main, elle sonna à la porte de son appartement quelques minutes plus tard, afin d'être accueillie par son mari.

– Tiens donc! Je ne t'attendais pas si tôt, s'exclama Philippe sans regarder son épouse.

– J'avais envie de passer toute une soirée avec mon petit mari, minauda Annick. Je prends une douche et je viens m'occuper du dîner.

– C'est inutile, tout est prêt, répondit Philippe d'un ton désabusé auquel Annick n'accorda pas la moindre attention.

Après avoir pris une douche et changé sa lingerie fine pour des dessous beaucoup plus convenables, Annick se rendit dans la cuisine pour entamer son approche, mais Philippe la devança.

– Francis et Elsa nous ont invités pour dimanche en huit. J'ai pris la liberté d'accepter et de les remercier. Ils nous demandent de venir avec Marie et Théo car, normalement leur fils Gaspard sera présent. Par contre, Elise ne viendra pas déjeuner ce dimanche et elle en est désolée.

– Ne compte pas sur moi pour aller chez tes amis, répliqua Annick d'un ton sec en oubliant ses bonnes résolutions. Ils sont ennuyeux et guindés et je n'ai nulle intention de m'imposer une telle corvée. Quant à Elise, bien lui a pris d'avoir eu l'intelligence de ne pas m'imposer sa présence. Ta fille fait tout pour me contrarier.

Annick avait le visage crispé et ses lèvres pincées trahissaient sa contrariété.

– Tout d'abord, Annick, articula lentement Philippe, il ne s'agit pas de ma fille mais de notre fille et que tu puisses parler d'elle en ces termes, est tout à fait inadmissible. Mais nous discuterons de cela plus tard, si tu veux bien.

Philippe s'appliqua à découper les tomates en tranches régulières, entre ses doigts serrés, pour contenir sa colère.

– Ensuite, tu vas me faire le plaisir de téléphoner à Elsa pour lui confirmer notre venue. Il est hors de question que nous lui fassions l'affront de nous décommander. M'as-tu bien compris ? demanda-t-il en considérant sa femme avec fureur.

– Tu iras avec les enfants, si tu veux, mais sans moi. Ceci est une affaire classée. Quant à tes réflexions concernant mon opinion sur Elise, tu peux les garder. Comme d'habitude, je te signale que la situation t'échappe totalement et je te demande de ne pas te mêler de cette histoire. Tu n'as pas la moindre idée de ce dont il s'agit. Alors, s'il te plaît, ne me donne pas de leçons.

– Me prendrais-tu pour un imbécile ? demanda Philippe en haussant le ton. Tu es furieuse contre Elise car elle va travailler pour la société qui emploie Monsieur Deville. Et, si cela peut te faire plaisir, je suis en mesure de te confirmer que tes doutes sont fondés. Elise et cet homme se fréquentent.

– Tais-toi, tu dis n'importe quoi pour essayer de te rendre intéressant. Comment aurais-tu des informations que j'ignore ? Me crois-tu assez idiote pour tomber dans ton piège grotesque ? Je me moque totalement de cet homme, si tu veux tout savoir. Il s'est lamentablement accroché à moi et c'est pourquoi j'ai dû le gifler en public, afin de l'obliger à cesser de me poursuivre. C'est pour cette raison et pour aucune autre, que je désapprouve sa relation avec Elise.

– C'est ça… continue à me prendre pour un imbécile, dit Philippe d'un ton plus tranquille.

– Tu sais, je m'apprêtais à passer une délicieuse soirée en ta compagnie et je m'en suis réjouie tout l'après-midi. Mais comme d'habitude, tu as pris un malin plaisir à me tourmenter. Et, puisque c'est ainsi, vous dînerez sans moi.

Au lieu de quitter la cuisine, Annick se saisit du pain, prit le jambon et le beurre au frais et se prépara un sandwich, sans plus adresser la parole à Philippe. Puis, elle prit un plateau, y posa le sandwich, ajouta quelques fruits, une bouteille d'eau et un verre et portant le tout, elle quitta la cuisine en silence. Puis se ravisant, elle revint sur ses pas et ajouta soudain, d'un ton mielleux :

– Viens me rejoindre dans la chambre quand tu seras calmé.

Puis cette fois, elle disparut définitivement en faisant tinter le verre sur le plateau.

Philippe ne répondit pas et appela les enfants pour le dîner. Théo semblait complètement absent et Marie ne faisait aucun effort pour se montrer agréable. Son père s'en inquiéta un peu car, depuis quelques temps déjà, c'était comme si sa fille avait perdu sa joie de vivre et son enthousiasme, se complaisant de plus en plus à rester seule dans sa chambre. Philippe pensa que même le mercredi après-midi n'était plus un motif de se réjouir pour Marie. Car la petite avait brusquement cessé de proposer des activités pendant leurs heures communes de loisirs. Ce constat ajouta encore à sa contrariété et Philippe hâta le service, afin de permettre à ses enfants de quitter la table assez rapidement. Après avoir fait la vaisselle et vérifié que Théo et Marie étaient installés dans le salon pour regarder un film, il décida de rejoindre Annick dans la chambre pour continuer leur conversation interrompue trop brusquement à son goût.

Lorsqu'il entra dans la chambre, Philippe trouva sa femme assise dans le lit, occupée à lire le dernier roman d'un écrivain en vogue.

– Ah ! Te voilà enfin, je t'attendais, dit Annick tout en reposant son livre sur la table de chevet après en avoir marqué la page. Excuse-moi pour tout à l'heure, susurra-t-elle, si cela te fait vraiment plaisir, je ferai un effort pour aller déjeuner chez tes amis. Déshabille-toi et viens te coucher, nous avons bien mieux à faire que de nous disputer pour des broutilles.

Philippe était planté au pied du lit et considérait sa femme, ne sachant s'il rêvait ou si elle se moquait de lui. Que signifiait ce brusque revirement de comportement ? Vraisemblablement rien de bon, pensa-t-il et afin d'en avoir le cœur net, Philippe finit par obtempérer. Il se dévêtit rapidement puis se glissa dans le lit conjugal.

Immédiatement, Annick éteignit la lumière et vint se coller contre son mari, plus lascive que jamais. Elle ferma les yeux et le visage d'Armand lui sourit légèrement, tandis que tout, dans son regard signifiait un consentement sans partage et l'incitait à s'enhardir. Annick frôla ses cheveux du bout des doigts, caressa longuement son buste tout en respirant la peau de celui qu'elle voulait tout entier soumis à ses caresses puis, en proie à une attirance irrésistible, elle pesa de tout son corps sur l'homme abandonné et se mit à l'embrasser avec passion.

– Arrête ça tout de suite, Annick, cria Philippe en se dégageant violemment des bras qui l'enserraient.

Puis, rallumant la lampe de chevet, il sauta du lit prestement.

– Que fais-tu ? demanda-t-il, les deux mains sur les hanches. Te rappellerais-tu soudain que tu as un mari ou caressais-tu ton amant ? C'est ça... madame fermait les yeux et pensait à Bastien Deville ! Tu me dégoûtes, franchement Annick, regarde-toi. Tiens non, finalement, tu me fais pitié. Ma pauvre Annick ! Faut-il que tu sois naïve pour penser un seul instant que j'allais me prêter à tes jeux dignes d'une... d'une...

– Reste poli, Philippe. Tu as en partie raison. Je pensais à un autre homme mais il ne s'agit pas de Bastien, répliqua Annick en mettant toute la hargne du monde dans sa voix.

– Qui alors ? De qui parles-tu ? hurla Philippe.

Devant la fureur presque incontrôlable de son mari, Annick renversa la tête en arrière, bomba sa poitrine et après avoir pris une profonde inspiration, elle laissa éclater son rire de prédilection dans tout l'appartement.

11

Il faisait un temps radieux, lorsque Bastien se retrouva dans la rue des Serbes en ce samedi matin. La journée s'annonçait vraiment agréable. Moins de dix minutes plus tard, il sonna à l'appartement d'Elise en se réjouissant à l'avance des longues heures à passer avec la jeune femme. Elise ouvrit la porte presque instantanément et la bonne humeur qu'elle portait sur son visage faisait plaisir à voir.

– Entre, Bastien. Je t'attendais, j'ai pensé que nous pourrions déjeuner sur la plage et j'ai préparé un panier. Qu'en penses-tu ? demanda-t-elle visiblement heureuse, à cette perspective.

– C'est une excellente idée, répondit Bastien un peu étonné de l'enthousiasme d'Elise. Il fait un temps splendide et cela nous fera du bien à tous les deux de passer une journée au grand air. Après toutes ces heures enfermés au bureau, nous en avons bien besoin. Laisse, je vais porter les provisions, ajouta-t-il en s'emparant du panier posé sur la table de la cuisine. Si nous allions à Mandelieu ? Nous pourrions trouver un coin tranquille, à l'abri des regards indiscrets.

– J'y ai pensé également. Attends une seconde, je prends deux draps de bain et j'arrive.

Tandis qu'il attendait Elise, Bastien pensa qu'il avait beaucoup de chance car la distance le séparant du bonheur se réduisait un peu plus chaque jour.

– Qu'est-il arrivé à ton véhicule ? demanda Elise, car elle n'avait rien remarqué au moment où elle avait pris place à bord dans le parking souterrain.

Le soleil faisait briller la carrosserie et après avoir esquissé deux pas en arrière, Elise considérait l'ampleur des dégâts, sur le trottoir du boulevard du Midi.

– On dirait que quelqu'un a tourné autour de la voiture et l'a rayée intentionnellement, fit-elle remarquer pensivement.

– À mon avis, il doit s'agir de cela, en effet. Viens, peu importe, dit Bastien en prenant la main d'Elise pour traverser.

– As-tu porté plainte ? insista-t-elle tout en enlevant ses sandales avant de descendre sur la plage.

– Pas encore, répondit Bastien évasivement. Mais ne nous gâchons pas la journée avec ça. Viens, allons chercher un endroit pour nous seuls.

Le sable était encore un peu frais et humide par endroits et les deux amoureux progressèrent difficilement, enfonçant leurs pieds à chaque pas, dans un silence religieux. Le ressac régulier de la mer particulièrement calme ajoutait à la sérénité du lieu et Bastien pensa que la plage était l'endroit idéal pour passer une journée de détente et inciter Elise à se laisser aller à quelques confidences. Après avoir marché un peu, ils s'installèrent à proximité des vagues, afin d'avoir le plaisir de sentir de temps à autre la fraîcheur des gouttelettes poussées par la brise légère de cette fin de matinée, sur leur peau offerte au soleil. Ils déjeunèrent frugalement de crudités et de fruits de saison, accompagnés d'un vin rosé de pays qu'Elise avait pris soin de faire rafraîchir toute la nuit. Puis, ils s'offrirent le luxe d'une petite sieste sans éprouver le besoin de parler. La danse des oiseaux marins formait un ballet sur fond de ciel azur et, seuls les cris de quelques enfants les empêchèrent de se sentir totalement isolés. Puis, soudain, se tournant sur le ventre et se redressant sur ses avant-bras, Elise se mit à parler de sa grand-mère Jeanne et de son dévouement. Elle enchaîna sur la vie affective de son oncle Jean-Marc puis, s'inquiéta de la solitude de sa petite sœur Marie. Bastien l'écoutait, allongé de tout son long, les yeux à demi fermés et il ne l'interrompit pas une seule fois. Tout son corps était détendu et la voix douce d'Elise le berçait comme un enfant. En cet instant, il était persuadé qu'elle était faite pour lui et pour aucun autre homme. Puis, après un moment passé à rêver, il se fit violence et se leva pour aller tremper timidement ses jambes dans la pureté de la mer. Le cœur en éveil, il sentit la présence d'Elise dans son dos, laquelle l'avait rejoint à pas de loup, dans l'espoir de le surprendre.

– Je suis vraiment heureux de cette journée, murmura Bastien en prenant Elise par la taille. Que feras-tu demain ? As-tu prévu quelque chose de spécial ? demanda-t-il plein d'espoir.

– Non, pour des raisons que je n'ai pas envie d'expliquer, je n'irai pas déjeuner au Cannet. Je resterai donc tout simplement chez moi.

– En ce cas, accepterais-tu de m'accompagner chez mes parents pour déjeuner ? Je pourrais venir te chercher vers midi et nous irions ensemble. S'il te plaît, Elise, pria Bastien devant l'air incrédule de la jeune fille.

– Ta famille n'apprécierait pas, que je m'impose de la sorte.

– Tu ne t'imposes pas, Elise. C'est moi, qui te prie de venir. Et, détrompe-toi, tout le monde sera ravi de t'avoir, j'en suis persuadé. Bastien s'agenouilla et joignit ses mains en prière.

S'il te plaît, répéta-t-il l'air implorant.

– Lève-toi, Bastien. J'accepte avec plaisir car j'ai très envie de passer une autre journée avec toi. Mais il ne fait plus très chaud, à présent, dit-elle en frissonnant.

– Tu as raison, rentrons, il est tard.

Après avoir déposé Elise devant son domicile, Bastien rentra directement chez lui. Il releva le courrier, puis monta dans son appartement et prit connaissance de ses messages. Sa mère lui demandait de venir le lendemain vers midi et Cassandra s'inquiétait de savoir si tout allait bien. Bastien s'installa confortablement dans le canapé pour penser à sa journée puis, intrigué par une enveloppe assez épaisse, il se pencha vers la table basse et la saisit. La lettre ne portait pas de nom de société et après s'être interrogé sur son contenu, Bastien l'ouvrit. Il en sortit deux magazines et en fut fort étonné car, il n'avait signé aucun contrat d'abonnement. Puis, son regard se posa sur les couvertures et il n'en crut pas ses yeux. Il feuilleta alors rapidement les revues et ses doutes se confirmèrent. Bastien avait entre les mains non pas des revues de charme mais des magazines pornographiques, réservés aux adultes. En les jetant sur la table et après avoir vérifié que l'enveloppe lui était bien adressée, il se demanda qui pouvait être l'auteur de cet envoi et quel était son message.

– Décidément, cela ne s'arrange pas, dit-il à voix haute.

Instinctivement, il rangea l'enveloppe dans le tiroir du petit meuble, situé à portée de sa main.

Elise était aux anges. Sa journée avec Bastien s'était révélée idyllique et elle se sentait tout à fait détendue et de fort bonne humeur. La perspective de passer de longues heures en compagnie de l'élu de son cœur, dès le lendemain, ajoutait encore à son bien-être. Quelle merveilleuse idée elle avait eue en prévoyant ce pique-nique ! Elle se félicita d'y avoir pensé suffisamment tôt pour pouvoir tout préparer correctement. Elise se demanda si elle devait acheter quelques fleurs pour les offrir à Madame Deville en signe de gratitude puis, elle devina l'étonnement de cette dernière, lorsqu'elle la verrait au bras de Bastien. Elle savait que Valentin ne s'en offusquerait pas mais en imaginant la tête de Nicole et d'Armand, elle éprouva quelque appréhension. Après tout, Elise n'avait jamais eu la courtoisie de fournir des explications sur les motifs de son brusque éloignement, à celle qui l'avait considérée durant de nombreuses années, comme sa propre fille. Quant à Armand, il l'avait toujours un peu intimidée par son abord froid et distant et elle espéra que Bastien ne la ferait pas trop parler et éviterait de la mettre en avant, pendant le déjeuner. En y réfléchissant, Elise trouva l'empressement de Bastien à la faire revenir dans la famille Deville légèrement déplacé. Après tout, ils ne vivaient pas ensemble et n'étaient pas encore amants. Même si, se dit-elle, tout le monde penserait le contraire, dès le lendemain.

Mais cette idée n'était pas pour lui déplaire et la flattait plutôt. La jeune fille aurait préféré simplement attendre encore un peu avant de se rendre chez les Deville, mais à présent qu'elle avait accepté, il lui restait à se montrer à la hauteur des espérances de Bastien, en remplissant correctement son rôle de petite amie officielle.

Elise retourna l'enveloppe vierge de toute inscription qu'elle venait de prendre dans la boîte aux lettres. Elle la décacheta, persuadée de trouver une publicité à l'intérieur et en sortit une feuille blanche, pliée en quatre. Intriguée, elle la déplia délicatement et sa lecture fut vite faite. Au centre du papier, quelqu'un avait découpé et collé des lettres, provenant probablement d'un journal, pour former un mot, sans doute destiné à qualifier sa destinataire. *SALOPE,* lut et relut Elise sans comprendre. La jeune fille resta un moment comme hébétée en tenant le papier entre ses doigts et en fixant le mot. Puis, lasse de chercher une explication, elle remit le pli dans son enveloppe et jeta le tout dans le porte-revues. Depuis qu'elle avait emménagé dans cet immeuble particulièrement tranquille, Elise n'avait jamais reçu un tel courrier. Et elle se promit de demander à Jennifer, si ellemême avait été également victime d'insultes.

12

Lorsque Nicole entendit la sonnette, elle alla ouvrir la porte d'un bon pas, toute contente de la visite de son fils aîné. Valentin ne venait jamais avant treize heures trente à cause de l'afflux de clients à *L'Oh ! à la bouche*.

– Bonjour, maman, regarde qui je me suis permis d'amener, dit Bastien fièrement, tout en poussant légèrement Elise devant lui, afin de la faire entrer.

– Elise, quelle surprise ! s'exclama Nicole en s'efforçant de dissimuler sa stupéfaction. Soyez la bienvenue, je vous en prie, entrez.

– S'il vous plaît, ne me vouvoyez pas Madame Deville, vous allez me gêner encore un peu plus.

– Allez, Elise, ne sois pas timide et toi maman, embrasse-la, demanda Bastien.

Malgré sa réticence, Nicole s'exécuta, afin de ne pas froisser son fils.

– Entrez dans le salon dire bonjour à Armand.

Nicole retourna dans la cuisine un peu interloquée de l'initiative de Bastien et plus encore, de la présence d'Elise. La maîtresse de maison désapprouvait totalement cette façon de faire, qui consistait à la mettre devant le fait accompli et elle n'osait imaginer la réaction de ses deux autres hommes. Absorbée par ces considérations, elle se brûla assez fortement en enfournant les canapés et faillit tout lâcher. Nicole se mit ensuite à monter la mayonnaise à la fourchette avec une vivacité à la hauteur de son énervement, tout en prêtant l'oreille pour essayer d'entendre deux ou trois bribes de conversation, susceptibles de la renseigner sur l'accueil réservé par Armand à Bastien et à sa petite amie. Mais malgré ses efforts, elle ne parvint pas à définir l'ambiance régnant dans le salon. Cependant, elle n'eut pas à patienter longtemps pour en savoir plus car quelques minutes à peine, après avoir constaté la réussite totale de la sauce, Nicole vit son mari entrer dans la cuisine et refermer soigneusement la porte derrière lui.

– Que fait-elle là ? L'as-tu invitée ? murmura Armand.

– Absolument pas, je suis surprise moi aussi et j'aurais aimé que Bastien me demande mon avis.

– À présent qu'elle est ici, Nicole, nous ne devons rien montrer de notre réticence. Je te laisse car ce n'est pas très poli d'abandonner ses invités, ainsi.

– Je suis d'accord avec toi. Va les rejoindre, je termine les entrées et j'arrive, répondit-elle tout en souriant afin de rassurer son mari sur son état d'esprit.

Valentin arriva sur ces entrefaites et son père le croisant dans le couloir lui expliqua brièvement la situation, puis le quitta.

– Alors, maman, nous avons une visite surprise ?

– Ferme la porte, Valentin. Oh ! Tu nous as encore gâtés, s'exclama Nicole après avoir soulevé le couvercle de la boîte de gâteau.

– C'est un opéra, je sais que tu en raffoles. Bastien ne t'a donc pas prévenue de son intention d'amener Elise ?

– Non, pas du tout et imagine ma stupéfaction ! Même vis-à-vis de toi Valentin, je trouve cette démarche un peu déplacée.

– Ce n'est pas grave, la présence d'Elise ne me fait ni chaud ni froid. Attends, je vais porter le plateau.

– Soit, allons dans le salon.

Valentin fit le service durant tout l'apéritif et malgré les diverses anecdotes qu'il raconta au sujet des petites erreurs de Cédric son ami et remplaçant, personne ne semblait vraiment détendu.

– Elise, tu te souviens de Cédric, n'est-ce pas ? Il travaille à *L'Oh ! à la bouche*, à présent.

– Très vaguement, j'ai dû le rencontrer une fois ou deux, tout au plus. Quand pars-tu exactement ?

– Ma mère et moi partons dans dix jours, un mercredi exactement.

– Si tôt ! s'étonna Bastien lequel n'en avait pas été informé.

– Cela ne me semble pas prématuré. Cédric est prêt et moi je le suis davantage encore. Quelqu'un veut-il un autre verre ou quelques canapés ? demanda Valentin. Devant le refus de chacun, il suivit sa mère dans la cuisine en portant les verres vides.

– Ça va, maman ?

– Elise ne semble pas être très à l'aise et je dois t'avouer que cela me rassure un peu. Je n'aurais pas supporté de la voir se comporter ici, en pays conquis, répondit Nicole.

– Maman ! Elise n'a pas changé, je t'assure. Elle n'aurait pas dû nous quitter comme elle l'a fait voilà cinq ans, mais à présent, essayons de lui pardonner. Pensons à Bastien, insista Valentin.

– Tu as raison, mon fils, va dans le salon. Je vous rejoins dans un instant.

Le déjeuner se déroula un peu trop tranquillement au goût de Nicole, et chacun semblait se tenir sur ses gardes sans parvenir à se détendre, tout à fait. À la fin du repas, Valentin entraîna Elise dans l'atelier pour lui montrer les nombreuses toiles réalisées en cinq ans par sa mère et lui-même et Nicole se rendit à la cuisine pour mettre un peu d'ordre, avant de servir le café.

– Alors, papa, comment trouves-tu Elise ? s'enquit Bastien en profitant de ce moment d'intimité.

– Elle est tout à fait charmante. Je retrouve en elle l'adolescente un peu timide dont je me souvenais, mais je suis un peu étonné que tu aies décidé de l'amener sans nous consulter auparavant.

– Papa ! Je l'ai invitée seulement hier soir, après avoir passé toute la journée à la plage en sa compagnie. Elle aurait été seule aujourd'hui et de toute façon, je voulais la faire revenir dans la famille avant le départ de maman et de Valentin pour Zurich. Je ne lui ai encore rien dit, mais j'ai l'intention de lui demander de venir vivre avec moi.

– Soit, si c'est ta décision, je la respecte. Mais Elise est-elle fâchée avec ses parents pour être seule un dimanche ? demanda Armand.

– Je ne pense pas, mais elle n'a rien souhaité me dire à ce sujet. À mon avis, l'ambiance n'est pas au beau fixe au Cannet.

– Je comprends, dit Armand lequel pensait en deviner la raison. Et toi, comment vas-tu ? Rien à signaler ?

– Une broutille, papa.

– J'aimerais tout de même la connaître, si tu veux bien, insista Armand lequel voulait juger par lui-même de l'importance de ce nouvel incident.

– J'ai reçu une enveloppe contenant deux revues pornographiques, confia Bastien tout en baissant le ton.

– Ah ! bon ? Qui les a envoyées ?

– Je l'ignore, l'enveloppe ne comporte pas de nom de société, seulement deux timbres.

– Étais-tu abonné à ce genre de revue à Londres ?

– Papa enfin ! Non, évidemment. C'est juste deux revues sans facture, ni distribution contre remboursement.

– Alors il s'agit encore d'une mauvaise plaisanterie.

– En effet, je ne vois rien d'autre. C'est vraiment n'importe quoi !

Les deux hommes se turent brusquement en entendant la voix de Valentin.

– Comment as-tu trouvé les toiles ? demanda Bastien à l'adresse de sa petite amie.

– Magnifique, vraiment, dit-elle laconiquement.

Pendant ce temps, s'affairant dans la cuisine, Nicole pensait à Arnaud d'Estegnac. La joie manifestée la veille par son ami, quand elle lui avait annoncé sa prochaine venue avec Valentin, lui avait semblé un peu excessive et l'avait mise mal à l'aise. Nicole était persuadée qu'en acceptant d'entreprendre ce voyage, elle avait inconsciemment donné de faux espoirs à Arnaud. En quelques semaines à peine, Armand était redevenu l'homme et le mari idéal qu'elle avait jadis connu, et elle entendait tout faire pour préserver ce bonheur retrouvé. Partir prochainement était donc un projet inopportun pour elle, et Nicole aurait aimé pouvoir l'abandonner mais son intégrité lui interdisait de revenir sur sa promesse et de causer de la peine à un homme qui l'avait toujours soutenue.

– Veux-tu que je prépare le café? demanda Valentin en faisant sursauter sa mère.

– Non, tout est prêt. Emmène tout le monde dans le jardin, si tu veux. Nous y serons très bien pour l'après-midi.

Un peu mal à l'aise, Elise écoutait les conversations sans y prendre part et redoutait que Nicole profite d'un moment propice pour lui parler en aparté. Mais la jeune fille fut vite rassurée car Nicole se comporta exactement, comme si elle n'était pas là. Vers seize heures, les amoureux prirent congé et chacun s'embrassa assez chaleureusement. Sur le chemin du retour, Bastien parla de la journée du lendemain au *Cash Minute* et ne demanda pas à Elise si elle était satisfaite du déjeuner. Il avait noté son malaise, lequel, il en était persuadé, n'avait échappé à personne et il ne souhaitait pas en discuter pour le moment. Avoir présenté Elise comme sa petite amie à toute sa famille constituait déjà une grande avancée et Bastien ne voulait pas se montrer trop insistant, en essayant en plus de savoir comment celle-ci l'avait vécu.

– On se voit demain matin à neuf heures à la société, dit Bastien tout en prenant Elise dans ses bras. Merci d'avoir accepté de m'accompagner chez mes parents, ajouta-t-il.

– C'est à moi de te remercier, dit Elise. Tu as vraiment une famille idéale et je t'envie. Je regrette d'avoir agi comme je l'ai fait, ajouta-t-elle, visiblement contrariée.

– C'est du passé, n'y pense plus, s'il te plaît et ayant dit, Bastien déposa un baiser sur les lèvres de la jeune femme de sa vie.

13

En rentrant chez elle après sa première journée de travail au *Cash Minute*, Elise était épuisée mais heureuse. Après une indispensable période d'adaptation, la jeune fille était persuadée qu'elle finirait par se sentir à l'aise dans sa nouvelle mission et pourrait enfin s'épanouir dans la gestion de ses différentes responsabilités. Le peu de personnes qu'elle avait côtoyé s'était montré disponible et disposé à l'aider. De plus, les locaux tout neufs et lumineux de la société avaient contribué à la détendre, presque tout de suite. Et tandis qu'elle se promenait dans les rues de Cannes, elle se félicita d'avoir eu la présence d'esprit de saisir l'opportunité de quitter l'horrible Madame Marchand et les mesquineries qui constituaient son quotidien. Désormais, son avenir professionnel et affectif s'annonçait radieux et Elise se sentit parfaitement bien dans sa peau. N'ayant rien de spécial à faire, elle décida donc de descendre sur la plage pour s'asseoir au pied des vagues et à même le sable, afin de profiter un peu du soleil encore haut, à cette heure-ci. Après avoir goûté quelques délicieuses minutes de calme et de tranquillité, elle entendit la sonnerie de son portable.

– Oui, papa, bonjour.

– Elise ! Je viens prendre des nouvelles. Je voulais savoir si ta première journée de travail s'est bien passée et si nous pouvons déjeuner ensemble, demain, dans notre petite pizzeria.

– Justement non, papa. Avec mes nouveaux horaires, je dispose seulement de trois quarts d'heure de pause repas.

– Ce n'est pas grave. Je te rejoindrai Quai Saint-Pierre et nous trouverons bien un restaurant à proximité de ton bureau.

– Non, je t'assure, cela n'est pas possible, papa, dit-elle avec une pointe de regret dans la voix. Nous allons déjeuner chacun à notre tour entre douze heures et quatorze heures, et nous ne savons jamais à l'avance, à quel moment nous pouvons nous absenter. Cela dépend du nombre d'appels en attente.

– Dois-je comprendre que désormais, nous ne pourrons plus nous retrouver ? demanda Philippe en doutant de la sincérité de sa fille.

Car, il avait beaucoup de mal à croire à cette excuse cousue de fil blanc. Et comme Elise ne semblait pas avoir entendu sa question, il poursuivit :

– Puis-je au moins savoir comment tu as occupé ton week-end ? Si ce n'est pas trop indiscret.

– J'ai passé la journée de samedi avec Bastien et hier, j'ai déjeuné chez ses parents. Es-tu satisfait ? demanda Elise en connaissant pertinemment la réponse. Es-tu toujours là, papa ?

– Oui et je t'ai parfaitement entendue. Permets-moi tout de même d'être surpris. Je ne pensais pas que vous en étiez là. Mais comme tu me l'as si bien fait comprendre dernièrement, mon avis ne t'intéresse pas.

– Je t'en prie, papa, nous n'allons pas encore nous disputer. Mets-toi à ma place. As-tu entendu le ton sur lequel tu m'as parlé l'autre jour ? Faisons la paix, s'il te plaît.

– Laisse-moi un peu de temps pour m'habituer. Je t'appellerai bientôt.

– Je t'embrasse, répondit Elise mais son père avait déjà raccroché.

Brusquement, toute la légèreté et l'insouciance avaient disparu de son esprit et elle resta un long moment immobile à scruter l'horizon et à regretter de ne pas trouver de soutien auprès de son père et pire encore, de ne pas être en mesure de l'exiger, étant donné les circonstances. Elise se demandait si sa mère était revenue de ses écarts de conduite et si elle s'efforçait de rétablir un semblant d'harmonie dans son couple et dans sa famille, pour le bien de tous. Mais son père n'avait pas dit un seul mot à ce sujet et ce silence précisément n'augurait rien de bon. Elle savait que malgré sa colère envers sa fille, Philippe aurait été trop heureux de lui annoncer une bonne nouvelle au sujet de son couple. Puis, Elise fut brusquement prise de frissons car le vent s'était levé. Elle quitta la plage afin de rentrer chez elle, mais elle le fit avec le cœur un peu lourd.

Lorsque Marie reposa son portable, elle ne se sentait pas mieux qu'une heure auparavant et pour la première fois, sa grand-mère n'avait pas réussi à la réconforter. Pourtant, l'adolescente avait expliqué comment, installée devant le téléviseur en compagnie de Théo, elle avait soudain entendu les cris provenant de la chambre de leurs parents, laissant supposer une dispute plus violente encore que la précédente. Puis, Marie avait décrit les dîners pesants et tristes pris dans le silence, en l'absence de sa mère. Et elle avait ajouté, pour l'avoir entendu, le refus d'Elise de passer la journée de dimanche au Cannet. Rien ne s'était révélé efficace pour alerter sa grand-mère sur son appel au secours déguisé. Jeanne s'était contentée comme à son habitude de lui conseiller de ne pas s'inquiéter et de laisser ses parents régler leurs problèmes, eux-mêmes. Ensuite, elle avait assuré qu'il s'agissait d'une crise passagère. Marie commençait à connaître ce discours par cœur et elle se demanda vers qui elle pourrait désormais se tourner pour confier son désarroi. Elise n'était pas revenue sur sa décision et elle n'avait pas jugé utile de téléphoner. Depuis sa plus tendre enfance, Marie n'avait jamais eu à faire le premier pas vers sa sœur, cette dernière ayant toujours pris soin de devancer ses attentes. Et, elle ne comprenait pas pourquoi, Elise la délaissait de la sorte.

– Marie, pourquoi restes-tu seule dans ta chambre? demanda Philippe avec douceur, tout en pénétrant dans le refuge de sa fille. Je te trouve triste en ce moment. As-tu des problèmes dont tu voudrais me parler ? ajouta-t-il tout en caressant la longue chevelure. Tu as raison, ne réponds pas. J'imagine ce que tu dois ressentir. En ce moment, ce n'est pas facile tous les jours et je le regrette, car ton frère et toi pâtissez de cette situation. Mais tu sais, Marie, presque tous les couples traversent une crise, un jour ou l'autre. C'est ainsi, ta mère et moi ne pouvons pas être d'accord sur tout, tout le temps. Mais cela ne doit pas t'empêcher de continuer à t'amuser et à rire.

– Papa, dans ma classe, j'ai plusieurs copines dont les parents ont divorcé.

– Nous n'en sommes pas là avec ta mère, rassure-toi.

– C'est aussi ce que leurs parents leur avaient dit, rétorqua l'adolescente car elle ne partageait pas du tout l'optimisme de son père.

– Écoute, Marie, commença Philippe un peu hésitant. Fais-moi plaisir et cesse d'attacher trop d'importance à mes différends avec ta mère. Continue plutôt à te concentrer sur tes passions. Si tu veux, nous irons voir un film mercredi après-midi, je te laisse choisir. Je te promets aussi de ne plus m'emporter. Viens, nous allons dresser la table pour le dîner.

Marie faisait toujours la moue lorsqu'elle suivit Philippe dans la salle à manger et elle s'exécuta de mauvaise grâce. Le beau discours de son père ne l'avait pas du tout convaincue et elle savait pertinemment qu'il n'y avait pas cru lui-même.

Ce soir-là, après mûre réflexion, Bastien s'était accordé une semaine pour demander à Elise de quitter son appartement, afin de venir vivre avec lui. Il voulait commencer sa vie commune au plus vite, pour éviter de laisser le temps à la jeune fille de peser le pour et le contre indéfiniment car, selon lui, leur relation s'enlisait dans une sorte de camaraderie amoureuse. Après tout, ils étaient l'un et l'autre libres de toute attache et Bastien n'avait pas l'intention de se rendre chaque jour rue des Belges pour passer un moment avec celle qu'il aimait, comme un adolescent n'osant se déclarer. Il était bien plus simple qu'Elise emménage carrément chez lui. Ils pourraient ainsi passer un maximum de temps ensemble. Bastien avait à cœur de se montrer prévenant et attentif et pour cela, il avait besoin d'avoir Elise auprès de lui, en permanence. Satisfait de sa décision et ne doutant pas un seul instant d'obtenir un consentement, Bastien décida de téléphoner à Londres pour pouvoir discuter un peu avec Cassandra et Bryan. Il voulait connaître l'avis de son ex-femme au sujet de la meilleure solution à adopter pour pouvoir voir son fils régulièrement. Car, cela faisait plusieurs mois à présent, qu'il n'avait pas embrassé Bryan et il souhaitait mettre un terme à cette séparation sans partage. Il se demanda avec quelque inquiétude si Elise accepterait facilement le fait de construire son avenir en tenant compte de l'existence d'un petit garçon de presque cinq ans lequel, c'était certain, passerait toujours en priorité dans l'organisation des week-ends prolongés et des vacances, durant de nombreuses années. Car, lorsque Bastien avait expliqué la situation à Elise, cette dernière n'avait absolument rien laissé transparaître de ses sentiments, à ce sujet. Elise était une personne réservée et discrète, et Bastien savait qu'il aurait un gros effort à fournir pour la mettre totalement en confiance et l'inciter à exposer clairement son opinion sur ce sujet et sur bien d'autres encore. Mais cela, loin de lui faire peur, allumait son ciel d'un éclat d'incertitude et lui donnait la foi nécessaire pour surmonter chaque obstacle avec optimisme.

14

En ce mardi matin, assise sur un banc près de la tonnelle, Jeanne repensait à sa conversation de la veille au soir avec son fils Jean-Marc, suite à l'appel de détresse de Marie. Sa petite-fille n'était pas dupe et était tout à fait en âge de comprendre la gravité de la crise traversée par ses parents. Jeanne avait tout d'abord projeté de quitter Grasse pendant quelques jours pour aller apprécier par elle-même l'ampleur du malaise d'Annick et tenter de la ramener sur la voie de la raison, en l'incitant à se réconcilier avec Philippe pour le bien des enfants. Puis, elle avait finalement renoncé à cette idée. Car Jean-Marc, pensait-elle, était davantage, la personne de la situation. Annick avait en effet toujours été influencée par les conseils de son frère et même si elle ne les avait pas suivis à chaque fois, au moins ceux-ci l'avaient-ils toujours fait réfléchir et incitée à prendre du recul avant d'agir. Jean-Marc était le confident naturel d'Annick et Jeanne comptait sur le pouvoir de persuasion de celui-ci pour ramener sa fille sur le chemin du bon sens. Car d'après Marie, Annick non contente de faire souffrir Philippe commençait également à s'en prendre à Elise, en ne souhaitant pas l'inviter pour le déjeuner dominical. La grand-mère redoutait par-dessus tout les foudres d'Annick. Bastien ne demeurerait peut-être pas la seule victime du désir de vengeance d'Annick et celle-ci, sur un coup de folie, pouvait très bien décider brusquement de s'en prendre à sa propre fille. Avant de laisser dégénérer davantage un amour-propre blessé en méchanceté, puis en haine, Jeanne avait chargé Jean-Marc de rendre visite à sa sœur et de lui faire admettre le caractère dérisoire d'un éventuel acharnement et l'urgence absolue d'en rester au stade de la plaisanterie de mauvais goût. Faire prendre conscience à Annick de la déchéance vers laquelle elle s'acheminait tout doucement et du ridicule de sa démarche était la mission que Jeanne avait confiée à son fils. Jean-Marc ne redoutait ni la colère ni les crises de sa sœur pour en avoir connu de nombreuses par le passé, et il avait accepté d'intervenir spontanément. Jeanne quant à elle avait été témoin de nombreuses scènes entre ses deux enfants, lorsque Jean-Marc signifiait sa désapprobation à sa sœur au sujet de son comportement. Cette prochaine confrontation serait donc sûrement agitée. Jeanne en avait assez d'être contrariée depuis plusieurs jours et elle essaya de se rassurer en voulant croire à une issue positive. Jean-Marc avait promis de se rendre au *Vent de la Mode* ce jour vers dix-huit heures et d'appeler sa mère immédiatement après, pour lui donner son sentiment. Jeanne saurait donc à quoi s'en tenir dans quelques heures et elle choisit de se rendre au marché pour rencontrer quelqucs connaissances afin de se distraire, en discutant de tout et de rien.

Après son dernier cours, Philippe se rendit directement au *Vent de la Mode*. Marie avait accepté l'invitation à goûter d'un de ses camarades de classe et son père voulait en profiter pour essayer d'obtenir un tête à tête avec sa femme. Leurs conversations dégénérant trop souvent, Philippe n'osait plus aborder aucun sujet sensible au Cannet de peur de se laisser encore emporter et d'infliger par-là même le désolant spectacle d'une nouvelle dispute à ses enfants. La boutique était donc le seul endroit, étant donné la rareté des clients, où il pouvait s'exprimer librement sans risquer de nuire à Théo et à Marie.

– Bonjour, Annick, dit simplement Philippe en refermant la porte. Nous avons à parler, enchaîna-t-il directement. Ton magasin est le meilleur endroit pour le faire.

– As-tu honte de tes opinions pour venir me poursuivre jusqu'ici ? Je suppose que tu t'apprêtes à me présenter des excuses pour la façon dont tu m'as traitée, mais sache que je ne suis pas disposée à les accepter. C'est trop facile, Philippe, de m'insulter puis de venir ensuite me demander pardon. De plus, tu aurais pu aussi bien le faire dimanche après-midi, lorsque les enfants étaient partis se promener.

Depuis que son mari était entré au *Vent de la Mode*, Annick ne l'avait pas regardé une seule fois et elle continuait à appliquer consciencieusement son vernis à ongles, comme si cette opération requérait la plus grande attention.

– Je ne suis pas venu jusqu'ici pour entendre tes jérémiades, Annick. Les enfants et Marie en particulier sont affectés par nos disputes incessantes. Je te le dis, au cas où tu ne t'en serais pas aperçue. Et je suis là pour te demander de te contrôler afin de les épargner au maximum. Pour ta gouverne, je n'ai nulle intention de te présenter des excuses et je te trouve présomptueuse d'y avoir pensé, ne serait-ce qu'une seule minute. Si quelqu'un a quelque chose à se reprocher ici, il s'agit bien de toi.

Philippe avait pris place sur la chaise où se tenait Tania la plupart du temps, pour attendre les clients et il se tordait les mains. Il avait envie de hausser le ton mais il se retint.

– Je voulais aussi t'informer de ma conversation téléphonique avec Elise.

– Pourquoi as-tu appelé Elise ? demanda Annick soudain intéressée en reposant le pinceau dans le flacon de vernis.

– Je voulais déjeuner avec elle mais ses horaires ne lui permettent plus de disposer de suffisamment de temps pour se rendre au restaurant.

– Tout ceci est fort intéressant, ironisa Annick en rejetant sa chevelure en arrière d'un geste précis. Mais tu dois avoir autre chose à m'annoncer, je suppose.

– Oui, à présent, je sais pourquoi elle a refusé de déjeuner avec nous, dimanche dernier. Elle était invitée chez les Deville.

À cette nouvelle, Annick serra les dents et tout son corps se crispa.

– En es-tu certain ? demanda-t-elle soudain agressive.

– Oui, notre fille déteste le mensonge par-dessus tout, sans doute a-t-elle hérité cela de son père, répondit Philippe ne pouvant s'empêcher de chercher querelle à sa femme. À présent, je n'ai plus rien à ajouter. Je compte sur ton discernement pour faire un effort lorsque tu te trouveras au Cannet.

Puis, Philippe se leva et quitta la boutique, laissant Annick abasourdie et contrariée.

Manifestement, son petit message déposé rue des Belges était resté lettre morte. Annick en était à la fois soulagée et mortifiée car elle aurait aimé offusquer suffisamment sa fille, pour que cette dernière s'en ouvre à son père. Mais Philippe aurait alors très bien pu soupçonner sa femme d'être l'auteur de l'insulte. Elise et Bastien continuaient donc à se fréquenter et à mener leur vie, sans être le moins du monde affectés par ses actes. Triste de ce constat, Annick enfouit son visage dans ses mains en signe d'impuissance car tous ses efforts pour leur gâcher la vie restaient totalement vains. Il était donc urgent de frapper un grand coup pour faire redescendre les deux amants sur terre et leur apprendre non seulement le sens de la mesure, mais également à respecter la souffrance d'autrui. Car Annick était sûre et certaine que sa fille et son ex-amant faisaient tout pour la provoquer et se moquer d'elle ouvertement. Cette désinvolture de la part de Bastien, ajoutée à la vantardise d'Elise, devenait insupportable. Annick ne les laisserait pas encore l'humilier bien longtemps, sans mettre un terme à cette mascarade. Bastien n'avait pas le droit de se servir ainsi de la crédulité d'Elise pour narguer son ex-maîtresse et Elise ne devait pas toucher à un homme dont le corps appartenait déjà à une autre. Quant à Armand Deville, il se révélait pour le moment, fuyant et d'aucun secours, pour permettre à Claire de remettre les choses en ordre. Or, le temps pressait car il fallait à tout prix que Bastien revienne au plus vite, fébrile et impatient, demander pardon à son ex-maîtresse, dans la chambre de *La Nuit Étoilée*. Annick ferma les paupières et imagina son amant la regarder avec le désir au bord des yeux et lentement s'approcher pour l'embrasser. Puis, la porte de la boutique s'ouvrit brusquement et une jeune femme entra, en faisant rouler une poussette à l'intérieur de laquelle un tout jeune enfant hurlait. Annick, agressée par cette irruption intempestive, fronça les sourcils et murmura un vague bonjour en réponse à celui de la cliente. Elle ne fit aucun effort pour se montrer aimable, et ne proposa pas ses services à la jeune femme. Cette dernière regarda un par un tous les vêtements suspendus sur les portants puis, manifestement déçue, elle sortit sans rien demander. La patronne du *Vent de la Mode* apprécia le calme et le silence soudain revenus. Elle se leva pour remettre correctement sur son cintre un ensemble particulièrement fragile. Puis, elle s'approcha de la vitrine pour contempler le trafic de la rue et observer les passants. Lorsqu'elle tourna la tête vers la devanture de *L'Oh ! à la bouche*, elle aperçut un jeune homme occupé à disposer quelques pâtisseries et elle se demanda de qui il pouvait s'agir. Car, depuis le licenciement de Tania, Aurélia avait cessé de la saluer chaque matin en lui adressant un petit signe. Annick allait donc acheter son pain près du marché Gambetta pour ne pas donner à Aurélia le plaisir de lui dire sa façon de penser.

15

– Alors, p'tite sœur, comment vas-tu? demanda Jean-Marc, tout en embrassant Annick, après avoir traversé la boutique jusqu'au comptoir. J'ai fait une course dans le quartier et me voilà! Cache ta joie, ajouta-t-il en constatant l'air un peu renfrogné de sa sœur.

– Détrompe-toi, Jean-Marc, ta visite me fait plaisir, tu m'as surprise, rien de plus. Désiré va bien? C'est toujours le grand amour?

– Oui merci, tout va pour le mieux. Mais parlons plutôt de toi, si tu veux bien. Ça va avec Philippe? commença prudemment Jean-Marc en imaginant la réponse. C'est mieux ainsi, crois-moi.

– De quoi parles-tu exactement?

– Je te parle de ta vie amoureuse. Cet homme n'était pas fait pour toi et le fait qu'il fréquente Elise, ne doit pas te perturber outre mesure.

– Elise t'aurait-elle parlé? Se serait-elle vantée?

– Écoute, Annick, Elise ne m'a rien dit et peu importe comment je l'ai appris. Tu dois absolument tirer un trait sur ta relation avec Bastien Deville. Il y va de la survie de ton couple et du bien-être de tes enfants. Crois-moi, tu ne dois pas mettre ton avenir en péril pour une aventure sans lendemain.

– Attends, je t'arrête tout de suite. Je ne sais pas qui t'a demandé de venir me faire une leçon de morale, mais cette personne et toi, commettez une grossière erreur. Je n'aime pas Bastien Deville et je n'éprouve plus rien pour lui, ni attirance, ni désir. Cet homme m'a fait vivre un enfer, car peu de temps après notre conversation, j'avais finalement décidé de le quitter.

– Ah! bon?

– Souviens-toi, nous nous sommes vus sur la plage et je t'ai informé qu'il voulait me quitter, par égard pour Philippe. Tu m'avais alors encouragée à vivre ma passion jusqu'au bout, si je jugeais son amour sincère. J'ai donc suivi ton conseil. Mais il est devenu très vite jaloux et possessif me téléphonant dix fois par jour pour me presser de questions concernant mes activités. Ensuite, il m'a demandé de quitter Philippe et les enfants pour venir vivre avec lui. Et, comme j'hésitais, il est devenu de plus en plus insistant, me donnant rendez-vous chaque jour. Lorsque je refusais de le rencontrer, il venait ici à n'importe quelle heure sans prévenir et il m'assurait de son amour.

– Bastien Deville te harcelait ? demanda Jean-Marc sous le choc de cette révélation.

– Oui, c'est exactement ça. Comme je le trouvais trop accaparant, j'ai essayé de rompre pour en finir au plus vite. Mais il continuait toujours à me fixer des rendez-vous auxquels je devais me rendre. Un jour, il est allé jusqu'à me menacer de parler de notre relation à Philippe et je ne voulais en aucun cas prendre ce risque.

– Comment es-tu parvenue à lui faire entendre raison ? s'impatienta Jean-Marc car il suivait le récit de sa sœur avec le plus grand intérêt.

– J'ai avancé l'argument de mon âge et l'impossibilité pour moi de lui donner un enfant. Il en a semblé un peu ébranlé pendant quelques temps, mais finalement il a décidé d'insister.

– Pourquoi ne m'as-tu pas alerté à ce moment-là ? J'aurais peut-être pu le raisonner.

– Je ne voulais ni t'ennuyer ni te mêler à toute cette histoire. Moi seule m'étais mise dans cette situation grotesque et moi seule devais m'en sortir.

– Comment as-tu fait ? demanda Jean-Marc interrompant une fois de plus sa sœur.

– Je lui ai donné rendez-vous dans un bar et lui ai fait croire que j'avais moi-même tout avoué à Philippe, lequel menaçait de venir faire un scandale en public au *Cash Minute*, s'il refusait de me laisser tranquille.

– Cela l'a-t-il calmé ?

– Pas tout de suite. Bastien a tout d'abord commencé par mettre ma parole en doute. Puis j'ai fini par le convaincre, en lui laissant le choix de décider lui-même, entre la rupture et le scandale, sans plus insister. Avant de laisser tomber, il m'a insultée en public devant les clients d'un bar où nous nous trouvions et j'ai dû le gifler devant tout le monde. Je ne voulais pas l'humilier, mais ma main est partie toute seule. Ensuite, il ne m'a plus jamais relancée. Puis, quelque temps plus tard, j'ai compris qu'il fréquentait Elise, sans doute pour se venger.

– Quel sale type, dit Jean-Marc complètement affligé. Excuse-moi, car je t'ai mal jugée. Depuis le début, j'ai cru que tu t'accrochais à cet homme.

– Tu ne pouvais pas savoir, mais crois-moi, cette histoire m'a servie de leçon.

– Cependant, une chose m'échappe, dit Jean-Marc pensivement. Pourquoi Bastien t'a-t-il fait croire qu'il voulait rompre, tout au début de votre relation ?

– À mon avis, c'était une ruse pour me garder. Quand je pense à ma naïveté ! J'y ai vu un signe de grandeur d'âme et en réalité, il s'agissait d'une manœuvre pour m'attacher à lui, fit remarquer Annick totalement affligée. À présent, il fréquente Elise et celle-ci est complètement tombée sous son charme. Elle a même démissionné pour aller travailler avec lui.

– Je pourrais parler à Elise et tenter de lui ouvrir les yeux, proposa Jean-Marc plein de bonne volonté.

– Elle ne t'écouterait pas. Le mieux est de la laisser se rendre compte par elle-même de son erreur.

– Comme tu voudras. Très sincèrement, Annick, je suis désolé d'avoir douté de toi.

Jean-Marc s'approcha de sa sœur et la prit dans ses bras.

– Excuse-moi encore, vraiment, insista-t-il.

– Tu es pardonné. Va retrouver Désiré, il risque de s'inquiéter si tu tardes trop à rentrer.

– D'accord, à bientôt, je t'appellerai.

Lorsque Jean-Marc fut sorti, sa sœur poussa un grand soupir de soulagement.

Annick se demanda qui avait bien pu charger son frère de cette démarche et pire encore, quels soupçons cette personne nourrissait à son égard. La visite de Jean-Marc prouvait que Bastien avait jugé utile de se confier à quelqu'un au sujet des actes de malveillance dont il avait été victime. Car Jean-Marc lui avait parlé d'un air entendu, comme s'il était convaincu de sa culpabilité. Annick pensait s'être honorablement sortie de ce mauvais pas, mais elle restait tout de même un peu inquiète. Désormais, il lui faudrait conclure rapidement, en se vengeant une bonne fois pour toutes et redoubler de prudence et de vigilance. Car même si elle était parvenue à éloigner en partie les soupçons pesant sur elle, Annick se doutait que la crédulité de Jean-Marc n'était pas forcément un trait de caractère commun à tout son entourage. La solution la plus sûre aurait été de cesser immédiatement toute manigance en renonçant à la vengeance. Mais son tempérament de feu lui dictait d'aller jusqu'au bout de son idée et de s'y tenir, quel que soit le risque encouru.

Lorsque Jeanne raccrocha, elle ne savait toujours pas que penser. Cette histoire de harcèlement remettait toute sa théorie en cause, car dès le départ, elle était partie du principe que Bastien Deville était sincère et digne de confiance. Or, après les explications fébriles de Jean-Marc, Jeanne se demanda avec quelque honte, si elle n'était pas coupable de s'être laissé manipuler par l'ex-amant de sa fille et d'avoir inconsciemment accablé Annick de mauvaises intentions et d'actes auxquels elle était totalement étrangère. Une chose cependant était sûre et certaine, quelqu'un mentait de façon éhontée dans cette histoire. Bastien avait sûrement été victime de malveillance, cela était indéniable pour Jeanne et facilement vérifiable par Elise. Mais il n'était plus évident du tout, que ces actes aient été commis par Annick. De plus, Bastien Deville s'était montré catégorique, lorsque Jeanne lui avait téléphoné au *Cash Minute*. Il avait disculpé Annick d'office et peut-être, cela s'expliquait-il tout simplement par le fait qu'il se doutait déjà du nom de la personne responsable de ses malheurs. Il pouvait s'agir d'une autre conquête par exemple, harcelée aussi par cet homme, mais moins patiente qu'Annick. Jeanne se demanda encore si elle devait laisser les choses suivre leur cours ou téléphoner à Elise pour la mettre en garde par quelques subtiles allusions. Il était en effet inutile de laisser Elise poursuivre une relation avec un homme volage et possessif lequel fatalement finirait par la faire souffrir. Car de l'opinion de Jeanne, ce genre d'homme avide de victoires n'était absolument pas fait pour sa petite-fille laquelle croyait sûrement encore au prince charmant. Si Annick avait dit la vérité, Bastien fréquentait Elise uniquement dans le but de provoquer son ex-maîtresse.

Cependant, Jeanne avait toujours cru en son intuition et bien des fois au cours de sa vie, sa capacité à sentir les événements s'était révélée d'un grand secours. Et ce soir, elle ne parvenait pas à s'expliquer pourquoi, pour la première fois de sa vie, son intuition l'avait trahie.

16

Elise venait de connaître une semaine paisible. La jeune femme avait partagé son temps entre son travail au *Cash Minute* et ses rencontres avec Bastien et elle s'apprêtait à aller déjeuner chez les Deville. Cette fois, ils étaient informés de sa visite par leur fils, et Elise se sentait plus à l'aise. Elle venait de téléphoner à Marie et avait appris que toute la famille était invitée chez le collègue de son père. Annick avait finalement accepté d'accompagner son mari et ses enfants. Ainsi, les apparences étaient sauves et Elise espéra que ce premier pas vers la réconciliation de ses parents, en cacherait beaucoup d'autres. Finalement, les choses semblaient rentrer progressivement dans l'ordre et elle se promit de faire un effort pour retrouver sa complicité avec son père et améliorer un peu sa relation avec sa mère laquelle finirait bien par accepter Bastien. Elise se hâta, car elle avait rendez-vous rue des Serbes et devait auparavant acheter quelques fleurs pour Nicole or, elle était loin d'avoir terminé de se préparer. Elle hésita assez longuement entre deux tenues, et finit par opter pour un jean et un chemisier, afin d'avoir l'air décontracté. Aujourd'hui, était le dernier dimanche avant le départ de Nicole et de Valentin pour Zurich et Bastien avait projeté d'apporter deux bouteilles de champagne pour fêter la nouvelle carrière d'artiste de son frère cadet. Elise avait tout d'abord refusé de venir troubler l'intimité des Deville, mais devant l'insistance de Bastien, elle avait fini par s'incliner pour lui faire plaisir.

Pendant ce temps, Valentin s'affairait à terminer la décoration des pâtisseries, aidé de Cédric lequel remplissait les poches de crèmes avec rapidité et dextérité. Le nouvel employé de *L'Oh! à la bouche* évoluait dans le laboratoire avec la même aisance que s'il y travaillait depuis des mois. Aurélia ne tarissait pas d'éloges à son sujet et Valentin, définitivement libéré du souci de trouver un remplaçant, pouvait se permettre de s'absenter pendant la journée pour préparer son départ. Tania, quant à elle, avait finalement décidé de le rejoindre à Zurich après les grandes vacances, car elle refusait de laisser sa mère travailler avec une nouvelle vendeuse, pendant la saison. L'afflux des touristes exigeait non seulement une parfaite connaissance des produits vendus, mais également une excellente capacité à servir les clients rapidement, tout en se montrant disponible et aimable. Et, il était hors de question pour Tania d'obliger sa mère à recruter une nouvelle vendeuse et lui faire courir le risque de ne pas être secondée efficacement. Après tout, les fêtes pascales étaient déjà passées et Tania n'avait guère qu'à patienter un peu plus de quatre mois pour pouvoir aller retrouver Valentin à Zurich l'esprit totalement libre. Dans un premier temps, Aurélia s'était catégoriquement opposée à la proposition de sa fille puis, elle avait finalement convenu que la solution consistant à retarder le départ de Tania était la plus judicieuse. Et même si, sans nul doute, Valentin était un peu déçu de ce contretemps, il n'avait rien laissé paraître, approuvant avec force le choix de la jeune fille. Ainsi, chacun semblait satisfait et Cédric contribuait largement à faire régner la bonne humeur dans la boulangerie-pâtisserie. Les affaires marchaient très bien et l'avenir s'annonçait prometteur et fructueux. Valentin n'aurait pu rêver d'un départ dans de meilleures conditions et il se félicita une fois encore d'avoir décidé de prendre sa vie à bras-le-corps. Lorsqu'Aurélia entra dans l'arrière-boutique pour les avertir de la fermeture du magasin, les deux jeunes gens n'avaient pas vu le temps passer. Même s'ils étaient heureux en cet instant, ils savaient déjà qu'ils commenceraient la semaine suivante avec un léger pincement au cœur.

De son côté, Annick terminait de s'habiller dans la chambre du Cannet et la perspective de déjeuner chez Francis et Elsa lui pesait plus encore, qu'elle ne l'aurait cru. Cependant, elle devait absolument jouer son rôle d'épouse parfaite afin de détourner les éventuels soupçons pesant sur ses épaules. Car Annick ignorait toujours qui, avait demandé à Jean-Marc de venir sonder son état d'esprit et elle n'excluait pas Philippe. Il était donc urgent de donner l'image d'une femme bien dans sa peau et heureuse d'être entourée de sa petite famille, par un beau dimanche de printemps. Car elle devinait l'influence du couple d'enseignants sur son mari, et se demandait si ce repas n'avait pas été organisé aux seules fins de définir, si Philippe était en droit d'émettre quelques réserves quant à l'intégrité de sa femme. Elsa avait une façon de fixer les gens et de les observer, qui la mettait très mal à l'aise et lui donnait à chaque fois l'impression d'être soumise à un examen attentif. Cette journée serait sûrement longue et éprouvante mais elle lui donnait aussi l'opportunité de faire passer son époux pour un homme soupçonneux aux yeux de tous. C'était donc une occasion en or à ne pas négliger afin de faire en sorte que le piège tendu pas Philippe se retourne contre lui. Annick s'efforcerait de donner l'image d'une femme attentive et prévenante afin qu'Elsa et Francis finissent par se demander si leur collègue n'était pas tout simplement un mari jaloux.

Lorsque Philippe entra dans la chambre pour demander à Annick de se hâter un peu, il trouva celle-ci souriante et affable et ne comprit pas tout d'abord, pourquoi elle se donnait autant de peine, alors qu'ils étaient encore seuls. Puis devant l'air victorieux d'Annick, et après avoir réfléchi durant quelques instants, Philippe comprit la stratégie de sa femme. Elle était déjà entrée sur la scène de la comédie, pour tenir son rôle d'épouse irréprochable.

17

En reposant le combiné, Annick était radieuse. Elle venait d'obtenir un rendez-vous avec Armand Deville pour le vendredi suivant, à dix-huit heures, devant le Palais des Festivals. Armand avait clairement annoncé ses intentions. Ils se rendraient tous les deux chez lui, pour dîner. Annick passerait sûrement la nuit dans les bras de l'homme alors devenu l'amant de Claire. Son épouse et son fils cadet seraient partis depuis deux jours à Zurich, laissant la voie libre à tous les jeux et à toutes les extravagances qu'elle était bien décidée à faire goûter à l'homme de ses fantasmes en éveil.

Il était déjà onze heures passées et la patronne du *Vent de la Mode* se tenait devant la psyché, prête à se maquiller et à ajuster la perruque aux cheveux bruns et courts, qu'elle portait le jour où elle avait suivi Bastien jusque chez lui, afin de connaître son adresse. Puis, changeant d'avis, Annick se leva, sortit de son sac une paire de chaussures de tennis et une tenue de jogging noire, achetée le vendredi précédent dans un magasin de sport du centre-ville. Elle avait choisi un modèle avec une capuche assez ample, afin de pouvoir la rabattre sur sa tête, avec facilité. Elle alla fermer la porte à clé et après avoir tiré le rideau de l'arrière-boutique, elle ôta son tailleur et mit sa tenue de sport toute neuve. Ensuite, elle saisit deux bouteilles qu'elle avait pris soin de remplir le matin même avec un entonnoir et les dissimula dans un sac plastique opaque. Elle y ajouta une paire de gants de ménage et deux chiffons. Annick remplit un autre sac avec son tailleur et ses escarpins et s'installant à nouveau devant la glace, elle releva soigneusement ses cheveux, les attacha et se coiffa de la perruque brune. Satisfaite du résultat, elle s'adressa un grand sourire dans le miroir, transféra deux ou trois accessoires de son sac à main dans ses poches et jeta celui-ci sur le tailleur et sur les escarpins. Impatiente d'en finir, elle saisit les deux sacs en plastique dont le poids la surprit un peu, éteignit la boutique et en sortit. Puis, après avoir fermé la porte à double tour, elle se hâta pour rejoindre son véhicule, garé près du marché. Il y avait foule dans les rues et Annick fut immédiatement incommodée par la chaleur. Il était presque midi et les gens se déplaçaient dans tous les sens, rendant plus pénible encore sa progression. Elle fut soulagée de se décharger du sac contenant ses effets personnels dans le coffre de la voiture, et ralentit un peu le pas pour faire le reste du trajet jusqu'à la rue des Belges.

Arrivée devant l'immeuble d'Elise, Annick jeta un regard rapide dans le hall et constatant qu'il était complètement désert, elle entra, monta rapidement les escaliers et après avoir sorti un trousseau de clés de la poche de son pantalon, elle ouvrit la porte d'entrée le plus silencieusement possible, et pénétra à l'intérieur de l'appartement. Ensuite, Annick sortit les deux bouteilles et les chiffons de son sac et mit ses gants soigneusement, en tirant sur chaque doigt afin d'être protégée jusqu'aux poignets. Elle s'empara d'une bouteille en plastique et éloigna son visage avant de l'ouvrir, puis déversa le contenu de toute sa hauteur sur le canapé. Annick regarda un instant le liquide disparaître à l'intérieur du tissu sans réagir, mais l'odeur entêtante de l'essence la ramena bien vite sur terre. Elle saisit alors la deuxième bouteille et répandit le liquide sur toute la longueur de la pièce jusqu'à la cuisine, puis elle jeta le contenant à même le sol, comme elle l'avait fait avec le premier. Ensuite, elle piétina un chiffon et imbiba l'autre d'essence en le frottant sur le canapé. Elle sortit un briquet, enflamma les deux morceaux de tissus l'un après l'autre, faillit se brûler à chaque fois et un peu hébétée par la soudaineté et l'ampleur des flammes, elle battit en retraite et sortit précipitamment, juste après avoir lâché le briquet et jeté ses gants dans le feu.

Complètement affolée par l'incendie qu'elle venait de provoquer, Annick tenta de retirer la clé restée dans la serrure de la porte d'entrée, mais elle entendit quelqu'un sortir de l'appartement d'en face. Elle paniqua davantage et abandonna le trousseau. Puis, elle se retourna pour prendre les escaliers et eut juste le temps de constater qu'une jeune fille avait les yeux rivés sur elle. Une chaleur intense envahissait tout le palier et Annick, guidée par un instinct de survie, descendit les marches deux par deux et se rua dehors. Elle courut comme une folle jusqu'au marché Gambetta, bousculant les passants, haletante et le regard brouillé. Puis, elle monta dans sa voiture et démarra en trombe.

Annick conduisit dans un état second, fit caler le moteur à plusieurs reprises sur le boulevard Carnot et arriva totalement épuisée, au fond de l'impasse. À peine était-elle garée, qu'elle entendit des éclats de voix et, regardant dans le rétroviseur, elle vit quatre adolescents dont l'un d'eux faisait rebondir un ballon. Elle comprit qu'ils se dirigeaient vers le terrain vague où elle avait pris l'habitude de se changer. Avant que les intrus n'arrivent au niveau du véhicule, elle démarra, fit demi-tour et roula lentement, afin de trouver un chemin forestier. Annick descendit la vitre côté conducteur afin de faire partir l'odeur entêtante de l'essence. Elle avait l'impression que ses vêtements et son corps en étaient totalement imprégnés. Après avoir roulé pendant environ cinq cents mètres, elle emprunta un chemin vicinal parsemé de nombreuses ornières et sa conduite se révéla extrêmement périlleuse et ardue. Puis, elle vérifia dans le rétroviseur que la voiture était suffisamment loin de la route et elle arrêta le moteur, pour se laisser aller immédiatement à une crise de larmes, mêlée de multiples hoquets. Puis soudain, elle fut prise d'un fou rire nerveux et finit par pleurer et par rire en même temps, oubliant l'heure et le lieu, en proie à une totale désorientation.

Pendant ce temps, alertée tout d'abord par une odeur suspecte parvenant du palier puis, par une épaisse fumée, Jennifer avait immédiatement appelé les pompiers et s'était introduite dans l'appartement de son amie, la tête couverte d'une serviette mouillée. Malgré la chaleur épouvantable et une progression rendue quasiment impossible par la fumée, Jennifer avait réussi à entrer dans la cuisine et à renverser plusieurs seaux d'eau sur les flammes, mais en vain. Seule et impuissante, elle était ressortie à tâtons, les yeux à peine entrouverts, à cause des particules brûlantes qui volaient un peu partout et avait quitté l'immeuble le plus rapidement possible.

Jennifer vit que les pompiers se déployaient en un temps record et un policier en uniforme vint la prendre par le bras pour l'aider à s'éloigner au plus vite. Après avoir repris un peu ses esprits, la jeune fille reconnut quelques habitants de l'immeuble. Ils avaient rejoint un attroupement de badauds tenus à distance derrière un périmètre de sécurité. L'unique fenêtre du studio d'Elise était totalement envahie de fumée puis, la vitre vola en éclats et les flammes laissèrent entrevoir un bref instant des hommes casqués. Plusieurs personnes s'approchèrent de Jennifer pour lui demander si le logement en flammes était le sien. Apparemment, la plupart des occupants se trouvaient au travail et l'immeuble avait été totalement évacué. Puis, une deuxième voiture de police arriva sur les lieux et deux de leurs collègues en uniforme lesquels avaient probablement installé le périmètre de sécurité, vinrent les accueillir. Ils discutèrent tous les quatre assez brièvement puis, l'agent qui avait pris Jennifer par le bras à sa sortie de l'immeuble la désigna de la tête aux deux derniers arrivants. Jennifer observait la scène comme tout le monde et elle constata que les deux hommes marchaient dans sa direction.

– Bonjour, mademoiselle, dit le plus âgé à l'adresse de la jeune fille. Je me présente, je suis le Commissaire Declin et voici mon collègue le Lieutenant Barelli, ajouta-t-il en désignant un homme d'une trentaine d'années, vêtu d'un jean et d'un blouson. L'agent sur place m'a indiqué que vous êtes la dernière personne à être sortie de l'immeuble. Est-ce votre appartement qui a brûlé ?

– Non ce n'est pas le mien, mais celui de mon amie qui se trouve juste en face.

– Vous êtes ?

– Jennifer Codineau et mon amie s'appelle Elise Auclert.

– Est-elle présente ?

– Non, elle travaille et ne rentre pas déjeuner.

– Pourquoi n'avez-vous pas évacué les lieux immédiatement ? N'avez-vous pas entendu les pompiers ? demanda le Commissaire Declin d'un air un peu soupçonneux.

– C'est moi qui les ai prévenus, indiqua Jennifer comme pour se défendre. Ensuite, je suis rentrée chez Elise pour tenter d'éteindre le feu.

– Comment êtes-vous entrée, Mademoiselle Codineau ? intervint le lieutenant, manifestement intrigué.

– La porte était ouverte, je n'ai eu qu'à la pousser.

– N'avez-vous rien remarqué de suspect ?

– Si, j'ai entendu un peu de bruit dans l'appartement d'Elise. Cela m'a paru étrange car à cette heure-ci, elle n'est jamais chez elle. Ensuite, j'ai senti une odeur de fumée. Alors, je suis sortie sur le palier et c'est là que je l'ai vue.

– Qu'avez-vous vu, mademoiselle ?

– Une femme essayait de retirer un trousseau de clés de la serrure de la porte d'Elise, lorsque j'ai ouvert la mienne. Puis, elle s'est retournée vers moi et s'est immédiatement enfuie par les escaliers.

– A-t-elle retiré le trousseau ?

– Non, elle l'a laissé sur la porte.

– Avez-vous tenté de retenir cette femme ?

– Non, tout s'est produit trop vite. J'ai immédiatement appelé les secours et ensuite, j'ai tenté d'éteindre le feu, mais cela n'a servi à rien.

– Je comprends, dit le commissaire d'un air pensif. Voilà pourquoi, vous êtes sortie la dernière. Et cette femme, pouvez-vous nous la décrire ?

– Un peu, elle est grande avec des cheveux noirs, assez courts.

– C'est peu… avez-vous vu comment elle était habillée ?

– Oui, c'est ce dont je me rappelle le mieux. Elle portait un jogging foncé, noir ou bleu marine et surtout, elle avait une capuche.

– Bien… bien… répéta le commissaire dubitatif. Voici ma carte, dit-il en la tendant à Jennifer. Passez vers dix-sept heures au commissariat, nous prendrons votre déposition.

– Savez-vous où nous pouvons trouver votre amie Elise… Auclert, ça s'écrit ? demanda le jeune lieutenant après avoir sorti un stylo de sa poche.

Jennifer épela le nom de famille d'Elise et donna l'adresse du *Cash Minute*. Cependant, elle ne connaissait pas le numéro de téléphone.

– Merci pour ces précieux renseignements, dit le Commissaire Declin. Nous allons prévenir votre amie. À tout à l'heure au commissariat, rappela-t-il, puis il se dirigea vers l'immeuble et y entra avec son collègue et un pompier.

Pendant ce temps, le feu avait été circonscrit et selon les habitants, les dégâts étaient limités au seul studio d'Elise, lequel avait été entièrement ravagé. Puis, une autre voiture arriva et le conducteur la gara juste derrière celle du commissaire. Trois hommes en sortirent et s'emparèrent de plusieurs mallettes, après avoir ouvert le coffre. Ils allaient probablement procéder aux prélèvements et aux analyses systématiques, en de telles circonstances. La foule s'était massée sur les lieux du sinistre et les pompiers étaient sur le point de repartir. Les habitants regroupés au même endroit attendaient l'autorisation de rentrer chez eux.

Pour Jennifer, il ne faisait aucun doute que l'incendie était d'origine criminelle et la vision de cette femme paniquée sur le palier l'obsédait. Jennifer était persuadée d'avoir déjà croisé ce regard, mais pour l'instant, elle était totalement incapable de dire à qui il pouvait bien appartenir. Elle se demanda pendant un instant, si Victor avait fait faire un double des clés du studio d'Elise avant de les restituer, mais ses soupçons lui parurent grotesques car elle était sûre et certaine d'avoir vu une femme. Cela faisait presque une demi-heure maintenant qu'elle attendait un peu à l'écart de pouvoir rentrer dans l'immeuble. Pour la dixième fois, elle revit le visage affolé et l'air un peu hébété de la mystérieuse incendiaire et soudain, son cœur fit un bond. Puis, la jeune femme refusa de toutes ses forces de se rendre à l'évidence et son esprit se brouilla.

18

– Bonjour, je me présente, Commissaire Declin et voilà le Lieutenant Barelli, dit le premier après avoir été introduit par l'hôtesse d'accueil dans le bureau de Bastien.

– Enchanté, je suis Bastien Deville. Que puis-je pour vous? demanda-t-il un peu anxieux.

– Nous voudrions parler à Mademoiselle Auclert pour une affaire la concernant. Se trouve-t-elle dans vos locaux actuellement?

– Oui, elle vient juste de rentrer de sa pause repas. De quoi s'agit-il exactement? s'enquit Bastien intrigué.

– Il s'agit d'une affaire privée, Monsieur Deville. Ayez l'obligeance de la faire venir, nous devons absolument lui parler.

– Oui, bien sûr, mais je vous en prie, asseyez-vous. Je vais la prévenir tout de suite.

Il indiqua les fauteuils placés face à son bureau.

Lorsqu'il pénétra sur le plateau, Bastien constata qu'Elise avait son casque sur les oreilles et était en communication. Il s'approcha de la jeune femme et lui tapota l'épaule, afin de lui signaler sa présence. Puis, il attendit la fin de la conversation tout en s'efforçant de dissimuler sa nervosité. Après quelques minutes qui lui parurent une éternité, Bastien fit signe à Elise de le suivre et se dirigea vers le bureau sans dire un mot, préférant laisser le soin aux deux visiteurs, de se présenter eux-mêmes.

– Mademoiselle Auclert? s'enquit le commissaire.

Devant le signe de tête affirmatif d'Elise il déclina son identité et sa fonction et fit de même pour son collègue.

– Monsieur Deville, nous aimerions être seuls un moment.

– Si vous le permettez, je préférerais que Monsieur Deville reste ici, finit par articuler Elise d'une voix étranglée par l'appréhension.

– Soit, comme il vous plaira, acquiesça le commissaire. Nous sommes ici pour vous informer qu'un sinistre vient d'avoir lieu dans votre appartement.

– Que s'est-il…

– Sil vous plaît, coupa le plus jeune, laissez parler le Commissaire Declin.

– Pour une raison encore inconnue, le feu est parti de chez vous et a dévasté presque entièrement votre studio. Les pompiers ont été alertés par votre amie, Mademoiselle Codineau et grâce à elle, le sinistre a pu être maîtrisé rapidement. Il a été circonscrit et ne s'est pas propagé au reste de l'immeuble.

– Je ne comprends pas, dit Elise toute tremblante et incapable de retenir ses larmes. Je suis sûre d'avoir tout éteint avant de partir ce matin.

– S'agit-il d'un court-circuit, commissaire ? demanda Bastien.

– L'enquête nous le dira, cependant, j'en doute fort.

– Pour quelles raisons ? insista-t-il.

– Monsieur Deville, je ne sais pas si Mademoiselle Auclert souhaite que vous entendiez…

– Si, bien sûr, coupa Elise laquelle avait deviné l'allusion du commissaire. Monsieur Deville est un ami, ajouta-t-elle. Je n'ai rien à lui cacher.

– En ce cas… s'inclina le commissaire. Mademoiselle Codineau a vu une femme qui tentait d'ôter la clé de la porte d'entrée de votre studio. Puis, elle s'est finalement enfuie en constatant qu'elle avait été surprise. Qui possède un double de vos clés, Mademoiselle Auclert ?

– Personne, répondit Elise après avoir hésité, tant elle était abasourdie. Seuls mes parents ont un trousseau, mais c'est tout. Tout a-t-il complètement brûlé ? insista-t-elle en tentant vainement de réprimer ses larmes.

– Il reste peu de choses à récupérer, j'en ai peur. Vous connaissez-vous des ennemis ? demanda le commissaire soudain préoccupé.

– Non… je ne vois pas.

– Je vais vous demander de nous suivre au commissariat. Nous allons enregistrer votre plainte pour votre assurance. Vous portez plainte, n'est-ce pas ? insista le Commissaire Declin, devant le mutisme d'Elise.

– Oui… je suppose que oui… Monsieur Deville peut-il nous accompagner ?

– Nous n'y voyons aucun inconvénient.

– Je vous demande un instant. Juste le temps de prévenir de notre absence, dit Bastien lequel se rendit directement dans le bureau d'Hubert pour l'informer brièvement de la situation.

Lorsqu'ils ressortirent du commissariat, Bastien et Elise étaient totalement épuisés. Le Lieutenant Barelli leur avait posé quantité de questions et le policier s'était intéressé presque autant à la vie privée de Bastien qu'à celle d'Elise, dès lors que cette dernière lui avait appris la nature de leur relation. Ensuite, le commissaire les avait reçus un long moment dans son bureau en leur promettant de tout mettre en œuvre pour trouver l'auteur de l'incendie. Et si Bastien n'avait rien révélé de ses mésaventures, il avait cependant eu l'étrange impression que le commissaire se doutait de quelque chose. L'attention avec laquelle il avait longuement observé le véhicule de Bastien garé Quai Saint-Pierre quand le jeune couple était monté à bord en témoignait. Et quand le commissaire avait tendu le document prouvant le dépôt de plainte concernant l'incendie, il avait insisté une dernière fois pour savoir si Elise ou Bastien avait autre chose à signaler. Il était déjà seize heures et ni l'un ni l'autre n'avaient envie de retourner travailler pour une heure. Elise avait les yeux rougis par les larmes et sa peine faisait pitié à voir. Après avoir hésité un instant, Bastien décida de l'emmener chez lui afin de lui permettre de se désaltérer et de se reposer un peu avant d'aller constater l'ampleur des dégâts, rue des Belges.

Après avoir bu un soda et avalé un comprimé pour calmer son mal de tête, Elise avait finalement accepté de s'allonger sur le canapé, puis s'était brusquement endormie. Assis dans le fauteuil situé juste en face, Bastien observa longuement celle qu'il aimait. Il ne cessait de penser au signalement de l'incendiaire donné par Jennifer aux policiers, et ne parvenait pas à comprendre comment une personne malintentionnée avait réussi à se procurer le double des clés d'Elise à l'insu de cette dernière. Qui pouvait avoir une telle haine envers la jeune femme pour en arriver à commettre un acte aussi odieux ? Car, la malveillance dirigée vers Elise et elle seule, ainsi que la préméditation, ne faisaient aucun doute pour le commissaire et son lieutenant. Jennifer avait surpris une femme paniquée, n'ayant pas pris la précaution de retirer tout de suite la clé de la serrure, avant de mettre le feu. Cela laissait augurer que cet acte avait été perpétré très vraisemblablement par une personne inexpérimentée. Ces deux éléments permettaient déjà d'envisager le mobile de la vengeance, selon les policiers. Et après réflexion, Bastien fut assez d'accord avec cette analyse. Une femme poussée par la haine pour une raison encore inconnue avait décidé de donner une bonne leçon à sa victime, en s'attachant à commettre un acte irréparable sans se soucier du risque de se faire surprendre. Cette théorie se tenait, même si Bastien la trouvait un peu extravagante, au moins avait-elle le mérite d'exister car, pour le moment, le Commissaire Declin et le Lieutenant Barelli n'avaient pas d'autre hypothèse à avancer. Bastien se servit un whisky et se demanda s'il n'aurait pas été plus judicieux de tout révéler à la police, afin de faire avancer l'enquête plus rapidement. Car même si la probabilité était minime, il n'excluait plus la possibilité d'un lien entre toutes les affaires. Cette théorie supposait qu'une seule et même personne s'acharnait sur le couple en essayant cette fois de l'atteindre par le biais d'Elise. Et la jalousie était un sentiment suffisamment destructeur pour engendrer de tels actes.

Cependant, il était toujours confronté au même problème. Il ne voyait personne dans l'entourage d'Elise ou dans le sien, susceptible d'être l'auteur de cette logique destructrice. Leurs activités professionnelles n'étaient pas de celles qui suscitent la malveillance et leur vie privée ne nuisait à personne, l'un et l'autre étant totalement libres. C'était là, les raisons essentielles pour lesquelles Bastien n'avait pas jugé utile de révéler les récents désagréments dont il avait été victime. Les relevés d'empreintes sur place et les divers prélèvements effectués dans le studio ne tarderaient pas à fournir des indices précis pour permettre de retrouver le coupable. « Les éléments tangibles valent cent fois toutes les suppositions », pensa Bastien et il se rassura en se persuadant que très bientôt, le Commissaire Declin aurait du nouveau à leur apprendre. « La vérité est souvent là où on ne l'attend pas », se dit-il tout en terminant son verre.

Bastien regarda Elise sortir de sa somnolence et se trouva désarmé, car le plus délicat était à venir. La jeune femme devait se rendre chez elle pour constater l'ampleur des dégâts et récupérer le peu de choses ayant échappé aux flammes ou à la lance des pompiers. Le commissaire avait clairement expliqué à Elise qu'elle devrait loger ailleurs pendant une période assez longue, et Bastien espérait pouvoir la convaincre d'accepter son hospitalité.

19

En arrivant rue des Belges, Bastien sentit Elise ralentir le pas, en redoutant d'être bientôt confrontée à la triste réalité. À l'approche de l'immeuble, l'odeur du feu était encore dans l'air et quelques passants levaient la tête vers la fenêtre du troisième étage, noircie par les flammes. Le couple entra dans le bâtiment et monta les étages en silence. Puis, arrivée sur le palier, Elise tourna le dos à son studio pour sonner chez Jennifer. Immédiatement des pas retentirent et la porte s'ouvrit.

– Elise, te voilà enfin ! Quelle catastrophe, se lamenta Jennifer en embrassant son amie. Venez, entrez, ajouta-t-elle tout en s'effaçant.

– Tu n'as rien ? demanda Elise d'une voix tremblante.

– Non, tout le monde est sain et sauf. J'ai essayé d'éteindre le feu avec des seaux d'eau avant l'arrivée des pompiers. Si tu avais vu les flammes ! s'exclama Jennifer.

– Tu aurais dû partir tout de suite. Es-tu brûlée ?

– Juste un peu aux mains, mais j'ai mis de la crème et la douleur commence à se calmer. Avez-vous vu le studio ?

– Non, pas encore, répondit Bastien.

– Moi, j'ai passé plus d'une heure au commissariat. J'ai dû donner la description de cette femme à plusieurs reprises. Cette histoire est vraiment insensée !

– As-tu reconnu cette personne ? demanda Elise en pensant que peut-être, Jennifer l'avait identifiée et préférait le cacher à la police, avant d'en informer son amie.

– Non, je t'assure. Si j'avais la moindre idée de qui il peut s'agir, je te le dirais.

– Je te crois, rétorqua Elise.

À ce moment-là, Jennifer sentit le rouge lui monter au visage. Car après y avoir réfléchi durant de longues heures, elle était presque persuadée de connaître le nom de l'incendiaire, mais ne l'aurait avoué à son amie, pour rien au monde.

– Évidemment, tu t'installes chez moi, dit Jennifer afin de changer de sujet car elle voulait éviter à tout prix, de devoir répondre à d'autres questions concernant la mystérieuse femme.

– Oui, je veux bien, merci, répondit Elise laquelle manifestement, n'arrivait pas à reprendre le dessus, suite au drame.

– Je te remercie pour ta proposition, intervint vivement Bastien mais Elise habitera chez moi en attendant la remise en état de son studio. Mon appartement est beaucoup plus grand et je dispose d'une chambre d'amis où elle pourra s'installer confortablement, s'empressa-t-il d'ajouter avant que la jeune femme n'intervienne pour décliner l'invitation.

– Comme vous voulez, dit Jennifer à la fois surprise et vexée. Que préfères-tu, Elise? s'enquit-elle.

– Je ne sais pas… je n'y ai pas réfléchi. Je ne veux déranger personne. Je pourrais peut-être reprendre ma chambre chez mes parents. Je ne les ai même pas encore prévenus.

– Elise, je t'en prie, viens à la maison. Tu occuperas la chambre d'amis. Franchement, te savoir dans cet immeuble après ce qu'il vient d'arriver ne me plaît pas du tout. Tu seras plus en sécurité chez moi, sois raisonnable, s'il te plaît.

– Selon toi, l'incendiaire pourrait revenir? demanda Jennifer, affolée à cette perspective.

– Franchement, non. Mais si Elise est visée, mieux vaut que celui ou celle qui a brûlé le studio, ignore son adresse.

– Soit, je veux bien habiter chez toi en attendant, dit Elise afin de mettre un terme à cette discussion. À présent, j'aimerais aller dans le studio pour voir si je peux récupérer une partie de mes affaires.

– Je l'accompagne, dit Bastien à l'adresse de Jennifer afin de dissuader celle-ci de les suivre.

La porte avait été bloquée avec un carton, le commissaire ne jugeant pas utile d'y apposer des scellés. Bastien se demanda si la police avait gardé le trousseau de clés, pour en faire une pièce à conviction et il s'étonna que le sujet n'ait pas été abordé pendant le dépôt de plainte. Après avoir poussé la porte, Bastien et Elise virent immédiatement que le feu avait tout ravagé. L'odeur de brûlé prenait à la gorge et piquait les yeux. Du canapé de la pièce principale, il ne restait qu'un amas difforme de métal tordu et de tissus noircis. L'armoire contenant la garde-robe d'Elise n'avait pas échappé aux flammes et tout espoir de sauver quelques affaires était perdu. Le coin cuisine avait entièrement brûlé lui aussi et les placards formaient une masse noire sur toute la longueur de mur. Du revêtement de sol gris clair, il ne restait rien. Les carreaux plastifiés avaient fondu dans leur totalité sous l'effet de la fournaise. Bastien poussa la porte de la salle de bains et constata que la pièce avait été à peu près épargnée par les flammes. L'incendiaire n'avait probablement pas pensé à ouvrir la porte et cet oubli avait un peu limité les dégâts.

– Viens, Elise, partons à présent. Il est inutile de rester ici plus longtemps, dit doucement Bastien en prenant la jeune femme par le bras. Nous allons t'acheter quelques vêtements et demain, tu n'iras pas travailler. Si tu veux, je viendrai avec toi déclarer le sinistre à l'assurance.

– J'aurai assez de la matinée pour faire ma déclaration et je préfère y aller seule. Je t'ai suffisamment ennuyé comme ça avec cette histoire. Ensuite, je me rendrai à la boutique pour prévenir ma mère puis, j'irai travailler demain après-midi.

– Comme tu voudras, c'est à toi de décider. Viens, je t'en prie, ne restons pas dans cet endroit sinistre.

Bastien poussa légèrement Elise afin d'inciter celle-ci à abandonner un lieu où vraisemblablement elle ne reviendrait jamais.

Arrivée en bas de l'immeuble, Elise s'était mise à sangloter en proie à une crise de larmes et Bastien avait dû la conduire chez lui, pour l'obliger à prendre un sédatif.

À présent, il se trouvait dans un des supermarchés du centre-ville, un peu perdu et ne sachant par quel rayon commencer pour effectuer ses achats, car Elise manquait de tout ce dont une personne a besoin au quotidien. Après avoir marché un peu au hasard des allées, il finit par s'arrêter au niveau des articles de toilette et choisit un assortiment assez large. Bastien avait volontairement laissé tout ce qui avait échappé aux flammes dans la salle de bains, pour permettre à Elise d'oublier plus rapidement ce dramatique épisode de sa vie. Il ajouta plusieurs accessoires et babioles qui, sans être indispensables, feraient sûrement plaisir à la jeune femme. Arrivé dans les rayons de vêtements, il se trouva un peu embarrassé et désemparé puis, il se décida pour deux tenues et un peu de lingerie en optant à chaque fois pour une taille trente-huit. Ensuite, il ajouta une paire de ballerines et des chaussons puis, estimant avoir pris l'essentiel, il se dirigea directement vers les caisses car Elise était seule depuis plus d'une heure et cette réalité n'était pas pour le rassurer.

Les événements de ces dernières heures avaient mis Bastien dans une situation un peu ambiguë, l'obligeant à considérer Elise comme une invitée, en l'installant dans la chambre d'amis, alors qu'il était sur le point de lui demander de venir vivre avec lui. Bastien s'en voulut un peu de se soucier de son propre bien-être, quand Elise se trouvait dans la détresse et il hâta le pas pour la rejoindre au plus vite. Lorsqu'il ouvrit la porte et pénétra à pas de loup dans la chambre, la jeune femme dormait à poings fermés. Il s'installa silencieusement dans le salon pour ne pas déranger Elise et se mit à penser à sa famille. Il avait prévu d'aller dire au revoir à sa mère et à Valentin le lendemain soir, car ceux-ci devaient prendre la route mercredi matin pour Zurich. Pendant le bref trajet qu'il venait de parcourir du supermarché à son domicile, Bastien avait décidé de taire l'incendie du studio d'Elise aux deux artistes car il estimait totalement inutile et inopportun de les contrarier et de les inquiéter, alors qu'ils étaient sur le point de faire une longue route en voiture. Cependant, Armand avait tellement insisté pour être tenu informé du moindre incident, qu'il était résolu à lui parler de l'incendie. Même si cette fois, il n'avait pas été la victime d'un nouvel acte de malveillance, il avait pourtant été indirectement touché par le simple fait de la nature de sa relation avec Elise. Il profiterait donc de la confusion des derniers préparatifs pour informer discrètement son père du sinistre. Puis, il repensa à la gêne mal dissimulée de Jennifer lorsqu'Elise lui avait demandé si elle avait déjà vu la femme suspectée d'avoir mis le feu au studio. Bastien aurait juré que Jennifer dissimulait une information capitale et il se demanda s'il n'aurait pas dû insister pour en savoir davantage. L'incendiaire n'était pas entré par effraction et avait tout simplement utilisé un double des clés pour commettre cet acte ignoble. Les enquêteurs devaient donc partir de cette constatation pour identifier le coupable. Car cette réalité constituait un indice essentiel pour les mener jusqu'à celui-ci. Qu'avait bien pu faire Elise pour susciter une telle haine? C'était une jeune femme tranquille, menant une existence rangée et tout à fait honnête. Sa façon de vivre s'inscrivait en totale contradiction avec la punition qui venait de lui être infligée. Bastien sentit un léger mal de tête le gagner et las de ressasser cette histoire, il se leva et décida de préparer le dîner pour se changer les idées.

20

Assise derrière le comptoir du *Vent de la Mode*, Annick ne cessait de bâiller, suite à sa nuit blanche, passée à revivre les événements de la veille. Contrariée et mal dans sa peau, ses heures nocturnes avaient été peuplées de cauchemars au cours desquels, tantôt Jennifer lui arrachait sa perruque, tantôt la police venait l'arrêter chez elle en lui passant les menottes aux poignets. Annick était obsédée par le trousseau de clés laissé sur la porte d'entrée du studio, reconnaissable au porte-clés acheté au marché de Vintimille, représentant un modèle de voiture de sport, d'une marque mondialement connue. Elle savait que si ce maudit trousseau se trouvait entre les mains des policiers, Elise identifierait immédiatement l'auteur du sinistre. Annick ne parvenait pas à comprendre, comment elle avait pu commettre une erreur aussi grossière, en oubliant de remettre le trousseau dans sa poche de jogging, alors qu'elle avait tout préparé minutieusement dans le but de faire de cet ultime acte de vengeance une parfaite réussite. Devant le risque de se faire interpeller à cause de ce porte-clés pour le moins compromettant, Annick se demanda si elle n'aurait pas dû prendre la précaution de se défaire du jogging, des chaussures et de la perruque, au lieu de les dissimuler dans le fond du coffre de la voiture.

La peur au ventre, elle s'attendait à voir la police arriver à tout moment et, elle ne parvenait pas à se raisonner pour essayer de calmer un peu son angoisse. Elle revoyait les yeux inquisiteurs de Jennifer plantés dans les siens, et ne pouvait pas définir clairement si l'amie de sa fille l'avait formellement reconnue. Annick n'avait aucune nouvelle d'Elise, mais elle savait que cette dernière finirait par venir à la boutique pour lui parler de la catastrophe et elle redoutait par-dessus tout, cette visite. Car elle ignorait totalement si elle serait capable de se montrer crédible, dans son rôle de mère affligée et catastrophée.

Levée très tôt, elle avait cherché en vain dans le journal du jour, quelques lignes retraçant l'incendie et même si elle se doutait que les flammes avaient dû détruire entièrement le studio, elle n'en était cependant pas certaine. Elle aurait aimé voir ses exploits relatés dans la presse locale et connaître la position de la police sur l'origine probable de l'incendie. Au lieu de cela, rien de ce qui s'était passé rue des Belges n'avait filtré et la patronne du *Vent de la Mode* en était fort dépitée. Ce silence était à la fois frustrant et inquiétant pour Annick, car elle aurait aimé savoir si une femme vêtue d'un jogging foncé, avait été signalée sur les lieux par plusieurs habitants ou riverains de l'immeuble.

Après avoir effectué les démarches indispensables pour déclarer le sinistre auprès de son assurance et de son propriétaire, Elise décida de se rendre rue Marceau pour annoncer la nouvelle à sa mère. Elle se sentait mal à l'aise et un peu ridicule dans les vêtements trop étroits achetés la veille par Bastien. Elise avait prévu d'aller échanger le soir même, tout ce qu'elle n'avait pas encore porté pendant que Bastien serait chez ses parents, car pour l'instant, elle ne pouvait repousser plus longtemps sa visite à la boutique.

– Elise, quelle surprise ! s'exclama Annick en voyant sa fille entrer dans le magasin. Ne devrais-tu pas être au bureau ? ajouta-t-elle le plus naturellement du monde.

– J'ai pris ma matinée pour faire ma déclaration à l'assurance.

– Quelle déclaration ? Que s'est-il passé, Elise, as-tu un problème ? demanda Annick innocemment.

– Oui, maman, et un gros. Hier midi, mon appartement a entièrement brûlé, déclara-t-elle la voix un peu tremblante.

– Mon Dieu! Ma fille! Que m'annonces-tu là? Explique-toi, je t'en prie! dit Annick en levant les yeux au ciel, l'air complètement catastrophé. Tu n'as rien? Dis-moi, tu vas bien?

– Je vais bien, maman, rassure-toi. Le feu a pris vers midi, lorsque j'étais au bureau. Heureusement, Jennifer était chez elle. Elle a eu la présence d'esprit d'alerter les pompiers immédiatement, mais il était trop tard. Il ne reste plus rien, sanglota Elise en se laissant tomber lourdement sur le tabouret.

– Je t'en prie, Elise, calme-toi. Tu n'es pas blessée et c'est l'essentiel. Les autres appartements ont-ils brûlé également?

– Non, seulement le mien. D'après la police, il s'agirait d'un incendie criminel.

– La police s'est déplacée?

– Évidemment, maman. Un commissaire et un lieutenant sont venus me prévenir au *Cash Minute*, après être allés chez moi. Ensuite, nous les avons accompagnés au commissariat, pour mon dépôt de plainte.

– Nous, dis-tu?

– Oui, maman. Bastien n'a pas voulu me laisser seule. Ensuite, nous avons rendu visite à Jennifer, avant d'aller constater l'ampleur des dégâts.

– As-tu sauvé quelques affaires?

– Rien. Tout a été dévasté. Bastien a même été obligé de m'acheter des vêtements, hier soir.

– À présent, je comprends pourquoi tu es vêtue ainsi, dit Annick sur un ton un peu ironique et fort déplacé. De toute façon, tu reprends ta chambre au Cannet, ajouta-t-elle devant le regard réprobateur de sa fille, laquelle n'avait pas du tout apprécié la remarque. Tu ne peux pas rester chez Jennifer et tu seras bien plus à l'aise à la maison.

– Je te remercie mais je n'ai pas l'intention de revenir au Cannet. J'habite chez Bastien, dit Elise tout en fixant sa mère afin de surveiller sa réaction.

– Tu habites chez Bastien Deville ?

Annick sentit tout son corps se crisper et si elle avait eu son ex-amant en face d'elle à ce moment précis, elle lui aurait assené deux gifles retentissantes.

– Oui, Bastien refuse de me laisser dans l'immeuble car Jennifer a surpris une femme essayant d'ôter un double de mes clés de la porte du studio.

– Une femme, dis-tu ?

– Oui, vraisemblablement l'incendiaire. Jennifer a même donné sa description à la police.

– Sait-on de qui il s'agit ?

– Je n'en sais pas plus mais j'ai bon espoir. Elle se fera arrêter et paiera pour ses actes.

– Où se trouvent les clés ? Est-ce Jennifer qui les a ?

– Non, je ne pense pas, mais des policiers sont venus chercher des indices. Ils ont dû les prendre à ce moment-là, avec eux. À mon avis, elles se trouvent au commissariat pour les besoins de l'enquête.

À cette nouvelle, Annick se sentit vraiment mal et elle eut hâte de voir sa fille s'en aller car elle ignorait combien de temps encore, elle pourrait tenir sur ses jambes, avant de s'évanouir.

– Je dois partir maintenant, dit Elise d'un ton morne et triste. Il me faut encore téléphoner à papa pour le prévenir et aller me changer avant de retourner travailler au *Cash Minute*.

– As-tu besoin de quelque chose ?

– Non, merci. Bastien s'occupe de moi. Je ne sais pas comment j'aurais fait sans lui.

– Appelle-moi très vite, Elise, je t'en prie. Cette histoire m'inquiète beaucoup, dit sincèrement Annick tout en embrassant sa fille.

Annick resta à se morfondre le reste de la matinée, en proie à une terrible angoisse. Elle en était presque certaine à présent, la vérité allait éclater au grand jour, dans très peu de temps, et la police n'allait plus tarder à venir l'arrêter ici, devant tout le monde. Le déshonneur la guettait et la montrerait aux yeux de tous, comme une mère indigne et capable de bassesse envers sa fille. Bientôt, elle serait la risée de toute une ville, quand le mobile de son acte serait connu. Une femme mariée, s'accrochant comme une collégienne à son amant de dix ans son cadet et se transformant en incendiaire en découvrant la liaison de sa fille avec ce même homme. Pour comble de malchance, l'acte était suffisamment grave pour lui faire encourir le risque d'aller en prison et, à cette pensée insoutenable, Annick se mit à hurler si fort, qu'un passant tourna la tête vers la vitrine de la boutique. Lorsqu'elle reprit un peu ses esprits, Annick imagina la réaction de Philippe et de Jeanne, en apprenant la vérité puis, un sentiment de honte la gagna. Elle savait déjà que ses enfants se détourneraient d'elle pour se raccrocher davantage à leur père et à leur grand-mère. Toute cette inquiétude à cause de ce maudit porte-clés réduisait à néant l'immense sentiment de victoire qu'elle avait ressenti quelques minutes après s'être cachée dans la forêt, et avoir évacué tout le stress de son passage à l'acte. Annick s'était alors délectée du plaisir d'avoir eu le dernier mot, en infligeant une punition exemplaire à sa fille pour avoir eu l'audace et commis l'imprudence de lui voler son amant. Annick avait imaginé les larmes et la peine d'Elise, en découvrant les ravages de l'incendie et cette merveilleuse vision l'avait lavée de toutes les vilenies dont elle se sentait salie, dans sa dignité de maîtresse femme. Et, à présent, tout ce bonheur et cette sérénité s'étaient envolés pour laisser place à la peur d'une condamnation en public. Comme si cela ne suffisait pas, Annick avait précipité les événements en donnant l'opportunité à Bastien de se servir d'un prétexte tout trouvé, pour inciter Elise à venir vivre sous son toit. Par son acte, Annick avait finalement favorisé la relation de Bastien et d'Elise et la punition qu'elle avait voulu infliger à sa fille, s'était retournée contre elle.

21

– Tiens, Elise, voici le double des clés de l'appartement, dit Bastien tout en tendant le trousseau à la jeune femme, Quai Saint-Pierre. J'en ai pour une heure, tout au plus. Le temps que tu choisisses d'autres vêtements et je serai rentré. À tout à l'heure.

– D'accord, acquiesça Elise tout en regardant l'homme de sa vie s'éloigner en voiture.

Cinq minutes plus tard, Bastien se gara devant la demeure familiale et il fut immédiatement accueilli par Armand, occupé à tailler les rosiers du jardin donnant sur la rue.

– Tu viens dire au revoir à nos deux artistes ? demanda-t-il après s'était redressé en voyant son fils aîné arriver.

– Oui, papa. Mais avant toute chose, pourrais-tu t'arranger pour me recevoir dans ton bureau un peu plus tard ? s'enquit Bastien tout en s'efforçant de prendre un ton léger afin de ne pas alarmer son père.

– Toi, tu as encore des problèmes, fit remarquer Armand en fronçant les sourcils. Viens, ajouta-t-il, tu vas être impressionné par le nombre de bagages de Valentin.

– Salut, Bastien, dit Valentin en essayant de soulever un carton particulièrement volumineux.

– Bonjour, mon fils, ajouta Nicole tout en s'appliquant à plier une couverture en quatre.

– Ça va, les artistes ? Attends, maman, je vais t'aider. Ce sont vos bagages qui encombrent les trois quarts de l'entrée ? Mais vous ne pourrez jamais tout rentrer dans le coffre ! dit-il affolé par le volume des affaires prêtes à partir.

– Ton père nous aidera à tout ranger. J'ai fait un gâteau au chocolat, il sort tout juste du four. Allons nous installer dans le jardin pour prendre un repos bien mérité, je n'en peux plus.

Nicole et Valentin avaient prévu de partir vers sept heures le lendemain matin et d'effectuer le trajet en deux étapes égales. Arnaud d'Estegnac les attendait donc pour jeudi et il avait déjà prévu un dîner avec quelques amis, le soir même de leur arrivée. Cela semblait lui faire tellement plaisir que Nicole n'avait pas osé l'informer de sa réserve à ce sujet. Cependant, elle aurait préféré s'installer tranquillement chez Arnaud, sans être déjà obligée de se prêter à des mondanités qu'elle avait toujours eu tendance à fuir. Nicole considérait son voyage à Zurich comme un séjour privé mais apparemment, ce n'était pas le cas d'Arnaud lequel voulait profiter de sa présence pour promouvoir la toute nouvelle carrière de Valentin.

– À quoi penses-tu ? demanda Armand après un moment, tandis que chacun terminait sa part de gâteau.

– À rien de spécial. Mais j'ai encore beaucoup à faire avant de partir. Si cela ne vous vexe pas, je vais continuer à emballer nos affaires.

– Va, je t'en prie. Valentin, aide ta mère, veux-tu ? Pendant ce temps, je vais tenir un peu compagnie à Bastien, proposa Armand en profitant de l'occasion pour se retrouver en tête à tête avec son aîné. Allons dans mon bureau, chuchota-t-il, à l'adresse de ce dernier.

– Je te suis, papa.

– Qu'est-il encore arrivé ? s'enquit Armand, immédiatement après avoir refermé la porte.

Depuis l'arrivée de son fils, il n'avait cessé de s'inquiéter et voulait savoir au plus vite, quelle catastrophe Bastien allait encore lui annoncer.

– Il s'est en effet passé quelque chose de terrible, cette fois-ci.

Bastien raconta par le détail, les événements de la veille et les premières conclusions de la police.

– Je suis absolument atterré par cette nouvelle, finit par dire Armand, après un long silence. Qui peut être assez dérangé pour en arriver à de telles extrémités ? Tu ne m'ôteras pas de l'idée que toutes ces affaires sont liées pour avoir été commises par une seule et même personne. Elise et toi êtes les victimes d'une folle prête à tout pour vous nuire et si ses actes restent impunis, je redoute fort que la prochaine fois, cette mystérieuse femme fasse en sorte de provoquer un drame bien plus grave encore. C'est pourquoi, selon moi, elle doit être interpellée au plus vite afin que vous puissiez vous trouver définitivement à l'abri de sa folie destructrice. Il est possible que, poussée par la haine et aveuglée par la jalousie, l'inconnue ait perdu tout discernement et n'ait absolument pas conscience des conséquences de ses actes. Tant qu'elle croira en son impunité, vous serez en danger permanent.

– Peut-être l'incendie constitue-t-il son ultime vengeance et n'a-t-elle aucune intention de commettre un autre acte répréhensible, fit remarquer Bastien, lequel pensait sa théorie tout à fait possible.

– Peut-être, en effet. Mais je te trouve un peu trop optimiste et à ta place, je ne me contenterais pas de cette éventualité. Quelles que soient ses intentions, elle doit de toute façon être confrontée à ses responsabilités.

– Je suis d'accord avec toi, papa, mais pour l'instant, personne ne sait de qui il s'agit.

– Il suffit de chercher dans l'entourage d'Elise. Cette personne possédait le double des clés du studio. Cela devrait faciliter la tâche de la police pour identifier l'incendiaire.

– Sûrement, mais selon Elise, seuls ses parents en possèdent un double. De plus, elle affirme ne jamais avoir prêté ses clés. Seul Victor, son copain d'enfance et ancien petit ami, avait un trousseau mais il l'a restitué sans faire de difficultés. Elise refuse d'envisager une seule seconde, qu'il puisse être mêlé à cette histoire.

– Cependant, quelqu'un s'est bien procuré les clés, à l'insu de ta petite amie. Demande-lui de retourner voir Jennifer pour obtenir une description plus précise de l'inconnue. Il est tout à fait possible qu'après coup, un détail pour lequel elle n'avait pas attaché d'importance, lui revienne en mémoire et aide la police à identifier l'incendiaire.

– Oui, j'en parlerai à Elise. Jennifer va peut-être finir par avoir une idée de l'identité de cette personne. Si c'est une connaissance d'Elise, elle a pu la rencontrer à plusieurs reprises. Cela expliquerait la panique de l'incendiaire lorsqu'elle a vu Jennifer sur le palier. Mais, arrêtons là les suppositions, papa. Je vais devoir partir car Elise est seule chez moi. Promets-moi auparavant de ne rien dire à maman et à Valentin au sujet de toute cette histoire. Ils doivent prendre la route l'esprit tranquille.

– Ne t'inquiète pas pour cela, Bastien. Je n'ai aucune intention de leur en parler.

Avant de rentrer chez lui, Bastien s'arrêta pour acheter quelques fleurs, afin d'alléger un peu la peine d'Elise. De son côté, Armand plus préoccupé que jamais faisait la navette entre la maison et la voiture pour charger le coffre, de cartons et de valises et c'est à peine, s'il prêtait attention au joyeux tumulte causé par sa femme et par son fils. Il s'inquiétait pour la sécurité de Bastien et d'Elise et il ne serait totalement rassuré à ce sujet, que lorsque l'incendiaire aurait été interpellée. Car après avoir commis un acte aussi odieux, il était fort possible que poussée par un sentiment d'invulnérabilité, la coupable envisage de mettre au point une ultime opération, visant cette fois, directement des personnes. Armand se demanda s'il n'aurait pas dû suggérer à son fils d'aller habiter à l'hôtel avec Elise, en attendant le dénouement de cette affaire.

– Tiens, papa, voici le dernier carton, dit Valentin en faisant sursauter son père. Cette fois, je crois n'avoir rien oublié. Lorsque

Monsieur d'Estegnac verra tout notre chargement, il risque de regretter de nous avoir invités, ajouta-t-il joyeusement.

Après avoir réglé le problème des bagages, Nicole adressa mille recommandations à son mari, exactement comme elle aurait donné des conseils à un enfant et son attention toucha Armand. Il dut la rassurer afin qu'elle cesse de s'angoisser pour des riens et puisse dîner paisiblement.

Longtemps après avoir souhaité une bonne nuit à Nicole et à Valentin retirés chacun dans leur chambre, le chef de famille continuait à penser à l'incendie, les yeux à demi fermés. Quiconque l'aurait vu ainsi, installé dans le canapé du salon, éclairé par la seule lumière de la lune, aurait pensé qu'il dormait, lui aussi. Mais un sentiment de culpabilité l'empêchait de trouver le sommeil. Et, s'il avait mis lui-même le feu à l'appartement d'Elise, il ne s'en serait pas voulu davantage. Armand était coupable d'une innocente négligence et il le savait pertinemment. Sa propension à croire en la part de bonté dans chaque être et à refuser d'admettre l'évidence avait abouti à un drame qui aurait pu être évité. Armand s'en voulait, et ses remords l'empêchèrent de trouver un sommeil qui lui aurait pourtant fait le plus grand bien pour lui permettre d'affronter la vérité, le plus sereinement possible.

22

Lorsqu'Annick se leva en ce vendredi matin d'avril, sa première pensée fut pour Armand Deville et son angoisse semblait être passée au second plan. Annick avait vécu trois jours et demi en proie à une inquiétude indescriptible, sursautant au moindre bruit, se sentant soupçonnée par tous et redoutant le regard de son mari. La peur panique de devoir répondre aux questions des policiers lui avait fait passer de longues nuits peuplées d'épisodes tous plus dramatiques les uns que les autres, durant lesquelles soumise à des interrogatoires interminables, elle avait dû lutter de toutes ses forces pour ne pas se laisser aller à des aveux complets. Harcelée de questions, elle avait juré ne jamais avoir vu le porte-clés formellement reconnu par Philippe, comme étant celui suspendu au mur de la cuisine et nié avoir déjà porté la tenue de sport et la perruque retrouvées dans sa voiture. Annick était allée au plus profond d'elle-même pour continuer à clamer son innocence et toutes ces épreuves l'avaient totalement épuisée.

Et, ce matin, pensant à l'homme incroyablement séduisant pour lequel elle allait enfin pouvoir laisser son corps s'exprimer, Annick goûta sa légèreté retrouvée, comme une nouvelle liberté. Elle s'adressa un sourire encore timide dans la glace de la coiffeuse, comme pour se souhaiter la bienvenue dans le monde des gens heureux. Puis, définitivement revenue de la période la plus noire de sa vie, rescapée de nuits cauchemardesques, elle laissa éclater un rire nouveau et se rendit dans la cuisine pour se préparer un petit-déjeuner digne des jours de fête.

Assis devant son bol, triste et découragé, Philippe regardait sa femme, sans vraiment la voir. La contrariété se lisait sur son visage et, obsédé par le chagrin d'Elise, il n'avait même pas prêté attention à l'étrange attitude d'Annick, trop occupé à essayer de savoir qui avait pu s'en prendre ainsi à sa fille et quand, cette personne serait mise hors d'état de nuire par la police. Les sautes d'humeur et les frasques d'Annick étaient pour le moment le dernier de ses soucis, et il ne chercha même pas à savoir pourquoi sa femme préparait un petit-déjeuner pour quatre, alors que les bols sales des enfants étaient encore sur la table. Le peu de réaction de la mère d'Elise lorsque Philippe avait abordé le sujet de l'incendie, l'avait encore éloigné un peu plus et, c'est totalement désabusé sur l'avenir de son couple, qu'il continuait à partager son lit avec une parfaite étrangère. Mais, à la réflexion, Philippe s'en moquait, car tout son esprit était occupé par les événements de lundi et cela seul comptait. Depuis qu'il avait découvert l'infidélité de sa femme, sa vie avait brusquement sombré dans le mensonge et dans l'incompréhension et le sort semblait s'acharner sur sa famille. Sans projet pour le porter, confronté à d'incessants problèmes, Philippe sentait les événements lui échapper et il s'enfonçait peu à peu dans la mélancolie. Lorsqu'Annick s'installa face à lui, c'est un homme sans entrain qui se leva pour quitter la cuisine et commencer une journée pesante et dépourvue d'intérêt.

À la même heure, Armand s'étirait paresseusement devant sa tasse de café et il dut se faire violence pour s'extirper de sa nonchalance et se préparer pour un rendez-vous de la plus haute importance avec son ami de toujours. Le silence était omniprésent et celui-ci l'oppressant un peu, Armand alluma la radio afin de se sentir moins seul et reprendre peu à peu pied dans la réalité d'un monde cruel et injuste. Nicole et Valentin lui avaient téléphoné la veille vers seize heures pour lui annoncer leur arrivée à Zurich et ils avaient promis de prendre des nouvelles régulièrement. Après deux nuits passées seul dans cette grande maison, Armand avait eu le temps de ressasser à loisir, les motifs de son tourment et il s'était promis d'agir selon sa conscience, afin que les siens puissent à nouveau vivre paisiblement, sans avoir à redouter pour leur sécurité.

Tandis qu'il prenait sa douche, Armand repensa à Claire et imagina cette dernière l'attendant à dix-huit heures devant le Palais des Festivals. Cette femme superbe et éclatante de vitalité avait décidé de lui accorder ses faveurs et Armand, fermant les yeux, put sentir le corps de Claire se laisser aller contre le sien. La scène délicieusement érotique dans laquelle il se glissa doucement, éveilla tous ses sens et l'amant dut faire appel à toute sa raison pour se résoudre à quitter la cabine de douche et se préparer pour son premier rendez-vous de la journée.

Tandis qu'il nouait soigneusement sa cravate devant la glace comme chaque matin, Bastien se demandait s'il était préférable de passer tout le week-end en tête à tête avec Elise ou s'ils iraient tout de même à la demeure familiale pour déjeuner avec Armand. Ce dernier devait sûrement espérer un peu de compagnie, mais Bastien connaissait son père et savait qu'il n'oserait pas téléphoner pour leur demander de venir. Depuis l'incendie, Elise s'était renfermée sur elle-même, parlant peu et acquiesçant à toutes les propositions de Bastien, comme si elle s'en était définitivement remise à lui, pour toutes les décisions de la vie quotidienne. La police n'avait donné aucune nouvelle depuis lundi et Bastien se doutait que ce silence et le fait de ne rien savoir sur la progression de l'enquête, contribuaient à maintenir Elise dans sa léthargie. Pas une fois depuis ce fameux jour, elle n'avait reparlé du drame et il ne savait pas quelle avait été la réaction d'Annick et de Philippe Auclert, au sujet de l'incendie. Bastien avait imaginé tout autre chose pour ses premiers jours de vie commune avec Elise, et bien que compatissant à la peine de la jeune femme, il était tout de même un peu déçu de constater la manière dont se déroulait leur cohabitation. Il se moqua un peu de lui et de ses rêves. Car, les images merveilleuses dans lesquelles il s'était projeté en héros de l'amour à maintes reprises, appartiendraient vraisemblablement pour longtemps encore au monde de l'utopie.

Aujourd'hui, Elise n'était pas vraiment d'humeur à supporter les plaintes et les sarcasmes des clients et après la troisième conversation particulièrement pénible de la matinée, elle en eut assez et décida de s'accorder une pause, pour sortir prendre l'air une dizaine de minutes sur le parking de la société. Les rires et les boutades de ses collègues l'importunaient tout particulièrement et, voulant rester seule un moment, Elise fit en sorte que personne n'ait le temps de lui proposer de l'accompagner. Elle se leva donc prestement, sortit sa carte de son sac pour signaler son temps de repos et quitta précipitamment le plateau. Arrivée dehors, Elise s'éloigna le plus possible de l'entrée, afin de ne pas se faire héler et finit par s'asseoir sur un banc, à l'abri des regards. Cette histoire de clés ne cessait de l'obséder car seuls ses parents en possédaient un double, remis par le propriétaire après la signature du bail. Et la conclusion logique qui ressortait de ce constat, était tout à fait insupportable pour son intégrité. Salie et déshonorée par le simple fait d'avoir osé ne serait-ce qu'une seule seconde porter des soupçons à l'encontre de sa propre mère, Elise dépassée par un sentiment d'indignité refusait de s'accorder la moindre circonstance atténuante, en admettant la légitimité des doutes qui lui rongeaient l'esprit. Et désormais, seule l'arrestation de la véritable coupable lui permettrait de reprendre le cours de sa vie, là où elle l'avait laissé.

Assise comme à l'accoutumée devant la psyché de l'arrière-boutique, Annick chantonnait tout en se préparant pour rejoindre l'homme capable de redonner vie à son corps en sommeil. Pouvoir enfin s'abandonner totalement sous les caresses d'Armand Deville, et le laisser s'adonner à ses caprices les plus fous, procuraient à Annick un désir de séduire, sans précédent. Elle se voyait déjà maîtresse des lieux, pouvant circuler à sa guise dans toutes les pièces de l'hôtel particulier. Préméditant ses actes, elle avait décidé d'user et d'abuser de ses charmes, pour pouvoir rester jusqu'au dimanche soir chez Armand afin de permettre à cet homme devenu son amant, d'assouvir chacun de ses fantasmes, en toute intimité. Car le domicile d'Armand offrait des perspectives de découvertes et d'expérience cent fois plus engageantes qu'une simple chambre d'hôtel. Une fois débarrassée de son ensemble de lingerie rouge, encore vierge de tout regard masculin, Annick devenue Claire n'envisagerait de se vêtir qu'au moment de rentrer chez elle, et après avoir sombré durant deux jours et deux nuits dans les délices de la libre expression de son corps à présent impatient. Encore quelques heures à peine, et Armand Deville apprendrait à ses dépens l'imprudence de faire attendre trop longtemps une femme de son tempérament. Car, s'il avait parfaitement réussi à lui mettre l'eau à la bouche et à s'esquiver impunément et de manière fort élégante, il fallait bien le reconnaître, cette fois Claire ne laisserait aucune chance à l'homme de sa convoitise de lui échapper. Ce petit jeu du chat et de la souris n'avait pas été pour déplaire à Claire, mais comme chaque divertissement, il devait prendre fin un jour et Annick avait décidé que ce jour était arrivé. Il n'y aurait donc aucune possibilité d'échappatoire pour Armand ce soir, celui-ci ayant épuisé son crédit. Claire, souveraine et maîtresse femme, pourrait enfin entrer en scène pour dévoiler à son tour la composition dans laquelle elle excellait. Constatant l'heure déjà bien avancée, Annick décida qu'elle devait cesser de rêver et se hâter pour devenir Claire, une femme prête à plonger dans la plus délicieuse des réalités. Comme elle avait prévu de séjourner chez Armand, Annick avait déposé le matin même dans le coffre de sa voiture, un sac contenant tout le nécessaire, pour plusieurs jours. Puis, elle avait regardé un instant le sac plastique où se trouvaient la tenue de sport et la perruque brune et elle avait décidé de le laisser là, où il était pour le moment, en attendant de le faire disparaître.

Aujourd'hui, Claire porterait une jupe à volants assez courte, avec un haut assorti et une paire de ballerines. Après s'être coiffée, Annick prit un soin extrême à poser la perruque flamboyante, laquelle donnait à Claire, ce charme si particulier et visiblement fort apprécié par Armand. Cette fois, Annick devrait supporter la lourde chevelure durant de longues heures, car elle ne pouvait se permettre de prendre le risque qu'Armand découvre la supercherie, et cette obligation lui pesa un peu. Elle devrait s'enfermer régulièrement dans la salle de bains pour soulager sa tête quelques instants et réajuster sa coiffure. Lorsque Claire se contempla dans le miroir pour vérifier sa mise et son maquillage, il était presque dix-sept heures trente. Et Annick, maintenant habituée à répéter les mêmes gestes, laissa les vêtements avec lesquels elle avait quitté Le Cannet le matin même et sortit de la boutique en moins de dix minutes. Elle irait les rechercher seulement le surlendemain. Elle avait déjà prévu d'appeler Philippe dans la soirée, pour l'avertir qu'elle ne rentrerait pas. Pour l'instant, elle n'avait pas encore réfléchi au prétexte qu'elle fournirait, mais dans l'état d'impatience où elle se trouvait, Annick s'en moquait éperdument et décida d'improviser le moment venu, en inventant n'importe quoi.

De son côté, Armand un peu fébrile passait une dernière fois en revue chaque pièce de la maison pour vérifier que tout était parfaitement en ordre, afin de pouvoir accueillir Claire dans les meilleures conditions. Car, il avait décidé de faire de la visite de cette superbe femme un moment important dont elle devrait se souvenir pendant longtemps. Armand ne voulait rien laisser au hasard et il devait s'assurer que la soirée se déroulerait exactement comme il l'avait prévue et selon ses désirs. Claire serait à la merci d'Armand et cela donnait à ce dernier un sentiment de force tranquille et son ego s'en trouva flatté. Il esquissa un léger sourire car, celle qu'il s'apprêtait à aller chercher devant le Palais des Festivals, était loin de s'attendre à la surprise qui lui était réservée. Cette rousse flamboyante toute prête à lui accorder ses faveurs n'avait vraisemblablement pas mesuré les capacités de celui qu'elle voulait pour amant. Armand était plein de ressources et Claire, loin d'en avoir conscience, le sous-estimait. Elle s'était jetée à son cou sans complexe aucun, et Armand attendait qu'elle se jette dans ses bras pour pouvoir lui montrer ses talents, à son tour. Le jeu de séduction et de subtilité dans lequel il était prêt à asseoir sa suprématie pour soumettre la jeune femme à ses quatre volontés, lui procurait une sensation de plénitude. Armand avait réussi à attirer Claire dans ses filets et, piégée par son pouvoir d'attraction, celle-ci serait bien vite livrée à la merci de l'audace d'un homme disposé à dévoiler son dessein. Peu après être entrée dans l'imposante demeure, la nouvelle maîtresse des lieux connaîtrait les facettes insoupçonnées de l'homme devenu l'objet de ses désirs. Elle deviendrait alors le jouet des caprices d'un expert en matière d'invites et apprendrait à s'incliner devant son évidente supériorité.

Après avoir terminé sa minutieuse inspection et s'être réjoui d'accueillir Claire chez lui pour une soirée très particulière, Armand quitta sa demeure afin d'aller rejoindre la jeune femme devant le Palais des Festivals. Arrivé à la hauteur du casino, il constata avec satisfaction, qu'il était déjà attendu.

– Bonjour, mademoiselle, dit-il tout en souriant, visiblement heureux.

– Armand ! Je suis contente de vous voir, répondit simplement Claire sans esquisser le moindre geste.

– Allez, venez vite, je vais vous faire découvrir mon antre. Nous boirons aussi bien quelque chose chez moi.

– Vous avez raison, nous y serons plus tranquilles, répondit Annick en jubilant intérieurement. À l'évidence, vous êtes fidèle à votre parole. Votre femme et votre fils sont-ils partis ?

– Oui, depuis mercredi. Je suis seul pour plusieurs semaines. Ne vous inquiétez pas, personne ne viendra nous déranger, ajouta Armand d'un ton entendu. Comment allez-vous ? Tout s'est-il bien passé depuis notre dernière rencontre ?

– Oui, j'ai pu rentrer chez moi, à Marseille, pour prendre un peu de repos. Puis, dernièrement, j'ai travaillé sur le secteur de Fréjus.

– Êtes-vous toujours logée chez votre amie ? demanda Armand alors qu'ils se trouvaient tout près de son domicile.

– Oui, cela nous arrange toutes les deux. Nous nous tenons compagnie et je suis bien installée. Je lui donne un peu d'argent et cette solution me revient moins cher que l'hôtel.

– Vous serez encore mieux chez moi, répondit Armand tout en s'effaçant pour laisser passer son hôte, alors qu'ils arrivaient en haut du perron.

– En effet, dit Claire d'un air admiratif, tout en pénétrant dans le salon. Votre intérieur est tout à fait magnifique.

– Asseyez-vous, Claire, je vous en prie. Mettez-vous à l'aise, je vais chercher le champagne et j'arrive dans un instant.

– Avec plaisir.

Lorsqu'Armand revint quelques instants plus tard avec la bouteille et les deux coupes, Claire avait ôté son vêtement et s'était confortablement installée dans le canapé, les jambes croisées haut, d'une manière fort élégante.

– À nous, dit Armand en levant son verre après avoir rempli les coupes. Que notre tête à tête de ce soir reste à jamais gravé, ajouta-t-il mystérieusement.

– Vous n'aurez rien à regretter, susurra Claire tout en se laissant légèrement glisser dans le canapé.

– Mais vous non plus, ma chère.

Le couple resta un moment à savourer le vin frais et l'ambiance feutrée d'une douce intimité. Armand nota une légère hésitation dans le comportement de Claire et il décida de la laisser se révéler doucement, sans donner aucun signe de désir. Malgré les circonstances fort inhabituelles pour lui, Armand se sentait étrangement détendu. Après avoir reposé son verre sur la table basse, Claire posa sa main sur celle de l'homme pour lequel son cœur cognait de plus en plus fort et, enhardie par son impassibilité, elle se pencha doucement sur son visage et déposa un baiser sur ses lèvres. Armand lui sourit en guise d'assentiment.

– Si vous souhaitez vous détendre tout à fait, je peux faire couler un bain et y ajouter quelques gouttes d'huiles essentielles, proposa-t-il d'un ton terriblement engageant, tout en se levant.

Séduite par cette idée et persuadée que son futur amant viendrait se glisser dans l'eau chaude, Claire acquiesça d'un signe de tête. Restée seule, elle regarda un instant s'éloigner l'homme sur lequel elle avait jeté son dévolu et regretta un peu sa retenue. Claire aurait préféré susciter davantage d'ardeur et d'empressement et elle se demanda si Armand avait autant envie d'elle, qu'il avait bien voulu le laisser entendre lors de leur précédente rencontre. Après quelques minutes, elle se leva à son tour et se dirigea vers la salle de bains pour retrouver son maître, mais celui-ci quitta les lieux lorsqu'elle s'approcha de la baignoire.

– Détendez-vous. À plus tard, je serai juste en face… dans la chambre.

Claire se dévêtit entièrement mais garda sa perruque et se laissa couler dans l'onctuosité et la légèreté de la mousse. Elle ferma les yeux à demi en respirant l'odeur enivrante des huiles de bain et, l'oreille aux aguets, elle attendit de sentir le corps d'Armand se glisser à ses côtés. Vingt minutes plus tard, environ, debout dans le couloir, Armand regardait la jeune femme légèrement assoupie dans la baignoire. Lorsque celle-ci se leva pour en sortir, il eut juste le temps de contempler son corps un bref instant, puis regagna bien vite sa chambre et s'allongea sur son lit en surveillant tous les bruits. Armand espérait voir Claire entrer au plus vite dans la chambre pour le rejoindre, mais il redoutait également la suite des événements. Il était partagé entre l'impatience de voir son attente se terminer et le désir de retarder le moment crucial.

– M'attendiez-vous, cher monsieur? demanda Claire d'une voix sensuelle, tout en s'approchant du lit.

La jeune femme était très légèrement vêtue d'un ensemble de dentelle rouge et tout son corps dégageait une sorte d'élégance naturelle, à chaque pas qui la rapprochait d'Armand. Puis, elle regarda vers la fenêtre pour s'assurer que les stores étaient fermés et lorsqu'elle commença à déboutonner lentement la chemise d'Armand tout en le caressant, celui-ci dut faire appel à toute sa raison pour ne pas toucher la peau satinée de la jeune femme. Ravie de la passivité d'Armand et se prenant au jeu, Claire continua à caresser l'homme qui allait lui appartenir et s'allongea sur son corps pour murmurer quelques mots à son oreille et l'inciter à participer au jeu qu'elle entendait bien diriger.

– Non, Claire, dit Armand après avoir saisi le visage de la jeune femme, entre ses mains. Cessez à présent, ajouta-t-il tout en la fixant intensément dans les yeux.

– Madame Annick Auclert?

À cette phrase prononcée par une voix inconnue provenant de la chambre, Annick sursauta et son cœur faillit bondir hors de sa poitrine, lorsque se retournant brusquement, elle vit deux hommes plantés devant le lit, occupés à observer son corps à moitié nu.

– Je me présente, Commissaire Declin et voici mon collègue, le Lieutenant Barelli. Veuillez vous lever à présent, Madame Auclert. Vous allez vous habiller et nous suivre.

– Mais qui êtes-vous? ... Je ne comprends pas, parvint à articuler Annick complètement atterrée.

– Je vous en prie, épargnez-nous vos simagrées, coupa sèchement le lieutenant.

– Allez, Madame Auclert, laissez-moi respirer et sortez de mon lit, intervint Armand tout en se dégageant des bras d'Annick.

Puis, d'un geste rapide et précis, il ôta la perruque et sous l'effet de la surprise, Annick poussa un cri aigu.

– Habillez-vous, ordonna le lieutenant en jetant les vêtements d'Annick sur le lit, après être allé les chercher dans la salle de bains.

– Qu'ai-je fait ? Qu'ai-je fait ? sanglotait Annick tout en se rhabillant sous les regards attentifs des trois hommes. Armand, pour l'amour du ciel, dites quelque chose, ajouta-t-elle désespérée.

– Vous êtes soupçonnée d'avoir provoqué un incendie volontaire dans le studio de votre fille, Elise Auclert. Bien sûr, nous parlerons aussi de Messieurs Bastien et Armand Deville. Suivez-nous sans nous opposer de résistance, dit le Commissaire Declin.

– Sinon, nous serons dans l'obligation de vous passer les menottes, intervint le Lieutenant Barelli car Annick avait eu un geste de recul lorsque le policier avait voulu lui prendre le bras.

– Monsieur Deville, merci pour votre coopération. Je vous téléphonerai très bientôt.

Le commissaire prit l'autre bras de la suspecte puis, tous trois quittèrent la chambre et le domicile d'Armand, laissant ce dernier un peu sous le choc de l'épreuve à laquelle il avait accepté de se soumettre.

ÉPILOGUE

Allongé sur le lit, à moitié dévêtu, Armand savourait un whisky bien mérité, tout en pensant à Annick Auclert, femme manipulatrice et incendiaire, ne reculant devant aucun obstacle, pour arriver à ses fins.

Dès qu'elle l'avait bousculé en se jetant sur lui dans la rue des Serbes, Armand avait immédiatement reconnu la superbe créature à qui il avait parlé lors du vernissage de sa femme et de son fils Valentin. La voix sensuelle et le regard intense d'Annick étaient restés gravés dans sa mémoire. La perruque aux cheveux flamboyants n'avait pas atténué ces deux particularités, encore toutes fraîches dans le souvenir d'Armand, lequel était tombé sous le charme durant la soirée passée aux *Pinceaux Éternels*. C'est donc à la fois, pris de court et intrigué, qu'il avait invité Claire à prendre un verre en sa compagnie, afin de comprendre dans quel dessein, Madame Auclert se trouvait devant le domicile de Bastien, ainsi transformée. Armand avait alors été convaincu que cette femme l'avait reconnu elle aussi, et il avait voulu apprécier ses talents de dissimulatrice, en passant un moment en tête à tête avec elle. Surpris et incrédule, il avait découvert une comédienne-née et s'était laissé piqué au jeu d'un prochain rendez-vous. En écoutant et en observant attentivement cette femme, Armand avait eu la conviction qu'il devait aller jusqu'au bout de cette relation pour pouvoir éclaircir le mystère dont Claire s'entourait d'une manière fort séduisante et comprendre la nature de la relation de Madame Auclert avec Bastien. Car, si pour Bastien, cette liaison appartenait définitivement au passé, il était tout à fait possible que cette façon de voir les choses ne soit pas partagée par son ex-maîtresse. Les soupçons d'Armand à ce sujet s'étaient confirmés, lorsque Bastien avait annoncé officiellement lors du déjeuner de Pâques, qu'il fréquentait la fille d'Annick Auclert et en était tombé amoureux. Car, cette relation pouvait parfaitement constituer un mobile légitime dans l'esprit d'une femme jalouse et congédiée pour décider celle-ci à se venger, en commettant des actes répréhensibles. Lors de ce déjeuner, Armand avait compris que le véhicule de Bastien n'avait pas été endommagé à deux reprises par hasard, et il s'était promis de surveiller Annick, en acceptant de rencontrer Claire aussi longtemps qu'il le faudrait, pour percer ses intentions à jour, tout en gardant ses soupçons pour lui afin de ne pas inquiéter Bastien, inutilement. Le lendemain, Armand avait donc accepté le rendez-vous fixé par Claire, car il devait absolument essayer de savoir quel rôle elle avait décidé de lui faire jouer.

Dès qu'il l'avait vue devant le Palais des Festivals, Armand avait compris qu'Annick avait découvert la relation de Bastien et d'Elise et son air hébété l'avait inquiété. Car, l'état second dans lequel elle se trouvait, trahissait un choc affectif intense et cela avait confirmé à Armand la totale inconscience de Bastien sur le danger encouru. La jalousie encore attisée d'Annick laissait redouter un acte à venir, bien plus répréhensible encore que ceux déjà perpétrés. Car, ajouté à l'humiliation d'avoir été délaissée, Annick venait de subir l'affront ultime, en apprenant que sa propre fille s'était approprié le cœur et le corps de son ex-amant.

Continuant à savourer son whisky, Armand se demandait encore, comment il avait trouvé la force de résister aux avances de Claire, lorsqu'elle avait manifesté le désir de lui appartenir dans le cabaret *L'un pour L'autre*. Un peu dérouté par la tournure des événements, la fuite avait constitué pour lui la seule échappatoire possible, mais son erreur avait été alors de ne pas mesurer l'ampleur de la détresse de Claire. Armand aurait dû prévoir et prévenir l'épisode de l'hôpital et le drame de l'incendie. Toujours allongé sur son lit, il s'en voulait d'avoir, tout comme son fils, sous-estimé les conséquences de sa dérobadc. À présent, l'heure n'était plus aux regrets et il ne servait à rien de les ressasser. Armand avait eu l'occasion de prévenir une catastrophe, mais, loin de vouloir regarder la vérité en face, il avait laissé la situation empirer, en refusant son corps à une femme désespérée.

Lorsque Bastien lui avait retracé par le détail ses heures d'angoisse passées à imaginer sa femme et son petit garçon sur un lit d'hôpital, Armand avait pourtant failli tout révéler à son fils. Mais devant l'inutilité de cette mise en garde, il avait finalement gardé ses soupçons pour lui. Puis, il avait volontairement emmené Claire dans un bar d'hôtel pour savoir si elle était toujours déterminée à le prendre pour amant afin de se servir de lui ou si sa petite plaisanterie lors de laquelle elle s'était fait passer pour le Lieutenant Brixton, l'avait suffisamment vengée.

Car même s'il avait parfaitement conscience de plaire aux femmes, Armand n'était pas suffisamment imbu de sa personne pour croire que l'acharnement de Claire à vouloir en faire son amant était motivé par le seul désir de connaître le plaisir de le posséder. Et ses craintes s'étaient encore accrues, lorsque Claire avait outrageusement insisté pour monter immédiatement dans une chambre, afin de se servir de son corps pour assouvir tous ses fantasmes. Armand n'était pas dupe, et avait parfaitement compris qu'à travers lui, Annick Auclert désirait Bastien de tout son être. En se jetant au cou d'Armand, Annick voulait faire l'amour à Bastien, et ce désir révélait clairement que la maîtresse bafouée n'avait pas terminé de se venger avec l'épisode de l'hôpital.

Et terminant son verre de whisky, Armand remercia le ciel d'avoir eu la présence d'esprit de promettre à Claire de l'inviter chez lui, dès qu'il se retrouverait seul, en lui laissant croire à son consentement, pour lui abandonner son corps. Dès le lendemain de cette promesse, Armand était allé rendre visite à son ami de toujours, lequel était aussi son partenaire de jeu. Totalement passionné par l'histoire racontée dans le détail par Armand, le Commissaire Declin avait écouté attentivement sans oser interrompre son ami une seule fois. Habitué et rompu aux récits passionnels de toutes sortes, il avait estimé la situation suffisamment alarmante pour consigner soigneusement chaque détail. Ensuite, il avait demandé à Armand de lui fournir l'identité et l'adresse de toutes les personnes susceptibles d'être en cause, et l'avait prié de garder à tout prix le contact avec Annick Auclert, et plus important que tout, il avait demandé à Armand de lui retracer chacune de ses rencontres avec la patronne du *Vent de la Mode*. Satisfait de s'être enfin décidé à effectuer une démarche trop longtemps repoussée, Armand avait eu le sentiment d'avoir pris la bonne décision, après avoir observé la réaction de François Declin.

Dix jours plus tard, Armand avait reçu un appel de Claire, laquelle n'avait apparemment pas renoncé à en faire son amant et il lui avait donné rendez-vous pour le vendredi suivant. Après avoir raccroché, il avait ressenti un sentiment de culpabilité à la pensée de sa démarche auprès de François Declin, car manifestement, Madame Auclert avait cessé ses actes de malveillance et était revenue sur terre en réalisant la dérision de son acharnement. Armand en avait donc conclu qu'en sollicitant ce rendez-vous, Claire avait fini par le désirer sans autre ambition que de goûter le plaisir de devenir sa maîtresse et rien de plus. Armand avait alors commencé à rêver de cette rencontre, très tenté de se laisser faire et il avait passé des heures merveilleuses à imaginer tous les jeux auxquels il s'adonnerait très prochainement. Puis, le tirant de sa rêverie, son portable avait sonné pour la deuxième fois de la journée.

Puis, il était resté sans voix en écoutant, à son tour, le récit de François Declin. Cette fois, Annick avait commis l'irréparable en signant son forfait et Armand ne pouvait croire qu'il avait pu se laisser abuser de la sorte. Il était complètement abasourdi d'apprendre qu'elle était finalement passée à l'acte, en mettant le feu à l'appartement de sa propre fille. Dangereuse pour elle-même et pour les autres, Annick était devenue totalement imprévisible et Armand se devait de contribuer à mettre cette mère de famille hors d'état de nuire. C'est ainsi qu'il avait expliqué à François comment il avait prévu de revoir Madame Auclert et détaillé la promesse qu'il lui avait faite. François avait alors demandé l'autorisation à son ami de venir chez lui accompagné du Lieutenant Barelli pour procéder à l'arrestation d'Annick, lorsqu'elle exercerait ses charmes auprès d'Armand, déguisée en Claire. Et, celui-ci n'avait eu d'autre choix que d'accepter, car cette solution s'avérait plus discrète et moins traumatisante qu'une interpellation en public.

Lorsque Bastien avait révélé la nouvelle de l'incendie à son père, ce dernier avait été contraint de feindre l'étonnement et l'inquiétude et il avait dû se faire violence, pour ne rien dire au sujet de la suite des événements. Après avoir terminé son verre, Armand se leva et décida qu'il ne porterait pas plainte contre Annick, afin de ne pas alourdir sa peine. Connaissant son fils aîné, Armand était presque convaincu que celui-ci prendrait la même décision. Annick Auclert aurait alors à répondre uniquement de l'incendie auprès de la justice. Armand garderait deux regrets dans cette affaire. Celui de n'avoir pas su prévenir l'incendie allumé par Annick, une femme jalouse et possessive et l'autre de n'avoir pas pu devenir l'amant de Claire, une femme libre et prometteuse.

TABLE DES MATIÈRES

Cet ouvrage a été édité par Les Éditions Velours
95, rue La Boétie – 75008 Paris

Tél. : 01 45 61 08 02
www.editionsvelours.com
contacts@editionsvelours.com

Imprimé en France

Dépôt légal 4e trimestre 2009.

ISBN 978-2-35167-214-3

Achevé d'imprimer en France par Présence Graphique
2, rue de la Pinsonnière - 37260 Monts
N° d'imprimeur : 110933741

Dépôt légal : novembre 2009